豊臣家の人々

新装版

司馬遼太郎

角川文庫
15029

罪の女たち

椰月美智子

目次

第一話　殺生関白

一

尾張《おわり》のくに、知多《ちた》半島の根もとに、大高《おおたか》という松杉の古寂《ふるさ》びた在所がある。かつては鳴海潟《なるみがた》に面した漁村だったといわれる。しかし戦国の中期ごろ、織田家がしきりとこのあたりを干拓したために、潮風からよほど遠い農村になった。しかしそれでも村の小高い所にのぼれば、松の枝をとおして碧《あお》い伊勢海が盛りあがって見える。

変哲もない、そういう村である。村の鎮守が、意外にも延喜式《えんぎしき》による古社であるところをみると、よほど古い時代から村里ができていたのであろう。神社の名を、火上姉子《ほかみあねこ》神社という。

「あねこ」

というその社名が示すように、祭神は上古、このあたりにいたむすめである。美夜受比売《みやずひめ》という。ふるいころこの土地の土酋《どしゅう》であった稲種《いなたね》という者の妹で、大和《やまと》から東夷《とうい》の征伐にきた倭建命《やまとたけるのみこと》と契った。幾夜の契りをかさねたのであろう。ただ古代英雄とそれだけの縁をもったということだけでこの娘の名は古事記に伝承され、この土地では森に祠《ほこら》をつくり、里人たちは遠いころから守《も》り崇《あが》めてきている。人間は、ただ一個で存在するばあいは単に畜類とかわらない。縁として存在している。人間縁という人間関係のなかに存在してはじめて一個の自然人が人間として成立するというのは仏家がみつけ出したこの世の機微であるらしい。この美夜受比売のふしぎさは、これから語るべき物語と、象徴的なかかわりがありそうである。

戦国のころ、この大高村に、手足のほそい農夫がいた。弥助《やすけ》と言い、わずかな田と小作で生きている。能もなく、容貌《ようぼう》もみにくい。妻を早くなくしたために、かわるべき者を物色していた。こうした村々に、行商人がくる。これらの商人が、まるで風媒をする風のように嫁や婿の世話をしてゆく。中村在に——とその一人がいった、かっこうな女がいる、出戻りではあるが幸いにも子はない、どうであろう、と橋渡しする者があって、縁談ができあがった。

女は、おともという。醜女《しこめ》である。弥助は失望したが、これがのちに瑞竜院日秀《ずいりゆういんにつしゆう》という、日本にかくれもない貴婦人になろうとは、むろん弥助は夢にもおもわない。

この階層の者に、婚儀というほどのものはない。門口にかがり火を焚《た》き、縁者や近隣の者に酢のような酒をのませ、それだけで事はおわる。一同が帰ったあと、おともは板敷のうえで膝《ひざ》をそろえ、帰るべき実家《さと》がありませぬ。末永《すえなご》うお可愛がりくださいませ、と、姿にも似ず可愛気のある声調子《こわぢょうし》でいった。

（これは儲《もう》けものじゃ）

と弥助がおもったのは、この声としおらしさであった。なるほどおともには実家がないのと同然である。実父は自分と弟を母に生ませたあと、早世した。母は途方に暮れ、隣家の竹阿弥《ちくあみ》という男を家に入れて再婚し、この竹阿弥の子をも、このたび生んだ。義父の竹阿弥は圭角《かど》の多い男でこのためおともと同父の弟は家をすてて出奔してしまった。自分もわが生家ながら実家という感じがしない、というのである。「かえっておれにはそれがありがたい」と弥助はいった。いつまでもさと恋しの嫁をもつことは亭主の不幸であろう。早う根をはやせ、この里をおのれがうまれ在所とおもえ、「なにごとも縁ぞ」とも弥助はいった。

「何事も縁ぞ」と弥助はいう。ところが、妙な縁が、世の一角で芽生えはじめていた。それも弥助夫婦の関知せぬ場所で芽生え、生長し、ほとんど奇蹟《きせき》のような勢いで伸びつつあった。猿——というのが、この嫁の弟の幼名である。ちなみに、太閤《たいこう》素生記《すじょうき》という書物がある。述者は、稲熊助右衛門という中村代官の娘で、幼時、この姉とも弟とも遊んだ。彼女は老後、その養子の土屋知貞《ともさだ》に、自分の村から出た稀《き》世《せい》の運命のもちぬしのことを語り、それを筆録させた。それに言う、「幼名を猿、あらためて藤吉郎。後、筑前守《ちくぜんのかみ》」これが、おともの弟についての簡潔な書き出しである。さらにこの書物は言う、「信長公より羽柴氏を賜う。故に羽柴筑前守と号す。後、関白に任じて豊臣《とよとみ》の姓を賜う。……太閤姉、同所（尾張中村）にうまる。瑞竜院と号す。右両人は一腹一生《いっぷくいっしょう》」。

この嫁の実弟秀吉の栄達が、大高村の弥助におもわぬ一生を送らせてしまった。

弥助は名さえ、変えさせられた。その名も、

三好武蔵守一路《むさしのかみかずみち》

というのである。わが身の変りかたに驚くいとまもなく、

「弥助殿、大名になられ候え」

と義弟の秀吉は言い、尾張犬山《いぬやま》で十万石という諸侯にしてしまった。さすがに弥助は大名になる自信がなく、封地《ほうち》にはゆかず、秀吉の直轄領にしてもらい、禄《ろく》のみもらって大坂で住むという形式をとらせてもらった。

（もはや、わが身がわが身ではない）

ぼう然とする思いである。三好姓をつけられたといういわくも、一種奇術のよう

なものであった。秀吉は卑賤《ひせん》からあがっただけに、一族を、たとえうそでも綺羅《きら》をかざらせる必要があった。阿波《あわ》の名族三好氏というのは一時は京を支配していたこともある巨族だが、いまは没落し、かろうじて笑巌《しょうがん》入道という老人だけが生き残っている。盛んなころには三好山城守《やましろのかみ》康長と称し、摂河泉《せっかせん》三州に武威をふるい、信長に駆逐された。いまは老残の身を秀吉に寄せ、秀吉もこれを諸侯として礼遇し、御伽衆《おとぎしゅう》に加えている。この笑巌入道に、

「入道、わぬしが姓を、わしに貸せ」

と秀吉はいった。笑巌は、秀吉の命であればきかぬわけにはいかない。そこでついに、弥助夫婦を養子名義にした。夫婦だけでなく夫婦が生んだ子も孫にし、そのうちの次兵衛という者を三好家のあととりとし、世襲名である孫七郎を名乗らせた。

三好孫七郎秀次《ひでつぐ》

というのがのちの関白秀次である。要するに、かれの両親の弥助夫婦は自分の運命についてなんの努力をしたわけではなく、ことごとく「縁」でもってこういう貴族ができあがった。孫七郎秀次も、この奇運の恩沢を享《う》けている。うけはしたが、しかし孫七郎はその両親とはちがい、多少の努力はした。いや多少どころではない。

二

孫七郎秀次は、元服すると河内《かわち》で二万石の所領をもらい、以後、叔父《おじ》の秀吉にともなわれて十代の半ばから合戦に参加した。むろん最初から一方の大将である。十六歳のときは、伊勢の滝川一益《かずます》征伐に参加した。

「はげめ。励むと、よいことがあるぞ」

と、叔父の秀吉はことごとにいった。よいことというのは、秀吉の後嗣《あとつぎ》になるということであろう。妥当ではある。この世で秀吉の血をもっとも濃くうけているのは、この孫七郎である。次弟の小吉（秀勝《ひでかつ》）もそうだが、しかしこの次弟は知能がやや遅れ、しかもうまれついての片目であった。第三弟の幼童はのちに秀俊《ひでとし》と名乗る人物だが、これは早くから秀吉の異父弟秀長《ひでなが》の子として貰《もら》われて行っているから、圏外といっていい。要するに秀吉の血流の若者は、姉おとものうんだこの三人しかいないのである。

――この御方が、惣領《そうりよう》におなりなさる。

ということは、諸将も見た。自然、老練の将たちは孫七郎を秀吉名代であるかのごとくあつかった。

これを笑止とみてあからさまに孫七郎を軽侮したのは、秀吉の数すくない血縁のひとりである福島正則《まさのり》ぐらいのものであった。尾張清洲《きよす》の桶屋《おけや》の子にうまれた市松《いちまつ》正則は秀吉の亡父の血縁である関係から少童のころから羽柴家の台所飯で養われ、児小姓《こごしよう》になり、賤《しず》ヶ岳《たけ》では功を立て、いまでは物頭《ものがしら》になって三隊を率いている。元来、正則は感情がつよく、狂夫かと思われるところがあり、かつ秀吉の格別な身内であるという意識のつよすぎる男であったために、孫七郎を嫉妬《しっと》の感情を通してしか見られないらしい。

「土塊《つちくれ》でもほじくっているだけが能の男よ」

と、人もなげに評していた。百姓でもしていればいい男だというのである。たれかが孫七郎を「公達《きんだち》」といったとき、正則は真赤な口をあけて笑った。あの若衆が公達か、なるほど衣装は公達なれど中身は荷駄の小者さえつとまりかねる男ぞ、とわめきちらした。

その蔭口《かげぐち》は孫七郎の耳までは伝わらなかったが、その種のことが囁《ささや》かれているであろうということは感じていた。自然、虚勢を張るようになり、輔佐《ほさ》の老将たちにまで尊大な態度をとるようになった。十六歳の身で、である。

しかし、合戦については輔佐役たちがすべてとりしきっているために大過はなかった。大功もない。この若者が、戦局を——というより歴史を左右するほどの行動をもったのは、その翌年の十七歳のときである。

その合戦は、のちに小牧長久手《こまきながくて》の戦と呼称されている。時期は秀吉が日本の中央部二十四カ国をおさえたころのことで、この勢力をもって東海方面に蟠踞《ばんきょ》している徳川家康を圧しようとし、みずから大軍をひきいて尾張に進出した。家康も本国の三河を空にして尾張に布陣し、ほとんど三倍の兵力の秀吉軍と対峙《たいじ》した。たがいに相手の虚実を見抜きあい、睨《にら》みあったまま動かず、双方、堅固な野戦陣地を構築し、戦線は膠着《こうちゃく》のかたちをとった。この場合、軽々に兵をうごかした者が負けであろう。敵が動けばすかさず攘《う》つ、という態勢を双方がとっている。

秀吉は自重に自重をかさねたが、ここにかれにとって思わぬ人物が献策してきた。旧織田家の同僚であった池田勝入《しょうにゅう》・輝政《てるまさ》父子で、にわかに天下をとった秀吉としては機嫌を損じたくない相手であった。池田勝入は、功に逸《はや》っている。かれが献策するのに——家康の本拠である三河が空になっている。いま隠密行動の遊撃軍を編成し、ひそかに迂回《うかい》行軍して長駆三河を衝《つ》けば家康はおどろき、戦線をすてて国へ帰るであろう。秀吉は賛成しなかった。この遊撃軍の先鋒《せんぽう》を自分にうけもたせていただきたい、というのである。秀吉は賛成しなかった。家康に気づかれてしまえばこれを破綻《はたん》として全軍にひびくことは確実だからである。勝入は翌日、かさねて懇願した。秀吉は勝入斎の心を離れしめないためについにゆるした。ただこまごまと注意した。

早速、遊撃軍が編成された。先鋒は池田勝入、中軍は森長可《ながよし》・堀秀政《ひでまさ》、といったように織田時代から猛将として知られている将がえらばれ、殿軍《しんがり》は三好孫七郎秀次が担当し、同時に遊撃軍そのものの大将をも兼ねた。かれら総数二万が、尾張楽田《がくでん》の陣地を出発したのは天正《てんしょう》十二年（一五八四）四月六日の深夜である。物狂坂《ものくるいざか》を忍びやかに越えて家康の陣地の前方を通り、第一日目はみごとにその行動を察知されずに済んだ。家康が知ったのは、翌七日の、それも陽がかげりはじめた刻限になってからである。かねて家康が密偵として秀吉軍に忍ばせておいた伊賀者服部《はっとり》平六という者が帰陣し、これを急報した。

秀吉の一隊がうごいた、という報に家康は、狂喜したであろう。家康は日没とともに行動をおこした。かれのとった方法は、敵の隠密軍を、かれもまた隠密行動で追尾することであった。家康は小牧の本営から九千の兵をひそかに脱せしめることに成功し、そのあと早駈けの夜行軍をもってあとを追った。やがて深夜に敵の後尾を発見した。

「敵の殿軍の将はたれぞ」

「三好孫七郎殿にござりまする」

と、家来の一人がこたえた。家康が、秀次の存在を具体的なものとして感じた最初であった。

「どういう人物だ」

と、敵情にくわしい者にきいた。秀吉の養子分であるという。齢《とし》は十七。しかも解《げ》しかねるほどに珍妙なのは、この若大将が身につけている武具であった。

孫七郎秀次はその生涯を通じての性癖のひとつは収集狂であったことだが、この時期にはしきりと有名な武将の武具をあつめていた。たとえばこの男の大将としての表徴である馬印《うまじるし》は、越前北ノ庄で敗死した織田家きっての勇将柴田勝家《かついえ》所持の金の纏《まとい》である。かぶっている兜《かぶと》は、美濃《みの》出身の武辺者《ぶへんもの》でいまは秀吉につかえている日《ひ》根野《ねの》備中守弘就《ひろなり》の唐冠《とうかん》の兜をむりやりにねだって手に入れたものであり、肩に羽織っている鳥毛の陣羽織は、近江《おうみ》出身の豪傑でいまは秀吉の軍中にある木村常陸介《ひたちのすけ》の常用のものを頼み入って手に入れたものである。いわば当代の英雄豪傑の戦場装束をよせあつめて身につけているようなものであった。

「変った仁《じん》じゃな」

家康は小首をひねり、失笑した。家康にとって知りたいのは、敵将の強弱であった。先鋒の池田勝入の勇猛は天下に知れているし、中軍の堀秀政は歴戦の達者であり、森長可は美濃斎藤家の旧臣で、武蔵守と号し、信長に仕え、あらゆる戦場を馳《ち》駆《く》して鬼武蔵の異名をとり、かつこの一族は、その実弟の蘭丸《らんまる》、力丸《りきまる》が本能寺で信長をまもって奮戦し、それに殉じたことで知られている。いずれも、強すぎた。奇襲の効は、敵の弱点をつくところにある。家康は孫七郎の装束の珍妙さをきき、

「その仁は、きっと弱かろう」

といった。家康のみるところ、その秀吉の縁者は自分の臆病《おくびょう》と無能を、そういう虚飾でかざろうとしているのであろう。そのように人間観察を遂げたあと、家康は孫七郎軍に攻撃の重点を置き、方法は包囲をもってした。

白山林《はくさんばやし》
というところに、孫七郎軍は夜営した。東方は高地で西へ傾斜し、道路は谷になり、南北に一筋しかなく、道のまわりは鬱然《うつぜん》とした森林である。この地形からみて、孫七郎はまるで襲われるためにのみ夜営したとしか言いようがないであろう。しかも攻撃者の家康自身でさえ驚いたことに、哨兵《しょうへい》も出さず、物見《ものみ》も怠っている様子であった。楽な戦《いくさ》になる。一人のこらず殺せ、と家康は命じ、夜のうちに九千の人数を山林のなかに忍び入らせ、完全に包囲したうえで時刻の過ぎるのを待った。

夜が明け、孫七郎軍は起き、起きあがったが気づかず、ざわめきながら朝餉《あさげ》の支度にとりかかった。家康軍が全力をあげて強打をくわえたのは、このときである。すでに戦ではなかった。虐殺であった。ほとんどの士卒が食器をすて、馬をすて、身一つで逃げるのが精一杯であった。

孫七郎は、すでに大将ではなく、狩場の走獣のような神経だけがかれを支配していた。逃げるべく馬のそばに駈けよろうとしたが、すぐ樹林から突撃してくる徳川兵を見て動転し、徒歩でそのあたりを方向もなく走りまわった。この間《かん》、かれの下知《げじ》したことはただ一つしかなかった。「久兵衛をよべ、久兵衛をよべ」と連呼した。久兵衛とは、かれの先鋒隊長である田中吉政《よしまさ》のことである。吉政は近江の出身で、足軽から身をおこして諸方に歴仕し、秀吉に目をかけられ、いまでは孫七郎付き隊将として世にも知られた男であった。この男の隊のみが、この混乱のなかにあって潰走《かいそう》もせず、かろうじて踏みとどまって敵をふせいでいた。「なにごとだろう」と吉政は不審に思い、防禦線《ぼうぎょ》を撤してひきあげてくると、

「勝入や武蔵にこの急を告げよ。たすけに来いと言え」

と、孫七郎はわめいた。吉政はばかばかしくなった。伝令の役には使番《つかいばん》という者が大将のそばに居る。第一線の隊長を、それも防戦途中によびかえして伝令につかうとはどういうことであろう。

それに口上がよくない。いまこの混乱は後軍の一手で食いとめるべきで、数里さきの前方の隊をよびにゆき、たとえかれらが救援に到着したところでふたたび敵の餌食《えじき》になり、蟻地獄のようなわなに陥《おと》され、この山間で各個に撃破されてしまうだけである。その二つの理由で吉政はことわった。が、孫七郎は狂気したように叫び、あるじの言うことがきけぬか、斬る、と喚《わめ》いたためやむなく一騎で駈けだした。一時間ばかり懸命に駈けて堀秀政に追いつき、後軍の総崩れをつげると、

「久兵衛、うぬは使番にあらず、三好家で軍配を持つ身ではないか。さては臆して逃げてきたな」と、衆の前で面罵《めんば》した。吉政は赤面して去り、戦場から離脱しつつ、

（ゆくすえ見込みのある大将ではない）

と孫七郎を見かぎり、この合戦のあと、身をひいて浪人した。その後、余談だがこの男は同郷の石田三成《みつなり》のとりなしで秀吉の直臣《じきしん》となり、その器量を見こまれて十万石をあたえられ、のち関ヶ原で家康に属し、筑後柳川《やながわ》で三十余万石をあたえられた。

吉政が伝令に去ってからの孫七郎の軍はもはや一軍のてい
をなさず、みな徒歩走《かち》りで逃げた。孫七郎も逃げつつ、多少の智恵を働かせた。唐冠の兜、金纏の馬印、鳥毛の陣羽織といったかれの豪傑の表徴はすべて捨て、身一つで駈けた。こうすれば敵は葉武者としか見ぬであろう。その前方を、可児《かに》才蔵が自慢の馬をうたせ、笹《ささ》の指物《さしもの》をややかしげながら悠然と逃げてゆく。可児は美濃人で、槍《やり》をとってはこの男におよぶ者はないといわれた男である。秀吉は孫七郎の訓練にもと思い、この種の戦巧者《いくさごうしゃ》を多く配属させていた。可児はさすがに戦場の古強者《ふるつわもの》らしく、逃げ方までどこか物馴《ものな》れてみえた。「才蔵、才蔵」と、孫七郎は追いすがるようにして呼ばわった。孫七郎にすれば、可児には用事がない。ほしいのはかれが乗っている馬であった。

「馬を貸せ」

孫七郎がいうと、可児はぎょろりとふりかえり、

「雨降りの傘でござる」

と言いすてて去ってしまった。雨降りには傘が要る。退却のときは馬が要る、やすやすと貸せるか、という捨てぜりふである。可児のような美濃斎藤から尾張織田に歴仕してきた戦場玄人にすれば、このばかばかしい敗残ぶりをみてこの主人の前途を見限る気になったのであろう。事実この男はのちに致仕《ちし》し、福島正則に転仕している。

そうするうち、孫七郎付きの隊将のひとり木下利直が落ちてきて、孫七郎にわが乗馬をあたえ、自分は徒歩《かち》立ちになり、その地に指物を突き立て、むらがる敵をひきうけて戦死した。おなじく弟の周防守利匡《すおうのかみとしまさ》も兄をたすけ、徒歩のままで戦って戦死している。孫七郎はあとをもみずににげたため、このふたりの最期をさえ知らない。

この崩れはたちまち前方の味方に波及し、先鋒《せんぽう》隊長の池田勝入はその子之助《ゆきすけ》とともに戦死し、名将といわれた森長可も敵の重囲におち入り、鉄砲で射ち落されて死んだ。いずれにせよ、遊撃軍は全軍潰滅したといっていい。

この長久手の敗戦後、秀吉は家康を外交で孤立させ、かつ講和し、ついには臣従

させて豊臣家の諸侯にしたが、しかし家康にとってはこれがその威望をあらわす最大の履歴になり、秀吉を生涯遠慮させ、その死後、天下の切望をあつめるもとになった。もし孫七郎の失敗がなければ秀吉は捷《か》ち、家康は敗亡し、秀吉の禍根のたねはこのときに消滅していたであろう。このことはたれよりも秀吉が知っていた。

孫七郎にはわからない。逃げ帰ってから秀吉のもとに使いを出し、

「かわりの将をください」

といった。孫七郎にすれば、木下兄弟が死んだため、それに代わるべき人物が要る、お側からよこしてもらいたいというのである。名指しまでした。武勇かくれもない池田監物《けんもつ》がほしい、という。その口上はまるで品物でもとりかえるようであった。

「うぬは、人間か」

と、秀吉は、ぬけぬけと孫七郎の口上をもってきた使者一柳《ひとつやなぎ》市助（のちの伊豆守）に対し、まず激怒した。「うぬをまず殺し、ついで孫七郎に腹を切らせる」とまでいった。木下を見殺しにしておのれのみが戦場から裸足《はだし》で逃げ、かつそのために森長可、池田勝入父子までが戦死した。それでも恬《てん》として恥じず、逃げかえって早々人のかわりをよこせとはどういう心の仕組みか。

（あれは、所詮《しょせん》はあほうか）

秀吉は、この敗戦よりもさらにはそのことで心が暗くなった。秀吉は、自分の将来をたのむべき自分の血縁が、なぜこのような劣弱な男ばかりなのであろうとかねがね思いつづけている。その数すくないすべてが、弟の秀長をのぞき、知能に欠陥があるか、性情が劣悪であった。妻の縁類のほうをながめても、二十前後までの若者にろくな者がいない。せめて孫七郎ぐらいはとおもい、多少の期待をかけた。その才能はあきらめるとしても、あの性格の酷薄、かるがるしさをみると、自分のあとを譲ったところでとうてい世の人はついて来るまい。人がついて来なければ、権力の座というのは一日も保てないことを秀吉は知りぬいている。が、とはいえ、秀吉にすれば、他に持ち駒がない。この若者をどうにか一人前の情緒と心情の持ちぬしに仕立てあげ、まがりなりにも人の敬慕する後継者に捏《こ》ねあげてゆく以外、手がなかった。

(どうにもならぬ)

秀吉は合戦の落着までこの一件を嚙《か》みころしていたが、一段落がついたある日にわかに祐筆《ゆうひつ》をよび、筆紙を用意させ、目の前に孫七郎の毛穴の粗い憎体面《にくていづら》がそこにいるかのような声音《こわね》で口述しはじめた。「おのれは」といった語気で、手紙はいきなり本題から入っている。

日頃、秀吉の甥《おい》であることを鼻にかけ、人には慮外なふるまいが多い。沙汰《さた》のかぎりである。心がまえがまちがっている。逆に、さすがは秀吉の甥だとあがめられるように覚悟をもつべきである。

もはや、今後はお前に対して容赦せぬ。一時は殺そうとさえ思った。しかし不《ふ》愍《びん》の心がおこり、この一書を思い立ったものである。心も直り、人にも人と呼ばれるようになればいかようにも取り立ててやる。

さてこのたびの合戦のことである。木下兄弟をつけてやったところ、お前は両人とも見殺ししてしまった。そのことを申しわけないと思うべきであるのに、その心もなく、一柳市助をもって池田監物をほしいといってきた。外聞の手前でも遠慮すべきであるのに、さらにそのかわりの者を要求するとは、慮外である。取りついだ者も大たわけであり、一時は手討ちにしようかとも思った。なにはともあれ、今後よく分別し、あれは秀吉甥の切れはしかと人によばれるようになってくれればわしはなによりの満足である。

その心構えがなおりさえすれば、いずれの国でもお前にくれてやろう。しかしいまのような無分別のうつけでは、たとえ命を助けておいたところで秀吉の面目にかかわることだから、手討ちにする。秀吉は人を斬ることがきらいであるが、お前をこのままで他国へ出したのでは、恥のうわぬりであるから、人手にはかけず、わしが討つ。

いかにも訓戒の手紙らしく、一つ事を、くどいほどに重複させている。そして第五ヵ条目に、

「お前は、器用でござかしい」

という言葉で、孫七郎の性能を評している。器用でござかしいなどといわれれば歴《れっき》とした人間ならば怒るであろうが、秀吉にとって、この程度の表現がかろうじての孫七郎へのほめ言葉なのである。

だからこそ目にかけ、ゆくゆくは自分の名代をもさせようとおもっていたのであるのに、いまのような心掛けでは、どうにもならぬ。これは天が、秀吉の名字を残すな、絶家せよ、とおおせられていることかとも思い、残念に思う。

と、繰りかえし訓戒の主題に念を入れている。

が、孫七郎には手紙の意味がよくわからない。読みおわって、

「おれが武辺《ぶへん》不達者の臆病者《おくびょうもの》だ、ということか」

と、即座にいった。言った相手は、この手紙を持参してきた宮部善祥房《ぜんしょうぼう》、蜂須賀《はちすか》

彦右衛門（旧称小六《ころく》）の二人である。両人は孫七郎の理解力の粗雑さにおどろき、しばらくだまっていたが、

「いや、左様ではございませぬ」

と、両人は秀吉の真意を克明に解釈した。わかっている、と孫七郎は癇高《かんだか》くいった。その程度の読解力ならこの若者にもある。しかしただ一つの点で、孫七郎が理解できないのは、秀吉の怒りである。心、心、とこうは言っているものの、本当のところは自分の武辺不達者と臆病さかげんを責めているのではないか。そうにちがいない。そうだとすれば秀吉はこの孫七郎という者を過小に見誤っている。間違いである、と孫七郎はおもった。心外であった。

（おれは元来、勇猛な男だ）

孫七郎は、そう信じていた。いや、信じる習慣ができていた、というほうがより正確であろう。念仏のようにこう唱え、こう信じる習慣が心に被膜を張っていたればこそ、一軍の大将として馬にも乗って来られたのである。その勇猛さを秀吉は知らない。勝敗は、兵家の常である。ただの一度の敗戦で、こうも責められることはない、と内心思ったが、孫七郎はさすがに口にはしかね、だまっていた。最後に、

——いったい、おれはどうすればよいのか。

と、小声で、両人にきいた。世馴《よな》れた両人ならば秀吉の怒りをかわし、その機嫌

をなだめる方法を知っているであろう。

左様でござりまする、この上は進退ともども、御付きの宿老衆の申すがごとくおふるまいあそばされるがよろしかろうと存ずる、と両人はいった。

三

秀吉が、この孫七郎のために付けた宿老というのは、中村一氏《かずうじ》、堀尾吉晴《よしはる》、一柳直末、山内《やまのうち》一豊の四人で、いずれも秀吉が織田家の将校のころから手飼いにして仕立てあげた大名たちである。偶然かそれとも秀吉の意図か、ただ一点でかれらは共通した性格をもっていた。温和で常識的で、世故に長《た》け「顔皺《かおじわ》多き苦労人」であるという点であった。なにごともお静かに、何事もお圭角《かど》だちなく、慮外な思《おぼ》し召《め》しは堪忍《かんにん》堪忍、とかれらは口をひらけば口癖のようにいった。言いつつかれらは孫七郎を人形のようにあつかい、孫七郎の自由をたくみに封じ、しかも秀吉に対しては、

「なかなかの御発明でござりまする」

と推輓《すいばん》し、自分たちの立案を孫七郎の創意であるかのごとく言上し、秀吉の機嫌をゆるめることに専念した。秀吉ははじめこそ、容易に信じなかったが、その後の孫七郎のあまりの大過なさに、

（なるほど齢が長《た》ければ人は変わるか）

とおもうようになった。「又左（前田利家《としいえ》）もそうであった」と側近に洩《も》らしたこともあった。前田利家は十代のころは手のつけられぬ不良児《かぶきもの》であったが、いまはどうであろう、あれがむかしの又左かと思うほど重厚な律義人になりかわっている。毛虫が蝶《ちょう》になった、孫めもいつまでも毛虫であろうはずがない、ともいった。

秀吉は、掛けがえがないために捨てようにも捨てようのないこの親類頭《しんるいがしら》の若者を、翌天正十三年、まだ十八歳の稚《おさな》さながら紀州征伐軍の副将にせざるをえなかった。幸い、大過はなかった。ついでその年四国征伐に参加させ、このときも大過なく副将をつとめた。このため秀吉は決意し、この年の閏《うるう》八月に羽柴の姓をゆるし、近江をあたえた。さらにこの年秀吉が関白になると同時に、孫七郎はまだ十八歳だが――朝廷に奏請して従四位下右近衛《うこんえの》中将にした。素姓も知れぬ百姓育ちの若者がにわかに廷臣になるなどは古来類のないことであった。翌十九歳で参議になった。すでに参議以上は公卿《くげ》である。この運の昇りのすさまじさに、さすがに恐怖を感じた者がある。実父の弥助――浮世の名は三好武蔵守一路であった。京でわが子の孫七郎に会い、

「天道をおそれよ」

と、尾張の百姓ことばでくどくどと言いつのった。弥助はどこできいたか、むかしから、位打《くらいう》ち、位死《くらいじに》ということばがある、という。古来、その実力なくして異数

の栄達を遂げた者にろくなおわりをとげた者がない。怖れねばならぬ、それを怖れよ、と弥助はいう。さらに言う。おそらくはあまりの栄達のためにおのれの人《にん》がそれについてゆけず、ついに人格もなにもこなごなにくだけてしまうからであろう。弥助はあくまでもいった。それを怖れよ。

「どう怖れるのだ」

孫七郎は、無能な、いつも何物かにおびえているようなこの実父のどうにもならぬ百姓顔をみることは、自分の出自《しゅつじ》のあさましさを突きつけられているようで、愉快ではなかった。孫七郎はいった。おれには武辺がある。位はそれに相応する以上、遠慮はいるまい。

「いやいや、おまえはまちがっている」

と弥助は言ったが、しかし、参議秀次公になった孫七郎の嶮《けわ》しい視線にかえす気力もなくうなだれた。沈黙はしたが、弥助は孫七郎が人形にすぎぬことを知っている。生きた人間では決してないであろう。生きた人間であるはずがない。単に豊臣政権を後継させるための道具なのである。その証拠が自分であった。尾張大高村からひき出され、三人の子はすべて取りあげられ、しかも自分は豊臣家の綺羅《きら》をかざるためにうまれもつかぬ三好武蔵守一路にされてしまっているではないか。在所の連中はこの一事を、どのように蔭《かげ》でほざいているであろう。

「お父《とう》、もう来るな」

孫七郎はたまりかね、むごいと思ったが、そういった。すでに昇殿をゆるされ、藤原姓の小うるさい公卿たちとつきあわねばならぬのに、この父がこの貧相な顔をぶらさげ、ここへやってきては尾張での素姓を思いおこさせるようなことをいちいち言うようでは、気根も張りも保《も》ったものではなかった。これはいやがらせというものであろう。

が、養父の秀吉はちがっている。

孫七郎をあくまで栄達させるために、天下を納得させるだけの華麗な履歴をつぎつぎと作りだしてくれた。

二十歳のとき秀吉に従って九州征伐に従軍し、このときもまた宿老たちの輔佐《ほさ》で大過なくつとめ、翌天正十六年には正三位権中納言に昇った。さらに翌月には、従二位にのぼっており、いよいよ異数であった。

「このぶんでは、おそらく来年には大納言におなりあそばしましょう」

と、このころ、豊臣家の対宮廷折衝を担当している僧侶《そうりょ》あがりの京都奉行前田玄《げん》以《い》は、如才のない世辞を言い、この豊臣家の後継者になるらしい若者をよろこばせようとした。が、孫七郎はあまりの累進の速度のはげしさにすでに感動が鈍磨している。左様か、翌年には大納言か、とあごをあげてよろこびもしなかったため、玄以は心中、笑止におもった。

（この馬鹿め）

玄以は、辞色にこそ出さなかったが、かれは孫七郎の儀礼指導を担当していただけにかれほど孫七郎を軽侮していた男はない。ほとんど魯鈍《ろどん》か、とみていた。おそらく大納言のえらさがわからぬのであろうと思い、大納言と申しまするのは藤原公卿でさえ姉小路《あねがこうじ》、飛鳥井《あすかい》といった羽林《うりん》の家格の家でさえ老年にならなければなれぬ官でござりまする、なにしろ大臣に次ぐ官でござりまするからな、というと、さすがに孫七郎は顔色を動かし、

「そうか、その大納言に翌年には、なれるか」

と、せきこんでいった。ところがその翌年、変事があった。いや、変事というべきではないであろう。豊臣政権にとっては思いもかけなかった巨大な吉事であった。秀吉の側室浅井氏（淀殿《よどどの》）に男児が誕生したのである。わが体には子だねはないか、とほとんどその点では望みを絶っていた秀吉にとってこれほどのよろこびはなかったであろう。

名は、長生を約束する俗信によって、捨《すて》と名づけられた。ともあれ秀吉は狂喜した。天下はそれに迎合すべく、諸侯はそれぞれ城地を傾けるほどのおびただしい祝賀の品を贈り、天子でさえ、このあらたに登場した豊臣家の後継者のために豪華な

産衣《うぶぎ》を贈った。贈るについては前田玄以が、抜け目なく奔走した。孫七郎の存在は、急に人々の視野から遠ざかった。

（大納言は）

と、この年、孫七郎は期待したが、ついに秀吉からなんの沙汰《さた》もなかった。当然であった。孫七郎の官爵をあまりに高くしてしまえば、この嬰児《えいじ》の将来のため御為よろしくないであろうという明快な、しかしごく実際的な配慮が、秀吉と豊臣家官僚のあいだで動いていたからである。

しかし孫七郎の戦務における重職は従前のままであった。捨の誕生の翌年におこなわれた小田原征伐でも、この男は相変らず副将の位置をうしなわなかった。その戦役が片づくと、秀吉は、後継者の位置から失落した孫七郎のために、公卿としての官爵こそ昇らせなかったが大名としてもっとも実のある慰労をしてくれた。石高が、一躍、百万石になった。あたえられたのは、うまれ故郷の尾張と伊勢の両国である。

「うれしかろう」

といわれたが、孫七郎はどうよろこんでいいかわからない。

「はげめ」

と、秀吉はなおもいった。もはや励めばあと継ぎにしてやるという、永年聞きつづけたあの言葉こそいわなかったが、かわりに「おまえはおれの名代ぞ」といってくれた。しかし孫七郎は思うに、名代は仕事であって官爵ではあるまい。とにかく秀吉はこの若者に余暇をあたえなかった。小田原が陥《お》ちるや、ひきつづき孫七郎は奥州征伐に従軍し、凱旋《がいせん》すると京で骨をやすめるいとまなくふたたび九戸《くのへ》の反乱の鎮定のために奥州へ出征した。このときは秀吉はゆかず、孫七郎ははじめて名代になった。ただしこの若者の実力を秀吉は心もとなく思い、事実上の総司令官として徳川家康を任命し、同行させた。ただこの場合、家康がたまたま大納言であったため、それとの調和をとるという、ただそれだけの理由で、出発にあたり、この若者はかれが待望していた権大納言に任ぜられた。しかしよろこぶいとまもなく征途につき、奥州の各地を転戦し、乱おさまり、この年の十月、大坂へ凱旋した。

大坂で秀吉に拝謁し、かたどおりその慰労の言葉をうけたが、おどろいたことにこの叔父《おじ》の自慢でもあり肉体的特徴の一つでもあったあの鼓を打つような地声がどこにもなく、語気が悄《やつ》れ、遠い上段から聞えてくるその音声を耳でとらえることさえ困難であった。以前は騒々しいほどに活気のあった殿中も、大寺の内陣のように寂《しず》まっている。孫七郎はその理由を、凱旋の途次にきいていた。二ヵ月ばかり前、鶴松《つるまつ》（捨）が病死したのである。

四

それが、孫七郎の運命を再転させた。豊臣家におけるこの若者の運命は、すべてめまぐるしかった。鶴松の死後、三ヵ月目にこの若者のもとに秀吉の使者があらわれ、正式に豊臣家の養嗣子になった旨をつげた。鶴松の忌があけぬため、表むきの賀宴はつつしまれていたが、それでも孫七郎の屋敷へ、内々で賀辞を述べるために訪れてくる諸侯がひきもきらない。この訪客たちは、三月前には鶴松の如心寺における葬儀場でその死を悼むのあまり、秀吉の面前であらそって髻《もとどり》を切った者たちであった。

この年の十二月、豊臣家から朝廷へ奏請があり、孫七郎は内大臣に任ぜられた。その日からわずかに二十四日後に、孫七郎の天下における位置が一変した。関白になった。

秀吉が、その職を譲ったのである。譲って秀吉は宮廷の現職から去り、大坂城に住み、以後太閤《たいこう》と称せられた。関白秀次公である孫七郎はあらためて京の聚楽第《じゅらくだい》の建物、調度いっさいをあたえられ、京に住み、殿下、と尊称された。

(殿下か)

孫七郎は、わが身の尊貴さに、どう驚くべきか、最初は驚くだけの知識をもたなかったが、次第に人がそれを教えてくれた。関白とは宮廷第一等の職であり、人臣としてこれ以上の高位はない。なるほど天下の支配権はなお太閤がにぎっているにせよ、朝廷にあっては孫七郎こそ公卿の筆頭である。しかもかれの居館である聚楽第が、かれに自分の尊貴さを十分以上に実感させた。東は大宮、西は浄福寺、北は一条、南は下長者町、という広大な地を限って堀をめぐらし、塀、櫓《やぐら》をあげ、廓内には大規模な林泉をつくり、おびただしい殿舎を設け、廓外には、百あまりの諸侯の屋敷がいらかをつらねている。孫七郎はこの宛然《えんぜん》一大巨城のような居邸のぬしになったとき、ようやく自分が何者になったかを知った。

（おれはこれほどの身か）

と、思ったが、孫七郎の能力、性格を見ぬいている秀吉はなおもそう思わせず、ゆめ油断せしめず、依然としてあほうをあつかうように、孫七郎の生活を、法をもって縛った。法は五ヵ条より成り、手紙の形式をとり、孫七郎からは遵守するという旨の誓紙を提出させている。第一条は武備を厳にせよ、第二条は賞罰を公平にせよ、第三条は朝廷を大切にせよ、第四条は士を愛せよ、ということで、その内容はいっさい抽象的表現を避け、幼童に箸《はし》の使い方を教えるように具体的でこまごましい。たとえば第五条の内容が、秀吉にとってもっとも気がかりであった。秀吉にすれば、自分の政権の後継者が単にあほうであればいっそ始末がよかったであろう。

厄介なことに性欲を備えており、それも尋常でなく、ただその点だけ秀吉に似たのか、とめどがなさそうなことなのである。秀吉はこの条文をのべるにあたって「自分を真似るな」といった。「茶の湯、鷹野《たかの》、女狂いに過ぎ候事、秀よし真似、こはあるまじき事」と書き出している。「ただし茶の湯は慰みであるからしばしばこれを催して、人をも招待してもかまわない。さて女のことである。使女《つかいおんな》（妾）は五人十人ぐらいは邸内に置いてもかまわない。その程度にせよ。邸のそとで淫《みだ》らがましいことはするな」ということであった。孫七郎はこれに対し、梵天帝釈《ぼんてんたいしゃく》四大天王以下日本中の神々にちかって違背せぬ旨、熊野誓紙をもって誓い、もしこれに違背するにおいては、「今世においては天下の役難を受け、来世においては無間《むげん》地獄に墜《お》つべし」と、誓紙の常法どおりにしたためている。

「この誓紙、あずけておく」と、秀吉は、京から送られてきた関白秀次の誓紙を、側役の木下半助に保管させた。そのあとわずか一年九ヵ月経ったのち、秀吉はあの孫七郎に後嗣権をあたえてしまったことをはげしく後悔した。後悔せざるをえなかった。淀殿と通称されている側室の浅井氏が、ふたたび男児を生んだのである。拾《ひろい》、と名づけられた。

この実子誕生の報を孫七郎が受けたとき、どういうわけか、どういう不安も感じなかった。本来ならば自分が豊臣家の後継者であることも、養子であることも、返上すべきであろう。単に自分が後嗣権をもつ人形である以上、もはやその存在理由は雲散霧消して果てたと思うべきであろう。関白になる前の孫七郎ならあるいはそう思ったかもしれないが、いまは、思わない。といえるほど、孫七郎は、人変りがした。というより、この若者ははじめて人形から人間になったといったほうが正確かもしれなかった。

十八の歳から官職、地位がめまぐるしく急昇したが、現実には着せかえ人形のように衣装を着せかえられていただけで、自分が何をしたという記憶もない。ただこの骨ばった肉体を、呼吸させ、飲食させ、排泄《はいせつ》させていれば、戦いもそれで済み、官位も秀吉があげてくれた。孫七郎は日に二度の便通癖があったが、奥州征伐にしても宿営地ごとに二度ずつ糞便《ふんべん》を撒《ま》きちらしてゆき、果ては津軽までゆき、ただそれだけを日々して帰るだけで奥州が平定した。古来、これほどらくな遠征将軍もなかったであろう。しかもそれ以外はしてはならぬと秀吉に戒められていた。長久手崩れのときの五カ条の手紙が、それ以来、関白になるまで満五年というもの、孫七郎をつよく拘束してきた。孫七郎の自律によってでなく、宿老の堀尾、中村、宮部、山内の四人の大名がそれを強制してきたのである。

が、関白になると、かれら宿老は大坂の殿中へ去り、代わって大坂から、木村常陸介という者が関白付きの家老として京へやってきた。この側近人事の一新が、孫七郎を解放した。木村常陸介は野戦攻城の侍大将というより、より濃厚に文吏であった。近江出身で、同郷の石田三成とともに羽柴家、豊臣家の行政をあずかってきたが、途中、秀吉にうとまれ、旧同僚の三成や長束《なつか》正家らほどには立身せず、不運をかこっていた。孫七郎が関白になると同時に、常陸介はこれを奇貨とし、秀吉に懇願して関白家付きの家老にしてもらった。かれにすれば当代での立身をあきらめ、むしろ次代に望みをつないだ。秀吉が死に秀次が次代の支配者になれば、常陸介は当然、天下の執権になりうるであろう。

自然、常陸介は、孫七郎の個性に対して寛大であった。就任したとき、「殿下はもはや関白にまします。存分におやりなさいませ」とまで、いった。孫七郎にとってこれほど魅力に満ちたことばを聞いたことがなかった。「よいのか」

この言葉をまぶしく感じながらも、孫七郎はながい習性でなお臆《おく》していた。が、常陸介はたのもしげに、

「大坂へは、なんとでもとり繕いましょう。ご存分におやりなされませ」

といってくれた。常陸介にすれば、孫七郎の意を十分に迎えておきたい。そうよろこばせる一方、この腕達者な器量人は、一方で、孫七郎という男を、この時勢の人気者に仕立てあげる工夫をしてみせた。常陸介は奇抜な方法を思いついた。孫七

郎を学問好きであると宣伝し、学問の保護と奨励者にさせることである。

この時代、学問への関心など、戦国を生きぬいてきた荒大名どもにはない。前田利家は晩年になって論語の講釈をきき、世の中にはおもしろいものがあるものだ、主計頭《かずえのかみ》もいちど聴かれ候え、とものめずらしげに加藤清正にすすめたほどである。秀吉もまるで関心がなく、ある日祐筆《ゆうひつ》が醍醐寺《だいごじ》の醍という文字を忘れてこまっているのを見て、「なんの、大と書いておけばよいではないか」といった。当節、学問的な教養の伝統をかろうじて守っているのは、五山の僧と公家《くげ》ぐらいのもので、秀吉以下諸大名どもは美術には関心はあっても学問には無関心であり、それが豊臣政権のきわだった特性といってよかった。それに対し、常陸介は、関白秀次を学問の保護者に仕立てあげることによってまったく別な、あたらしい潮流の源として秀次を世間に印象させようとした。常陸介はこの計画を、秀次を仕立てあげる文事担当官である僧西堂《さいどう》に推進させた。西堂は、玄隆《げんりゅう》西堂、東福寺に僧籍を置き、若いながら五山ではきこえた学僧である。

西堂が、秀次の学芸趣味のことをすべて肝煎《きもい》りした。聚楽第で五山の僧をあつめて詩会がひらかれることが常例になった。希書、珍書のたぐいも、秀次の命令であつめられた。下野足利《しもつけあしかが》学校や金沢文庫から蔵書を提出させては京にあつめ、それを相国寺《しょうこくじ》に収蔵し、一般の閲覧に供せしめた。また手をつくしてあつめた日本紀《にほんぎ》、日本後紀《ほんこうき》、続日本紀《しょくにほんぎ》、続日本後紀、文徳実録《もんとく》、三代実録、実事記、百練抄、女院号、類聚《るいじゅう》三代格《さんだいきゃく》、令《りょう》三十五巻などを朝廷に献納した。それだけではなく、大和諸大寺の十七人の僧を召して、源氏物語の筆写をさせた。

「若輩無智」

と、この男ははじめ、公卿たちのあいだでひそかに忌避されていたが、しかしこの振舞をみて、見直す者も出てきた。もっとも、逆に嘔吐《おうと》するほどに秀次をきらった者もある。藤原惺窩《せいか》などは、何度招かれても秀次を避け、ついに謁しなかった。学問が潰《けが》れる、と惺窩はひそかに知友にささやいたところをみると、この男だけは秀次の人気とりの意図をありありと見ぬいていたのであろう。

惺窩といえばかれはその知友に、

「かの人は、死ぬかもしれぬ」

と、予言した。太閤に実子ができているのに厚顔にも聚楽第に座し、いっかな、職を辞し身をひこうとせぬ、おそらくは殺されるであろう、というのが、惺窩の観測であった。惺窩だけでなく、京の公卿は、息を詰めるようにしてこの事態の推移を見守った。

が、家老の木村常陸介だけは、

「太閤殿下が関白職を遠慮せよ、とおおせあるまでご遠慮なさることはござりませぬ。もともと関白の職は大名とはちがい、朝廷の職であり、天子から任ぜられたるものでござりまする。もし自儘《じまま》にお退きなされば、太閤殿下御訓戒の第三項の朝廷を尊崇せよというおおせにそむくことに相成りましょう。ゆめ、左様なおふるまいはなさりませぬように」

と、理をつくし、釘《くぎ》をさした。秀次は、道理だとおもった。しかしありようは、常陸介にすれば、いまここで秀次にやめられては自分の地位は失陥するほかないからにちがいない。

むろん、かといって常陸介に悪意があるわけではない。この男は要するに秀次に対し、諸事自信をもたせ、独立の人格を主張できるまでに教育してゆきたいと念願していた。事実、このころから、秀次はもとのあの気の小さな、ものにおびえつづけている孫七郎ではなくなりはじめていた。

「わしは武人である」

ということを日常言い、言うだけでなく全身で誇示しはじめた。宮廷での社交にあたって、この無学な男は、公卿ではない、武人であるというその一事を大いに顕示することでしか、自分の劣弱さを救い出す場がなかった。そのくせ、本物の武人を——自分の家来や豊臣家諸侯——からは自分が武辺者《ぶへんもの》ではないと見られていることを、この男は敏感に感じつづけていた。

（いつかわが武を、世間に知らしめてやろう）

とおもった。

この気勢《きお》いは、最初はごく穏当な、つつましやかな形をとった。当時流行しはじめていた兵法《ひょうほう》という個人闘技の試合を催すことであった。三条大橋に高札をかかげて牢浪《ろうろう》の兵法者をつのり、聚楽第で互いに闘技させあうのである。ちなみに秀吉は兵法という技術に信頼をおかず、兵法者を好まなかった。剣術が出来るからといって人をかかえたこともなく、まして剣術指南役などは置かず、その試合も、見物しようという関心さえ示さなかった。が、秀次はその反対を企て、聚楽第をもって兵法流行の中心たろうとした。というよりかれはこの闘技の試合が意外に面白いことを知った。血が流れ、人が死ぬのである。流血せざる試合はおもしろからず、としてついには試合の得物は真剣真槍《しんそう》たるべしと布告した。その死闘の競技を、あまたの妻妾《さいしょう》とともに見物した。女どもがその凄惨《せいさん》さに悲鳴をあげ、絶倒したりすると、秀次は大いに自尊心を満足させ、

——女じゃな。これしきのことを。

と、痩《や》せた腹をゆすり、痛烈に笑い、いよいよ好んだ。自分こそは勇者であると思った。さらには他人の競技を見物するだけでなく、自分もこの殺戮《さつりく》に参加しようとした。夜陰、微服し、辻《つじ》にかくれ、町人がくると走り出て斬った。こんどは右袈《みぎげ》

裟《さ》でやる、つぎは真向《まっこう》でやる、久しぶりで女の絶命の声を聞きたい、などと言い、つぎつぎと刀をふるっては人を斃《たお》した。倒れると、人は思いのほか激しい地響きをたてて倒れる。この手応《てごた》えのおもしろさは、「鷹狩《たかが》りの比ではない」と秀次はいった。

「わが武をみよ」と、ただの一太刀で仕止めたときなどは、先に吼《ほ》えるような声をあげて扈従者《こしょうしゃ》をよび、それらを獲物である死体のそばに群がらせ、心臓に耳をあてさせ、それが確実に停止しているかどうかを確かめさせた。

ついには、まだ陽が残っている時刻にも出た。北野天神の鳥居わきを微行しているとき、むこうから盲人が杖《つえ》のさきで足もとを探りつつやってきた。盲人は、この殺人趣味者にとって最初の経験である。どう反応し、どんな手応えがあるか、秀次は唾《つば》をのむような思いで近寄り、

「これ」

とよんだ。

「来《こ》う。酒《ささ》を食べさせる」

やさしげに手をとった。気の毒な男は顔をあげ、左様にご親切なことをおおせあるはどこのどなたぞや、とうれしそうについてきたが、やがて秀次は腰をひねるなり、男の右腕を付け根から斬り落した。秀次の経験では、ふつうなら、この衝撃で

もう気絶をする。ところがこの男は心理の世界がどこかちがうのか、この瞬間、三尺も躍りあがり、声をあげ、「遠近《おちこち》に人はないか。いたずら者めがどうやら人を殺しおるようじゃ。人々、おりあえや、われを助けよや」と、間のびした、しかし落ちついた語調でつぎつぎと言葉を吐きはじめた。

「こやつは、べつな味をもっている」

秀次がいうと、この種の殺生《せっしょう》にはつねに従って秀次の機嫌をとりむすんでいる熊谷大膳亮《だいぜんのすけ》直之という若い大名が、秀次の興をさらに深めるために男に近づき、「うぬにはもう腕《かいな》がない。血も井戸替えの水のごとく流れている」と、現実を教え、知れば悶絶《もんぜつ》するかと思い、その反応を期待した。が、盲人は別な反応を示した。急に鎮まり、小首をひねり、声も意外なしずかさで、「ああ、知れた。わかったぞ」とつぶやいた。「この下手人は日頃このあたりに出るという殺生関白であるか。必《ひっ》定《じょう》、これならん」

秀次扈従の熊谷は、熊谷次郎直実《なおざね》の後裔《こうえい》といわれている男で、家はかつての室町幕府における譜代の名家であり、代々京に住み、いまは若狭《わかさ》井崎の城主でもある。小才子だけに秀次がどの点に興味をもっているかをよく呑《の》みこんでいた。医師が患者の病状でもきくように、「そちは目が見えぬ。しかもいま腕をうしない、これで苦しみが二重《ふたえ》になった。それでもそちは生きたいか」どういう心境か、というのである。秀次も熊谷の肩ごしに首をのばし、かたずをのんで男の返事を待った。

生きとうはないわい、と怒鳴りあげたのが盲人の回答である。これ以上、こんな不自由に堪えられるか。いっそ殺せ。この首を刎《は》ねよ。見よ、そのあたりでざわざわと気配がするのは町の衆が戸の隙間から見ている証拠であろう。いそぎわが首を刎ね、うぬが邪悪の名を後世に遺《のこ》せ、因果の酬《むく》いをうけよ、と叫んだために秀次は癇癪《かんしゃく》をおこして度をうしない、刀をふるって斬りつけたが、刃にあぶらがついたのか斬れず、肩骨の割れる音だけが聞えた。このため盲人はころがり、喚《わめ》きにわめいた。いよいよ秀次の手もとが狂い、あとは顔を撃ち、足を撃ち、胴を突き、歯を欠き、手を斬り、指を落し、ほとんど人間の形をとどめぬほどにずたずたにし、やっとこの者の息の根をとめた。辻斬りを嗜《たしな》んで以来、これほど手のかかった大仕事はない。こういう男ほどおもしろいものはない――と秀次は息の下からいったが、疲労ですね萎《な》え、扈従が背後からささえねばならぬほどだった。

「公卿どもに――これだけの勇気はあるまい」

と、その夜、酒の座で、酌をさせている婦人にいった。一ノ台と言い、菊亭《きくてい》大納言晴季《はるすえ》の娘である。先妻の池田氏が死んだため、秀次は晴季に迫ってちかごろこれを正妻とした。一ノ台は、齢《とし》は秀次より十ばかり老けているが、その婉麗《えんれい》は洛中《らくちゅう》に及ぶ者がない。一度他家に嫁し、亡夫とのあいだに娘が一人ある。まだ十一歳の女《め》童《わらべ》にすぎなかったが、秀次はこの娘まで伽《とぎ》に召し、お宮ノ方と称せしめて側室とし、母娘ともに戯れた。人々は「母子併姦《へいかん》など、もはや人倫ではない、畜生道である」とささやき、実父の晴季もこの母子併姦の無法に泣いた。

「どうだ」

と、秀次は、当の一件をこの一ノ台に誇ったのは、彼女が公家《くげ》社会の出身だったからである。公家どもは、文をひねり、典故をもてあそび、礼式にくわしくとも、これほどの武はもっていまい。みな刃物や血をみれば慄《ふる》えあがる連中ばかりだ、といった。一ノ台は、だまっていた。

「なんとか、音《ね》をあげよ」

と秀次はつねにこの無口な母子に物を喋《しゃべ》らせようとするのだが、彼女らは聚楽第に住んで一年余というもの、ついぞ秀次の前で声というものを発したことがない。

ちなみに、秀次の妻妾の数は、養父秀吉が制限したよりもはるかに越え、このころには三十余人にまでなり、当の秀次でもいちいち指を折らねばかぞえられぬほどであった。

(どうやら、箍《たが》がはずれてしまったらしい)

と、秀次に独立の人格を持つように勧めた木村常陸介も、この俄《にわ》か関白がわずか一、二年でここまでになり果てたことを見てむしろ後悔よりも恐怖した。常陸介よりも秀吉のほうがはるかに孫七郎を知っていたのであろう。あれほど小うるさく箍をはめてようやくこの人物は人間の姿をなしていた。いまやはずれきって自分自身が制御できなくなっているこの男は、たとえばこういうことをした。丸毛《まるも》不心斎という老臣の女房を見、媼《おうな》というのはどういう体具合をしているのであろうと興味を持ち、むりやりに召し出し、妾にした。東《あずま》と言い、齢は六十一歳である。五十代の者はいなかったが、四十三歳の女はいた。また家臣岡本彦三郎という者に母があり、秀次はある日、母親という、つまりそういう種類の女が欲しいと言い出し、これも召し出した。かうという名で、三十八歳である。女どもを年齢でわけると、十代が十一人、三十代が四人、四十代が一人、六十代が一人、あとは二十代であった。最《も》上義光《がみよしあき》の娘おいまのように大名の娘もいたし、捨子あがりのお竹という者もいた。こういう女どもがわずか一、二年のあいだに集められ、聚楽第を檻《おり》のようにして飼われた。

秀吉は京における秀次の不行状をうすうす知ってはいたが、麾下《きか》が遠慮して言上しないため、くわしくは知らなかった。ただ気にかかるのは実子秀頼《ひでより》の将来のことであった。秀吉は苦慮し、ついに結論を得、秀次を伏見《ふしみ》によんだ。

「そのほうは、どう思うか。わしは日本国を五つに割りたいと思う」

と、秀吉は提案した。「こうしよう。そのほうにその四つまではやる。あとの一つを秀頼にくれてやれ」といった。言いつつ、秀次の表情を注意ぶかく見た。秀吉にすればすでに跡目の相続を決定したあとであるため、いまさら言いづらくもあり、それをあれこれと気をつかい、遠慮気味に言いだしたつもりであった。が、秀次の表情は、それに応《こた》えなかった。

秀次は無言でいた。その鈍い、無神経な、どちらかといえばふてぶてしくもある面《つら》つきをみていると秀吉は一人踊りをしているような自分の気のつかい方がむしろ滑稽《こっけい》になり、みじめになった。というより、秀吉は秀次の同情にすがろうとしている自分を知った。秀吉の心情はもう、哀願にちかい。老いて子をなしたこの老人を、哀れとおもわぬか、自分はここまで悩んでいる、その気持を汲《く》んでくれ、汲むならいっそ、関白を辞職し、養嗣子を辞退する、という音を一声あげよ、と秀吉はひそかにそれを期待した。

が、秀次の感受性は、それに応えない。口ではなるほど返答した。

「父上様のよろしきように」

といったが、その顔つきには表情がなく、唇のはしに拗《す》ねた色さえ溜《た》まっている。秀吉はそう見た。むしろ曲げてでもそう見たい心境に秀吉は追いこまれていた。

——この天下は、たれの天下か。

そう吼えあげたい気持を、かろうじておさえた。その怒りを、秀吉はいつものように訓戒に代えた。が、訓戒を聴く表情態度さえ、秀次はどこか以前の孫七郎のようではなかった。孫七郎のころにはまだ小鳥のようにおびえているところがあり、その点でかろうじて、可愛らしさがあったように思われる。

(こいつ、変わったな)

秀吉は興醒《きょうざ》めたが、それでもなお我慢した。自分の死後、秀頼を保護してくれる者はこの秀次しかなく、その点でいえばもはや秀吉のほうこそ哀願せねばならぬ立場にあることを知っていたからである。

それから数ヵ月、秀吉はこのことについてなお思案し、ふたたび事態を救うための一案を考えついた。秀次に女児がいる。その女児を、ゆくゆく秀頼の妻にすることであった。まだうまれて程もない嬰児《えいじ》の配偶者をいま決めたところでなんの現実性もないが、秀吉はそれに縋《すが》った。糸をそう結んでおけば秀次は将来、秀頼をわるいようにはすまい、と思い、急使を差し立てようとした。

「さあ、それはいかがでございましょう。おいそぎなさることはございますまい」

と側近はいった。なにしろ遠い将来のことである。側近はそういったが、しかし秀吉にすれば矢もたてもたまらなかった。わるいことにこの時期、秀次は熱海《あたみ》に湯治するため東へくだっており、上方《かみがた》にはいない。秀次には、頭痛の病いがある。湯で治そうという旅であった。

旅先で、秀次は秀吉の急使を受けた。なにごとか、と思ったが、手紙をひらくと、たかがそれだけのことである。

「承知した、と申しあげよ」

秀次は、使者にそう答えた。使者が伏見に帰り、秀吉に報告した。

「関白はそれだけ言っただけか」

秀吉は自分の気勢《きお》いだちにくらべ、相手が水のように冷静であることに、不満と不愉快さを感じた。辞職する、とまで言わずとも、たとえば秀頼成人後は天下をゆずる、と口先だけでもこの老人を安堵《あんど》させ、悦《よろこ》ばせてくれるような一言を吐いてしかるべきではないか。

（あれは、人間ではない）

人情もわからねばいたわりもない。畜生である、と思った。その直後、菊亭大納言が伏見にやってきて、秀次の母子併姦の事実を、涙まじりに訴えた。

（まさかあの孫七郎めが）

それほど度胸のあるやつでもないと思い、秀次の私行を調査させた。調査を担当したのは、石田三成と長束正家である。

なるほど、孫七郎は人変りしていた。関白殿下の驚くべき行状が、このときひとつ洩《も》らさず、一時に秀吉の耳に入った。秀吉は気をうしなうほどにおどろき、これほどの男がしばらく感情の整理がつかず、言葉も出なかった。ようやく、「あれは人ではない」といった。「畜生である」といった。以後、その言葉をつかい、秀次をそう定義した。そう定義する以外、豊臣政権を救う道はなかった。すでに秀次の悪虐によって京都の縉紳《しんしん》や庶人の豊臣政権に対する人気は、ずたずたにひきさかれている。人々は秀次を憎むよりもその背後の豊臣家の権力を怨嗟《えんさ》するであろう。さればかれは人ではない、別個の物である、という以外に、その怨嗟を躱《かわ》す方法はない。畜生である、その証拠は母子併姦である、と秀吉はその論理を明快にし、その吏僚に告げた。

やがて湯治の旅から帰洛《きらく》した秀次は、この事態を知った。留守居の側近どもが、かれに告げた。

「わからぬ」

かれにわかっているのは、自分の娘を遠い将来において秀頼に配する、というその一事だけである。それが、なぜこう発展したのか。側近どもはさすがに母子併姦の一件だけは口にしかね、それを言わなかった。

「なにやら、治部少《じぶしょう》（三成）どもが、讒言《ざんげん》したのでございましょう」と、木村常陸介はそのようにいった。常陸介は三成讒言説を信じていた。もし太閤が没し、秀次の代になれば、太閤付きの三成らは権勢を喪《うしな》わざるをえない。逆にかれらの政敵であった自分が威権の座につく。それをふせぐには、いそぎ秀次を失脚せしめ、嬰児の秀頼の継嗣権を確立しておくことであった。されば、その一事は三成ら寵臣《ちょうしん》どもの陰謀でござりまする、と常陸介はいった。

秀次は、伏見方面の噂をさぐらせると、事態はさらに深刻であることがわかった。死を賜うかもしれぬ、という。

「殺されるのか」

早晩、そう相成ります、という観測を断固として持ったのは、熊谷大膳亮（直之）であった。かれは秀頼誕生のときからこの危惧をもち、それとなく用心を秀次にすすめていたのである。むしろ座して死を待つより、逆に伏見を襲い、太閤を殺し、一挙に政権を安定させるべきである。その兵略はこうでござりまする、と熊谷は言うに、まず伏見城は戦備が薄い、襲えば太閤は大坂へ落ちるであろう、それを想定し、淀と枚方《ひらかた》に鉄砲隊千人を伏せておく。残余は大津、大仏街道、竹田街道に埋兵《まいへい》しておけば討ちとるになんの苦労も要りませぬ、というものであった。秀次はさすがに耳を蔽《おお》い、

「大膳、もうそれを言うな、むほんはこわい」

と、血の気のない顔でいった。

しかしこの日から秀次は、秀吉からの襲撃に備えるため外出にはかならず供奉《ぐぶ》の

者に甲冑《かっちゅう》を用意させた。このことは、伏見へすぐ洩れた。当然のことながら、関白はつねに伏見を窺《うかが》っている、と解釈された。秀次自身、自分の用心がそう解釈されようとは、夢にも思わない。

このころには、聚楽第を訪ねてくる大名は一人も居なくなった。目さきの早さで知られた伊達《だて》政宗などはもっとも昵懇《じっこん》し、一時は十日に一度ほども足繁く訪ねてきた人物だが、絶えて来なくなったし、秀次から黄金百枚を借りていた細川忠興《ただおき》は、そのことで関係《かかわり》が濃いと疑われることをおそれ、金策のために八方奔走し、ついに徳川家康から金を借り、これをもって秀次に返済した。家康はその後江戸に帰ったが、京を離れるにあたり、京都滞留のその世子《せいし》秀忠に対し、「太閤・関白の間に兵戦あらば、一議なく太閤に味方せよ。太閤万一にして落命すればすみやかに大坂にくだり、北《きた》ノ政所《まんどころ》を護衛せよ」と言い残した。

すでに世間がそこまで過熱しはじめている以上、秀次も動かざるを得ない。熊谷の意見を容《い》れ、朝廷に三千枚の白銀を進納した。将来、成りゆきによって秀吉を斃《たお》した場合、新政権をすみやかに承認してもらう用意であった。これが、文禄《ぶんろく》四年七月三日である。即日、この密事が伏見に洩れた。

秀吉はついに決意し、五人の詰問使を発した。宮部善祥房、石田三成、前田玄以、増田《ました》長盛、富田知信である。秀次は、引見し、「謀叛《むほん》のこと、風説である。叛意《はんい》はない」という旨の誓紙を書き、手渡した。白銀進納から二日目のことである。

五人は伏見に帰り、秀吉に復命した。それから三日目に秀吉は、別な使者を聚楽第へ発した。秀次のかつての宿老であった中村一氏、堀尾吉晴、山内一豊、それにさきの使者宮部、前田の五人である。「太閤とのあいだに風説が立ち、疎隔を生じたのは要するに御直談の機会がないからでございましょう。伏見まで参らせ候え」といった。伏見へ差し越されよ、という口上である。

これは死の使者である、と秀次は直感し、あくまでもかぶりを振り、受諾しなかった。彼等も、ひきさがらない。ところが伏見から別な説き手がきて、別室で内謁を申し出た。尼の孝蔵主《こうぞうす》という老女である。北ノ政所の筆頭女官で、秀次は少年のころから、この尼とは親しかった。「尼の申すことをお聞きあそばされよ」と、彼女は笑顔《えがお》でいった。太閤様は上機嫌でございます、いえいえ殿下をいささかもお疑いではございませぬ、この上はなんの御懸念がございましょう、という。秀次は宿老の大名どもには警戒したが、この尼には釣られた。秀吉の計略はあたった。裏口から訪ねてきたこの尼のほうが、じつは死の使者であった。

「そうか、ゆこう」

と返事をし、すぐ支度した。側近の熊谷たちが制止するいとまもなく秀次は尼とともに玄関へ出た。秀吉にとって義理の孫にあたる三人の幼童をともない、行列の先をゆかせ、供まわりも百人程度でしかない。昼すぎに聚楽第を出、竹田街道をとって午後三時ごろ伏見に着いた。伏見の城下では町家が騒ぎ、家財を持ち出してい
る者も多かった。流説があり、秀次が大軍をもって来襲するという。秀次は、意外な感じがした。

(おれが。おれがむほんをするというのか)

「とりあえず、道中のお塵《ちり》を」

落せ、というので、休息所としていったん木下吉隆《よしたか》の屋敷に案内された。ところが門に入るや、諸門が忍びやかに閉ざされた。このとき秀次は自分の運命を知った。
やがて使者が城からやってきて、謁に及ばぬ、そのまま落飾し高野山にのぼれ、という。秀次は、従《そう》わざるを得なかった。

その夜、僧形《そうぎょう》で伏見を発《た》ち、二日の道中を経て高野山にのぼり、青宿寺に入った。
五日目に、山麓《さんろく》から、太閤の別な使者たちがそれぞれ人数を率いてのぼってきた。
正使は、福島正則であるという。

「たしかに、正則か」

秀次は、取次に念を入れた。間違いございませぬ、と取次が答えたとき、秀次は

自分の運命が窮《きわ》まったことを知った。正則とは、弱年のころから不仲のままで来た。その正則がわざわざ使者にえらばれたところをみると、口上は聞かずとも明瞭《めいりょう》であった。死である。

はたして、賜死《しし》であった。

その瞬間から、秀次はいままでのこの男とはまるで別な印象を、人々に与えた。この死の沙汰《さた》をきいたとき、秀次は、自分の文事顧問である僧西堂と碁を打っていた。ほとんど勝とうとしているときに、正則から沙汰を受けた側近の雀部淡路守《さきべあわじのかみ》がやってきて、死の支度ができた旨のことを秀次に告げた。秀次は盤面を見ながらうなずき、しかし、

「勝った」

と、別なことをいった。碁のことである。「みなのもの、のちの証拠に見ておけ。わしの勝ちである」なるほど左右がのぞくと、秀次の勝戦であった。このこと自体が珍奇であった。秀次が西堂と碁を打って勝つことはなかったが、なんのめぐりあわせか、この日この期《ご》になって勝った。これがよほどうれしかったのであろう、少年のように頬をほてらせ、

「いまからわしは腹を切りにゆくが、この盤面はくずすな。床ノ間へ、そっと運べ。

みなあとで石のぐあいをとくとみよ」

と言い、さて雀部淡路守にむかい、上使に対する口上として、「遺書を書きたい。許してくれるか」といった。

それが、許された。秀次は、自分の実父、正室、侍妾《じしょう》たち一同へ簡単な遺書三通をしたためた。筆使いが、躍如としている。

終って、からりと筆を捨てた。捨ててから僧西堂にむかい、「わしの一生は太閤によって作られた。この死も、同様である」といった。自分の生涯が、ことごとく他人の手で作られた奇妙さを、この男は感慨をもってふりかえったのであろう。

「いま死ぬ。これも太閤の意思である。しかしながらわしが自分の腹を切る刀はわしの手中にある」

要するに、腹だけは自分で切る、それだけが生涯でやった自分の行動である、と言いたいのであろう。かつ西堂に対し、汝は僧である、死ぬ必要はない、といった。しかし、西堂は、おおせ御無用でござる、拙者は勝手にお供つかまつりまする、と自分も切腹の支度をした。西堂はちなみに孝蔵主の甥《おい》にあたる。叔母《おば》の偽言を愧《は》じ、ひそかに覚悟するところがあったらしい。

秀次は、ゆるゆると回廊を渡り、やがて切腹の座についた。

誤って、この男は東をむいてしまっていた。仏説に、仏は西方《さいほう》十万億土にいるという。西へ向かねばならない。「それは作法ではござらぬ。西を向き候え」と西堂が注意すると、秀次は無言でいる。かさねて注意すると、「仏は十方《じっぽう》に在りともいう。方位をもとめる必要はあるまい」といった。せめて生涯の最期ぐらいはわが自由にさせよ、といいたいところであったろう。

介錯《かいしゃく》の太刀がきらめき、屍《かばね》は作法違いのまま、あらぬ東方にむかって崩れた。

西堂はそれを見、

「殿下は、方向を、まちがわれている。これが妙である。殿下のご生涯もこうであったのではないか」

といった。

西堂は西を仰ぎ、西にむかって首を打たれた。自然、屍は秀次と逆方向になった。西堂が最後につぶやいた右の言葉が、秀次の生涯を象徴した箴言《しんげん》であったかのように巷間《こうかん》に伝えられた。事実、秀次は生まれる縁を誤ったのであろう。

＊

秀次の死後、その妻妾と彼女らが生んだ子は性別を問わず、ことごとく刑戮《けいりく》された。

刑場は、京の三条河原である。まわりにざっと六十メートル四方の堀をうがち、それに鹿垣《ししがき》を結いまわし、刑を執行する下人どもには具足を着せ、弓矢をもたせた。

執行されたのは、八月二日である。聚楽第の南門から白い死装束《しにしょうぞく》の彼女らを追い出し、門前に待機していた下人どもが物でもつかみ投げるようにそれらを車にのせ、一輛《りょう》に二、三人ずつ載せては三条河原へ運んだ。

刑場の南すみに、土壇が築かれ、首が一つ載せられている。秀次の首であった。

「あれをおがませ参らせる。おがみ候え」と下人どもはわめき、喚《わめ》きつつ彼女らを鹿垣のなかに追いこんだ。

あとは垣をとざし、殺戮がはじまった。彼女らを河原者が追っては刺し、とらえては刺すのである。刑吏が二、三歳の若君をとらえ、母親の目の前で犬の子でも刺し殺すように殺し、それをみて気を喪《うしな》った母親を別な刑吏が抱きおこし、その首をはたきおとした。一ノ台もその娘の宮ノ方も例外ではない。母娘とも、辞世を用意していた。娘の辞世に言う、憂きはただ親子の別れと聞きしかど同じ道にし行くぞうれしき。

刑は、公開でおこなわれている。数万の見物衆が刑場をとりまき、とくに場内を見おろせる三条橋は、橋桁《はしげた》が沈むかとおもわれるほどに人が群れたが、かれらの誰もが、この刑が何のために行われ、天下に対しどういう効果を期待して公開されているのか、理解できた者はひとりもいない。

やがて処刑は終了し、かねて河原の一隅に掘られていた穴のなかに、それらの死骸《がい》は秀次の首もろとも投げこまれた。土が覆われ、塚の上に、石塔が置きすえられた。

秀次悪逆塚

と、その碑面には刻まれている。

孫七郎秀次の実父三好武蔵守一路は所領と位官をとりあげられ、もとの平人におとされて、讃岐《さぬき》へながされた。

「なんのことだ」

この弥助は、讃岐の配所でわが食い扶持《ぶち》を耕しつつ、日に何度もつぶやいた。なんのことだか、この実父もまた自分の一生の正体が理解できなかったにちがいない。

第二話　金吾中納言

一

北《きた》ノ政所《まんどころ》、通称寧々《ねね》、秀吉の正室であり、当然ながら豊臣家の家庭の主宰者である。気さくであかるい性格をもち、従《じゅ》一位という身になってからも様子ぶるところがなく、終生、うまれ故郷の尾張《おわり》言葉をつかい、秀吉とのやりとりも、人前をはばからない。

あるとき、夫婦で乱舞《らんぶ》を見物した。見物中なにやら口争いになり、激しく言いあったが双方尾張言葉の早口で、一座の者はなにを言いあっているのかわからない。やがて北ノ政所がはじけるように笑い出し、秀吉ものけぞって笑った。

(喧嘩《けんか》ではなかったのか)

と一座はほっとしたが、秀吉はその能役者どもに、

「いまの喧嘩をなんとみた」

といった。秀吉はなにごとも物事を明るくしたがる性癖があり、狂歌と当意即妙の頓智《とんち》が大好きであった。能役者どももそこは心得、まず太鼓打ちが、

「夫婦喧嘩に撥《ばち》があたりましたよ」と太鼓にかけて答えた。笛師がすかさず、

「いずれがヒーヤラ、リーヤラ」

どちらが非やら、理やらというのを笛の音に仕立てていったのである。この頓智には夫婦とも腹をかかえて笑った。

北ノ政所は、そんな婦人であった。

この婦人が子を成しておれば豊臣家の運命は大いにかわったであろう。豊臣家に子がないというのは豊臣政権がその成立のときからもっている致命的な欠陥であった。諸大名は口にこそ出さね、肚《はら》では、

——この政権は長つづきはせぬ。殿下ご一代のあいだだけのことである。

とおもい、つぎにこの天下を継承する者はたれかという気づかいのみをしていた。当然たれの目にも、実力といい、筋目といい、人物といい、官位といい、諸侯筆頭の徳川家康である。自然、豊臣家をうやまいつつもひそかに家康に好誼《よしみ》を通じている者が多い。秀吉の手飼いといっていい藤堂高虎《とうどうたかとら》などは家康と大名という点では同格でありながら、ひそかに家康に対し、「拙者を家来であるとお思いなしくだされ」とまで囁《ささや》いている。

そういう政情を安定させるために、豊臣家は後継者を、作らねばならず、それがその意味ではこの政権のもっとも重要な政治であった。が、秀吉の不幸は血縁とい

う者がほとんどいないことであった。なるほど甥《おい》の秀次をば養子にした。秀次以外にもう適当な手持ちがなかったのである。このため血縁ではない宇喜多《うきた》秀家などまでも養子にして、豊臣家の一族とした。さらに秀吉となんの血もつながらぬ金吾《きんご》中納言小早川《こばやかわ》秀秋が豊臣家の養子のひとりになったのは、そういう事情が背景になっている。

この秀秋は、北ノ政所の血縁である。

北ノ政所の実家《さと》は、生家と養家の二軒ある。彼女は織田家の小臣杉原（のちに木下と改姓）助左衛門定利《さだとし》の子にうまれたが、早くから伯母《おば》の家である浅野家に養われた。秀吉が天下をとるとともに、この杉原（木下）家も浅野家も諸侯に列し、奇妙なことに（理由があるのだが）、北ノ政所のこの二軒の実家だけは徳川大名として残り、明治維新にいたっている。

秀吉が天下をとる前後、生家の杉原家の当主は、彼女とは年子《としご》の弟にあたる家定《いえさだ》の代になっていた。その家定には子が多く、北ノ政所は早くから、

――そなたの数多い子から、ひとり、欲しや。

と話していた。その木下家に五番目の男子が、天正五（一五七七）年にうまれた。秀秋である。秀吉はこの当時織田家の中国方面司令官であり、北ノ政所は居城の

近江《おうみ》長浜城にいた。杉原家はすでに秀吉の家来になっていたから、当然、その屋敷は長浜城下にある。彼女は城主夫人ながら自分の実家に男児誕生の祝いに行ってやった。

「これは可愛や」

嬰児《えいじ》をのぞきこみ、北ノ政所は掌をたたくようにしてよろこんだ。いっそこの児を襁褓《むつき》のうちから育ててみようと思い、家定にいうと、

「それほどお気に召すなら」

と、姉の意をむかえた。北ノ政所は播磨《はりま》の戦線から帰ってきた秀吉にその旨をいうと、

「おお、それは妙案。養子にせい」

にぎやか好きの秀吉は簡単に妻の申し出を承知し、これによって秀秋は長浜城内にひきとられた。むろん乳母《うば》がついたが北ノ政所自身子供好きで、その世話も、子をもたぬわりにはうまかった。

秀秋は、ぶじ成長した。通称は辰之助《たつのすけ》という。丸顔の色白で、瞳《ひとみ》の動きがすばやい。その年頃の少年からみてもずばぬけて利発のようにおもえる。

「あの子はゆくすえひとかどの者になりますよ」

と、北ノ政所は秀吉にいった。

「そいつは楽しみだ」

秀吉も、猫と子供が大好きなのである。それにこの男は自分の妻の長所は人を見る能があるところだとひそかに思っていたし、その実例も多い。自然、秀吉も秀秋に期待をかけた。家庭では、秀秋は筆頭養子の秀次の弟として順序づけられているが、しかし秀次に万一のことがあれば家の相続権をあたえてやってもいいとさえ秀吉はおもい、

「寧々、この家をあの子に継がせてやってもいいのだ。そう思っておれ」

とまで北ノ政所にいっていた。

天正十三年、秀吉は関白に任じたが、このとき朝廷に奏請し、数えて九歳の秀秋を従四位下右衛門督《うえもんのかみ》にした。この官を唐名では金吾将軍という。宮門の警備隊長であり、金革《きんかく》を鎧《よろ》って門をまもるというところから「金吾」という称が出たのであろう。このため諸侯はこの豊臣家の少年を、

「金吾殿」

とよび、かくべつの敬意をはらった。もっとも陰《かげ》では金吾め、とささやく者もある。このころから秀秋は幼童のころの可愛げが失《う》せ、利発でもなくなり、早くいえば愚昧《ぐまい》で素っ頓狂なところが出はじめている。将来、公卿《くげ》社会で恥をかかせぬよう読み書きや歌学の師をつけてあるが、いっこうに才華らしいものがあらわれて来な

い。

（どうやら、私の目ちがいか）

北ノ政所は、そのことに気づきはじめ、だんだん興が醒《さ》めてきた。秀秋は御所でも容儀がわるく、洟《はな》を垂らし、厳粛たるべき場所で急にわらいだしたりした。粛として歩をはこぶべき御所の廊下で、ばたばたと駈けだしたりもした。

「あの子だけは、はずかしい」

北ノ政所は秀吉にこぼした。もともと彼女の生家の杉原（木下）家の血縁者は、一様に武士としての勇気や果断さに欠けているが、しかし彼女に似て聡明《そうめい》の質の者が多く、秀秋の長兄にあたる勝俊《かつとし》（侍従、剃髪《ていはつ》後　長嘯子《ちょうしょうし》）などは歌学の素養にかけては、どの諸侯の子にも劣らない。

「案ずるな」

秀吉はその点、楽観的だった。少年のころの正体ないまでの悪さにかけては秀吉も覚えがあったし、かれの亡主であり生涯の師匠ともいえる織田信長の悪童ぶりは当時の織田家の家中を暗澹《あんたん》とさせたものであった。それからみれば少年の頃の粗暴、愚鈍をもって、成人後の賢愚をおしはかることはできない。

「そういうものだ」

秀吉はむしろ北ノ政所をなだめた。しかし北ノ政所の心は楽しまない。なぜかといえば秀秋は齢九歳というのに性的関心だけは異様に強すぎ、女官などが局《つぼね》で着替えをしているときなど、いつのまにか忍んでいて目をすえてそれを見つめている。たしなめると狂人のように騒ぐのである。が、寧々は秀吉には告げなかった。告げれば秀吉は、

「好色は人の癖《へき》であって、善悪賢愚とはなんのかかわりもない。そうか、金吾はもう忍ぶか、齢のわりには早い」

とでも言って笑うのがおちであろう。好色と早熟という点では秀吉自身がそうであり、この亭主に訴えることはできない。

秀吉はむしろ、自分の身寄りの秀次よりも秀秋のほうを重視しているかのごとき様子さえ見せた。天正十六年、秀吉は京に聚楽第《じゅらくだい》を造営し、四月十四日、後陽成《ごようぜい》天皇の行幸を仰いだ。天子が、臣下の私邸に行幸するなどは百年このかた絶えてないことであり、豊臣政権安定の壮麗な示威運動といっていいであろう。秀吉は、天下をあげてこの行幸迎えの準備をした。この日、五畿内はむろんのこと、遠国《おんごく》の者まで見物にあつまり、その沿道、辻々《つじつじ》を警備する警備兵だけで六千人が動員された。行列は、華麗をきわめた。

——天子さまとは、これほどに尊いのか。

と、大名以下庶人にいたるまでおもったであろう。それが、秀吉が期待したこの

盛儀の政治的効果であった。天子の尊さを知らしめねばならない。天子に次ぐ者は関白である。天子の尊さを知らしめることによって関白の神聖さもわかるに相違ない。秀吉は、自分の天下がにわかに成立したがために、かれの諸侯のほとんどは織田家での旧同僚であり、徳川家康などは織田家の同盟国の国主で秀吉よりも上位の立場にあったし、織田信雄《のぶかつ》にいたっては亡主信長の実子であった。秀吉はその武力と運でかれらを諸侯として従えたとはいえ、前歴が前歴だけに人々は内々心服はしていまい。人の尊卑の価値観ほど頑固なものはないのである。それを、秀吉はうちこわそうとした。天子の尊貴を借り、それを宣伝することによって、ひとびとにあたらしい尊卑観と秩序感覚をあたえようとした。

天子は聚楽第に四泊された。その間、庭を周遊しようとする天子のために、天子の支配者である秀吉が、庭草履をそろえた。さらに秀吉は聚楽第の一室に、豊臣家における六人のもっとも巨大な諸侯をあつめ、天子の出御《しゅつぎょ》を乞うた。六人とは、つぎの名である。

内大臣　織田信雄
大納言　徳川家康
権大納言　豊臣秀長（秀吉実弟）
権中納言　豊臣秀次

参議左近衛中将　宇喜多秀家
右近衛権少将　前田利家
これらに対し、
「足下ら、いまこそ天子のありがたくも尊きことに感涙を催したことであろう。子々孫々にいたるまで朝廷に忠順であることを誓紙に書いて出すように」
と申し渡した。席上、誓紙がくばられた。すでに文章がつくられてあり、一同、それに血判署名をするわけである。その文章の末尾に、
関白殿おおせ聴かさるるの趣き、何篇においてもいささかも違背申すべからざること。
とある。秀吉にすれば天子の前で諸侯に服従を誓わせるこの一事こそ、このたびの行幸の最大の目的だったのであろう。ところでこの誓紙の形式は、誓紙を受ける人物が秀吉そのひとではない。秀吉の代理人であった。秀吉がどういうつもりでそれを選んだのか、秀秋である。
金吾殿
と、誓紙にはあらかじめ書かれている。誓う相手は十二歳の金吾秀秋に対してで

あった。となれば豊臣家の後継者は、

(意外や、金吾か)

　ということになった。当然な推察であった。この誓紙によって、秀秋の豊臣家における地位が、いわば明確になった。飛躍したといっていい。秀吉は、秀次よりも秀秋に世を譲りそうなのである。

　——となれば金吾殿の御機嫌を損じてはならぬ。

　と、大名たちはおもい、この薄ひげの生えかけた少年の機嫌をとり、あらそって贈り物をするようになった。

「あれでは、増長するのではないか」

　と、北ノ政所は心配したが、秀吉は、秀次の場合もそうであったが秀秋についてもそれが諸侯にちやほやされることを捨てておいた。むしろよろこぶふうであった。

「贈り物など、されるにまかせよ。秀秋の身がいかに尊貴であるかを、天下に知らしめるほうがよいのだ」

「しかし人によります。金吾殿には毒です」

　北ノ政所はいったが、しかし家庭人としての秀吉のあまさは愚父にちかい。

「なんの、取り越し苦労よ」

　その聡明さは古今無類といわれた秀吉にも、盲点がある。子弟の教育ということであった。取り越し苦労といえば、教育はもともと取り越し苦労から出発するものであろう。が、秀吉そのひとは教育を受けずに成人した。つい、軽視した。これは豊臣家の欠陥といっていいであろう。この家はにわかに成立した貴族だけに、他の大名小名家ならかならず伝統として保持している子弟教育の性能を、家風として持っていないのである。

秀吉にできることは、子弟の官位を昇進させることぐらいのものであった。秀秋十五歳の天正十九（一五九一）年には参議に任じ、右衛門督を兼ねさせた。十六歳の文禄《ぶんろく》元（一五九二）年には権中納言に任じ、正三位《しょうさんみ》に昇った。このため世間では、「金吾中納言」

とよんだ。ただし秀秋の昇進の速度は、この権中納言で一応とまった。なぜならばこの年、義兄の秀次がにわかに躍進し、関白に任じ、名実ともに天下の後継者になったからである。

すでに朝鮮出兵が進行している。十六歳の権中納言はすでに肥前名護屋《ひぜんなごや》の大本営へくだった秀吉のあとを追うべく、あたらしく拝領した丹波《たんば》亀山の城で準備中であった。

ちなみに、秀吉はこの軍旅にはとくに寵姫《ちょうき》淀殿ひとりをともなっている。多くの側室のなかからとくに淀殿をえらんだのは、「先年、小田原ノ陣のとき淀の者をともない、望みのとおり勝利をえた。淀の者はもはや戦場の吉例になっている」と他の側室の閨怨《けいえん》をふせぐ意味もあってそう表明したが、ありようは淀殿に秀吉は後継者出生の希望を見出したのであろう。さきに淀殿は秀吉が接した多くの婦人のなかでただひとり秀吉のために子を生んだ。鶴松であった。鶴松は惜しくも早世してしまったが、つづいてふたたび懐妊せぬともかぎらない。この希望が、秀吉に淀殿をともなわしめたのであろう。

秀秋は翌文禄二年の三月に肥前名護屋にくだったが、大坂を出発するにあたって養母北ノ政所にいとまごいのあいさつをすべく登城した。齢十七である。

「それは大儀なこと」

北ノ政所はそういっただけである。このたれに対しても機嫌のいい女性《にょしょう》が、金吾中納言秀秋に対するかぎり笑顔をみせることまれで、このときもわずかに唇を動かすのみである。彼女は、秀秋の、生きもののいやらしさの出たなまなましい顔を見ることすらいやだった。

そのくせ秀秋には図々しさがない。厚顔に養母の機嫌をとりむすぶならともかく、彼女の機嫌のわるさをみると急に臆病犬《おくびょういぬ》のように尻尾《しっぽ》を垂れ、上目をつかうような表情をしてみせる。この表情が、かえって北ノ政所の癇《かん》にさわった。あわれな、とおもいつも、つい嵩《かさ》にかかっていよいよいやな顔をしてしまう。

側のものが、はらはらした。このころ、秀吉の命で豊臣家の老臣のひとり山口玄《げん》蕃頭正弘《ばのかみ》が傅人《めのと》を兼ね、付家老《つけがろう》になっていた。山口正弘は近江の出身で、秀吉の近江長浜城主時代に仕え、軍事に堪能《たんのう》なだけでなく民治にあかるく、秀吉のもっとも重要な土地政策であったいわゆる太閤検地《たいこうけんち》の実務担当者として名をあげた。民政家だけに、当然、世故に長《た》けている。

進み出て、

「北ノ政所さま。おそれながら金吾さまにおはなむけの言葉を賜わりとう存じまする」

と、秀秋のかわりにいった。そうあるべきであろう。豊臣家の息子が出陣するというのに、養母としてはこれだけでは済むまい。

「そうか」

彼女はうなずき、

「肥前では水に気をつけますように」

といっただけであった。当然この場合ならくださるべき餞別《せんべつ》の品もない。秀秋は不面目のまま退出した。

肥前名護屋についたのは、三月二十二日である。秀秋は軍装も美々しく名護屋城に入り、養父秀吉に拝謁した。

秀吉は、秀秋の軍装の美々しさに、大いに満足した。

「出陣にあたり、お袋さまから、くさぐさ、頂戴物《ちょうだいもの》をしたであろう」

と、上機嫌できいた。ところがなにも頂戴つかまつりませぬ、という。秀吉は多少、それを予想していた。すぐ、

「機嫌はどうであった」

と、山口正弘にきいた。正弘は正直にその様子を伝えた。

「はなむけの言葉も、ふたことだけか」

秀吉は笑いながらうなずいたが、内心では当惑している。かれにすれば秀次万一のときにはこの秀秋を豊臣家の相続者として立てねばならぬのに養母たるべき妻の態度がよくない。

――そなたはまちがっている。

と、その意味の叱責《しっせき》の手紙を、このあと、大坂の妻に書き送っている。

「金吾、二十二日名護屋へ着き候て、人数も多く候て、きれいなるよしにて、一だん、ほめ申し候」

金吾は二十二日に名護屋についた。人数も多く動員し、しかも行装《ぎょうそう》もきれいで、わしはほめてつかわした、と秀吉は言う。

「金吾が大坂へいとまごいにあがったとき、そもじは機嫌がわるく、必要な道具なども
ととのえてやらなかったそうであるが」

――なんとしたる事にて候や。

と、秀吉は書く。「そもじには子がない。あの子を可愛がらずに、誰の子を可愛がるのか」

さらに秀吉は、

「金吾の心掛け次第では、自分はあの子に自分の隠居分を相続させてやろうと思っている（他のものは関白秀次に相続させねばならぬために）。それほどまでこの秀吉が思っているくらいだから、そもじもあまり物惜しみをしてはいけない」と書き、

大かう

ねもじ

参《まいる》

と、書き送っている。

が、この日からふた月も経たぬまに、豊臣家の様相が変わった。淀殿が懐妊したのである。

秀吉は、狂喜した。

このよろこびを、さっそく大坂の北ノ政所に書き送ったが、文面は微妙である。

「このあいだはすこし咳気《がいき》（風邪）がしたので筆をとらなかった。いま癒《なお》り、これは癒ってからの筆のとりはじめである」

と、要するに筆をとるにも北ノ政所への手紙を一番に書く、ということを言い、心づかいを見せている。

「又」

と、ついでのように秀吉は書く。「二ノ丸どの（淀殿）が懐妊《みもち》のよしきいている」

ひとごとのようである。

「めでたく候。ただし、この秀吉は子はほしくはない。決してほしくはない。そもじもそのつもりでこの太閤を心得てくれ。なるほど秀吉には子がある。鶴松である。それはよそへ越した（死という言葉を忌んで）。だからこんどの子は秀吉の子ではない。二ノ丸どのだけの子である」

秀吉は北ノ政所の神経を気づかい、このような言いまわしをしているが、むろん本心ではない。もっともこのふしぎな論理の裏には当時の俗信の関係もある。「自分の子ではない、拾った子だ」ということになると子が丈夫に育つという。死んだ鶴松は出生当時捨《すて》と名づけられた。こんどの子はやがて秀頼になるのだが、かれは出生後、お拾《ひろい》と名づけられることになる。

その俗信を、つまり淀殿ひとりの子であるということを神仏に強調するため、秀吉は淀殿を名護屋城から去らしめ、山城《やましろ》の淀城に移した。ほどなく彼女は大坂城二ノ丸に移り、男児を生みあげた。この年の八月三日である。

二

秀吉はよろこび、ひとびとがはや、狂いなされたか、と懼《おそ》れたほどに燥《はしや》いだ。この天才も、このころからあきらかに老耄《ろうもう》の気配がきざしている。渡海遠征軍への指揮もそこのけにして名護屋城を去り、上方《かみがた》へ帰ってきた。その間、北ノ政所に手紙を送り、「積もる御物語申し候べく候」と書き送っているし、淀殿にも、「かえすがえす、拾《ひろい》に乳をよくのませよ。乳がたくさん出るようにそもじも飯を多く食べよ。また、もの気をつかうと乳の出がわるくなるから、気づかいなどはするな」

と、書き送った。さらに、

「健康のため、灸点《やいと》をめされよ。ただし拾にはやいとは御無用である。かかさま（淀殿）がしてやってもいけない」

という手紙も出している。

秀吉が燥《はしゃ》げば燥ぐだけ、金吾中納言の存在はかぼそいものになってきた。

（この調子ではやがて豊臣家に一大事がおこるのではないか）

と見たのは、黒田如水《じょすい》であった。

如水、通称官兵衛《かんべえ》、官は勘解由次官《かげゆのさかん》。秀吉創業のころからの智恵袋である。大いに謀《はかりごと》を好む。ただ奇妙なほどに我欲がとぼしい。かれにあっては策謀は利欲のためというよりもむしろ酒客が酒を愛するがごとくにそれを好み、このため一種の仙骨風韻をさえ、人に感じさせている。大坂・伏見の巷間《こうかん》では如水びいきの者が多く、「太閤さまの御功業のなかばはかの足萎《あしな》え殿（如水）の策に出たものではないか」とさえいう者があったが、いずれにせよ、豊臣の天下になって如水が得たものはわずかに豊前《ぶぜん》中津十余万石という、ほんのわずかな恩賞でしかなかった。

余談になるが、あるひとが秀吉にそのわけをきいた。秀吉は、

「冗談ではない」

と一笑した。あの跛者《はしゃ》に百万石もとらせたら天下をとってしまう、と言ったという。さらに、似たようなことを秀吉は、別の場所でいっている。ある夜、左右の近習をあつめて夜話をした。話題が諸侯の品評になった。秀吉はふと、「わしが死ねばたれが天下をとるか」と、たずねた。むろん座興である。ひとびとはそれぞれの思惑をいったが、秀吉はくびをふり、

「かの者よ」

といった。みな不服であった。なぜならば黒田如水はたかだか十余万石の身上《しんしょう》にすぎず、この小封では天下の兵をあつめることができない。そう異議をとなえると、秀吉はいやいやとかぶりをふり、「あの者の凄味《すごみ》を、おまえたちは知らない。おれはむかし彼と山野で起き伏した。おれだけが知っている」といった。

如水の凄味は、秀吉が自分の才をおそれているということを知りぬき、この意外に手薄な処遇に、すこしも不平の色をみせないことであった。功烈主《しゅ》を震わす者は害をうけるという。如水の智恵はそれを知っている。旧功を誇り、恩賞の大を要求すれば、如水の身は破滅するであろう。

秀吉は功が成ると、如水を帷幕《いばく》から遠ざけた。

(如水ならば、おれのおそれも真意もわかってくれるだろう)

という、如水の聡明《そうめい》さにあまえたところがあった。かわって文吏といわれる石田三成、長束《なつか》正家、増田《ました》長盛らが、豊臣家の執政官になった。かれらはともすれば、豊臣家を興した創業の老雄を煙たがり、いよいよ秀吉からの距離を遠くした。如水はそれに不服をとなえるふうでもなかった。一人の人間は一つの時代しか生きられぬことを、この男は知っていたにちがいない。

その後、如水は保身のために薙髪《ちはつ》し、隠居し、家も城地も子の長政にゆずった。

秀吉はさすがにおどろき、

「国許《くにもと》などに帰るな。京にいておれの相談相手になってくれ」と言い、在京料として五百石をあたえた。ついでそれを二千石にした。

その如水が、

――豊臣家の静穏のために。

という策をたてた。道楽である。べつに譜代重恩の家来でもないため肚《はら》の底からそれを祈念していたわけでもなかったであろう。とにかく如水はお拾《ひろい》――秀頼の出生によって、関白秀次の身があぶないことを予想した。秀次の乱行は天下の話題になっており、それを名目に圧殺されるであろう。如水は、つねに秀次の碁の相手をしていたから、それとなく身をつつしむよう諫《いさ》め、さらに――買って出ても渡海軍の総指揮をおとりなされ、太閤殿下はそれを可憐《かれん》とおもわれるでありましょう、と言ったのだが、秀次には通ぜず、このため如水は秀次を見限り、かれの屋敷から遠ざかった。

つぎは、金吾秀秋である。

（お拾がうまれた以上、金吾は立ち腐れになる。金吾をどうにかしてやらねば）

と、如水はおもった。おせっかいというものであった。如水はすでに秀吉の謀臣ではなく、かつ、豊臣家の家政の面倒をみねばならぬ役目など、持たされてもいない。そのうえ、豊臣家のひとびとから如水がとくに頼りにされているわけでもなく、あくまでもこの男らしい策謀趣味であった。如水は、その才能の表現場所がなく、日常屈託している。そのあまり、おせっかいを買って出たというべきであろう。

ある夜、秀吉とひまばなしをしたとき、ふと思いついたように、

「金吾様にもよき養子のさきがあれば、豊臣の御家は万々歳でござりまするな」

と、秀吉にさぐりを入れてみた。養子にやる意思があるかどうかである。秀吉は、如水がなにごとかをたくらみはじめたことに気付いた。それに乗ってやれと思い、さあらぬ体《てい》で、

「そういうことだ」

と、大声で言い、すぐ話題をそらした。その一言だけで、如水は満足した。あとは養家をさがすだけである。

（毛利家がよい）

と、如水はおもった。なにしろ、天下の大大名である。創業の毛利元就《もとなり》いらいその領地は山陰山陽十カ国にわたり、信長存生《ぞんじよう》のころ、信長が死ぬまで織田家の最大の敵であった。秀吉の世になり、秀吉の巧みな外交政策によって毛利家はようやく膝《ひざ》を屈し、豊臣家の大名となった。幸い、当主の中納言輝元《てるもと》には子がない。

（金吾を、送りこむことだ）

西方の巨大な諸侯との絆《きずな》をそれによって固めれば秀吉亡きあとの豊臣家は安泰であり、かつ毛利家自身にとっても家の安全になり、双方の得である。

——小早川隆景《たかかげ》に説こう。

と、如水はおもった。

ついでながら、毛利家の家政の運営には独特のしくみがある。巷説でいう「三本の矢」であり、如水もこれを知っていた。元就が死の床についたとき、三人の子をよび、三本の矢を渡し、折ってみよといった。一本ずつ折った場合には簡単に折れたが、三本まとめると容易に折れない。諸事、協力せよ、という教訓であり、それが家憲になっている。このときの三兄弟が、毛利隆元《たかもと》、吉川《きっかわ》元春、小早川隆景であり、以来、毛利氏を中心に吉川・小早川の両家は一つの連合国家のようになっていた。いまは長男の毛利隆元が没し、本家はその子輝元が継いでいる。吉川元春も死に、このときの三兄弟で生き残っているのは従三位中納言小早川隆景だけであり、この隆景がみずから大封の大名でありながら、同時に本家の毛利氏の最高顧問を兼ねている。説得するとすればこの小早川隆景であろう。

いずれも伏見に屋敷がある。如水の屋敷は岩山のふもとにあり、ここから中山越えにさらに東にゆけば城下でもっとも宏壮《こうそう》な小早川屋敷である。如水は、出かけた。念のため生駒《いこま》親正《ちかまさ》という老人を伴った。親正は豊臣手飼いの大名のひとりで、二百六十石から身をおこし、いまでは讃岐《さぬき》高松十七万余石の身上になっている。二人で、中山を越えた。左手が秋山の丘陵であり、櫨《はぜ》の紅葉が目にいたいほどにあざやかであった。要件には二人でゆくのが日本人の風習である。たがいに後日の証人になりあうためであろう。

隆景は、もう六十を越えている。温厚な人柄だが、戦国風雲のころ次兄の吉川元春とともに毛利家を防衛しぬいたその能力は、尋常なものではない。

まず両人を招じ入れ、ついで茶室の用意をし、やがてそれへまねき、炉をかこんでの雑談になった。

「いやさ、余の儀ではない」

と、如水は故郷の播州《ばんしゅう》なまりの残った巻舌《まきじた》で、秀秋養子の一件を語った。むろん、「豊臣家と格別の関係になることは、毛利家安泰のために、このうえなき良策でありましょう」という話の持ちかけかたであった。

「なるほど、これは良きお縁談《はなし》」

と隆景は茶の亭主をしつつ大いに笑みくずれたが、内心は逆であった。背に汗が流れた。

(毛利家の一大事である)

とおもった。毛利家といえばそのあたりの先祖もわからぬ成りあがり大名ではない。隆景の亡父元就が安芸《あき》吉田庄千貫の地から身をおこしたとはいえ、毛利家そのものは元来の名族で、鎌倉幕府の政所《まんどころ》別当《べっとう》大江広元以来の歴々の家系を誇っている。そこへどこの馬の骨とも知れぬ秀吉の義理の甥《おい》に乗りこまれてはたまらない。

神殿の壁に糞《くそ》を塗るようなものであろう、と隆景はおもった。歴代の霊位はもとより、家系の保存に人一倍心をつかった亡き元就がきけば成仏もなりがたいであろう。

（これは、身をすてても防がねばならぬ）

と隆景は決意したが、しかし表面老練な微笑を絶やさず、

「おおせのごとく、毛利本家にとってこれほどめでたいことはありませぬ。当主輝元が承れば大きによろこびましょう」

と言い、二人を帰した。

このあと隆景は微装し、ひそかに屋敷を出て、伏見城の堀端に屋敷をもつ施薬院《せやくいん》全宗《ぜんそう》を訪れた。

施薬院全宗は、室町末期の名医曲直瀬《まなせ》道三《どうさん》の高弟で、最初宮廷医であったものが、いまでは秀吉の侍医になっている。秀吉はいま自分の老病に気をつかっているため、秀吉の身辺を、施薬院は日常影のごとく離れないため、この専制君主がどう行動し何をいったか、施薬院以上に知っているものはない。自然に、諸侯も施薬院を丁重

にあつかった。隆景もこの侍医長に礼物を贈り、殿中での政治むきの情報を得べく、その点の頼りにしている。施薬院にきけば、如水のいったことが秀吉の口から出たものであるかどうかがわかるであろう。

「ほほう、そのこと、わたくしは存じませぬな」

施薬院全宗は、小首をひねった。秀秋を養子に出すという話題は出たように思うが、ゆくさきの家名まで出ていない。まして毛利家ということは出ていない、というのである。

（それで安堵《あんど》。――）

隆景は長い息をついた。秀吉自身の意思でないとすれば打つ手はあるであろう。それも、事はいそぐ。たとえ座談にでも秀吉が「毛利」とひとこと吐けば、「上様御存念」ということで万事は休するのである。

翌日、隆景は、伏見城の大手門をくぐり、城内石田廓《いしだぐるわ》にある石田三成の屋敷を訪問した。三成を選んだのはかれが如水とはちがい正式の豊臣家の執政官であり、かつ秀吉の秘書役をもって任じ、ときには秀吉の意思を左右するくらいの権勢家であることを見込んだからであった。秀吉を動かすにはこの三成を通じるのが早道といっていい。

が、三成はすでに登城し、不在であった。隆景は失望した。

（いや、こうとなれば）

と、隆景はおもいかえした。表役人である三成に頼むより、むしろ始終近侍している施薬院全宗の口から太閤の耳に私的な話題としてささやいてもらうほうが早いかもしれない。そうおもうと、その足で施薬院屋敷へ道をいそいだ。隆景は汗をかいていた。

実のところ、小早川隆景にすれば、このはなしから逃げられようとは思っていない。「毛利本家」という案が黒田如水の一存であるにせよ、すでに生駒親正立会いのうえで唇から出てしまった事である。話題ではなく、すでに事柄であった。もしむげにことわれば、やがてはてんまつが秀吉の耳に入り、毛利家にとって不利な事態になるであろう。それに対抗する策は一つしかなかった。

隆景が犠牲になることであった。こちらから先手を打ち、

――ぜひ金吾中納言秀秋様を、わが小早川家の御養子にお迎えいたしとう存じます。このこと、お許しくださいまするや、否や。

と、太閤に取りついでもらうのである。いわば本家にまわる毒茶を、分家の自分がかわって服《の》むようなものであった。

（如水のかしこぶった策に対するには、これしかない）

隆景は、合戦の駆け引きのような心境でいる。如水とはかつて、秀吉が織田家の

毛利攻めの司令官であったころ、備中《びっちゅう》の戦場でその軍略をたたかわせあった。そのとき以来の因縁が積もって、ふつうの心境ではいられない。ただ無念なのは、

（あの金吾のたわけのために）

と、いう一事であった。毛利家の分家である小早川家とはいえ、隆景にすれば名家なのである。小早川家は歴代安芸国竹原の地頭で鎌倉の御家人《ごけにん》帳に記載されている数百年継承の家柄であり、元就の政策によって三男隆景がその家をついだ。隆景にとって養家とはいえ、この名家の血を秀秋によってけがされるのは堪えられない。

この隆景の感情はかれだけの特異なものではなかった。豊臣政権下の大名には、鎌倉以来の名家がある。北からいえば、佐竹氏、最上氏、毛利氏、小早川氏、島津氏などがそれである。かれらは豊臣家の威権には屈しているが、胸中ふかくその卑《ひ》賤《せん》の血を軽蔑《けいべつ》している。もしかれらに豊臣家が婿殿を呉《く》れてやるといえばそのたれもが隆景同様、戦慄《せんりつ》したであろう。しかも隆景には、庶子がある。その子をさておき、わが家に秀秋を迎えようとするのである。が、隆景はその情を殺した。

さいわい、施薬院全宗はなおも在宅していた。隆景はいんぎんに、いかにも秀秋を待ち望むがごとく、縁組み方の秀吉への執りなしを、この老医官にたのんだ。

「拙者は太閤殿下の御恩を深く受けている」

とまずいった。事情がある。信長が明智光秀のために本能寺で斃《たお》れた直後、前線

の秀吉は正面の敵である毛利氏といそぎ和睦《わぼく》しようとした。この和睦交渉には秀吉の軍師黒田如水が活躍した。和睦には隆景の次兄吉川元春は極力反対したが、隆景は秀吉の人物を見ぬき、秀吉を追い討つよりもむしろ彼に天下をとらせてその幕下で毛利家の安泰をはかるのが上策であると主張し、ついにそのとおりになった。もしあのとき和睦せずに毛利方が決戦をいどめば秀吉は京の光秀を討つことができず、あるいは天下をとりそこねたかもしれない。秀吉は戦後この事情を知り、隆景を厚遇した。毛利家の一分家でありながら独立の大大名たらしめ、筑前《ちくぜん》一国の大封と、筑後《ちくご》・肥前の二郡ずつ四郡を割いてあたえ、官位も従三位中納言とし、本家の毛利輝元と同格にした。「厚遇」とは、そのことである。

「しかし自分はこのように老い、将来《さき》もみじかく、もはや太閤殿下の御恩にむくいる機会があろうとはおもえない。せめてもの志として、この大封を、殿下の御養子である金吾殿にゆずりたい」

施薬院も、このいさぎよさには驚いた。大名たるものがその封土《ほうど》をすてるというのである。

（この中納言、物に狂われたか。それとも、よほどさしせまった事情がおありなのか）

と、施薬院はながく沈黙し、その真意をさぐるために隆景の顔のみを見つめつづけた。が、隆景の温顔からはなにも察しうるものがない。ついに施薬院も首を垂れ、「うけたまわりましてござりまする」

と言い、さらに顔をあげ、「そのあとあなた様はどうなされまする」ときいた。

「過分はのぞみませぬ。山陽道のいずれかでわずかな隠居所でも頂戴《ちょうだい》できれば」

といった。隠居料といえば普通、たかだか三千石である。施薬院は言葉もなかった。

施薬院は早々に登城し、秀吉にそのことを言上した。秀吉は無邪気によろこんだ。この人物の天才性はその——つまり少壮期にあってはなにもかも知りぬいたうえでいかにも無邪気にふるまい一瞬で人の心を攬《と》るすさまじさ——にあったが、晩年のこの時期になると老耄《ろうもう》がはなはだしく、その無邪気さもただの素朴なものになりおおせている。秀吉は小早川家が名家であることに、施薬院さえ気はずかしくなるほどによろこび、

「小早川家を継げるとは、秀秋めの名誉である」

とさえ言い、その縁組をゆるした。

隆景は、安堵した。このあとかれは多忙であった。問題になった本家の養嗣子の席を、いそぎ埋めなければならない。隆景は、無理をした。毛利家の家臣で穂田《ほいだ》元《もと》清《きよ》という者がいる。元就の晩年の庶子で、隆景にとって庶弟になるが生母の出自が

卑しいためにはやくから家臣の列になっていた。その子に宮松丸という少年がおり、それを毛利家養嗣子にした。従三位中納言金吾秀秋にとってみれば、血の尊卑という点で、毛利家家来の一少年に見返られたことになる。が、すべて無事落着した。

三

養子を送り出す側の豊臣家としては、秀秋のためにできるだけのことをした。まず養父の隆景への引出物として備後《びんご》三原城三万石をあたえた。隠居料として法外に大きいといえるであろう。

——魔がささぬうち、早く。

ということで、秀吉は話がきまってから三カ月目に、秀秋を隆景の居城である備後三原城にくだらせた。秀吉としてはこの若者に、できるだけの綺羅《きら》をかざらせてやろうと思い、付家老《つけがろう》も、軍事に堪能《たんのう》な大名級の者ふたりをえらび、秀秋の重量を大きくしようとした。当の秀秋はただ運命の素材としてそれらの軌道に乗っているにすぎない。

三原城に入り、当主になるための諸儀式、諸行事がおわった。隆景はその間、長者らしい温容をうしなわなかったが、小早川家のふるい家来たちはその隆景の表情の翳《かげ》のさびしさを見ぬき、ひそかに唇を嚙《か》んだ。

——あのあほうさま。

と、そんなふうにかげ口をいう者もあり、城下匡真寺《きょうしんじ》（現・宗光寺）の長老義達なども、秀秋に拝謁したあと、ひそかにその日誌に書いた。「資性駑《ど》鈍《どん》、しかも暴慢、お家滅亡のしるしか。悲しむべし悲しむべし」

慶長《けいちょう》二（一五九七）年六月十二日、隆景は六十六歳で死没した。その所領は筑前その他をふくめて五十二万二千五百石という大領である。

それが、秀秋のものになった。

相続の直後、第二次朝鮮ノ陣が発令され、秀秋はあらたな運命に乗せられた。その元帥（総大将）たるべし、という。

これほどの大規模な外征軍の場合、純軍事的にいえば総司令官はたとえば豊臣家筆頭大名の徳川家康などがふさわしいであろう。が、政治的には不可能であった。巨《おお》いなる者をやれば戦地で外征軍を掌握し、人望を得、名声を得、それがため凱旋《がいせん》後国内の政体を変動させてしまうおそれがあった。

もっとも、当初、家康という案も、すこしは出た。げんに家康はかつて、「拙者がいるかぎり、上様（秀吉）には甲冑《かっちゅう》は着せませぬ」

といったことがある。秀吉のために遠征軍司令官の労をとろうという、これはいわば家康の世辞であったが、しかし意志は表明している。このたびの渡海遠征については家康は他のほとんどの大名がそうであったように内心反対であった。とはいえ、せめて一度でも司令官としての内交渉があってしかるべきではないかとも思っていたらしく、その家臣が、その旨の話題をもちだすと、家康は心中を見すかされたがごとく不機嫌になり、

「ばかをいえ。わしが渡海すれば箱根をばたれが守るぞ」

といったという。これよりすこし前、会津九十一万余石の領主蒲生氏郷《がもううじさと》が死んだが、死ぬ前、この朝鮮出兵発令のことを、

――猿め。死にどころを失うて狂うたか。

と、近臣を前に吐きすてるようにいった。これが大方の大名のひそかな批評であったという。いわば秀吉の外征は秀吉の名誉心の満足のみで、諸侯にとっては物質的になんの益もない。第一次外征で諸侯の領内は疲弊した。いままたこれによって国費をついやすという。豊臣家の人気は、これがため急速に低下した。が、秀吉は往年の彼とは別人であるらしい。その情勢にいささかも気づかず、留守諸侯たちに人数、費用を出させて伏見の別の場所に大規模な築城工事をはじめていた。この築城は軍事上の目的理由のものではなく大坂城をまだ嬰児《えいじ》にすぎぬ秀頼にゆずり、自分は伏見城を持つというういわば子煩悩《こぼんのう》からの思いつきであった。このころからの秀吉は、庶政一般なにを思いついてもすべて秀頼可愛さのみが唯一の発想点になった。

猿めは狂うた、と蒲生氏郷が舌打ちしていったのもむりはなかった。

金吾中納言小早川秀秋の不運のひとつは、そういう情勢下で遠征軍の司令官になったこともふくめていいであろう。

秀秋は諸大名四十二人、総人数十六万三千という大軍をひきいて渡海し、後方の釜山府《ふざんふ》を総本営とした。輔佐役《ほさやく》として黒田如水が軽装で従っている。先鋒《せんぽう》は加藤清正、小西行長《ゆきなが》であり、敵に対しつねに優勢ではあったが、第一次とはちがい士気はふるわず、諸将間の連絡規律がみだれ、人夫にいたるまで厭戦《えんせん》の気分が濃く、ときには思わぬ敗戦を喫した。

これら戦場の状況は、目付《めつけ》から逐一伏見へ報告された。それを石田三成がうけとり、秀吉に報告した。

第一次外征のときの監督官（目付）は三成であり、かれはその検断者的性格を露骨に発揮して加藤清正以下の諸将の非曲を（針で突いたほどの規律違反だが）槍玉《やりだま》にあげ、ことごとく秀吉に報告している。三成は性格として他の小さな過誤、不規律、不行儀をゆるせぬ男であった。このため出征諸将は秀吉の不興を買い、清正などは封禄《ほうろく》さえあやぶまれたほどであった。こんどの第二次外征では三成は伏見城にいたが、報告書はすべてかれの手もとで閲覧され、整理されたあげく、秀吉の耳に入れられた。

当然、秀吉は外征軍の現況をよろこばず、どの将に対しても不満足であった。

遠征十カ月に、有名な蔚山《うるさん》の籠城戦《ろうじょうせん》がおこった。清正は孤軍城をまもり、四万の明軍《みんぐん》と戦い、糧食も尽きた。急報を釜山の総本営に発し、救援を乞《こ》うた。

「金吾様、一刻を争うべし」

と、黒田如水は秀秋の名で諸将へ軍令を発し、諸道からいっせいに進んで敵を逆包囲し、大いに戦い、敵の首を獲《と》ること一万三千二百三十八級という快勝を得た。秀秋はかれが最初に経験した実戦のおもしろさに床几《しょうぎ》にすわっていることができなくなった。明軍四万は戦場を逃げまどい、日本軍は鹿を追う猟師のごとく、らくらくと虐殺してまわっている。秀秋は、

（おれも）

と衝動をおこした。そうおもうとこの若者の性格は自分を制限できない。制止しようとした幕僚を鞭《むち》ではらいのけ、馬をあおって敵中に入った。御馬廻《おうままわ》りの衆も、秀秋をまもるために懸命に駈けざるをえない。逃げる敵を追討ちすることは勇気も不必要だし、槍下手でもよかった。秀秋は気がくるったように突きまくり、十三騎の敵を討ちとり、自身、血を浴びたようになり、ようやく疲労してこの遊戯をやめた。

この報が、伏見に達した。

秀吉は蔚山城をまもりぬいた清正以下三将に感状を出し、援軍の秀秋以下のはたらきにも十分に満足し、

「金吾もなかなかやるではないか」

と、秀吉は、野遊びに出た童子のように上機嫌であった。機嫌のいいときの秀吉には、あたりの人間の胸をおどらせるような、そういう人格的魅力がなお残っていた。

が、この機嫌が、数日後に一変した。この変化は、二十世紀のこんにちならば、むしろ医学の領分であろう。

「金吾はゆるせぬ」

と、にわかに言う。秀秋についてのあたらしい材料が出たわけではなく、以前とおなじ報告書であり、その評価がかわったにすぎない。

変えたのは、三成の意見であった。三成の考えるところ、秀秋の人気がこの蔚山救援戦であがるとすれば、ゆくすえ秀頼のために危険といわねばならない。秀秋の義兄の関白秀次は誅滅《ちゅうめつ》され、秀頼の害のひとつはなくなった。あとは秀秋、それに外藩としては強大すぎる力をもつ関東の徳川家康であろう。

秀頼の将来を安全なものにするというのが三成の唯一無二の政治的立場であり、

秀吉はそれがわかればこそ三成を寵愛《ちょうあい》し、重用していた。三成は秀吉個人への忠誠心以外に、淀殿とその子に対して風土的とさえいえる憧憬心をもっていた。三成は北近江人である。淀殿は、かつて信長にほろぼされた北近江の大名浅井氏の姫君であり、そのことは北近江人の感情にとっては神聖的存在というにちかい。自然、豊臣家の大名のうち近江系の者は淀殿を中心にサロンをつくり、それが閨閥《けいばつ》をなし、淀殿が秀頼を生むとともにこの一群が豊臣家の執政面での主勢力になった。これに対し、加藤清正、福島正則、加藤嘉明《よしあき》ら、尾張出身者は、おなじ尾張出身の北ノ政所と年少のころから深いつながりをもち、自然北ノ政所を中心に閨閥をつくりあげており、これが石田三成を中心とする敵閥とことごとに対抗した。いま朝鮮在陣の諸将はほとんどが北ノ政所党であった。その党が将来秀秋をかついで秀頼に対抗するとすればどうであろう。

「金吾さまを持ちあげあそばすことは、秀頼様のお為《ため》になりませぬ」

三成は言上した。巷間《こうかん》では関白秀次の誅殺もこの三成の讒言《ざんげん》によると信ぜられている。三成が讒言するせぬのいずれにせよ、秀次の没落は三成の政見と秀吉の利害に合致していたし、その没落が秀頼の将来を安全にしたこともたしかであった。

「なるほど、そうか」

秀吉は、秀秋の行状についての三成の解釈をもっともであるとした。一軍の元帥たる者がまるで一騎駈けの武者のごとく槍をふるって敵中へ駈け入ることはない。その他粗暴のふしぶしが多い。

（秀秋を誅罰すべきか）

秀吉は考えた。しかしこれは武将としての心得に欠けるというだけのことで、道徳上の問題であり法の問題ではない。かつそれによって敗軍になったわけでもなく、むしろ士気がいやがうえにもあがり、立派に戦勝している。罰しにくかった。

しかし罰せねばならない。秀秋の行状をみると、養父隆景のさだめた軍制を平気で無視し、それがために小早川家の将士たちは迷惑しきっている。隆景は、世間のみるところでも一代の名将であった。家臣は隆景に心服し、このため小早川家の兵は強く、軍法は厳正であった。しかし秀秋が入って以来、意味もなくその軍制を無視している。故養父に対する尊敬の態度は皆無であり、恭虔《きょうけん》さがまるでない。秀秋がそういう性格があるとすれば、かれは秀吉の死後豊臣家に対してもおなじ態度をとるであろう。資性駑鈍驕慢《どどんきょうまん》という。駑鈍であれ、かつぐ者が曲者《くせもの》ならばどんな大事をしかねぬともかぎらない。秀秋の存在は、秀頼のために一利もないばかりか、大毒になるにちがいない。

「なるほど、秀秋には筑前五十二万石は大きすぎる」

秀吉はいった。大封・大兵を持つ以上人はかつぐであろうが、小封ならば人はかれをかつぐまい、と秀吉は見た。

「所領をとりあげ、越前あたりで十五万石程度をあたえよ。その封土《ほうど》をどこにするか、しらべておけ」

秀吉は三成にその事務化を命じた。

翌慶長三年四月、秀秋は帰還の命令をうけ、やむなく清正以下の守備軍を戦場に残し、彼自身伏見に凱旋《がいせん》した。秀秋はなお戦場の陽焼けがとれていない。この時期こそかれの生涯でもっとも得意なときであったであろう。出発のときなお築城中だった伏見城は、みごとに完成していた。秀秋は胸をはずませて登城し、秀吉に拝謁した。

が、椿事《ちんじ》がおこった。秀吉の怒声が頭ごなしにくだったのである。秀吉は蔚山逆包囲のときに秀秋が士卒とともに槍の功をあらそったことを地響きするほどの大声で責め、「わしはそちのような者を上将にしたことをいまになって悔いている」とまで言い、その戦功には一と言も触れなかった。

（なんということだ）

最初、呆然《ぼうぜん》とした。ついで、これこそ在鮮諸将がみな怨嗟《えんさ》しているところの石田三成の讒言であろうと思った。

と叫び、

「さ、左様な」

秀秋は、根が小心なせいか、昂奮《こうふん》するとほとんど聴きとれぬほどにどもった。どもるせいか、つい声が大きくなった。そのことが、義理の伯父《おじ》を虚喝《きょかつ》しようとしている様子にもとれた。左様なことはない。上様はまちがった報告を受けておられる、と叫び、

「さればさ、これにて軍監をお呼び下されい。かの治部少《じぶしょう》（三成）めもお呼びください。上様のおん前にて、黒白を決しとうござる」

「われア、何をいう」

秀吉も、尾張の地言葉で秀秋以上の大声を出し、喚《わめ》いた。声のわりには秀吉はすでに老衰しきっており、その衰弱には死病の翳《かげ》さえ感じさせる。かつて歴史をつくりあげたかれの理性はどこにもなく、ただ感情だけがかれの体を小刻みに震わせていた。秀吉にすればこの怪しげな少年を（といっても二十二歳になっていたが）貴族にしてやり、大大名にしてやったのはすべて自分である。それを忘れ、この老いさきのない老人を怒鳴るとはなんという忘恩ぶりであろう。

秀吉は舌を失ったがごとく一言も発しなかった。悲しみと怒りが、かれを支配し、袍《ほう》のなかで震えている。秀吉にすれば例がない。元来多弁で、当意即妙で、豊かすぎるほどの表現力をもっていた秀吉は、その点でも別人になっていた。無言のまま

席を蹴《け》り、奥へ入ってしまった。

「床に入る」

秀吉は、近侍の者にそう命じた。さきに衰弱のあまり寝床で失禁し、からだが尿《ゆばり》で濡《ぬ》れたことさえある。きょうの秀吉は、寝床で涙をこぼした。無念であり、不安である。あの忘恩漢が秀頼のための保護者たるべき位置にあるかと思うと、このまま死にきれぬとおもった。秀吉は処分の決心をあらたにした。

一方、秀秋はなお殿中で大声を発し、秀吉の側近者をののしり、手のつけられぬほどに荒れていた。三成を出せ、という。三成が出てきた。

「これは金吾様」

三成は両眼を据え、秀秋の視線をまっすぐに受けつつ、

「殿下のただいまのご様子ではすぐには御怒りは解けませぬ。あとで御機嫌のおりを見はからい、おとりなし申しあげまするゆえ、今日は早々に御屋敷へ下られよ」

と、声のみだれもなくいった。

「治部少っ」

秀秋は脇差《わきざし》のつかをにぎり、はねあがった。本気で斬るつもりであった。が、傅人《めのと》の山口玄蕃頭《げんばのかみ》正弘が制止した。その手を秀秋ははねのけ、「うぬも治部少と同心か」

と叫んだ。この暴言に正弘もさすがに我慢しかね、このあと秀吉に乞《こ》い、傅人の役目をひかせて貰《もら》い、その所領である加賀大聖寺《だいしょうじ》城（六万石）へ帰った。ところで、付家老の杉原下野守《しもつけのかみ》が荒れくるう秀秋に背後から抱きついた。

この間《かん》、この騒ぎを、謁見に同座していた豊臣家の大老徳川家康が終始みていた。やがて立ちあがり、

「金吾殿、拙者も下城します。ご一緒つかまつろう」

としずかに言うと、秀秋は一種の威に打たれたのか、瘧《おこり》が落ちたようにしずかになった。この光景はこっけいなほどであったという。

家康はこのころ、篤実な、頼み甲斐《がい》のある長老の風丰《ふうぼう》を豊臣家の殿中にあたえていたが、しかし彼自身の腹中は、秀吉の死後かならずやってくるであろう政変のことのみを考慮していた。家康はかねて北ノ政所に信頼を受けているのを幸い、北ノ政所を通じ、彼女の与党大名たちの信望を得ようとし、事ごとにかれらに恩を売りはじめていた。秀秋は愚昧《ぐまい》とはいえ、五十二万石の大大名であり、北ノ政所の甥《おい》でもある。この事件を契機に、家康はこの若者に対し過剰なほどの親切心をみせはじめた。

秀秋は、家康にかかえられるようにして下城した。屋敷に帰り、酒を命じた。三、四杯で、息もくるしくなるほどに酔った。生来、この男は下戸《げこ》であった。

屋敷に戻ってほどなく、秀吉のもとから使者として孝蔵主《こうぞうす》がやってきた。孝蔵主については第一話「殺生関白」でのべた。豊臣家の奥むきを宰領する女官長である。秀秋は豊臣家一族の礼遇をうけているために、使者も武骨な表役人ではなく豊臣家の家庭の宰領者ということになる。秀次の聚楽第《じゅらくだい》退去を説得したのもこの尼であった。人柄がまるくたれからも敬愛された。その尼が、豊臣家のふたりの養子の場合には、二度とも、悪魔のような使者になった。尼は伏目でいった。

「筑前その他の御所領は、お召しあげになりました。早々、越前へお移りあそばすように」

「おれは」

なにもしていない、と叫ぼうとした。が、絶句し、唇を開閉し、呼吸が荒くなった。孝蔵主はその様子に怖れをなし、言い捨てのままで逃げようとした。秀秋は尼の袖《そで》をつかんだ。

「尼、尼。わしに罪はない」

「上様のおおせでございます。おとなしゅうお服しなさるがお身のためでございます」

「罪はないのだ。しかしながら」

秀秋の脳裏に、義兄秀次とその妻妾《さいしょう》の悲惨な最期が、うかんだ。

あのあにも罪状である謀叛《むほん》の事実などはなかったのであろう。いまでこそそれがわかった。

「わしを殺せ」

と、叫んだ。乱心したのではない。秀秋としては生涯でいまこそもっとも冷静なつもりであった。「殺してもらいたい。生あるうちは上様の御命令はきかねばならぬ。きいて越前へゆかねばならぬ。しかし死を賜わればもはやきく必要はあるまい。尼、そのように取り次げ。いっそ、金吾を殺せと」

孝蔵主は、逃げるように屋敷を辞したが、しかしこのままのてんまつでは城へ帰って復命できない。窮したあまり、乗物をいそがせ、大手筋を西へゆき、家康の屋敷に駈けこんだ。家康にとりなしを頼もうとおもったのである。

「どうなされた」

家康は、よくみのった頬に微笑をさしのぼらせた。

「金吾さまのことでございます」

「金吾どのが？」

「あの金吾様はこどものころから、あのように癇《かん》がおつよく、お狂いなされるとわたくしどもの手には負えませなんだ」

と、秀秋の様子を告げ、お力になってほしいとかきくどいた。家康はうなずき、

家来に口上をおしえ、小早川屋敷へ走らせた。家康の口上は、

「お身のためです。ひとまず転封のことはお受けあれ」

ということであった。しかし御自身は筑前からすぐ移らず、また重臣も移らず、はじめは外様侍《とざまざむらい》か、新規召抱《めしかか》えの家来少々を、それも小人数ずつ越前へやりなさい。要するに移るまねだけせよ、というのである。そのように時間をかせいでいるあいだに拙者がなんとか太閤殿下におとりなしし、その御沙汰《ごさた》のお取りさげをねがい出てみようというのであった。この家康の理のある、しかも入念な助言には秀秋も推服し、「なにぶんよろしく願いあげます」といっさいをまかせた。家康はむろんひと肌ぬぐことを承知した。


翌日、家康は登城し、いかにも火急の用事があるようにして秀吉に内謁を乞うた。秀吉は座所に出たが、ところが家康はなにもいわず気弱げに目を伏せ、沈黙している。そのあとふたことばかり時候の話題を言い、退出した。翌日も、同様内謁を乞い、しかし同様の所作をした。三日目も同様である。秀吉はあやしみ、

「内府（家康）には、なにか申されたきことがあるのではないか」

と、問うた。秀吉はつねに家康に対してだけは家来というよりも客分の礼をとり、他の諸侯とはちがった言葉遣いをしている。

家康は、悲しげに微笑し、

「金吾中納言殿のことでございます。なんとかお取りなし申すべしと思い、こうして拝謁つかまつりつつも、仰ぐに上様御機嫌容易ならず、ついつい言上致しかねておりまする」

「ああ、そのことか」

秀吉は急に不機嫌になり、あとはなにもいわず、黙った。家康はしいては言わず、そのまま退出した。翌日も、参上した。さらにその翌日も参上し、根気よく目を伏せている。

「どうなされた。まだ金吾のことにかかずらわっておられるのか」

数日経ち、秀吉はたまりかねてふたたびたずねた。家康の答えは故《もと》におなじである。秀吉はついにたまりかね、

「秀秋の罪科はあきらかである。しかし処分のことは、内府におまかせしよう」

といった。家康は喜悦する表情をつくり、さればさ、御家のおんゆくすえ永からんがためよきような思案を致したいと存じまする、と平伏した。秀吉はもうそれだけで「吁《ああ》」と涙ぐみ、

「内府のその御一言、黄金《こがね》のひびくがごとく尊げにきこえました。頼み入ります」

といった——のは、秀秋のことではない。秀頼のことであった。秀頼の為よろしきように秀秋の処置をきめてくれというのである。

家康は下城し、私邸に小早川家の家老一同をよび、秀吉の言葉を伝えた。みな、家康の好意に感泣した。さらに家康は、「私は公儀（政府）の大老として金吾殿の処置をとりおこなうことになるのだが、本心は領国旧のごとしと沙汰したい。しかし掌《てのひら》をかえしたようにすぐそうすることは」秀吉の前言の手前、恐れ多い、というのである。家康の処置は細心であった。「まず、私邸にて謹慎あれ」というのである。

「そのあと、よき沙汰を待ちますように」

と家康はいった。家康のみるところ、秀吉の生命はながくはないであろう。死んでしまえばあとはうやむやになる、というのであった。

家康のこの処置は事務面において多少の混乱をした。すでに秀秋の筑前の旧領は豊臣家の直轄領になっており、三成らはそのあけ渡しを督促した。秀秋はふたたび家康に泣きついた。家康はさらに、

「すこしずつ封土を還しなされ」

と教えた。このため小早川家では領所をすこしずつ返納した。一部の家臣は知行《ちぎよう》地《ち》をうしない、このため浪人が出はじめた。それが百人ばかりに及んだころに秀吉が死んだ。秀秋が罪を得てから四ヵ月の慶長三年八月十八日である。家康の予想があたり、秀秋はそのまま旧領に居すわった。

いう。三成にすればすべて秀頼と淀殿の御為であり、この男は本気でそのことを考え、自分以外に豊臣政権を護持する者がないと思い、むしろ悲痛の情をもってそれを想い、実行した。

四

秀吉の死後、争乱がおこった。慶長五年夏、三成が挙兵した。奸賊《かんぞく》家康を討つという。三成にすればすべて秀頼と淀殿の御為であり、この男は本気でそのことを考え、自分以外に豊臣政権を護持する者がないと思い、むしろ悲痛の情をもってそれを想い、実行した。

天下の諸侯が、東西に分断された。

この間、北ノ政所は秀吉の菩提《ぼだい》をとむらうために京にあり、髪をおろして高台院《こうだいいん》といった。彼女はあくまでも家康を後援し、家康によって豊臣家を保存しようとし、その影響下にある諸将にすすめて家康へ加担させようとし、ほぼ成功した。ただ彼女は、秀秋の愚鈍さを怖れた。西軍の甘言に乗るおそれがあり、旗をどちらにふるかが、この若者にかぎって予断できなかった。高台院は、彼を京によび、「江戸殿は、あなたの御恩人です。ゆめ、向背をまちがわぬように」と入念にさとした。秀秋は無言でうなずいていた。

が、秀秋はすでにその身が大坂にあったため、勢い、西軍に加わらざるをえない。そのうえ三成は秀頼の名で、戦勝後百万石をあたえる旨を申し入れてきた。秀秋は、多少動揺した。

(西につくか)

しかし、関東にも使者を送った。

かつ、西軍に加わり、東軍小部隊が守備する伏見城の攻撃に参加し、これを陥《おと》してしまっている。いったい秀秋はどちらについているのか。しかもそのあと、西軍の指示に対し、ひどく緩慢な動きを示した。たとえば、縁もない近江の高宮というところにながながと駐軍し、軍をうごかそうとしない。三成は秀秋の挙動を疑い、

(味方の大害になる。むしろ刺すにしかず)

と思い、秀秋をよびよせようとし、何度かその機会をつくろうとしたが、秀秋は乗らなかった。

三成だけでなく、関東にある家康も、秀秋を信ずることを怖れ、

(なにぶんのあほうである。どのように変転するかもしれぬ)

と思い、秀秋の密使に対しても十分な返事をしなかった。家康が江戸を発し戦場にむかう途中、東海道小田原の宿でふたたび秀秋の密使が、家康の宿陣に入った。それを、家康の家来永井直勝《なおかつ》が応対し、家康にとりついだ。用件は、「西軍を裏切りたい」ということであった。

「会う必要がない」

と、家康は言下にしりぞけた。家康はこの前後、西軍加担の諸将の切り崩しにあ

たうかぎりの裏工作をしていたため、幕僚たちはその意外な態度におどろいた。小早川秀秋は西軍でも有数の大部隊を擁しその人数はあなどれない。しかも当方からの誘いかけでなく先方から内応したいと申し出ているのに、それを引見すらせぬというのはどういうことであろう。

——小僧ノ言、信ヲ置クニ足ラズ。

と家康はその理由をいった。もしうかつに乗ればいざとなってどういう手痛い目にあうかも知れず、家康としては勝敗以上に名誉にかかわるとおもったのであろう。五日後、家康が白須賀《しらすか》についたとき、三度《みたび》、秀秋からの密使が陣中に入った。が、家康は家来をして適当にあしらわせた。

関ケ原の戦いは、慶長五年九月十五日の朝からおこなわれたが、秀秋はなお西軍に属ししかも軍を動かさず、この盆地の西南部にある標高二九三メートルの松尾山の山頂に陣をとり、下界の戦況を観望していた。

「金吾はいったいどういう料簡《りょうけん》か」

という疑惑を、その山を仰ぐ東西両軍のどの将士ももった。陣はまるで天空にある。当然、野戦活動容易でなく、戦う意思があるのかどうかさえうたがわれた。

が、故秀吉が金吾のためにつけた平岡石見《いわみ》、稲葉丹後のふたりは、すでにこの前夜、東軍の黒田長政を通じ、内応を確約していた。家康も長政にその責任をもたせた形式で、秀秋の申し出を承知した。しかも単なる口約束ではなく、徳川家からは奥平貞治《さだはる》、黒田家からは大久保猪之助《いのすけ》が、それぞれ連絡と監視のために秀秋の陣中にきていた。一方、西軍のほうも、できるだけの懐柔の手を打った。三成は開戦の直前、

「秀頼様の御為である」

と秀秋を説き、その戦意をかためさせようとした。単に忠節論だけでは手ぬるいとおもい、秀秋に巨利を約束した。利というのは、「秀頼様が十五歳におなりあそばすまでのあいだ、金吾殿に天下の仕置《しおき》をまかせる」というものであった。関白として推戴《すいたい》するということであろう。この条件には、秀秋はすくなからず心が動いた。

この狭隘《きょうあい》な関ヶ原盆地に、東軍約七万、西軍約八万の軍勢が対峙し、朝、前夜来の雨があがるとともに交戦状態になり、正午にちかづくに従って戦況は激烈になった。しかも西軍の主力部隊である石田、宇喜多、大谷隊などが死力をつくして戦ったため、東軍が押され、旗色はめだって悪くなった。ついに午前十一時をすぎ、そのころには東軍の一部では敗色があらわれはじめた。

が、秀秋はなおも八千の兵を動かさず、山上からおりる気配すらなく、東西いずれの側にもつこうとしない。

秀秋自身、眼下の戦況が意外であった。味方の西軍が負ける、という予想があったればこそ敵の東軍へ内応を約束したのに、眼下の戦況は西軍に有利であった。山上で、秀秋はこの男なりに思案した。このまま様子を見、勝つことが決定したほうにつけばこれほど分のいいことはないであろう。

一方、家康にとっても石田方の奮戦はさらに意外であった。開戦後、何度松尾山をあおぎ、

「金吾はまだか。まだ寝返らぬか」

とつぶやいたことであろう。が、山上に林立する小早川家の旗は動かず、その去就もわからない。秀秋の挙動は、家康が予感したとおりになった。

ついに正午前には家康は、かれが狼狽《ろうばい》したときの癖である爪を嚙《か》みはじめ、

「小僧にはかられ、口惜し口惜し」

とわれにもなく繰りかえした。家康は非常手段をとった。威喝であった。すぐ鉄砲隊の一部を前進させ、秀秋の松尾山陣地の麓《ふもと》にいたらしめ、山にむかい、家康の激怒を示すごとく連続に撃ちこませたのである。

秀秋という男に対しては、これがなによりもの効果があった。山上の秀秋は驚き、怖れ、ほとんどうろたえんばかりにして軍令を発した。

それが、正午である。八千の小早川勢は山を駈けくだって味方の陣地に殺到した。

戦勢はこの瞬間で逆転した。

戦勝後、盆地西方の家康の陣所へ諸将の祝賀がつづいたが、この戦勝をもたらした最大の殊勲者である秀秋だけはまだ、自分の陣所で雨に打たれつづけていた。

――家康に叱られる。

という恐怖があり、かつ、自分が演じた役割がどれほど巨大なものであったかがよく理解できなかったらしい。

後刻、

「金吾殿が、まだ来ぬようだが」

と、家康のほうが、その陣所で言い、使番《つかいばん》の村越《むらこし》茂助にむかえにゆくように命じた。あのあほうには手間がかかる、と家康はおもった。

やがて秀秋がきた。黒田長政が介抱するようなかたちで、家康の幔幕《まんまく》のなかへ入れた。

家康は、秀秋にだけは礼をとり、まず床几《しょうぎ》を下り、兜《かぶと》の忍《しのび》の緒ばかりを解き、

「中納言殿、今の御戦功莫大《ばくだい》なれば、向後、遺恨はない」

と、会釈した。

秀秋は、ころぶようにして拝礼した。もとの素姓に戻ったようにまるで土民のよ

うであった。これが、豊臣家の連枝《れんし》であった。そのみぐるしさに、並いる豊臣系の諸将たちはさすがに気恥ずかしくなり、みな目をそむけた。黒田長政がたまりかねて傍らの福島正則にささやいた。正則は、

——当然のこと。雀が、鷹《たか》に対《むこ》うたのじゃ。

さればあの様《ざま》もやむをえまい、といった。が、正則自身もまだ事態が十分理解できなかったであろう。かれのいう雀が、数時間にわたって歴史の鍵《かぎ》をにぎりつづけ、ついに恐怖のあまり躍り出て家康に天下をとらしめた。家康だけが、その機微を知っていた。地下の秀吉も、この養子が豊臣家をつぶす契機をつくるほどの大仕事をしようとは、ついぞ予測できなかったにちがいない。

家康は秀秋の戦功を嘉《よみ》し、戦後、備前・美作《みまさか》五十万石をあたえてその功にむくいた。が、その後秀秋は日夜、狂態を演じ、淫佚《いんいつ》はなはだしく、少量の酒に酔うとすぐ、

「関ヶ原第一等の戦功はおれである」

と侍女たちをあつめて剣をぬき、合戦のまねをした。輔佐《ほさ》の老臣たちもその狂暴をおそれ、おもだつ者はほとんどその生前に四散した。やがて脳を病み、関ヶ原から二年目の慶長七年十月、岡山城で病没している。

「亡くなったか」

京の高台院は、この甥《おい》の訃報《ふほう》をきいたときそうつぶやいた。戒名もきかず、それだけであった。彼女が作ったこの養子は、豊臣家をつぶすだけの役目を、この世ではたした。

第三話　宇喜多秀家

一

刀のことについて挿話がある。秀吉が伏見城にいたころ、ある日、大広間に出るべく廊下を渡っていた。途中、一室があり、そこに五腰《いっこし》の刀がおかれている。秀吉は足をとめ、

「たれの持ち物か、あててみようか」

と、秀吉はいった。

むろん、置かれている部屋の性質からみて、豊臣家における最も高貴な大名たちのものにちがいない。きょう登城している顔ぶれから察すれば、

内大臣　徳川家康
大納言　前田利家
中納言　毛利輝元《てるもと》
中納言　宇喜多《うきた》（浮田）秀家
中納言　上杉景勝《かげかつ》

であろう。この五人衆は、秀吉の晩年、豊臣の「五大老」となり、秀吉の没後、五人の合議によって秀頼を輔《たす》けてゆくという建前になり、関ヶ原の一戦までこの体制はつづく。

「おや。どのお刀がどなたのものか、おあてあそばすというのでございますか」

僧侶《そうりょ》あがりの奉行職である前田玄以《げんい》が、ことさらにおどろいてみせた。

「さればあてるぞ」

と、秀吉は指をあげ、つぎつぎとその刀のもちぬしを言いあてたが、ひとつとしてはずれなかった。玄以はさすがにおどろいた。

「どういうわけでございます」

「なんの、しさいはない」

と、秀吉はたねをあかした。

「まず江戸殿（家康）のお刀をみよ。いかにもそっけない拵《こしら》えである。江戸殿は大勇にして一剣を恃《たの》むような葉武者の心がない。さればあれである」

「加賀（前田利家）は又左衛門といったむかしから大の武辺者《ぶへんもの》で、先陣後殿《しんがり》の武功はかぞえきれないほどである。あの柄《つか》に革を巻いた武骨な刀こそかれのものであろう」

「上杉景勝は亡父謙信の遺風によって馬上の剣技をまなび、自然長剣をこのむ。あの寸ののびた刀は、かれのものでなくてはなるまい」

「安芸《あき》中納言（毛利輝元）は、その身のかざり、異風をこのむ。さればあの風変りなこしらえの刀こそかれのものにちがいない」

「備前中納言（宇喜多秀家）は」

と、秀吉は指をあげた。このうちもっとも齢《とし》わかく、しかも秀吉自身が養父名義になっている宇喜多秀家の刀を指さし、「秀家はその性質、なにごとも美麗をこのむ。それゆえ、あの黄金《こがね》をちりばめた刀こそそうであろうよ」といった。

——神智におわしますことよ。

と、前田玄以はこの挿話を殿中に言いひろめたが、秀吉にとってはなんでもない。人間と人間の心理を見ぬくことについては史上類のない天才であり、それゆえにこそ織田家の草履とりから身をおこして天下のぬしになった。天下を得たあと、晩年やや老耄《ろうもう》したが、しかしこの程度のあそびなら、角力《すもう》取りが腕ずもうをするよりもたやすい。

秀吉は、ふざけるのが好きであった。このころ、「美麗ごのみ」の宇喜多秀家の伏見屋敷にあそびにゆき、茶をのんだり、庭をあるいたり、庭木の侘助《わびすけ》をほめたりしたあと、

「家老《おとな》ども、おとなども」

と手をたたき、庭につづく白洲《しらす》に土下座している宇喜多家の家老どもによびかけた。宇喜多家はいまの岡山県から兵庫県の一部にかけて瀬戸内海沿岸五十七万四千石を領する大大名であるため、家老の数も多い。長船《おさふね》紀伊守、戸川肥後守、明石《あかし》掃部《かもん》、花房《はなぶさ》志摩守、岡越前守など十人を越えていた。

「秀家をたのむぞ。秀家は、八郎といった幼童のころからそだてたわが子である。かえすがえす、たのむぞ」

と言い、やがて書院へもどろうとしたとき、ふと家老次席の戸川肥後守達安をよび、

「おれをおぶってゆけ」

といった。戸川は宇喜多家先代の直家《なおいえ》の代から山陽道に武名の高かった侍大将で、背幅がたたみほどにひろい。それが身をかがめ、秀吉を負い、毛ずねをあげて階《きざはし》をあがり、さらさらと書院までの廊下を渡った。小男の秀吉はよろこび、

「これはぐあいがよい」

と燥《はしや》いだが、これも秀吉の政治のひとつであったともいえる。宇喜多家の家老どもは我のつよい者が多く、自分の実力をたのんで若い主君の秀家を軽んじがちであった。家老団に派閥があり、両派にわかれている。この戸川肥後守達安はいわば野党の領袖《りようしゆう》ともいうべき男でこの男の機嫌をそこねるとなにを仕出かすかわからない。

秀吉はそれを自分に親しませ、そのことによって秀家のために宇喜多家の融和を考えていたのであろう。

「八郎（秀家）ほど可愛い者はいない」

と、秀家の幼時も秀吉はたびたびひとにも洩《も》らした。秀吉は自分の血縁や妻の血縁の者から養子・猶子《ゆうし》（準養子）を多くつくったが、この血のつながらぬ秀家を、もっとも愛していたような形跡がある。

秀吉自身、自分のもっともこまった欠点として自覚していたのは、その極端な女ずきであった。血すじがよく、しかも貌佳《かおよ》くうまれた女をみると、それがたとえ人妻であっても一度は言い寄ってみねばどうにもこらえかねる癖をもっている。

まだ秀吉が織田家の将として中国の毛利氏を攻めていたころのことである。

この当時の秀吉の本営は姫路《ひめじ》城であった。敵の毛利氏は広島城である。その中間の岡山城に、秀家の亡父の宇喜多直家がいる。直家は備前と美作《みまさか》両国をもつ大名で、この男ははじめ毛利氏に加担していたが、

（このぶんでは、織田氏についたほうが有利ではあるまいか）

と考えるようになった。毛利氏は山陽・山陰十カ国の大領主とはいえ、その石高でいえば百数十万石にすぎない。それにひきかえ織田氏は近畿《きんき》を中心にすでに三十

数ヵ国を征服し、三百万石以上の勢力をもっている。物量からいえば織田氏の勝ちであろう。

直家は、計算高い。

だけでなく自分の計算にこの男ほど忠実な男もいない。ゆらい、宇喜多家は山陽道の名族とはいえ、直家の幼少時代に没落し、かれは徒手空拳《としゅくうけん》で家をおこした。若いころ備前の大名だった浦上《うらがみ》家に仕え、ひそかに志をたてて浦上家の勢力家たちをつぎつぎに謀殺し、ついには浦上家を乗っ取った。これほどのあくのつよい陰謀家は、この時代でさえ類がない。風雲のなかでのしあがった新興大名とはいえ、かれ一代のうち合戦らしい合戦は一度しかしたことがなく、すべては巧緻《こうち》きわまりない陰謀で事をなしとげ、必要とあれば主君も主筋も恩人も義父も縁者も見さかいなく殺した。年少のころからこの直家とともに行動してきた実弟の忠家も、直家の死後、「兄ほどおそろしい男はいない。自分を可愛がってくれたが、元来腹黒くなにをたくらんでいるかわからぬところがあった。このため、自分は生涯、兄の前に出るときはかならず衣服の下に鎖帷子《くさりかたびら》をつけて出」たといっているほどの人物である。

結局、直家は織田家へころんだ。実務上は、織田家の司令官である秀吉に通じた。この間のあっせんをしたのは、領内出身の堺《さかい》の町人で小西寿徳《じゅとく》・弥九郎父子で、子の弥九郎はこの交渉中に秀吉にその人物をみこまれ、のち豊臣家の大名となり、小西摂津守《せっつのかみ》行長と称するにいたる。が、これは本編とさほどのかかわりはない。

この密約の人質として、直家はその子秀家（当時八郎）を姫路の秀吉のもとに送った。八郎、八歳である。秀吉は姫路城内でこの幼童と対面し、その容貌《ようぼう》のあまりに美しいことにおどろき、

「ここへおいやれ。抱いて進ぜよう」

とさしまねき、たかだかと抱きあげると、そのあたりをぐるぐるまわり、この幼童についてきた宇喜多家の家老に、

「この八郎殿は、父様《ととさま》似か、母様《かかさま》似か」

とたずねた。秀吉は直家にまだ会ったことはないが、その年少のころは主君浦上宗景《むねかげ》に男色をもって取り入ったといわれているほどの美男であった。しかし、

「はて」

と、家老は首をかしげた。武門の男児は母親似よりも父親似であることのほうがほめ言葉になるのだが、残念にも八郎は直家にすこしも似ていない。むしろ母親のほうに似ている。

「おそれながら」

と、そのように言上すると、秀吉は闊達《かったつ》にうなずき、

「いやいや、さもあろう。さもあろうとも。その母御前《ははごぜ》も、あの和子《わこ》から察するに

うつくしいおひとであろう」といった。

八郎は、近江安土《あづち》城の信長のもとに送られた。八郎は次男とはいえ、長男の与太郎基家《もといえ》がさきに戦死したため、宇喜多家のひとり子になっており、その人質としての価値は高価であった。安土城の信長もあの権謀家の直家がこの八郎を人質に捧《ささ》げたことを意外におもい、その誠意に満足した。しかも八郎は美童であり、父に対してだけでなくこの少年自身にも好意をもった。

「備前からきたあの子、涼しげである。格別だいじにしてやれ」

と、信長は家来たちに命じた。八郎は年少のころから人に好かれる素質があったのであろう。

ほどなく年が明け、天正九（一五八一）年になった。備前岡山城で直家が死病にかかった。すでに齢は五十をすぎていた。衰弱の様子からみてながくは保《も》つまいというのが医師のみたてであった。その発病は対毛利氏の戦略上、かたく秘せられたが、しかし姫路城にいる同盟者の秀吉にだけはひそかに報《し》らされた。秀吉はおどろいた。「直家は死ぬか、死なぬようにせよ」と何度も口走り、心からその不幸をなげいた。情《じょう》の深さは秀吉の特質であり、底ぬけに親切で、ひとには思いやりがあった。この特質あればこそひとびとはかれを慕い、安堵《あんど》して自分の前途をまかせた。奸悪《かんあく》無類といわれた宇喜多直家も例外ではない。死にのぞんでの直家のねがいは、

「息のあるうちにひとめ羽柴殿に会い、八郎の前途のことなどを頼み入りたい」

ということであった。秀吉は承知した。秀吉の左右の者は心配した。相手の直家は名だたる謀殺の名人であり、偽病をかまえて秀吉を岡山城によぶ、それに乗って秀吉が岡山城にゆけばどこに刃《やいば》を伏せているかわからない、といったが、秀吉の聡《そう》明《めい》さは、それを一笑に付した。

——思いすごしだ。

と秀吉はみた。それは直家の本音である。それに織田家の代官にすぎぬ自分を殺したところで直家にとってなんの利にもならないことを知っている。秀吉は岡山城にゆく支度をした。この時勢、新規の同盟者の城にみずからが乗りこむ例などは皆無にちかいが、秀吉はそれをあえてした。この男の無類の親切さであり、この野放図な親切さこそ自分の政治資産であることも秀吉は知りぬいていた。親切はほどほどよりもいっそ徹底しているほうがいいということもこの男は知っていた。秀吉は安土の信長に乞《こ》い、直家の一子八郎を連れてゆくことにした。

「ほほう、それはそれは」

と、謀臣の黒田官兵衛（如水）でさえ、この放胆さに目をみはった。人質を伴って岡山城を訪れるなど、直家にその気さえあれば鴨《かも》がねぎを背負ってやってくるようなものである。秀吉を殺し、人質をうばいかえしてしまう。これはあぶのうござる、と官兵衛はいったが、秀吉にしてみればこのあぶなさを踏まなければこの乱世で人の心を攬《と》ることなどはできない、という信念がある。秀吉の原則であり、当然、官兵衛のさかしらな諫言《かんげん》をしりぞけた。むろんこの命がけの切所《せっしょ》にあっては、八郎の生母のこと——たぐいまれな容色であるというその生母のことなどは、秀吉の脳裏にうかばなかった。秀吉にとっては好色は道楽であったかもしれなかったが、生き死にの事業ではない。

すでに、天正九年である。年が明けて早々、秀吉は八郎をともない、播州《ばんしゅう》姫路を発し、山陽路をくだった。八郎にとって生涯の思い出になった旅行であった。かれはかぞえて九歳になっている。少年のこの幼ごころでは秀吉の立場など思いやる能力はなかったが、しかしながら長ずるにおよび、このときのことを思いだすにつけても秀吉の捨身の厚情をおもい、恩に感じ、

——このひとのお為《ため》には。

という思いをいよいよ固めた。この点、豊臣家の他の養子たちとはちがっていた。他の養子どもは秀吉の親戚《しんせき》、姻戚であり、いわば自然発生的にその尊貴の位置につき、それを当然としてうけとっていたが、宇喜多秀家の場合はなんの血もつながっていなかっただけにかえって純粋に秀吉の恩愛を感じられるような立場に生い立った、といえる。

実父直家の病床での秀吉の態度も、八郎の終生わすれられぬところであった。

「幼き者を遺《のこ》してゆくこの身のなげきをお察しあれ」

と、直家は痩《や》せた手をのばした。秀吉も手をのばし、直家の手をわが掌につつんでやり、かれ自身も泣いた。この秀吉の涙をみて直家は安堵し、

「八郎のこと、かえすがえす頼み入り参らせる参らせる」

と、何度もかきくどいた。「父が教えねばならぬはずの弓矢をとるすべ、士卒をひきまわすすべなどを、父にかわり、みな教えてやってくだされ」といった。

秀吉は直家の耳に口をちかづけ、

「安堵なされよ。こののちは八郎殿をわが子とおもい、御家領の備前・美作はおろか、日本国をきりまわすほどの大将に仕立ててみせましょう」

というと、直家は感動のあまり泣き叫び、

「ああ、安堵し奉ったり。このうえはそれがし霊となっても筑州殿《ちくしゅう》（秀吉）のお身を加護し奉らん。それがしのみならず、わが宇喜多家の祖霊である天日槍命《あめのひぼこのみこと》をはじめ代々の家霊もこぞって筑州殿のご武運をまもりたてまつるでありましょう」といった。

八郎は感じやすい子で、この場のやりとりに堪えきれずに声を忍んで泣いた。その姿が一座のひとびとをさらに感動させた。

直家はさらに、

「いまひとつ、欲がござる。わが息のあるうちに、八郎の男姿を見とうござる」

といった。男姿をみたいというのは、元服させてくれという意味である。元服には幼すぎるが、世間に例のないことではないであろう。秀吉は承知し、みずから烏《え》帽子親《ぼしおや》になり、直家の枕頭《ちんとう》で支度をした。

やがて元服式の諸役がきまった。加冠ノ役、理髪ノ役、烏帽子ノ役、鏡台ノ役などである。そのうち理髪ノ役は、秀吉から小西弥九郎行長が命ぜられた。この宇喜多領うまれの堺商人はその卓《すぐ》れた外交能力を買われてすでに秀吉の家来になっており、中国筋の大小名のあいだを駈けまわって反毛利体制をつくりあげている。

弥九郎が、八郎のために髪をあげた。

同時にその場で八郎の傅人《めのと》になるよう、秀吉から命ぜられた。この商人あがりの武将と秀家の結びつきが関ヶ原の戦場にまでおよぶとは、この場のたれもがむろん想像もできなかったであろう。

さて、命名である。宇喜多家は代々「家」の一字を相続している。三代前が能家《よしいえ》であり前代が興家《おきいえ》、当代は直家である。

――筑州殿、なおおねがいがござる。八郎のためにお諱《いみな》の一字をあたえてくださるまいか。

と直家がたのんだので、秀吉は秀の一字をあたえることにした。秀吉は様式どおりの紙を用意させ、その中央に「秀」という文字を大書し、左下に花押《かおう》をしたためて八郎にあたえた。

このとき、秀吉は二日間、岡山城下に駐《とど》まった。が、八郎の生母は見なかった。彼女も風邪で病臥《びょうが》しているという。

秀吉は姫路にひきあげるにあたって、秀家を直家看病のためという名目で岡山城に残した。宇喜多家にとっても戦国の慣例としても信じられぬほどの好意であった。この秀吉の好意を、直家と同様に感じたのは八郎の生母の於《お》ふくであった。

「筑州殿の御恩をわすれてはなりませぬ」

と、於ふくは直家と同様、八郎に対し、毎日のように教えた。

於ふくは、若い。

まだ三十には幾春秋かある。むろん直家にとって最初の妻ではなかった。直家の妻帯歴は、そのままかれの陰謀の歴史であった。はじめの妻は旧主浦上家でもっとも勢力のあった中山備中守《びっちゅうのかみ》信正の娘であった。直家はこの舅《しゅうと》に狎《な》れ、その信用を得、やがて相手を油断させ、やがては謀殺してその所領をうばっている。その妻はほどなく病死したが、自殺したという噂がながく消えていない。ついでやはり浦上家の顕臣で美作半国をもつ後藤美作守の娘をもらった。その婿の地位を利用して美作守を油断させ、これを毒殺し、その所領をうばった。この妻も病死した。於ふくはその亡妻の妹である。

「婉麗《えんれい》たぐいなし」

といわれた。幼いころから宇喜多家でやしない、からだが長《た》けるのをまって妻にした。ほどなく八郎と女子ひとりを生んだ。

さて直家は、秀吉が見舞ってからほどもない天正九年二月十四日、病没した。五十三歳であった。秀吉は宇喜多家後見人として岡山に入り、秀家に家督をつがせ、家老以下をよく訓戒し、かつ直家の死を厳秘に付した。この喪が公表されるのは一年後の天正十年正月九日になってからのことである。このため未亡人もその間、髪をおろすわけにいかず、院号も名乗らず、俗体でいなければならなかった。

秀吉はこの時期、この於ふくにはじめて会っている。

於ふくはむろん喪装ではない。やあやあ母様《かかさま》か、八郎に似てござるによってはじめて会《お》うた気がせぬ、と秀吉は気軽に声をかけたが、しかし於ふくの美しさには内心ぎくりとした。瞳《ひとみ》のあたりに匂うような翳《かげ》があり、諸国を踏みあるいてきた秀吉の目にもこれほどの容色はまれであろうと思われた。

「やれやれ、死んだ泉州（直家）もよいことをなされたわ」

とつい声をあげようとして、さすがにこれだけは言葉をのんだ。

この岡山滞陣中、秀吉は秀家と猶子《ゆうし》のちぎりをむすんだ。猶子とは猶子《なお》ノ猶《ごと》シ、ということで、養子に準ずべきものであった。

秀吉は城内で気さくにふるまうがために、宇喜多家での評判がよく、とくに奥の女どもは、

「あのようにお気軽な大将をおがんだことがない」

と評判した。羽柴筑前守秀吉といえば織田家第一の武将であり、あれほどの苛烈《かれつ》な性格の信長にもっとも信頼されているといえばどれほどおそろしい男かと想像されたが、その城内でのふるまいは軽率すぎるくらいに容態《ようだい》ぶるところがない。おかしければ腹をかかえて笑い、感心すれば大声でほめ、即座にほうびをくれた。およそ悋《お》しみをするというところがない。

奥の支配をしている某《なにがし》という女中などは、秀吉から手づかみで金銀をもらい、そのことに感激してまっさきに秀吉への傾倒者になっていた。秀吉は於ふくを口説くべくこの某に力添えをたのんだ。某もさすがにおどろいた。直家が生きていることになっているとはいえ、厳密には服喪中ではないか。

「いやいや、百も承知している。そこを、こう頼むのだ」

と、この男は手をあわせるようにいった。この道の欲望だけは我慢できぬ、かねがね於ふくを欲しやほしやとおもい、しかし我慢し、地団駄《じだんだ》を踏むようにしてこら

えてきたがもうどうにもならぬ、頼む、頼む、このとおりだ、ききわけてくれ、という。これには侍女の某も笑いだしてしまい、つい事の重大さをわすれ、受けあってしまった。それを、侍女某は於ふくに告げた。

告げられた於ふくがどういう心境だったかはわからないが、江戸時代とはちがい儒教道徳の支配をこの時代の彼女らが受けていないことだけはたしかであり、この点道徳上の苦痛はさほどはなかったであろう。自分の所有者である夫の在世中は、夫の権利を尊重しなければならない。その所有者が死んだ以上、彼女に勇気さえあれば、かつ世間体さえかまわねば、自分のからだを自分で始末することができる。於ふくには勇気などはなく、ただ当惑しているうちにその閨《ねや》に秀吉がやってきてすらすらと一ッ衾《ふすま》に寝てしまった。於ふくのからだはそれを受けいれるしかなく、この大胆な受動が彼女の勇気の所産であったわけではない。

「八郎にとってそなたは母、わしは猶父《ちち》、こうなったほうがかえってめでたい」

と、秀吉はふしぎなりくつで於ふくをなだめた。双方、八郎をめぐっての親でありながら親同士がなんの関係《かかわり》もないというのはかえっておかしく不自然である、というのが秀吉の陽気な理屈であり、そういわれればそういうものかと於ふくにもおもわれるのである。

城に滞在中、この八郎の猶父は毎夜、八郎の母のもとにやってきた。於ふくは当惑しているが、かといって秀吉を嫌悪する気持はない。亡夫にくらべれば醜《ぶ》おとこであり、体も五尺そこそこしかなかったが、亡夫にくらべてはるかにこの八郎の猶父は爽《さわや》かな人柄であり、衾のなかにつねに日向《ひなた》くさい健康な香気のようなものをのこして行った。これが於ふくにとってこころよいとすれば一種の愛情のようなものがうまれていたといえるかもしれない。

秀吉にはむろん於ふくに愛情がある。単に漁色家であるというだけでなく、この男はつながりを持ったどの女にも過剰な愛情をもち、その女がしあわせになることのみを懸命に工夫した。それが秀吉の性癖であり、特質であり、他に類がないといっていい。於ふくにもそれがわかった。

「八郎のゆくすえ、なんとか人の世に重んぜられる男に仕立てあげたい」

秀吉は、それのみを話した。自然、秀家をめぐって於ふくと秀吉のあいだにつよい連帯の思いができあがった。ついにはこの連帯感が、この奇妙な秀吉との関係を、於ふくのなかでごく自然なものにした。秀吉のみじかい滞留期間中の最後のころには、於ふくは古女房のような自然さで秀吉をむかえるようになった。

宇喜多中納言秀家という豊臣大名は、こういう閨のなかからうまれた。

二

その後秀吉は、秀家をいかなる場合でもそばから離したことがない。戦陣にはかならずともない、諸将を引見するときは自分の左右にはべらせた。自然、諸将は秀家にいんぎんな礼をとった。

信長の死後、秀吉はこの少年を猶子《ゆうし》から養子にし、豊臣家の一族に加えた。それ以前もそれ以後も、秀吉はどんな場合でも秀家に不機嫌な顔をみせたことがなく、秀家が利口な返答などをすると、

「おうおう、八郎が言うわ言うわ」

と、可愛ゆくてたまらぬ笑顔をつくった。秀吉は血縁の養子のたれよりも、この血のつながらぬ養子の宇喜多秀家を愛したといえるであろう。

「まるで、実のお子のようじゃ」

と、ひとびとは蔭《かげ》でささやいた。秀吉自身、八郎の母のからだを知っているだけに、うすうす、そのように錯覚しかねない情念をこの少年に対してもっていたのであろう。父親とは本来、出産の痛烈な動物的体験がなく、単にその子の母親のからだを知っているだけの存在にすぎない。その点では、秀吉は八郎秀家の父親としての資格は十分であった。

「おとくな、公達《きんだち》よ」

と、豊臣家の殿中では、秀吉に愛されている宇喜多直家の遺児のしあわせをうら

やまぬ者はない。

——母御前《ははごぜ》のおかげであろう。

という者もある。

於ふくは、大坂へきていた。大坂城下の備前島に宇喜多家の屋敷があるのだが、しかし於ふくはこの屋敷に住まず、大坂城内に住まいをもらっていた。

かといって、側室の処遇をうけているのではない。豊臣家の後宮には多くの名門出身の婦人がいた。亡主信長の第五女である三ノ丸殿、おなじく信長の弟信包《のぶかね》のむすめである姫路殿、近江浅井氏の出の二ノ丸殿（淀殿）、前田利家の三女の加賀ノ局《つぼね》、近江京極氏の出の松ノ丸殿、蒲生氏郷《がもううじさと》の妹で才女の評判のたかい三条ノ局など、いちいちあげきれぬほどであった。於ふくはこの華麗な一群には属していない。

「備前殿」

とよばれ、法体《ほったい》になっていた。直家の死の翌年、喪が発せられたあと、慣例によって髪をおろし、白装をした。秀吉としては尼僧を側室にするわけにいかず、やむなく城内に庵室《あんしつ》をつくり、於ふくを住まわせた。秀吉はときどきこの庵室をたずね、

「法体になっていよいよ色香の冴《さ》えたことよ。わしはいまもそなたを恋しくおもっている」

などと大声で言ったりするが、かといってもう閨をともにしたりはしない。尼姿

の寡婦に夜の伽《とぎ》をさせるには秀吉という男の性欲は正常でありすぎているようであった。ただ世間ばなしの相手をさせるだけのことであったが、それでもこの秀吉という人よろこばせの名人は、遠く外征したときなどは、正室や他の側室にもそうするように、この於ふくに自分や秀家の近況をしらせる手紙を書き送ってやったりした。またつねづね秀吉は於ふくに、

「八郎ほど可愛ゆい者はない」

と言い言いしていた。この秀吉の愛情はあながち於ふくへの思いやりのみから出たものではなく、八郎秀家自身も秀吉に愛されるだけのものをもっているようであった。心映えがけなげで、言葉つきがすずやかであり、立居振舞も風をおこすようなさわやかさがあった。秀吉は自分の縁者のこどもたちが見映えもわるく、表情もにぶく、言動も愚かしげであるため、いよいよこの秀家を愛した。多少の不憫《ふびん》もかかった。養子とはいえ、一族の出ではないため秀家には豊臣家の相続権がない。この点、姉の子の秀次や、正室北ノ政所の甥《おい》の秀秋とくらべて秀家という養子の存在にはいちまつのさびしさがあった。そのさびしさを当人はむろん感ぜず、ただ養父の秀吉のみが感じ、感じるたびに、

——八郎をよくしてやらねば。

とおもい、他の養子には見せぬ笑顔も、秀家には惜しむことなくみせた。

将領としての訓練もおこたらなかった。秀家が十三歳のときには従四位下左近衛中将に任官させて四国征伐にともなって阿波《あわ》の木津《きづ》城の攻撃に参加させ、その二年後には九州征伐に従軍させ、凱旋《がいせん》後、従三位参議にしてやった。参議のことを唐名では宰相という。このため、

「備前宰相」

とよばれた。十五歳である。

ついで小田原征伐にはわずか十八歳で従軍し、船手《ふなて》の総指揮官になって大過がなかった。もっとも秀吉自身が手をとるようにして指導しており、また家老たちの輔《ほ》佐《さ》もあったからかれ自身の能力によるものではない。

このころには秀家はすでに妻を得ていた。妻は秀吉の養女豪姫《ごうひめ》である。

――豪姫を秀家にめあわせよ。

と秀吉が命じたとき、殿中の者で秀家の多幸をうらやましがらぬ者はなかった。

豪姫は、前田利家の娘である。利家の娘については当初、まあという三女が十四歳で養女となり、やがて側室になった。これとはべつに妹の豪姫がまだ秀吉が織田家の将であったころから秀吉の養女になり、手もとで育っていた。秀吉の豪姫に対する可愛がりようは実の親でもこうはゆくまいとおもわれるほどであった。かれが織田家の将として播州の陣中にあったころ、近江長浜の留守城にいるこの童女に、

秀吉は陣中から手紙をおくっている。

かえすがえすも、なつかしい。茶目《ちゃめ》などをして怪我をするな（狂い候て、あやまちあるまじく候）。また、健康のための灸点《やいと》をせよ。このこと御乳《おち》（乳母）へ事づてをする。
そもじ、けなげである。御飯もたくさん食べるか（供御《くご》も一段まいり候や）。知りたいものである。とにかくそもじがなつかしくてならぬ。かならずかならず、この姫路城へよびよせてやるから、心安く思っていなさい。そのとき輿《こし》がほしいというなら、その用意をしてやるから、そう申して来るように。

陣中より
おとと

五（豪）もじさま

とある。非常な子煩悩《こぼんのう》といっていい。この豪姫が長じたが、秀吉は姉のおまあの場合のようには手をつけず、あくまで彼女に対しては「おとと」である立場のほうがうれしかったらしい。
「豪姫には三国一の婿をえらんでやるぞ」

といっていたが、秀吉の意中では早くから秀家にきめていた。養子に養女をあたえることによって、秀家の豊臣家における位置をいっそう強いものにしてやりたかったのであろう。

秀家は、両度の朝鮮ノ陣にも参戦した。その間、権中納言にのぼり、これによって、

「備前中納言」

と通称された。秀吉が例の五人の大名の刀を言いあてたというのも、この前後のことであったろう。

この時期から、秀吉の肉体も精神もめだって衰えはじめている。すでに豊臣家の正嫡である秀頼がうまれており、秀吉の関心のすべてはこの嬰児《えいじ》に集中していた。秀頼の将来のさまたげになるであろう関白秀次は誅殺《ちゅうさつ》され、秀次につぐ養子秀秋は小早川家に養子にやられた。残るは秀家であったが、秀家にはなまじい相続権がないため秀吉の愛は依然かわらず、それどころかむしろ秀吉のほうが養子秀家にたよろうとする色合いさえみせた。ある日、秀家をよび、

「秀頼が十五歳になるまでは、わしはなんとか生きていたいと思ってきた。しかしそれもどうやらおぼつかない。わしの身にもしものことが出来《しゅったい》すれば、かつてわし

が孤児のそちを守《も》りそだてたがごとく、そちの義弟の秀頼を守り立ててくれ」

と、秀家をみつめ、涙ぐんでいった。

秀家は答えず、この反応の早い若者がいつになく不機嫌な顔で押しだまっていた。

秀吉は、ふと疑念をもった。

「なぜ、だまっている」

問いつめると、秀家がいうのに、そのように当然すぎることをいまさらあらためて御念を押されるのはわが心底をあいまいなものと思っておられるからであろう、漢《おとこ》として不愉快なことである、という意味のことをいった。

それをきいて秀吉は安堵《あんど》し、

（さすがは八郎だけある）

とおもったが、すぐ教育者にもどった。そちの誠実さはわかるがいまの態度はよろしからぬ、人の誤解をまねく、と秀吉はいう。大名たる者の一挙手一投足はことごとく政治であらねばならぬ。政治とは権詐《けんさ》奸謀《かんぼう》の道ではなく自分の誠実をひとに伝える技術であるとおもえ。そちにはそれがない。いまの瞬間、わしでさえそちの誠意をふと疑った。ゆらい、そちのその欠陥についてわしは憂えている。いいたいのはこの一事である、という。

「家は、治まっているか」

と、秀吉はきいた。宇喜多家は家老間でたがいに反目し、紛争が絶えぬというこ とは世間のもっぱらのうわさであった。秀吉でさえ、多少耳にしている。

が、当の秀家は知らなかった。幼童のころから秀吉に近侍してきた秀家は、なが い殿中ぐらしのために家政や国もとの政治に暗く、五十七万余石の切りまわしはす べて筆頭家老の長船紀伊守にまかせきりできている。このため、家中《かちゅう》でなにがおこ っているかも知らぬことが多い。

「幸い、なにごともございませぬ」

と、正直にこたえた。事実、秀家はそう信じていたし、それ以外に答えようがな い。

(この若者は、おもったほどの人物ではなかったかもしれぬ)

秀吉のみるところ、秀家は戦場ではなかなかの勇者であり、士卒の統御もまずく はないが、内政が不得手であるようであった。なるほど貴族としての教養はある。 詩歌にも堪能《たんのう》で、鼓も打ち、能も演ずるなど、その点では殿中でのつきあいに事は 欠かない。しかしそれらの教養は殿中でこそ役にたつが、宇喜多家を統率してゆく うえではどれほどの用をもなさないであろう。

(この八郎を、殿中にのみひきとどめておいたわしが悪かったのかもしれぬ)

秀吉は自分の教育にかるい後悔をおぼえたが、かといってこれ以上この宇喜多家の家政について語るほどの体力もなかった。秀吉はこの夏（慶長三年）のはじめから原因不明の下痢がつづき、食欲もうせている。来《きた》るべき夏を秀吉は恐れた。このため大坂のあの苛烈《かれつ》な暑気を避けようとし、ちかごろ伏見の高台に造営した殿舎に移ってはいた。しかしなお恐れた。このかぼそくなった体力で夏がすごせるかという不安が脳裏をはなれず、その不安を侍医の曲直瀬道三《まなせどうさん》にだけはひそかに洩《も》らしていた。不安は自分の生命についてのものというよりも、豊臣家の前途についての不安であった。秀吉の健康だけが豊臣政権の栄光であり、唯一の政治的根拠であり、動力であった。その健康の死とともにこの政権もほろぶであろうことは、多少冷静な目をもっておればたれの頭脳にも理解できた。前時代の織田政権の興亡がそれを証明していた。十六年前、信長の非業《ひごう》の死とともにほろんでいる。それを消滅させることによって秀吉は亡主信長の盟主権を継ぎ、豊臣政権を成立させた。何者にもまして当の秀吉がこの原理をもっともよく知っており、この原理によって秀吉は勃《ぼっ》興《こう》し、その生命が衰えたいまとなっては、逆にこの原理におびやかされつづけている。秀吉は不自然をねがった。この原理を超克し、まだ幼児にすぎぬ秀頼に天下をゆずりたかった。無理は、百も承知している。しかしわかっていればこそ、足掻《あが》くようにそれを願った。それのみが関心事であった。秀家の家政に対する忠告をながながとするほどの根気も関心も、いまの秀吉にはない。

八月の半ば、

「太閤、御他界」

というおどろくべき報が殿中から洩れ、人が四方に奔《はし》り、城下の諸侯をおどろかせた。このうわさに城下の屋敷という屋敷のひとびとが路上に出、使者が走り、辻々《つじつじ》が騒いだが、当の秀吉は本丸の奥で生きていた。ありようは極度の衰弱になにかの発作がくわわり、寝床のなかで二時間ばかり気絶し、人事不省になったことが、死の誤報になった。このあと多少気力が回復したが、秀吉はもはや自分の生命のおわりが近いことを覚悟せざるをえなかった。


秀吉は、自分の死後、豊臣政権をどう運営するかという体制をととのえようとした。いそがねばならなかった。この時期までの秀吉の政権には運営上の組織などはなく、秀吉自身が独裁しその手足として石田三成、長束《なつか》正家らの秘書官がそのつど、そのつど命令を行政化しているだけであった。それを変え、かれら五人を豊臣家の執政官とし、「五奉行」と称した。その上部機関として五人の議定官《ぎじようかん》を置いた。五大老といわれた。大老筆頭は内大臣徳川家康であり、秀頼輔佐《ほさ》の首相というべきものであろう。副首相というべきものは次席大老の大納言前田利家であった。ついで、毛利輝元、上杉景勝、宇喜多秀家がいる。この五人に、秀吉は秀頼輔佐の上での最高の発言権をもたせた。むろん、石高、官位ともにかれらは諸大名の上にぬきんでている。しかしその能力、性格、信望の点では大きなむらがあった。世間一般の評価でいえば、景勝は愚直であり、輝元は凡庸でありすぎ、さらに宇喜多秀家は単に小僧にすぎない。

秀吉はその新組織を病床で口述した。承《うけたまわ》るのはいつものように石田三成以下の五人の執政官であった。このなかに浅野長政もくわわっていた。秀吉は口述をおわると、感想をのべた。五大老についての人物評のごときものであった。そのため息まじりの感想を浅野長政は筆録し、子に伝え、さらに後世にのこした。

「江戸殿（家康）は、律義なひとである。その律義ぶりを自分は長年みてきた。その孫娘を、秀頼に配したい。あの律義者はよく秀頼を取りたててくれるであろう」

これは観察というより、秀吉の希望がこもりすぎている。さらにはこの言葉が家康にきこえた場合の効果も期待していたのであろう。

「加賀大納言（前田利家）は、自分の竹馬《ちくば》の友である。かれがいかに律義な男であるかを自分はよく知っている。だから秀頼の傅人《めのと》になってもらうが、きっと秀頼のためによくしてくれるであろう」

「景勝、輝元はこれまた律義者である」

「秀家は余人とはちがう。自分が幼少のころから取り立てた者である。秀頼を守《も》り立てることについては他の者とは異なり、いかなることがあってもよもや逃げ走りはすまい。大老ではあるが奉行のあいだにも割りこみ、実着《じっちゃく》に職務をとり、公平に周旋してくれるであろう」

秀吉はさらに、五大老、五奉行をはじめ諸大名に対し、自分の死後も豊臣家の掟《おきて》、体制をまもり、秀頼への奉公にぬかりなき旨の誓紙を書かせ、血判を捺《お》させた。一度だけでなく、二度も三度も書かせた。そのうちの家康の誓紙を秀吉は押しいただき、「これだけは棺におさめて冥土《めいど》へもってゆく」とまでいった。が、むなしかった。その死後、その阿弥陀峰《あみだがみね》の廟所《びょうしょ》は家康によってこわされた。むろん、直後でなく、大坂ノ陣がおわってからのことではあったが。

秀吉はその死の一月前に諸侯への形見わけをし、死後法律となるべき綿密な遺言をしたためたが、なお息があった。その死ぬ慶長三年八月十八日の前々日、五大老を病室にまねいた。さらに秀頼のことをたのむためであった。五人のうち上杉景勝のみが帰国して不在であり、徳川家康以下四人が顔をならべた。枕からややさがって座があたえられた。どの顔も深刻で悲痛な表情をつくっていたが、秀家だけは下唇を垂れていた。かれだけがそういう政治的表情をつくれないほどの打撃を、病床の秀吉から受けた。もはや人間とはいえぬほどに痩《や》せおとろえ、瞼《まぶた》をとじるごとに餓死者の貌《かお》になった。しかし生きている。

（これが、太閤か）

とおもうと秀家は堪えきれず、声をあげて泣きだした。その声がときに激しく、かんじんの秀吉の声が聞きとれぬほどであった。秀吉は瞳《ひとみ》のみを秀家にむけ、かすかにいった。

「八郎」という。みな、耳をかたむけた。「いま大事な話をしている。ちと、しずかにせぬか」

衰弱で意識がうすれているのか、まるで小児に言いきかせるような声調子《こわぢょうし》で秀吉はいった。その声音が、秀家をいっそうに悲しませた。幼童のころ、お側で他の児《こ》小姓《ごしょう》とたわむれているときなどに秀吉が叱ったあの声とすこしも変わらない。

秀吉は、つづけた。

内容というほどのものはない。ただ秀頼のこと憐《あわれ》み候え、頼み参らせる、お律義にお律義に、と掻き口説くのみで、生き残る側の傲《おご》った立場からみれば滑稽《こっけい》な妄誕《もうたん》にすぎない。が、これと同じ情景をすでに九歳のとき、亡父の枕頭《ちんとう》で体験した秀家にとっては他の三人とはまるでちがった情念のなかにいた。当時の自分が、いまの豊臣秀頼の立場であり、亡き直家が秀吉の立場であった。当時羽柴筑前守であった秀吉はからだじゅうから光芒《こうぼう》がむらがり湧いているように英気はつらつとしており、

「安堵《あんど》なされよ。八郎殿のこと、かえすがえすひきうけて候」

と、直家の耳もとでいった。その言葉のとおり秀家は秀吉の手もとで成人し、すでにはたちの半ばを越え、所領も直家のころよりふえた。臨終の約束がまもられた証拠が、ここにいる秀家の存在そのものであった。秀家は、もし自分ひとりがここにおらしめられているとすれば声をあげて衾《ふすま》のすそにとりすがり、秀吉に安堵を願ったことであろう。

が、発言できなかった。作法により、この席では上席者が応答すべきであった。上席者である家康がやがて膝《ひざ》をにじらせて返答をした。

「くれぐれも御安堵ねがわしく存じ奉りまする」

声はさびを帯び、のど奥できしみ、いかにも信頼感のありげな、ほとんど荘重といえるほどのひびきをもっていた。それをきくと秀吉は渾身《こんしん》の力をこめて笑み、あごをひき、かすかにうなずいた。

翌々日の深夜、秀吉は死んだ。

三

秀吉の死は、その翌日から伏見の政界を変えた。家康は別人になった。すでに関ヶ原を想定し、その目標のもとに行動した。遺法の禁止項目を平気でやぶって諸侯の心を攬《と》るべくさまざまな接触をしはじめた。法を無視し、私的に婚姻関係をむすびもした。このことが奉行の石田三成を刺激した。家康にすれば三成か、もしくは前田利家を怒らせ、挑発し、挙兵させ、それを討伐することによって政権交代のきりめにしようとしていた。この目標にむかって家康は綿密にしかも大胆に動いた。その家康の行動の機微を察し、豊臣家の諸侯たちの多くは、すすんで家康に接近した。

このころ、宇喜多家で騒動がおこった。この騒動も、秀吉の死と無縁ではない。

秀吉が指摘したように、秀家に欠けているのは政治能力であったであろう。とくに秀家は家政に昏《くら》く、国許《くにもと》の重臣たちとなじみが薄かった。このため重臣とのあいだの政治連絡には、中村刑部《ぎょうぶ》という側近をつかい、これを寵用《ちょうよう》していた。

刑部は、譜代ではない。加賀人である。

豪姫付きの家来として、加賀前田家から宇喜多家に入った。もともと前田家の大坂城における殿中関係の役目をしていた人物で、社交には長《た》けている。

「次郎兵衛（刑部の通称）は、なかなか役に立つ」

と秀家はついこれを便利使いするうち、政治むきの連絡者にした。連絡とは、大坂備前島屋敷に駐在する筆頭家老の長船紀伊守への使い走りである。そのうち刑部は長船にとり入り、その気に入りになった。次第にこの加賀人は秀家と長船の双方を手玉にとるようになり、やがて秀家・長船ともども、この男が介在せねば意志が疏通《そつう》せぬほどになり、強大な勢力ができあがった。豊臣家における石田三成に似た存在であろう。秀家は必要上、この刑部に二千石をあたえ、家老の末座に列せしめた。

「成りあがり者が、われらに指図するか」

という不平が、家中《かちゆう》に満ちた。

とくにこの悪感情は国許に濃い。大坂屋敷から入用の経費の調達が国許へゆく。国許はいわれただけの金穀を大坂に送るというだけの受身の立場であり、ただされ感情が鬱屈《うつくつ》している。そのうえ筆頭家老の長船紀伊守がもともと徳望がなく、諸事権柄《けんぺい》ずくで、施政にもえこひいきがつよい。長船への恨みは累年鬱積しており、刑部が家老に列する以前から国許では長船を殺す、という声まであった。この点、秀家は知らぬわけではない。

以前、朝鮮在陣中、亡父以来の老臣の岡越前という者が陣中で病み、釜山で死んだ。その臨終のまえに秀家は病床を見舞い、ながが年自分を輔佐《ほさ》してくれた労を謝し、「最後にわがために言い置くことがないか」と問うた。越前は、「詮《せん》もござらぬ」と言い、口をつぐんだ。

言っても仕方がない、という意味である。秀家がかさねて望むと、「いやいや、申しあげたところでお取りあげにはなりますまい」と越前はいった。さらに秀家はのぞんだ。すると越前はうなずき、「長船紀伊守は大悪人でござる。あれをお用いになっておればお家に乱がおこり、不吉な言葉ながらついにはご滅亡ということに相成りましょう」といった。

岡越前は死んだが、その予言どおり秀家はその言葉を用いなかった。なにしろ長船紀伊守は亡父以来の老臣であり、秀吉にもお目見得《めみえ》し、羽柴の姓をもらっている。この点、秀家の性格ではこの老人を政務から追放する気にはなれない。

かつ、国許の反長船派も、秀吉の生存中は羽柴姓の長船に対して公然敵対することを遠慮していた。が、秀吉が死んだことが、彼等を活気づけた。

「太閤死す。されば長船も命運尽きたり、それぞれ手勢をひきい、上方《かみがた》に押しのぼり、長船と一戦し、にわか出頭人の中村刑部ともども、首を刎《は》ねあぐべし」

とさわぐうち、当の長船紀伊守がにわかに病み、大坂屋敷で死んだ。気勢《きお》っていたときだけに国許の反対派は失望したが、

「なんの、まだ中村刑部めが生き残っている」

と、一部は刑部を討つべくすでに鉄砲支度をして国許を出発したという。それを刑部は大坂で知り、すぐ夜船に乗って伏見へのぼり、秀家のもとに走りこんだ。秀

家は屋敷におらず、伏見城にいた。刑部は屋敷で待ちきれず、お城にのぼり、大老の御用部屋で拝謁した。御用部屋の前に庭がある。

庭の池畔《ちはん》に、萩が咲きこぼれている。

「あれは刑部、存じているか、あれは宮城野《みやぎの》の萩だ」

と、秀家は顔を庭にむけたままいった。秀家は萩がすきで、大坂の邸内にも伏見屋敷にもさまざまな萩をうえてある。宮城野とは仙台の東郊から海岸までの原野で、秋は萩、桔梗《ききょう》、女郎花《おみなえし》が咲きみだれ、鈴虫や松虫も多く棲《す》み、古来、和歌の名所とされている。この萩は、奥州の伊達《だて》政宗が献上したものだという。秀家は惜しくも奥州征伐に参加せず、この野をみたことがないが、この野を想像して歌をよんだこともあり、古歌も暗誦《あんしょう》していた。庭に顔をむけたままふと口ずさみ、「さまざまに心ぞとどむ宮城野の花のいろいろ虫の声々」とつぶやくと、それまでうなだれていた刑部はたまりかね、

「おそれながら」

と、顔をふりあげ、騒動の一件を申しあげた。刑部は秀家に衝動をあたえる必要を感じ、「さきに病死つかまつりましたる長船紀伊守殿は病死ではござりませぬ。毒を飼われ、殺されたのでござりまする。毒を飼うたお人は誰かとおぼしめす」と、いった。

秀家は、さすがにおどろいた。たれが毒を飼うた、ときくと、国許の筆頭家老の宇喜多左京亮《さきょうのすけ》（秀家の叔父《おじ》忠家の子、のちの坂崎出《で》羽守《わのかみ》直盛）のしわざでございまする、と刑部はこたえた。なるほど左京亮の性格は物事に激しやすく思慮うすくしかも冷酷であるときいているから毒飼いなどしかねぬかもしれないが、しかし国許ずまいでそのようなことができるかどうか。それに証拠がない。

「刑部、軽率なことを申すな」

「いえいえ、軽率ではございませぬ。しかも左京亮のともがらは軍《いくさ》支度をととのえて山陽道をとどろきのぼっているとのことでございまする」

左京亮の一派とは、左京亮を筆頭に、戸川肥後守、岡越前守（さきの越前の子）、花房志摩守と同助兵衛《すけのひょうえ》であり、助兵衛をのぞいてはいずれも食禄《しょくろく》五万石以上という大身たちである。もし騒動になれば、上方《かみがた》詰めの家老団と国許詰めの家老団との合戦という他家に類のない事態になろう。

が、秀家は楽観した。

「明石掃部《かもん》とよく相談せよ」

といった。明石掃部は諱《いみな》は全登《たけのり》、合戦の名人といわれた男で、長船の死後は上方詰めの筆頭家老をつとめている。

結局、この一件は事変になった。明石掃部は調停に立ったが双方をなだめることができず、まず旧長船派は伏見屋敷にこもり、国許派は大坂へ進出し、その間小規模の市街戦を演じて備前島屋敷を占領し、淀川《よどがわ》十三里をへだてて武装対立の状態になった。世が、乱れはじめている。秀吉がもし生存中ならば、こういう事態は考えられもしなかったであろう。

見かねたのは、秀家と懇意の大名の大谷刑部少輔《ぎょうぶしょうゆう》吉継であった。吉継は、

「ご迷惑でなければ、調停の労をとってもよいが」

と、秀家に申し出た。秀家は手こずっていたときでもあり、自分の家の騒動の始末を他の大名にたのむことにした。

「ぜひぜひ。それは願ってもない。ぜひ願いたてまつる」と、吉継にたのんだ。じつは、ほっとした。

大谷吉継は信頼できるであろう。敦賀《つるが》五万石の小大名ながら、秀吉在世当時から豊臣家の行政を担当し、その手腕は高く評価されている。児小姓時代からの秀吉の取り立てによって累進し、心情もさわやかで武略もあり、秀吉手飼いの大名のなかでは出色のひとりとされていた。癩《らい》を病みすでに面貌《めんぼう》はくずれ、つねに顔を白布でおおって両眼のみを出している。余談ながらこの大谷吉継は豊臣家の派閥においては出自や職務上の交友の関係から石田三成と縁が濃い。が、三成のような派閥活動はせず、超然としている。

——調停には、江戸内府（家康）をかつがねばならぬ。

とおもった。家康は豊臣家の筆頭大老であり、秀頼の代務者であり、伏見にあって庶政をみている。その家康の声がかりということになれば宇喜多家の家老どももよくいうことをきくであろう。が、家康そのひとが一大名の家老団の喧嘩《けんか》に介するには身分が高すぎるため、吉継は家康幕下の大名を仲間に誘うことにした。徳川幕下の大名といえばまず榊原《さかきばら》康政である。康政は三河以来の譜代で、家康の関東における二百五十万石のうち上州館林《たてばやし》十万石を食《は》み、官は従五位下式部大輔《じゅごいのげしきぶたゆう》を称している。

さっそく康政を訪ねると、「拙者で役だつことなれば」と賛成した。そのあと、ともどもに奔走した。双方の代表を伏見の榊原邸によんだりして調停をはかったが、容易にまとまらない。が、吉継はあきらめなかった。吉継にすれば、「秀頼公の天下がまだ初《う》いういしきに」このような騒動がおこってはどういう大乱の導火線《くちび》にならぬともかぎらぬ、ということであった。

そのうち、この両人が奔走しているといううわさを、家康が耳に入れた。

「意外や、わが家の小平太（康政の通称）までが奔走しているというのか」

家康は愉快ではない。

この男は、乱を待っていた。この騒動が天下の乱となればそのときこそ「秀頼様のおためにならぬ」という名目で諸大名を動員し、その一方を討伐し、その討伐軍の勢いをもって幕府をひらいてしまう——か、それとも、宇喜多家の自壊を座して待つのもわるくはない。家康のみるところ、将来自分に挑戦するのは石田三成であろう。三成はたかだか二十万石未満の大名であるため、与党の諸大名を誘い入れねばならぬ。おそらくその主戦力として宇喜多秀家を誘うであろう。秀家は秀頼公のおためとあれば勇奮して参加するにちがいない。みすみす家康にとって敵になる人物である。その男の家が自壊しようとしているのは家康にとって大利であり、それをわざわざ調停するばかもない。

榊原康政は三河気質《かたぎ》の質朴な男で、合戦の場かずこそ踏んでいるが、しかし天下の政治に関与したり、政情の機微を察したりするような能力はまったくない。家康にすれば、この場合康政を訓戒すべきであった。しかし訓戒する以上、家康は自分のひそかな意図や政略を明かさねばならず、それはこのさい慎まねばならない。

「こまったものだ」

家康は、このとき左右と雑談している。にわかにそう言い、眉《まゆ》をしかめた。

「小平太のことである。考えてもみよ、すでに七之助が上《のぼ》ってきているではないか」

七之助とは、平岩主計頭親吉《かずえのかみちかよし》のことであり家康の幕下大名のひとりで、上州厩橋《うまやばし》（前橋）城をあずかり、三万三千石を領していた。家康の制度ではこういう関東の幕下大名を交代で伏見にのぼらせている。榊原康政はすでにその伏見の番の期間がすぎており、平岩と交代してさっさと帰国すべきであるのに宇喜多家の調停で走りまわってその気配もない。

「まったくあほうにも程がある。あれはおそらく礼の金がほしいのであろう」

といった。調停が成立すれば宇喜多家から謝礼の金品が出る。家康はそれを言う。いや、当然ながら家康も康政がそういう男とはおもっていないが、この場合、こういわねばならなかった。この家康の言葉はすぐ当人の耳に入るであろう。当人は大いに憤慨し、さっさと国許《くにもと》に帰るにちがいない。家康の目的はそれで完了する。家康は天性の政略家なのか、自分の家来を動かすにもつねにこの種の含みが多く、ほとんど癖であるとさえいえた。

果して、康政は憤慨した。「おれをそのような男とおぼしめされたか」と朋輩《ほうばい》をつかまえては家康へ悪声を放ち、そのあと家康が期待したようにさっさと人数をまとめて関東へ帰ってしまった。

康政が投げだしたため、調停がこわれた。もはや吉継ひとりでは頑固な備前人たちをなだめてゆく方途がつかず、ついに彼も手をひいた。

秀家は、事態の正面に立たざるをえなかった。大坂備前島屋敷に籠城《ろうじよう》中の宇喜多左京亮らは伏見に押しのぼってきて、秀家に強談《ごうだん》した。

——当方に、中村刑部をお渡しなされ。

という。左京亮は言葉づかいこそ丁寧だが、態度はふてぶてしく、こうとなった以上、主人であろうと弓矢をもって応酬しかねまじき勢いだった。のちこの男は坂崎出羽守と改称して家康の大名になるのだが、伝説の千姫騒動だけでなく事々に我意を通すための騒動をおこし、ついには自滅する。いわば、性格的な騒動屋であり、この場合、秀家に少々の政治力があったとしてもまるくおさめるのは困難だったにちがいない。秀家は、腹をたてた。

「刑部もまたわしの家来である。それを裏切ってそのほうどもに渡すとすればわしの武門の道が立たぬわ。よくよく料簡《りようけん》せよ」

と、秀家とおなじ血をひくこの狂人のような家老をなだめようとしたが、左京亮はいきり立つのみで手のつけようがない。そもそもこの狂躁人《きようそうにん》はその人体《にんてい》からして異様であった。頭を坊主に剃《そ》りあげ、「訴えが通るまで、髪はたくわえぬぞ」と、それを党派の連中にも強制していた。

翌日も、左京亮はきた。

が、秀家はこの日は陽気だった。騒動のもとである中村刑部に言いふくめ、金をあたえ、昨夜こっそり加賀へ落してしまっているからである。

「刑部は、いずれかに逐電したわ」

と、秀家はいった。左京亮は疑った。うそでござろう、と目を据えた。秀家はその態度を腹にすえかねたが、堪えるしか仕方がない。この左京亮は十人の家老のうち七人までを自分の党派にひき入れて強談している以上、いざとなれば家はつぶれざるをえない。この場合、堪えていることだけが、秀家のもっているかぼそげな政治能力といえた。

「それほどに疑うなら、屋敷じゅうをそちの足でさがせ。もしさがして刑部がおらぬとなればそちの落度でありただではすまぬぞ」

といったため、その日はやむなく左京亮らはひきとり、大坂の備前島屋敷にひきあげた。ところが、左京亮に内通する者があり、刑部を落したのは秀家であるということを大坂に告げた。左京亮は大いに怒り、

「やあ、殿がそれほどまでに刑部をかばわれるとなれば、敵は殿じゃ」

と言い、備前島屋敷の要所要所に櫓《やぐら》を組みあげ、路上に逆茂木《さかもぎ》を構え、夜は篝火《かがりび》をたいて戦《いくさ》支度をしはじめた。当然、このままですておけば豊臣政権の首都である大坂で市街戦がおこるであろう。秀頼の代官である家康も、これをすてておくわけにはいかなくなり、ついに立ちあがって大老職としての検断をくだした。本来なら

ば、主人に手むかおうとした家老たちは当然ながら切腹である。が、家康は寛刑に処した。

他家あずけである。しかもそれらを自分の屋敷によび、「そこもとらの心情、よく察している。折りをみて差しゆるしてやろう」という旨を、家来の口から言わせた。しかも他家あずけの期間中、ひそかに米塩を送って扶助した。かれらは家康に感謝し、忠勤をちかった。流されたのは宇喜多左京亮、戸川肥後守、花房志摩守、花房助兵衛で、いずれも関ヶ原では家康方につき、左京亮と肥後守は大名になり、志摩守は六千石の大旗本、助兵衛も家康直参《じきさん》になっている。

それ以上に、この処置は宇喜多家にとって影響が深刻であった。かれらが去ったがためにその家来どもも去り、このために宇喜多家の動員兵力は三割方低下したといっていい。

「治部少輔《じぶしょうゆう》(石田三成)も、どうかしている」

と、家康は後年、この事件をおもいだして述懐している。自分が治部少輔ならば秀家に助言し、宇喜多家のさわぎをなんとか掌《てのひら》にまるめ、ともかくもあれだけの罪人を出さずに事をおさめたであろう。あのために宇喜多家の人数がすくなくなり、結局戦場での働きがそれだけにぶくなったわけだが、治部少輔はあのときそこまでの見通しがきかなかった。まず他家の騒ぎ程度にしかおもっておらず、何の手もうたなかった。それからみても治部少輔はもともと、わが敵になるような男ではない。武略がない。……

四

が、この家康の言葉には多分に回想の甘さがある。現実の関ヶ原の戦場にあっては、家康はほとんど絶望的な瞬間を何度もあじわった。

家康はこの合戦の勝敗を、その事前においてきめようとした。敵である西軍参加の諸大名に対し、あらゆる方法で工作し、懐柔し、内応を約束させた。西軍の総帥である毛利氏にまで工作し、その幕将の吉川《きつかわ》広家、家老の福原広俊などに内応の約束をとり、戦場ではいっさい兵をうごかさず、銃も発せぬ、という密約をさえとりつけた。家康が江戸を発《た》って戦場にむかうときは、胸中すでに勝利があり、その証拠に、道中、小早川秀秋の密使が内応を申し入れてきたときも、「小僧の相手はできぬ」といい、二度までも黙殺したほどであった。

東西の戦いは、家康の部将がこもる伏見城を西軍が攻めたことからはじまった。この方面の西軍四万の総帥として、秀家がえらばれた。

官位の高さと兵数の大きさの点からいって当然であろう。かつて羽柴姓のころの秀吉がかれの亡父直家の臨終の枕頭《ちんとう》で約束したように、「備前、美作はおろか、ゆくゆくは日本国をひきまわすほどの大将に仕立てて進ぜましょう」という言葉が、秀吉の死後、偶然なことながら実現した。

「そうか。わしが、采《さい》をとるのか」

と、秀家は無邪気によろこんだ。この政情複雑な時期に、この男だけはなんの政治的顧慮もせず、故太閤の遺児のためという少年のような正義感だけでうごいていた。

この挙兵の謀主石田三成も、同僚の奉行衆でさえ内々の進退あやしげなこの時期に、この備前中納言だけは信頼し、

「備前中納言にだけは、武略でものをいわずともすむ」

といっていた。つまり、政治情勢を味方有利なように着色したり、戦後の利益を約束したりする必要がなく、素直に頼めば素直にひきうけてくれるという意味であろう。しかも宇喜多勢は人数が圧倒的に多く、さらにその麾下《きか》の備前兵は勇敢であり、秀家は怯《きょう》を憎み勇をよろこぶ性格であるため、この一万七千の人数こそ西軍の主戦兵団になるであろう。

秀家は七十人の将と四万の軍勢を部署して攻城戦を開始し、やがて陥《おと》した。

その後秀家は、大坂で兵を休め、やがて伊勢を経て美濃《みの》大垣へ進出し、ついで夜

陰、雨のなかを行軍して関ヶ原の予定戦場に到り、その盆地の西に隆起する通称天満山の山麓《さんろく》を陣地にえらび、兵を五段に配置した。秀家の本陣には赤地吹貫《ふきぬき》の大馬印《おおうまじるし》が樹《た》てられ、山頂から山麓にかけて白地に太鼓丸の紋をえがいた宇喜多家の旗がかかげられた。夜があけるとともに、布陣が完了した。

ほどなく、家康が動いた。

家康は美濃赤坂の陣を発し、西軍のあとを追尾しつつ夜間行軍をつづけ、夜あけとともに関ヶ原に到着し、八万の兵を展開させた。

が、天候が開戦をゆるさない。霧がふかく、敵味方の識別ができず、双方身うごきもできなかった。やや霽《は》れはじめたのは、午前八時をすぎてからであった。同刻、最初の銃声があがった。

戦いは、東軍先鋒《せんぽう》福島正則隊六千の西方に対する突撃からはじまった。それを正面からうけたのは、宇喜多秀家隊であった。すぐ激戦になり、福島隊は先鋒が崩れ、潰走《かいそう》し、ついには数丁にわたって退却させられた。正則は大いに怒り、銀の大馬印をうちふりつつみずから陣頭を駈け、敗勢を立てなおそうとしたが、宇喜多勢の苛《か》烈《れつ》さをどうふせぐこともできない。

東軍は、この敗色に狼狽《ろうばい》した。すぐ加藤嘉明《よしあき》隊、筒井定次《さだつぐ》隊が駈けつけて宇喜多隊の側面を衝《つ》こうとしたが、たちまち蹴散《けち》らされ、福島隊ともども退却した。

秀家は、山麓の高所におかれた床几《しょうぎ》に腰をおろし、この戦況を見おろしている。西軍の作戦指導は、明石掃部全登《たけのり》があたり、五段に配置された部隊は、延原《のぶはら》土佐、浮田太郎左衛門、長船吉兵衛、本多正重らがそれぞれ指揮し、この勇敢であることのなによりも好きな大将の麾下たちは、ほとんど信じられぬほどの勇敢さで戦った。

孤独な戦いといっていい。

なぜならば家康の事前の調略によって西軍の七割までは旗を動かさず、銃を発せず、陣に貼りついたままであった。あとの三割だけが戦っていた。

三割の主戦力は宇喜多隊であり、それに加えるに石田三成隊、大谷吉継隊の二部隊にすぎず、他の七割は眠ったように傍観していた。この西軍七割の傍観をみて、家康は当初、勝ったと思った。

「戦っている敵は、どの旗とどの旗か」

と霧のなかに物見《ものみ》を走らせて確認してみると、右のごとくであった。家康のみるところ三成には武略がなく、秀家は小僧にすぎない。大谷吉継は多少の才覚人とはいえ身上《しんしょう》が小さいためにその指揮下の兵数はわずかであり、そのうえ吉継自身は鎧《よろい》も着られぬほどに病いがすすんでいた。

が、霧が霽れ、時が移るにつれて戦況は家康の楽観をしだいに裏切りはじめた。西軍の三割が死力をつくしているために東軍の全線にわたって崩れが生じ、ほとんど家康の指揮さえゆきわたらず、各隊が脈絡もなく各個に戦っているという形勢になった。

家康はその生涯で、自分の指揮下の味方がこれほど支離滅裂になって動いている状態をみたこともなかったであろう。

が、現実の刀槍場裡《とうそうじょうり》で兵を叱咤《しった》している福島正則は、何度かくずれて退却しつつも、その豊富な実戦経験から、

（これは勝つ）

と確信していた。自隊を乱打しつづけている正面の宇喜多隊が、その猛勢のわりには突撃がのびきって来ないのである。福島隊が四、五丁も退却すればかれらはもう兵をとどめ、盆地の中央まで追いつづけることを怖《おそ》れ、つねに致命的打撃をあたえることを遠慮した。奇妙な敵であった。

が、その理由は、正則にはわかった。宇喜多隊には友軍がなかった。西軍諸将はまわりの山上、山麓、街道わきに布陣していたが、宇喜多隊の攻撃に加勢しようとしない。

「敵は、一重《ひとえ》である。後詰《ごづめ》はなし。おそるなや」

と、正則が喚《わめ》きつつ、駈けまわる士卒を元気づけたのはこの敵の運動に気づいてからであった。正則のみるところ、宇喜多隊がいかに猛勢であっても結局は疲労し、

ついには弱るときがくるであろう。

正則は頽勢《たいせい》を盛りかえしては、逆襲した。このため諸方の陣地からみていると、福島家の山道《やまみち》の旗と宇喜多家の太鼓丸の旗とがたがいに黒煙をあげるようにして進退し、ときには入れちがい、ときには一方が追い、ときには一方に追われたりして勝敗の見さだめもつかない。午前十一時ごろには、石田陣の正面の東軍も撃退され、大谷陣は大きく盆地の中央へ突出する気構えをみせ、それに対して東軍は盆地の中央部にかたまり、いたずらに人馬の渦を巻かせているにすぎない。

が、正午になって逆転した。

松尾山上の小早川秀秋が寝返り、一万五千の兵を駈けくだらせて山麓に陣所をもつ西軍大谷隊を衝き、その伸びきった隊形を寸断し、それをほとんど全滅させたためであった。吉継は自刃した。このため宇喜多隊は東軍の過半によって包囲され、孤立した。

秀家には、この瞬時におこった変転が理解できない。あれは金吾（秀秋）か、金吾ではあるまい、と最初に叫んだのはこの言葉であった。秀家には信じられなかった。金吾秀秋の挙動のあやしさについては開戦前から三成ら西軍首脳が疑惑をもちつづけていたが、秀家はあくまでも楽観し、「左様なことはありえぬ」と三成にも言い、吉継にも言っていた。この男らしくその理由は単純きわまりない。

「かれは太閤の養子である」

そのことだけであった。太閤から大恩をうけている。自分も養子であり、その立場から金吾の心底を察するに、万人が秀頼様を裏切ろうとも、とうていそのような心情がおこらない。自分はうけあってもいい。金吾はゆめゆめ裏切らぬであろう。と、そのことのみを秀家は言い、しかも本気でそれを信じているようであった。極楽人であられる、と三成はかげで秀家のことをそう言い、じつのところ挙兵以来秀家にはその種の政情の複雑な内容についてはほとんど相談したことがない。

が、秀家は世の奇怪さを、いま戦場を急変させつつある異変で知った。この秀家という歌ずきな――世が泰平なら二流程度の歌詠みになっていたであろうこの男は、自分の政治感覚の暗さをさとるよりも、むしろ相手の不徳義に憤激した。金吾をゆるせぬ、といった。許す許さぬよりもすでに眼下の宇喜多勢は東軍に蹴散らされ、ほとんど陣形をなさぬまでに崩れていたが、秀家の関心事はそれだけであり、むしろそのことで死を決意した。床几を捨て、

「馬を曳《ひ》け」

と命じた。いまから馬を駆って小早川陣に斬り込み、金吾を求め、かれと刺しちがえて死ぬというのである。「天道がゆるさぬ」と秀家は言い、あぶみに足をかけるや、鞍《くら》の上の人になった。明石掃部が、手綱をおさえた。

「およろしくありませぬ」

掃部は、敗戦の慣例として主将の秀家をこの戦場から落そうとしていた。東北をのぞむとすでに三成の笹尾山《ささおやま》陣地も落ち、先刻まで山上にひるがえっていた「大一大万大吉」の旗が失われているところをみると三成も落ちのびたのであろう。それを掃部がいうと、

「治部少は治部少、わしはわし」

と、この若い歌人はいった。秀家のいうところでは、治部少はあるいは一身の野望のためにこの一戦をおこしたのかもしれぬが、わしはわしの存念でこの戦場に来、働いている。余事は知らぬ。ただ故殿下のご遺言をまもり、秀頼様の世を守《も》ろうとし、力のかぎり働いた。それを、金吾の不徳義がために敗れた。金吾をこの剣で誅伏する以外、この一存を通すみちはない、と秀家は言いつづけたが、掃部は耳をかさず、さっさと旗を巻かせ、大馬印を折り、さらに秀家の旗本に命じ、かれをかこんで落ちることを命じた。秀家はその人馬に流されるようにして西方へ落ちた。

秀家は敗れ、宇喜多家はほろんだ。しかし、秀吉が豊臣家の藩屏《はんぺい》としてとりたてた養子たちのうち、この男だけが養父の希望にこたえた。

その後の秀家の生涯は、別な主題になる。彼はこのあと薩摩《さつま》へのがれ、ひそかに

島津氏の庇護《ひご》をうけた。のち島津氏が幕府に降伏したあとその存在が露顕したが、島津家と、さらにかれの夫人の実家である前田家がともどもに幕府に歎願して助命を乞《こ》うたため死罪はゆるされ、いったん駿河《するが》に送られ、同国の久能《くのう》で幽閉された。家康にすれば、

――殺すほどのことはない。

とおもったのであろう。関ヶ原の役後、石田三成、安国寺恵瓊《えけい》、小西行長などの主謀の者は刑戮《けいりく》され、その首は京の河原でさらされたが、秀家はもともとかれらから政客として遇されておらず、単にその義俠心《ぎきょうしん》と戦闘力を買われて参加したにすぎない。なるほど関ヶ原の本戦場ではあれほどに働き、東軍を何度か危機におとし入れたが、しかし事がすぎてしまえばそれだけのことにすぎず、その存在を取るに足らずと家康は判断した。

のち、久能から移され、江戸南方百二十里の洋上にある八丈島に流された。秀家はこの島で五十年をくらした。島ではつねに窮乏し、日常苫《とま》を編むことを生業とし、それを食に替えてはかろうじて露命をつないだ。平素「一度、米の飯を食って死にたい」と口癖のようにいった。それが江戸にきこえ、ある年の便船で数俵の米が送られてきた。送りぬしは、かれの旧臣で関ヶ原では家康についたためにいまは江戸で栄えている花房志摩守であった。旧主へのうしろめたさがあったのであろう。

秀家は明暦《めいれき》元年の冬、八十三歳の高齢で死んでいる。その間、秀頼も死に、家康も死に、徳川将軍もすでに四代目の家綱の代になっていた。関ヶ原の敗者ではあったが、勝利者のたれよりもこの流人《るにん》はながく生きた。

第四話　北ノ政所

一

黒百合《くろゆり》
一輪

という目録が寧々《ねね》のもとにとどけられたのは、天正十五（一五八七）年の盛夏である。その花、近日贈りたてまつる、と目録のぬしはいう。

（ほんとうだろうか）

寧々は最初その目録を信ぜられなかった。百合が黒いなどとは、もうそれだけで話が幻怪すぎている。

「なにかのまちがいでしょう」

と、寧々は侍女たちにもいった。彼女は夫の秀吉もそうであるように、世に幻怪なものをみとめない。

寧々、禰々ともかく。寧子とも書いたのは彼女が貴族になってからである。貴族の女性はたとえば建礼門院徳子、といったふうに子の字がつく。夫の秀吉が関白になったとき、関白の正室は北《きた》ノ政所《まんどころ》といわれる慣例があったために、彼女は世間からそのようによばれた。そのころ宮中での公文書では、

「豊臣吉子」

ということになっていた。これをどう訓《よ》むということについては、彼女自身に定見があったともおもえない。吉という文字がふくぶくしくめでたいがためにその文字が撰《えら》ばれたにすぎないであろう。ともあれ、寧々がどういう文字の名として書かれようとも、彼女が従《じゅ》一位という女性として最高の位階の保持者であり、豊臣家の家庭と局《つぼね》や女官たちの総支配者であることにはかわりはない。

目録の献上者は、佐々成政《さっさなりまさ》である。

成政は、豊臣家に対する政治犯罪者であった。はえぬきの織田家の家人《けにん》で、信長からその武勇と剛直さを愛され、つぎつぎに抜擢《ばってき》されてやがて一手の将になり、信長の晩年、北陸探題《たんだい》であった柴田勝家の幕下に配属せられ、越中一国を拝領する身分になった。信長が死に、北陸の勝家と秀吉とが跡目をあらそったとき、成政は当然ながら勝家に味方し、秀吉に抵抗した。単に政治上の所属からそうなったというだけでなく、この男ほどはげしく秀吉をきらった旧織田家の将もめずらしい。

秀吉は北陸を鎮圧し、越中に入って成政を降伏させたが、これほど秀吉ぎらいの男の一命を意外にもたすけた。世間は秀吉の度量におどろいたが、たれよりもおど

ろいたのは成政自身であった。

——なぜおれの一命はたすけられるのか。

という疑念は、成政のような単純勁烈《けいれつ》な男にとっては生涯解けぬ課題であるかもしれなかった。秀吉は成政などよりも天下を平定しようとしていた。成政ですら殺さなかったという評判は大いに天下をかけめぐり、それを伝えきいた諸国の対抗者たちはわが城をひらき、弓を地になげすててつぎつぎに服従してくるであろう。そのことの効果を、秀吉は期待した。この効果を大きからしめるために、成政に越中の一郡をあたえた。これだけでも世間は驚倒した。さらにひきつづき九州征服後、日本でもっとも膏沃《こうよく》な国とされている肥後五十余万石を秀吉は成政にあたえた。

——なぜ、これほどまでの厚遇をうけるのか。

と成政は思案し、この男なりにやっとなっとくしたのは寧々の存在であった。秀吉に降伏したあと、成政はしばらくお伽衆《とぎしゅう》として秀吉の側ちかく勤仕《ごんい》していた。そのころ寧々にも拝謁し、またおくりものをも贈った。

（この婦人を、おろそかにできぬ）

という配慮は、成政にある。いったんは敗残した男だけにその種の感覚はむしろひとよりも鋭くなっているともいえる。豊臣家の人事にもっとも大きな発言権をもっている人物といえば、謀臣の黒田如水《じょすい》や創業以来の先鋒《せんぽう》大将の蜂須賀《はちすか》正勝などではなく、この北ノ政所であることを、成政も知っていた。

加藤清正や福島正則を長浜の児小姓《こごしょう》のころから手塩にかけ、その人物を子柄《こがら》のうちから見ぬき、はやくから秀吉に推輓《すいばん》していたのは彼女であるという噂もあり、他のその種のはなしを成政は多くきいている。秀吉も、彼女の人物眼には信用を置いていたし、つねづねそれを尊重し、その意見をおろそかにしなかった。藤吉郎のむかしにさかのぼれば、豊臣家は秀吉と彼女の合作であるとさえいえるであろう。

寧々は陽気な性格で、しかも容体《ようだい》ぶらず、いささかも権柄《けんぺい》ぶったところのない婦人であったが、しかしただひとつの癖《へき》は北ノ政所になってからも草創時代と同様、家中《かちゅう》の人物について評価することを好み、人事に口出しすることであった。しかもその評価に私心が薄く、的確であるという点で、秀吉もそれを重んじ、ときには相談したりした。自然、彼女の威福ややさしさを慕う武将団が形成された。前記加藤清正や福島正則、それに彼女の養家の浅野長政、幸長《よしなが》父子などはそのサロンのもっとも古い構成員といえるであろう。

佐々成政が、自分の数奇なほどの栄達が、あるいは北ノ政所の口ぞえによるものであろうという想像をしたのも、この豊臣家にあっては不自然ではない。

(なぜあの婦人《ひと》が自分のような者を好くか)

という理由も、おぼろげながらわかる。寧々の男に対する好みにはあざやかなく、せがあり、殿中での社交上手な人物よりも戦場での武辺者《ぶへんもの》に対して評価があまい。男のあらあらしさと剛直さを愛し、たとえかれらが粗豪なために失敗を演じたとしても、彼女はむしろその失敗を美徳であるとする風《ふう》があった。秀吉はあるとき二、三の武士を「無精《ぶしよう》（粗放）者《もの》である」という理由で追放しようとしたが、彼女はそれを耳にし、かれらのためにしきりにわびを入れ、ついに救ってやったこともある。彼女のもとにあつまる武将団がやがては武断派という印象を世間にあたえるにいたるのも、もとはといえば彼女のそうした気分によるものであったろう。

成政は、その点で、自分のような男が北ノ政所に好感をもたれている理由がわかるような気がした。そのうえ、成政は彼女や秀吉とおなじく尾張人《おわりじん》であった。在所うまれの彼女にはこの点でも多少の傾斜があり、豊臣家に多い近江人《おうみじん》に対してはそらぞらしい態度をとり、自分と同国の尾張人にはかくべつな親しみをみせた。尾張春日井《かすがい》郡比良《ひら》村出身である佐々成政については、もうそれだけで寧々は他人とはおもえない気持があったのであろう。

——この好意に、なにか返礼したい。

と、成政はおもった。この場合、人事好きの北ノ政所との紐帯《じゆうたい》をつよくしておくことはこのさき遠国《おんごく》暮らしをする身にとってこれほど重要なことはない。が、なにを贈るべきかに成政は困《こう》じた。彼女はもともと物欲がすくないうえに、いまの身分にあってはなにを贈られてもさほどうれしくないであろう。思案のあげく、成政は自分がかつて国主であった越中国の名山立山《たてやま》の高嶺《たかね》に黒百合が咲くことをおもいだした。

これほど珍奇な花はない。越中でさえ黒百合の存在を知る者はまれで、わずかに黒部《くろべ》渓谷に住む猟師や立山の権現《ごんげん》を尊崇する行者のあいだで、それを見たという者がいるにすぎない。成政はこの黒百合を贈ろうとし、かつては自分の被官《ひかん》であった越中の地侍《じざむらい》に急使をつかわし、その採取を依頼した。世にめずらしいとはいえ、現地の木こりや猟師にたのめばわけはない。やがて数株を得、それを桶《おけ》に入れて大坂へはこばせた。花は烈暑をきらうために輸送の点で大骨が折れた。

それが大坂屋敷に到着すると、成政はすぐその一輪を金蒔絵《きんまきえ》の塗桶に活《い》け、北ノ政所の秘書役である老尼の孝蔵主《こうぞうす》までとどけた。孝蔵主は待ちかねていた。ときをうつさず、北ノ政所の部屋に入り、その床の間に置いた。

「これが」

目録にあった黒百合か、と北ノ政所はつぶやいたまましばらく声が出ず、うなじを伸びるだけのばして花に見入った。黒い、というよりも厳密には暗紫色を呈している。しかし想像した漆黒の花弁よりもその自然な色のほうが紙障子のあかりのなかでは冴《さ》えざえとして黒かった。やがて北ノ政所はふとった体をたえまなく動かして自分のよろこびを表現しはじめた。

「陸奥《むつ》侍従殿のやさしさよ」

と、彼女は声をあげた。成政はこの当時、羽柴姓をさずけられ陸奥守となり侍従に任ぜられていたために、世間では「羽柴陸奥侍従」と通称されていた。なかなかに武士はそうあるべきもの、と彼女は声をうるませていった。剛毅《ごうき》のなかにこのようなやさしさをもつ者こそ織田家の下級武士の家のそだちである彼女の美意識にかなう武将像といえた。これにひきかえて、秀吉が寵用《ちょうよう》している石田三成ら近江系の吏僚たちはどうであろう、かれらにこのような色合いがあるか、とひそかに対比し、いよいよ成政という男を重く評価し、

「さすがは人にやかましい織田右大臣様のおめがねにかなったお人ではある」

といった。それに心憎いのは越中から幾百里の山河を駈けに駈けさせてこの花ただ一輪を届けた、成政の心事であった。そのとほうもない贅沢《ぜいたく》さのなかに一輪の侘《わ》びを見出している成政は、平素「拙者は茶を存じませぬ」といいながら茶道の極意そのものではないか。

「世に黒百合《くろゆり》というものがあるということをたれも存じますまい」

これを披露せねばなるまいとおもい、この黒百合のための茶会を催すべくその準備を命じた。彼女が亭主役ではあったが、茶会を実際に運営する下取持《したとりもち》の役には、

堺の鵙屋《もずや》のわかい妻女があたった。鵙屋の妻女とは千利休《せんのりきゅう》の娘おぎんのことで、北ノ政所をはじめ豊臣家の婦人たちの茶道の指南役をつとめていた。

この茶会は成功し、大きな評判を得た。招《よ》ばれた客は豊臣家の後宮の貴婦人ばかりで、当然ながら男はひとりもまじっていない。婦人たちはみな、この高嶺の雪に咲くというお伽じみた花に感嘆の声をあげ、一期《いちご》の眼福《がんぷく》でござりまする、と声をそろえてほめた。

後世、この茶会には尾鰭《おひれ》がついた。

尾鰭は、淀殿《よどどの》を登場させている。淀殿もこの茶会に客としてよばれていたが、あらかじめ黒百合の趣向を耳にしていたためにひと工夫をし、自分も使いを越中に走らせて黒百合を採集させた。越中は佐々成政のあと大名は置かれておらず、豊臣家の直轄領になっていた。直轄領の支配は大坂の奉行たちがしめくくっている。この奉行たちこそ、石田三成、長束《なつか》正家など、淀殿を保護者とあおいでいる近江系の文吏たちであり、この点、彼女にとってすべてつごうがよかった。

それがまだ大坂にとどかぬ前、淀殿はこの北ノ政所の茶会の客となった。他の客は一輪の黒百合にこの世の不可思議を発見したがごとくおどろいてみせてくれたが、しかし淀殿だけは例外であった。しずかにそれを眺め、通りいっぺんにそれをほめた。その落ちついた態度が北ノ政所にはいぶかしかった。生来、物事に鈍感なのか、そうとも思える。それとも淀殿は黒百合をすでに知っていてめずらしがられないのか、そのどちらかであった。

それから三日後、事があきらかになった。淀殿の住む二ノ丸の長廊下で花摘供養《はなつみくよう》が催され、北ノ政所もまねかれた。彼女が孝蔵主をつれてゆくと、三日前、彼女があれほど自慢にしあれほどに騒いで茶会まで催した当の黒百合が、他のおみなえしなどの雑草と一緒に手桶に押しこまれ、活けずてに活けられているではないか。それも一輪や二輪ではなく、二十、三十と乱雑に活けずてられ、

——黒百合などは珍花ではない。

と、北ノ政所のものしらずをあざわらっているかのようであった。人としてこれほどのはずかしさにたえられるものではない。それに、彼女の恥辱は公開されている、事はもはや豊臣家の女どもの支配者としての威権に関することであった。彼女は淀殿を憎むだけでなく、ことごとしく黒百合を献上してこの恥辱を蒙《こうむ》らせた佐々成政を憎み、やがて秀吉を動かすことによって成政からあたらしい領国の肥後をとりあげ、ついには摂津尼崎《あまがさき》で切腹させるという結果をつくりあげた。……

と、いう。

この尾鰭はのちのちひとに信ぜられたが、しかし事実とは言いがたい。成政が所領を没収された天正十五年にはまだ淀殿は秀吉の側室になったかならぬかの時期で

あり、これほどの企画をもって北ノ政所と対抗するほどの勢威は、当然ながらまだ持つにいたっていない。それに佐々成政の失脚はべつの事件と政治的理由によるものであり、黒百合のはなしにかこつけるには他愛なさすぎるであろう。しかし彼女と淀殿のふたつの閨閥《けいばつ》のあらそいがのちのち豊臣家の政治と運命にすさまじい影を穿《うが》ってゆくという事実を、事実以上に象徴化した点でこれほど陰翳《いんえい》の濃いはなしも類がない。

さて、話をもどさねばならない。佐々成政が秀吉から死を賜わるのは天正十六年閏《うるう》五月であり、このため肥後は欠国になった。この成政のあとをたれに賜うか、ということが、殿中の話題になった。秀吉は織田家の一部将の身からにわかに天下を得たためにのちの徳川家とはちがい、はえぬきの家来のなかで国持大名になるほどの器量や前歴、家格をもつ者がすくなく、この場合、旗本のなかから抜擢せねばならなかった。

「たれがよいか」

秀吉は、寡黙ではない。思案も、まるで唄《うた》でもうたうように喋《しゃべ》りながらする。それを聞き、寧々は、いや北ノ政所というべきか――すかさず、

「虎之助こそしかるべきでありましょう」

といった。虎之助とは清正の通称である。清正という若者は秀吉の母大政所《おおまんどころ》の縁

者で、かれが五、六歳のころ秀吉はその母親から養育を託された。秀吉は快諾し、長浜城の台所めしをくわせて育てた。寧々がほころびを縫ってやったこともあり、夏冬の着せるものも寧々が心配したし、いたずらを叱りつけて打擲《ちょうちゃく》したこともある。かけた手塩がそのまま寧々の愛情になっており、彼女にとって清正ほど可愛い子飼いはない。やがて児小姓になり、ついでわずか十五歳で百七十石に取りたてられ、賤ケ岳《しずがたけ》で功名したあとは三千石にとりたてられた。身のたけは六尺を越え、戦場での剽悍《ひょうかん》さは類がないうえに将才武略もありげである。それに寧々の目からみてなによりも可愛げのある性格で、この若者ならば豊臣家として恩をほどこしても他日むくいるであろう。

「まだ稚《わか》いわ」

秀吉は拒否するでもなく、つぶやいた。三千石の職能しか経験したことのない二十六歳の若者を一躍大大名にするのはどうであろうというのであったが、しかしにわかに政権を得た豊臣家の実状としては諸事速成を必要とした。「よかろう」と、秀吉はいった。

清正にする、ときめたあと、秀吉はこの人事に自分の壮大な別の構想を結びつけ、きらびやかな意味づけをもたせた。他日、大明《たいみん》に攻め入る、ということである。大明征服ということは秀吉がまだ織田家の部将であったころからの夢であり、生涯のうちでこの夢だけは実現したい。信長の在世当時、姫路から安土《あづち》へ伺候したとき半ば冗談で、「そのときはそれ、九州をたまわり、その兵をつれてゆきまする」といった。九州、九州と秀吉がいったのは大明への渡海に便利だからであろう。かつ肥後（熊本県）は九州のなかでも国中美田《びでん》にみち、日本国のどの国よりも数多く兵をやしなうことができる。さらに肥後人は菊池氏以来勇武をもって知られてもいる。この国を清正にあたえればどうであろう。秀吉の麾下《きか》で、虎之助清正ほど外征の先《せん》鋒《ぽう》大将に適《む》くおとこもいない。肥後の経済力はその過重な軍役に十分に堪えうるし、清正ほどの男が肥後兵をひきいてゆけば大明の兵がいかにつよかろうともらくらくと粉砕できるにちがいない。

「半国をあたえよう」

秀吉はいった。半国といっても二十五万石であり、三千石の清正の身上《しんしょう》からいえば気が遠くなるほどの栄達である。

清正がこれをきいたとき、秀吉の大恩を感ずる一方、それよりも深い情感をもって自分の養母ともいうべき北ノ政所のあたたかさをひしひしと感じた。幼児が、湯あがりの母親のにおいを嗅《か》ぎ慕うような気持が、つねに清正の北ノ政所に対する心情のなかにある。清正にとって義理の主人が秀吉であり、情感のうえでの主人が北ノ政所であったともいえるかもしれない。

「あとの半国二十四万石は、弥九郎にあたえることにした。仲よくせよ」

と秀吉からいわれたとき、清正は顔を伏せ、平伏しつつ、いいしれぬ憤りをおぼえた。

（あの薬屋あがりの弥九郎めが）

と思うと、秀吉の心事が理解できない。清正は、武士とは武功あってのねうちであるという素朴な価値観を信奉している。この点、かれの保護者である北ノ政所の価値観とすこしも変らないし、価値観がおなじであればこそ彼女は清正を愛し、清正も安んじて彼女になついてきた。しかし清正にとって秀吉の人事はわからない。

小西弥九郎行長《ゆきなが》は、秀吉が織田家の部将として中国経略をうけもっていたころにひろった男である。

機略に富み、外交感覚があったために秀吉はこれを帷幕《いばく》にくわえ、下級参謀将校としてほうぼうに使いをさせた。さらにその父親の堺の薬種商小西寿徳《じゅとく》や兄の如清《じょせい》をも召しかかえ、秀吉の行政顧問のひとりとなり、ときに経理をも担当させて、大いに寵用《ちょうよう》した。秀吉が政権を得るにいたっては、清正のような野戦攻城の軍人よりも行長のような経済眼のある政略家のほうを重用するようになったのは当然であろう。ついでながら商人の小西一族は堺から大坂にかけて繁栄していたが、行長の小西家はその一統のなかでも中位の家で、その方面でも名家というほどのものではない。

薬種商という稼業がら、代々対朝鮮貿易に熟し、行長も何度か渡海したことがあり、朝鮮の地理や情勢にあかるく、そのうえ朝鮮語もできた。この点が、秀吉にとって魅力であった。ゆくゆくは対朝鮮外交を担当させたいし、いざ韓《から》入りというときには清正とならばせて先鋒大将をつとめさせたい。清正の武勇に行長の機略、対外知識を両翼とすれば征討軍は鬼に金棒であろう。

が、そのことは清正には理解できず、

（所詮《しょせん》は、こうか）

という偏見のみで、事態をみた。武功はなくとも殿中の畳の上で阿諛《おべつか》をつかい、秀吉の機嫌をとりむすぶ武士が戦功者よりも重用されてゆく世の中である、ということであった。しかもその殿中派が豊臣政治の中枢にむらがり、鞏固《きょうこ》な団結をむすんでいる。才子の石田三成が党首格になって近江系の吏僚を統《す》べ、小西行長もその系列に属していた。

（遠国《おんごく》へゆけばどうなるか）

という心配が、当然清正にはある。清正は殿中派を憎みかつ疎遠である以上、中央でいいかげんに讒言《ざんげん》されれば佐々成政のように赴任後所領没収、切腹というような運命にならぬともかぎらない。あのとき成政がもし殿中派と親交があれば中央のとりなしも効き、ああいう悲運にならなかったであろう。

（行長は三成と仲がいい。この点、うまくするにちがいない）

というその一事のみが清正の気がかりであった。このため、封地《ほうち》につくにさきだち、北ノ政所に拝謁し、

「ごぞんじでござりましょうか」

と、歎願するように申しあげた。

「それがしはかの薬屋めと仲が悪《あ》しゅうござりまする。それが一国五十万石を二つに割ってそれぞれ統べまする以上、当然紛争もおこり、双方気持も削《そ》ぎ立ってまいりましょう。さればかの薬屋めは治部少輔《じぶしょうゆう》（三成）を通じて上様に拙者を讒言するにちがいございませぬ」

そのときはそれがしを哀れとおぼしめしてお救《たす》けくださりませ、というのが清正のねがいであり、膝《ひざ》に甘えるような気持でそれをいった。

「わかっています」

彼女は、ためらいもなくうなずいた。清正の前途への惧《おそ》れは、彼女にも十分理解できる。

それ以上に同憂の仲間といっていい。彼女自身も、清正とおなじくこんにちの殿中重視の豊臣政権の傾斜にひそかないきどおりをもっており、三成や行長の徒に好

意をもっていない。

——安んじて、ゆきなさい。

と彼女は清正にいった。つねに言葉の明快なのが、彼女の特徴であった。この相変らぬ歯切れのよさに接して、清正は相貌《そうぼう》まであかるくなり、いそいそと退出した。

が、彼女自身、その言葉が明快なほどには気持は明るくなかった。秀吉が木下姓であったころは彼女の内助なしに秀吉の功は語れない。人事の相談役になり、外征中の秀吉のために織田家に対する社交をつとめ、家中《かちゅう》の情勢をも知り整えて秀吉に教え、また一家の家計をやりくりする一方、郎党どもの面倒もよくみた。もし彼女がいなかったならば、こんにちの秀吉は成立しなかったかもしれない。

近江長浜城主であった羽柴姓時代も同様であった。この時期、秀吉は中国筋に出むいてほとんど不在であったために、事実上の城主は彼女であったとさえいえるであろう。

ところがいまは彼女のその役目を、石田三成ら奉行たちがやっているのである。豊臣家の機能が整備するとともに、彼女はその役割りから失職したといっていい。

その機能も、消滅した。清正がたとえ讒言されたところで、それを処理する三成らの行政機関に彼女はなんの働きかけもできないため、保護してやれるかどうかわからない。

二

が、秀吉の彼女に対する態度は以前とすこしもかわらない。

「そもじのみは、べつのうちのべつである」

と、秀吉は口ぐせのようにいった。数多くの側室をかかえているが、寧々と彼女らとはべつである、格別にそなたを愛《いとお》しんでいる、たれよりもそもじが可愛い、という情愛のうえでの意味にもうけとれるし、また、地位をさしているのかもしれない。寧々は豊臣家の主婦であり、豊臣家そのものであるが、多くの側室たちは法制上奉公人にすぎず、彼女らからみれば秀吉が主君であると同時に寧々は主筋であった。だから、「べつのうちのべつである」ということにもなるであろう。

事実、豊臣家主婦としての寧々の地位はいかなる時代のどの婦人にもまして華麗であった。

秀吉が内大臣になったとき彼女は同時に従三位《じゅさんみ》になり、さらに進められて天正十五年には従二位になった。つづいてこの年の九月十二日、彼女は姑《しゅうとめ》の大政所とともに大坂から京の聚楽第《じゅらくだい》に移ったが、このとき秀吉の好みでととのえられた道中の行列、行装は、史上、婦人の道中としてあとにもさきにも類のない豪華さであった。女官の供だけで五百人以上にもなったであろう。輿《こし》が二百挺《ちょう》、乗物が百挺、長櫃《ながびつ》以下の荷物の数はかぞえきれない。これに従う諸大夫《しょたいぶ》と警固の武士はことごとく燃えるような赤装束で、いかにもこの国で最高の貴婦人の上洛《じょうらく》行列を装飾するにふさわしかった。

しかも、沿道では男の見物は禁じられた。僧といえども、人垣にまじることは禁止された。理由は、かれらが若い女官の美貌をみて劣情をおこすかもしれぬことを配慮したがためであった。ひそかに想うことすら、北ノ政所に対する不敬であるとされた。この行列は評判をよび、天下に喧伝《けんでん》された。北ノ政所こそ日本国第一等の貴婦人であるという印象が六十余州にゆきわたったのは、秀吉が演出したこの行列の成功に負うところが大きい。

翌十六年四月十九日、つまり清正の肥後冊封《さくほう》より一月前、この「豊臣吉子」は従一位にすすめられた。すでに人臣の極位《きょくい》である。尾張清洲《きよす》の浅野家の長屋で薄べりを敷いて粗末な婚礼をとげたむかしからおもえば、彼女自身でさえ信じられぬほどの栄達であった。

「しかし、私が私であることにかわりはない」

と、寧々はつねづね、侍女たちにいった。彼女の奇蹟《きせき》は、その栄達よりもむしろ、そのことによっていささかもその人柄がくずれなかったことであった。彼女は従一位になってもいっさい京言葉や御所言葉をつかわず、どの場合でも早口の尾張弁で通した。日常、秀吉に対しても、同様であった。藤吉郎の嬶《かか》どのといったむかしむかしの地肌にすこしも変りがなく、気に入らぬことがあると人前でも賑《にぎ》やかな口喧《くちげん》嘩《か》を演じたし、また侍女を相手につねに高笑いに笑い、夜ばなしのときなどむかしの貧窮時代のことをあけすけに語ってはみなを笑わせた。さらに前田利家の妻のお松などは岐阜城下の織田家の侍屋敷で隣り同士のつきあいをしていたが、その当時の「木槿垣《むくげがき》ひとえの垣根ごし」の立ちばなしをしていた寧々の態度は、お松に対してすこしも変らない。

「またとない御方である」

と、お松などはしばしばいった。

「北ノ政所さまは、太閤さま以上であるかもしれない」

お松はかねがね、その嫡子の利長《としなが》、次男利政《としまさ》にいった。

このお松という、前田利家の古女房そのものが、利家の創業をたすけてきたという気概があるだけに尋常な女ではない。利家の死後は、

「芳春院《ほうしゅんいん》」

というあでやかな法名でよばれ、加賀前田家では尼将軍ともいうべき権勢があった。これはのちの話になるが、利家の死後、前田家の帰趨《きすう》について、いちいち寧々と相談し、いちいち寧々の意向に従った。その嫡子の利長にも、

「すべては北ノ政所さまに従え」

と訓戒した。となれば寧々のもつこの気さくさと聡明《そうめい》さこそ彼女の人気をつくり、それが豊臣大名のなかで隠然たる政治勢力をつくりあげていたということにもなるであろう。

もっとも、寧々のもつ威福は、寧々単独のものでもない。秀吉の寧々に対する過剰なほどの愛情演技と尊敬が、世間に投影していた。世間のたれもが、秀吉の愛している第一のひとが北ノ政所であるということを知っていた。

「そもじ、そもじ」

と、秀吉は、公家《くげ》言葉で寧々をよんだ。手紙にも、そう書いた。

「そもじ、めしを参り候や」

という、それだけのことを、秀吉は留守の寧々に申し送った。飯をたくさん食っているか、というそれだけのことを、である。

(冗談ではない)

と、そのつど、寧々はおもった。彼女はなににもまして健康で、平素食欲が旺盛《おうせい》で、さなきだに肥《ふと》り肉《じし》をもてあましているのに、これ以上食うことを奨励されてはどうにもならない。もっとも痩《や》せぎすの秀吉は豊頬《ほうきょう》肥満の婦人をこのむところがあり、時代もそのような婦人を美人であるとしていたから、美容上の心配をしているわけではなかったが。しかし食欲がどうであるにせよ、このような秀吉の手あつさが、豊臣家における彼女の位置をいよいよ重くしたことはたしかであった。たとえば天正十五年の九州の陣のときなど、秀吉は上方《かみがた》から数百里はなれた肥後八代《やつしろ》の陣中から例によって大坂の寧々のもとに手紙を送り、合戦のもようや九州の状勢などをしらせたその末尾に、

「いや、わしもこんどの陣ではすっかり年をとった。気づけばなんと白髪が多くなっているではないか。このぶんではいちいち抜くこともならぬほどである。なんともはや、大坂へ帰ってそもじに会うことがはずかしい」

まるで恋人に出すような文面であった。しかもそれだけではなく、さらに寧々をよろこばせている。

「しかしながら、いかに白髪がふえたからといって、他の女ならばともかく、そもじならば遠慮も要るまい。それにつけてもこの白髪のふえたことよ」

（あいかわらず、お口のお上手なことを）

と寧々はなかばばかばかしくもあるが、しかし本心がうれしからぬはずもない。その証拠にこの手紙を——見やれ。上様のおかしさよ、といいながら侍女たちにも読ませてやった。

秀吉の肉体は、このころから衰えはじめている。その証拠に、九州から凱旋《がいせん》したあたりから、夜、寧々の閨《ねや》をおとずれることも稀《まれ》になった。訪れても、

——やあ、達者か。きょうも飯は参ったか。さて、おもしろい話をしてやろう。

と、相変らず声喧《やか》ましく物語り、いよいよ寧々に対して緊密な態度をみせるばかりで、そのくせ夫として果たすべき閨でのことまでは、気根が及ばない。なるほど、秀吉は老けた。九州のはるかな陣中から送りとどけてきた老いのなげきのとおり、からだが衰えてきたのであろう。

他の側室に対しても、同然らしい。

——あまり、上様は、渡らせられませぬ。

と、彼女らはその閨怨《けいえん》、とまではいいがたい物淋しさを、寧々に訴えた。寧々は気さくにそれをきいてやった。そのせいか寧々は彼女らのあいだにも人気があり、とくに加賀《かが》ノ局《つぼね》、三条殿、松ノ丸殿などは寧々をもって姉のように慕った。このため寧々は彼女らの実家からも慕われるところが多かった。加賀ノ局は前田利家とその妻の前記お松とを両親とする女《むすめ》であり、三条殿は蒲生《がもう》家の出であり、松ノ丸殿は京極家の出であった。その実家はいずれも豊臣家にあってはもっとも勢力のある大名たちといってよく、それらが女を通じて寧々と結び、それを頼りにしている。寧々の政治力のつよさは——彼女自身が企図したものではないにせよ——尋常一様

なものではない。

が、この時期から、豊臣家の殿中の勢力に、以前とはちがった変化がおこりはじめた。秀吉が、――この気づかいのこまかい男にしてはかつてあったためしのないことだが、ただひとりの婦人の閨室にのみ浸《ひた》りきるようになった。浅井家の出で、幼名を茶々《ちゃちゃ》、豊臣家に入ってからは最初二ノ丸殿とよばれ、ついで淀殿とよばれるようになった女性である。その美貌《びぼう》もさることながら、淀殿の血統ほど秀吉にとって蠱惑《こわく》にみちたものはないであろうことを、寧々は気づいていた。秀吉は卑賤《ひせん》から身をおこしたせいか、貴《たか》い門地でそだった女性に異様なほどのあこがれをもち、それがいまの身分になってもかわらない。げんに秀吉がまだ低い身分のころ、かれのその当時の位置としては、織田家の侍分を養家にもつ寧々がその憧憬《どうけい》の対象であった。

（男のあこがれというのは、年をとっても成長せぬものらしい）

と、寧々はむしろ奇異におもっている。秀吉は貴族好みといっても武家貴族のみで、公卿《くぎょう》、親王の娘などをいまなお好まず、それらを後宮に容《い》れようともしないのは、そういう貴族は彼の若年のころは目に触れたこともなく、現実の憧憬を刺激しもしなかったからであろう。秀吉の性的憧憬は、若年のころ目に触れた範囲内を限界としていた。そのなかでもっとも秀吉に身近な武家貴族は織田家であった。そのころの秀吉にとっても、いまの秀吉にとっても、信長の一族だけが最高の貴族であり、その血をひく女性こそ姫御料人《ひめごりようにん》とよばれるにふさわしい存在だったであろう。そのころ織田家では、お市《いち》という信長の妹がいた。婉麗《えんれい》近国にならぶ者がないといわれるほどの容色で、秀吉もひそかに高嶺《たかね》をあおぐようにしてそれを焦がれたことにちがいない。そのお市は織田家から北近江の大名の浅井氏に輿《こし》入れした。その後状勢が変転し、浅井氏は信長にほろぼされ、お市は子女をつれて柴田勝家に再嫁した。その勝家を、秀吉は越前北ノ庄に追いつめてほろぼしたとき、お市も自害した。残された遺児を、「右大臣（信長）さまのめい御である」とし、秀吉は珍重して養育した。その三人の娘のうちの長女が淀殿であった。それを大坂城二ノ丸に住まわせたから「二ノ丸どの」と通称されたが、そのころ淀殿が秀吉に靡《なび》いたかどうか、寧々にもわからない。寧々の想像するところ、淀殿が秀吉をその閨にうけいれたのは、九州から凱旋後の天正十六年の秋あたりであったかとおもわれる。

その証拠に、この年つまり天正十七年正月、秀吉は、にわかに、

「淀に城をつくる」

と言いだしその普請と作事を、弟の大和《やまと》大納言秀長に命じた。淀は山城にあり、大坂から京へのぼるときはかならずここを通過する。そこに淀殿を住まわせるという。その側室のために城ひとつを築くなどということは秀吉にとってかつてないこ

とであり、よほどこの婦人を愛しはじめた証拠であろう。

「たいそうなことでございますね」

と、寧々はそれを耳にしたとき、皮肉ともつかぬ言い方で秀吉にいった。秀吉は首をすくめ、急に声をひそめた。

「聞いたか」

他人事《ひとごと》でもささやくような、そんな調子であったが、顔だけは無邪気そうに笑っている。この愛嬌《あいきょう》にみちた、毒気を消しきった笑顔には寧々は何度たぶらかされてきたことであろう。ひょっとすると半生、この笑顔に釣られて送ってきたといえるかもしれない。

「ひとごとではございませぬ」

「あれは主筋《しゅすじ》だ」

と、秀吉はそこに力をこめた。ただの側室や女奉公人ではなく、信長のめいである以上主筋である。主筋であるがために格別な待遇をせねばならぬ、――これが義理だ、と秀吉はいった。

「主筋でしょうか」

信長からみれば外姪《がいてつ》である。外姪までを主筋ということはあるまい。

「いやいや、主筋だ」

秀吉は、拠《よ》りどころをあげた。天正十一年四月二十三日、秀吉が織田家における旧同僚の柴田勝家を越前北ノ庄城に追いつめたとき、勝家はついに戦いを放棄し、自殺する旨を秀吉に通告した。そのとき、富永新六郎という家臣を秀吉の陣営につかわし、

「ここに三人の娘がいる。浅井長政の遺児である。貴下も知ってのとおり、三人は先君の血続きであり、貴下にとっても主筋にあたる。おそらく貴下もわるいようにははからうまいと思い、貴陣へ送りとどける」

と口上させた。秀吉は当然、勝家の希望をうけいれた。このとき「主筋」という言葉が公式につかわれた。淀殿とその二人の妹が秀吉の主筋であることが、歴史のなかですでに公示され公認されたといっていいであろう。秀吉は寧々にそのいきさつを話し、それによって淀殿に対する格別な厚遇を理由づけようとした。

「それは、もう」

故右大臣のことである。

「わかりますけど」

と、寧々は言い、あごをひいて、不得要領に苦笑した。これ以上この好色漢を追いつめることもむだだし、気根が尽きて話題をひきさげたのだが、かといってその程度の屁理屈《へりくつ》で彼女の理性も感情もなっとくはしていない。

（主筋だから、つまりそれだから夜ごとあの女性《にょしょう》の閨でおすごしあそばさねばならぬか）

と、その点をつねづね笑止に思っている。三条殿や加賀殿も、その点を不快におもっているようであった。彼女らは寧々の御殿にあそびにくるたびに、育ちのわりには意外なほどの露骨さで悪口をいった。むろん、秀吉の悪口はいえない。淀殿に対してであった。淀殿は自分たちに会釈もなさらぬとか、なにを鼻にかけてか上様にすら傲慢《ごうまん》であるとか、淀殿付きの侍女の数は炊《かし》ぎ女《め》までをいれると五百人にもおよぶでありましょうとか、またあの方は大蔵卿《おおくらきょう》ノ局《つぼね》や正栄尼など、もと浅井家に仕えた女浪人どもをあつめすぎていらっしゃいます、とか、そのようなたぐいの蔭口《かげぐち》であった。

「まあまあ」

寧々は、肉のあつい微笑をうかべながら、顔色も変えず根気よくきいている。愉快な話題ではなかったが彼女らに同調することは豊臣家の正室という自分の沽券《こけん》にかかわるであろう。

「よいではありませぬか」

と、ときどき、彼女らを、彼女らの保護者としての立場からなだめざるをえない。

寧々は、行儀のいいほうではなく、話をききながら何度も立膝《たてひざ》の足を変えたり、変えるときに裾《すそ》の奥までみせてしまったり、頰を掻《か》いたり、痰《たん》を切ったり、じっとしていることができない。少女期に躾《しつけ》をされることがなかったためというより、天性闊達《かったつ》なたちで、自分を作法上手の鋳型にはめてしまうことができないのであろう。その寧々が、淀殿のうわさについて、からだを凝然と静止させてしまったことがある。側室たちが話したことではなく、そのことは彼女の女官長である孝蔵主が話したことであった。

淀殿は、そのひざもとに近江人を集めているという。近江系の大名を、である。かれら近江系大名の来歴は、秀吉の長浜入りから出発している。秀吉は信長からはじめて大名にしてもらったのは、近江長浜においてであった。石高は旧浅井領三郡二十万石であり、このあと木下藤吉郎から羽柴筑前守《ちくぜんのかみ》に名乗りを変えた。二十万石相応の人数をかかえねばならず、そのため地元の近江で地方の門閥家や、歴戦の浪人や僧侶《そうりょ》くずれの才子などを大量に採用した。それらが豊臣家における近江閥になり、その出身上の特徴として経理にあかるい。財務感覚に長じているだけでなく、他地方にはない帳簿の技術までこの地方の出身者は知っており、それらの技能があるために石田三成、長束正家、増田《ました》長盛らは豊臣家の五奉行に抜擢《ばってき》され、財政と庶政を担当し、近江閥の頂点にすわった。

かれら近江人（厳密には北部近江人だが）は、そのほとんどが浅井家の旧臣の出であった。口にこそ出さね、ほろんだ旧主家への感傷的な忠誠心は当然もっていたが、淀殿の擡頭《たいとう》とともにその感傷心は対象を得た。秀吉がかつて織田家のお市御料人にこそ照りかがやくような貴種を感じたがごとく、かれらは浅井家の遺児の淀殿にこそそれを感じた。淀殿こそ真に貴婦人にあたいする存在であり、しかも醇乎《じゅんこ》とした主筋であり、すでに男系が信長によって殺されているだけに、主筋どころか、旧主そのものであるという感じを淀殿に対して持った。当然、その膝下《しっか》にあつまった。

淀殿も、旧臣という親しみをもって、かれらに接した。かつ淀殿の老女たちはともに近江人であり、かれら近江系大名と幾重にもつながりや交通があり、その雰囲気のなかで淀殿は自然かれらの保護者になった。

（淀殿は、自分に対抗しようとしている）

ということを、この話題から寧々は感じ、単なる御殿者たちの蔭口として聞き流せなかった。肥後の一件についても、清正とならんで小西行長が冊封《さくほう》されたという現象が、寧々にとって冷静に見すごせない思いがした。淀殿が三成とともに秀吉に嘆願し、その閥員のひとりである小西行長を推挙したためではあるまいか。

「おそれながら北ノ政所様に対し、ゆくゆくはお凌《しの》ぎあそばそうという御心を淀殿はおもちではあるまいか、と思うのでございます」

と、物事の理解にさとい孝蔵主はいった。凌ぐ、といっても正室の座を狙っているわけではなく、実質上の勢威を築きたがっているということであろう。寧々にとってこれほど片腹いたいことはなかった。豊臣家の後宮で人事に口出しできる存在は、この家をつくりあげた糟糠《そうこう》の妻である自分以外にない。以外にあるべきはずもなく、あってよいことではない。許されぬことだ、とおもった。が、寧々は、秀吉にはそのことについてはいっさい苦情がましいことはいわなかった。

秀吉も、心得ている。自分の心が主筋の淀殿へ傾けばかたむくほど、寧々に対し、いままで以上の優しさと配慮をそそぎ、彼女の豊臣家主婦としての誇りをいよいよ尊重する態度をとった。

淀城は意外に早く落成した。天正十七年正月に着工し、三ヵ月後にはほぼできあがった。その普請の早さよりも、世間をおどろかせたのは淀殿の妊娠であり、淀城が完工して二ヵ月目の五月二十七日、男児を出産したことであった。最初の児の、鶴松《つるまつ》である。

——あるいは。

という声が、奥ではささやかれた。太閤様のおたねではあるまい、太閤様はだまされておわす、ということであった。そのことが、局々の側室たちのまわりでささやかれた。秀吉に子だねがなさそうなということは、かれ自身と肌を接してきた側室たちが漠然と感じていた。第一、あれほどの女好きであるため、もし秀吉の機能が健康ならば過去にたれかが妊娠しているはずであろう。それが絶無であるらしいところをみると、この件こそいぶかしい。

（左様、いぶかしい）

と、寧々こそ、秀吉との閨《ねや》の歴史がながいだけにたれよりも不審におもった。が、寧々はその不審をいっさい口にせず、鶴松の誕生を豊臣家の主婦として大きに祝った。主婦としてだけでなく、寧々は法的には母親でもあった。

お母《かか》さま

と、彼女はよばれた。鶴松の母親はふたりいることになり、淀殿も「お母さま」とよばれた。秀吉や鶴松のまわりの者が区別していわねばならぬときは淀殿は単におかかさま、あるいはおふくろさまであり、寧々は、

まんおかかさま

とよばれた。まんとは政所《まんどころ》のまんのことであろう。鶴松に物を贈るときも、寧々自身、

——これは、まんおかかさまからである。

というふうにいった。

鶴松の出生は、近江系大名たちにとって大きな凱歌《がいか》であったろう。かれらの保護者である淀殿の豊臣家における位置は、側室から御生母へと飛躍した。外様《とざま》の諸侯も、北ノ政所に物を贈るよりも淀殿へ手厚く贈りものをするようになり、寧々の諸大名のあいだでの威望は当然ながら後退した。

寧々は、

——淀殿のお手柄である。

といって諸事、意にもとめぬふうを粧っていたが、しかし孝蔵主以下、寧々付きの女官たちにとってはそれで済むわけではなく、このあたらしい現象に対し、つねにとげとげしい態度をとった。このまま鶴松が成人すれば、豊臣家の中心は淀殿とこの嫡子が占め、北ノ政所の威福などはもはやむかしの語り草になるにちがいない。

鶴松出生の翌天正十八年、秀吉は大軍をひきいて東下《とうげ》し、関八州に覇権をもつ北条氏をその居城小田原にかこんだ。

秀吉は長期攻囲の方針をとり、城をゆるゆると干すために陣中に士卒のための遊女をよんだり、猿楽《さるがく》を興行したりしたが、さらに諸侯に対し、妻妾《さいしょう》をもよばせた。

「そのようにした」

と、寧々にも手紙で知らせてきた。その手紙というのは、

「はやばや、敵を鳥籠《とりかご》へ入れた。このためもう危険ないくさもあるまいから、安堵《あんど》

するように。若君（鶴松）を恋しくおもうが、しかしこれも将来《ゆくゆく》のため、いまひとつは天下を穏やかにするための合戦であるとおもえば、恋しや、とおもう気持も思い切ることができる。自分も陣中で灸《やいと》などをして身養生につとめているからくれぐれも気づかいはするな。さてさてこのたびの小田原陣は、長陣たるべきことを指令した。それがために大名どもには女房を陣中によばせることにした。——されば」

と、秀吉は本題に入っている。秀吉は詮《つ》まるところ、淀殿をよびたい。が、それをいきなり言わず、その点《いい》について寧々の心情を察し、立場に気をこまごまと兼ね、さらにはその自尊心のひだをもかい撫《な》でてやりつつ、かすれ筆を運びすすめてゆく。

右とうとうりのごとくに（右のごとくに）
ながじんを申しつけ候まま
其ために
よどの物（淀の者）をよび候わん間
そもじよりも
いよいよ申しつかわせて、まえかど（前件）に用意をさせ候べく候
そもじに続き候ては、よどの物、我等の気に合い候

正室である寧々から淀殿に小田原下向《げこう》を命じてもらいたい、準備もさせてやってくれ、と秀吉は彼女の地位と体面をそれによって立てさせ、彼女がもつであろう不快を、そのことですりかえてしまおうとしている。

（あいかわらず、なかなかな）

と寧々は苦笑し、片方では秀吉の心底を見すかしつつも、このように出られてはは腹立ちを持ち出してゆく場所がなかった。しかも文中、「そもじの次には淀の物がわしの気に合っている」と、ぬけぬけと立てられおおせてはどのようにもならず、この手紙そのものが寧々への睦言《むつごと》の手紙かとつい錯覚させられてしまう。さらに末尾には、

「自分は年をとってしまったが」

と、その一項を秀吉は書きわすれない。やがて小田原でおこなわれるであろう淀殿とのあいだのなまなましい閨中《けいちゅう》について、寧々の想像や連想を、この一語で封じてしまおうとする配慮であり、これは秀吉の身勝手というよりも、寧々の心を軽くしてやろうという、――まあ都合はいいがそういう優しみのあらわれとみてやるべきであろう。それほどに老いているならば寧々はほんのわずか嫉妬《しっと》するだけで済むというものであった。

「こういうお手紙がきています」

と、寧々は孝蔵主にみせた。寧々は小田原にこそよばれないが、しかしこれを孝蔵主に読ませても、恥辱にはなるまい。なぜならばこの文章では秀吉は寧々を淀殿以上に愛しているし、寧々の地位を淀殿に対して主座にあり、命令権さえもっていることを陣中から確認してきているからである。

が、寧々は、淀殿に対し、かるがると腰をあげて自分の口から支度をすすめるほど、人好くはできていない。そのような寧々ならば秀吉も気が楽であったであろう。この場合もこれほどに機微をつくした手紙を書き送って来まいし、その必要もなかった。

「よきように、はからいなさい」

と、寧々は手紙を投げ、孝蔵主に命じただけである。孝蔵主は当惑した。淀殿に対してどう計らっていいかわからない。どう口上し、どの程度に淀殿の世話をやくべきか――さてわかりませぬ、どのように致せばよろしゅうございましょう、と寧々に問いかえすと、

「なにを、当惑することはない」

と、はじめて小さく笑った。寧々のいうには、寧々に対してもこれだけのゆきとどいた手紙を出す秀吉である。当の淀殿に対しては使いも出し、十分なことをこまごまと指図してきているにちがいなく、当方から世話を焼くことはなにもない。あ

るはずがない。余計なことをすればかえって恥をまねく、ということであった。が、孝蔵主は、解《げ》せない。秀吉の手紙では寧々から淀殿へ下知《げじ》してやれ、と書いてあるではないか。

「尼殿も、ものがたい」

寧々はいま一度笑い、「それはつまり、ことばというものです」といった。秀吉の修辞にすぎず、修辞はもう寧々の心をやわらげただけで目的をはたしている。内容について、そこまで几帳面《きちようめん》になる必要はない。

「そなたから淀のお人の老女にまで、このたび関東ご下向のこと、ご苦労に存じまする、とあいさつしておけば、もうそれでよろしいでしょう」

と、寧々はいった。

三

やがて鶴松が早世し、秀吉はその悲歎《ひたん》のなかから外征の指令を発した。

——猿は死場所が無《の》うて、狂うたか。

と、外様の蒲生氏郷《うじさと》などは、なんの必然性も考えられぬこの大規模な外征に対し、ひそかにそういう悪罵《あくば》を放った。多くの大名の胸中も、同様だったにちがいない。氏郷だけでなくほとんどの大名は封土《ほうど》を得てまだ年数も闌《た》けず、領民はまだなじまず、そのうえ戦乱や検地からうけた傷から民力が回復しきっていない。このうえ莫《ばく》大《だい》な外征の戦費をどうまかなえというのか。

「奉行どもが、焚《た》きつけるのだ」

といううわさが、寧々の耳にも入った。石田三成ら奉行どもが秀吉という老耄《ろうもう》した独裁者に対し、お歎《なげ》きを外征によってお慰めあれ、とすすめたというのである。まさか、と寧々はおもうが、その実否を判断する材料をもたぬほどに彼女はもう豊臣家の政治むきから離れてしまっている。いまでは三成、長盛、正家といった、近江ことばをつかう才子たちが秀吉をわがものにし、その一群が、豊臣家の家政、人事、天下の仕《し》置《おき》といったものをとりおこなっていた。この現状を、寧々のまわりの女官たちの女らしい目からみれば、

――淀殿は当節、ご権勢な。

ということになるであろう。事実、そうであった。いまでは豊臣家の殿中は、近江人によって壟断《ろうだん》されてしまっていた。寧々が目にかけてやっている尾張育ちの諸大名たちは、中央に対してなんの発言権もなくなっている。豊臣家はすでに北ノ政所が中心ではなく、淀殿に移りつつあった。

これが、殿中の好話題になった。寧々が耳にする毎日の話題が、すべてこのことにつながっていた。近江閥から疎《うと》んじられている諸侯、旗本、それに側室や女官ま

でも、寧々のもとにきて憤懣《ふんまん》や苦情を訴えた。彼等にすれば寧々にすがってゆく以外に、すがるべき支柱をもっていない。

(淀殿が、わるいというわけではない)

この寵姫《ちょうき》の蔭口《かげぐち》をいかに多く耳にしても、寧々の目はこの点では冷えていた。淀殿というのはそのきわだった美貌《びぼう》を措《お》いてはどこからみても凡庸な資質の女性であり、単に女であるにすぎない。多少の権勢欲があるかもしれないが、しかしかといって自分から進んで政治勢力をつくりあげることができるほどの能力はない。もしわるいとすれば、彼女のまわりの旧浅井家からきた老女たちであった。この連中が、淀殿が鶴松の「お袋さま」になったのを機に正室の北ノ政所に対抗しようとし、石田三成をはじめとする豊臣家の官僚団に積極的にむすびつき、一方、三成らも淀殿を擁することによって秀吉死後もさらに豊臣家の中核にすわりつづけようとしている。そのいわば側《がわ》の者が淀殿を政治的存在に仕立ててゆこうとしているのにちがいない。寧々はそうみている。寧々からみればわるいのはかれらであった。

寧々は、しんの底からかれらを好まない。

(あの連中は、上様の死後のことをのみ考えているのだ)

とおもっている。もし、想像したくはないが——秀吉が死んだあと、鶴松と淀殿とがこの豊臣家の主座にすわり、三成以下の近江系大名を側近に従えてゆく。自然北ノ政所は後退し、彼女を恃《たの》みとしている、創業の功臣たちは逼息《ひっそく》してゆかざるをえない。寧々はそれでもかまわないが、尾張出身者たちにとってはこれは夢寐《むび》にもうなされるような未来像であろう。もっとも事が事だけに、みな肚《はら》に蔵しているだけでたれもがこのおそるべき未来について語りはしなかったが。

天正二十（文禄《ぶんろく》元＝一五九二）年四月、外征軍は朝鮮に上陸し、第一軍は小西行長、第二軍は加藤清正を先鋒《せんぽう》として各地の城を抜き、さきをあらそって北上した。

当初は連戦連勝というべきであったが、明の大軍が正面の敵になるにつれ、進攻は渋滞し、各地で部隊が孤立し、ときには苦戦の様相さえみられた。かつ、行長と清正の仲がわるく、たがいに協《たす》けあわぬばかりか事毎にいがみあい、敵もそれを知り、それにつけ入って反攻し、味方の作戦もこのためにしばしば齟齬《そご》をきたした。

この種の事態を調整し、検断する機関として、秀吉は軍監という彼自身の代官を派遣している。福原直高（堯）、太田一吉《かずよし》などの小大名たちでいずれもが、近江官僚であり、その軍監の元締というべき存在が石田三成であった。三成は常駐せず、戦線を視察しては本国へ帰ってゆく。本国では秀吉のそばにあって現地の軍監からの報告書をまとめて秀吉に言上した。これが軍監団がことごとく石田党であるために、現地からの報告は行長によく、清正にきびしかった。ときには清正の言動を、無頼漢のごとく報告した。

たとえば和平交渉の段階に入ったとき、清正は豊臣姓を下賜されてもいないのに明使への公文書に「豊臣清正」と署名した、と報告された。また明使に対して、——小西行長などという者を、足下ら大明人《たいみんじん》はあれを日本国の武士だと思っているらしい。あれは弓矢のとり方も知らぬ堺の町人である。臆病《おくびょう》なのは当然だ。

と言ったという。

これらの清正の言動が在韓軍を混乱させ、敵側のあなどりのもとになっているという旨の軍監報告を、秀吉は竣工《しゅんこう》ほどもない伏見城でうけた。秀吉は激怒し、清正ならさもあろう、すぐ呼びかえせ、と体じゅうでその命令を発した。さっそく急使が朝鮮へ渡り、清正にその旨を伝えた。

清正は自分の軍団を前線にとどめ、かれ自身は侍五十人、足軽三百人という軽兵をひきいて釜山から船に乗り、瀬戸内海を経、海路大坂に直行し、伏見へのぼった。

秀吉は、謁見をゆるさない。北ノ政所に内謁しようかと思ったが、秀吉の勘気を蒙《こうむ》っている身ではそれも不可能であった。清正は旅装も解かず、五奉行のひとりの増田長盛の屋敷をたずね、殿中の事情を聴こうとした。

「治部少《じぶしょう》（三成）めが構えた讒言《ざんげん》、わなであろう。いやいやそうにちがいない」

と、清正はよほど激し、長盛がなにも説明せぬうちから顔をふりたてて怒号した。軍監の顔ぶれでそれがわかる。福原直高は三成の親類であり、太田一吉、熊谷直盛《なおもり》、垣見一直、みな三成の口添えで立身してきた党閥の者で当然おのれが党の行長を擁護し、おれをおとし入れようとする。こうとなっては治部少めの素っ首を抜き、おれも死ぬ気であるわ、といった。

長盛は両手をあげてなだめ、「治部少はいまや権勢肩をならべる者がない。であるのに、なんということを申される。かれと仲直りをなされ。なさらねば事はただでは済みませぬ。お気をまずしずめられよ。拙者がお取りもちいたすゆえ、あすにでも治部少と会われよ」というと、清正は弓矢八幡大菩薩《ゆみやはちまんだいぼさつ》、とにわかに床をたたいて怒号し、「神仏も照覧あれ、かの者と一生仲直りは致すまじ。拙者は朝鮮八道に討ち入り、数十度戦って、大明を蹴散《けち》らし、寒暑に堪え、ときには糧食も尽きた。それにひきかえ治部少めはぬくぬくと殿中にあり、しかも殿下の寵をたのんでわれわれ槍《やり》働きの者をたおそうとする。それほどのきたなきやつばらとわれらは仲直りができるか。できぬ」といった。このためせっかく調停しようとした長盛も手をひかざるをえなくなった。

このとき、文禄五（慶長《けいちょう》元＝一五九六）年正月である。そのまま検問もなく清正は閉門を申しつけられ、伏見の自邸で籠《こも》らされた。あと、沙汰《さた》もない。

これより二年半ばかり前に淀殿の腹から秀頼がうまれており、このため豊臣家の後嗣である関白秀次の影はうすれ、秀次は前途の不安を感じて乱行をつづけ、豊臣家はその政権が成立して以来もっとも暗い時期にさしかかっていた。秀吉はすでに往年の奕々《えきえき》とした器局がうせ、人変りしたように老耄し、思うことはすべて秀頼の前途のことのみであり、その設計を三成らに研究させ、三成らもこの豊臣の天下が無事秀頼の手で相続されることのみを考えて秀吉に献言した。やがて秀次は誅殺されるにいたるが、この清正の帰国のときにはなお秀次は生きている。

じつは、朝鮮の前線で、清正につきおそるべき風評があることを、三成は軍監の報告で知っていた。明のほうでは清正の武勇をおそれ、これを懐柔しようとした。文禄二年五月、清正が蔚山西生浦《うるさんせいせいほ》に駐屯していたとき、明国は将軍劉綎《りゅうてい》をして清正と文通せしめた。そのときの劉綎の使者の口上では、

秀吉は日本六十余州を治めているが、英傑といえども寿命の長短は料想することができない。その死後、日本はみだれるであろう。たとえ秀吉が長寿を保つともかれは汝を憎み、その功を憎む。

と申しのべ、劉綎は自筆の手紙を清正にあたえた。それによると、

汝はなかなかの頭漢子《おとこ》でありながら、一介の地方官にすぎない。もし時に乗じ

て我に事《つか》えれば、われまさに大明の皇帝に奏上して汝を大官に封ずるを保証するであろう。豈《あに》、美とはなさざるか。

とあり、さらに使者に口上させ、暗に明軍と力をあわせて秀吉を反撃することを示唆した。ただし、清正は僧に文章を草させ、これを峻拒《しゅんきょ》している。その文中、「なるほど汝がいうとおり、予は閑人どもから譏されている。しかし予は太閤に対する忠良の臣であり、死は怕《おそ》れる者ではない」という言葉をさし添えた。

いずれにせよ、これらのやりとりの概略は三成の手もとにとどいており、この一件についてはさすがの三成も秀吉に言上することをはばかり、手もとで握りつぶした。が、三成は別な観点でこれを処理した。清正がこれ以上朝鮮で大功を樹《た》てることは次代の秀頼にとって不為《ふため》であろう。外征の将軍が武勲をたて征野で強大な勢力を得るばあい、逆にその武力が中央政権を殆《あや》うくするというためしは、遠く唐の玄宗《げんそう》皇帝にそむいた安禄山《あんろくざん》の例をもちいずとも、近くに秀吉の例がある。織田家の山陽・山陰征伐の司令官だった秀吉が、その前線で信長の急死を知ったとき兵をかえして讐《あだ》の光秀を討ち、その武力によって織田家の遺児たちを圧倒して豊臣政権をたてた。清正にそれほどの野心や政治力があるとはおもえないが、その武勲はいまのうちに減殺《げんさい》しておく必要があり、それがためにも罪を設けて前線からひきさがらせたといっていい。

が、寧々にはそこまでこの事態の真相はわからないし、わかる必要もなかった。寧々は、単純ながら勁烈《けいれつ》に事態の本質を理解していた。寧々のみるところ、三成は寧々を保護者とする尾張系の武将たちを罪におとすことによって寧々の羽翼を断ち、淀殿母子の権勢をもりたててゆこうとしているのであろう。

（それ以外にない）

寧々はそうおもっていたが、清正を救う手だてもなく、日を送った。清正は、半年、閉門の生活を送った。閏《うるう》七月になって異変がおこった。十二日の夜、伏見・鳥羽《とば》付近を震源地とする大地震がおこった。空前の烈震といってよく、大地が裂け、天に暈光《うんこう》がひろがり、一瞬のうちに伏見・鳥羽、淀川沿岸の諸村がくずれ、城下の男女二千人が圧死した。大名屋敷も例外ではない。閉門中の清正の屋敷も大書院がくずれ落ち、厩《うまや》から火を発した。が、清正はこの修羅場《しゅらば》にあって秀吉守護のため登城を決意し、家来に支度を命じた。かれ自身、腹巻をつけ、白綾《しろあや》に朱をもって題目をかいた陣羽織を着用し、ひたいには柿色の鉢巻を締め、手に八尺の棒をもった。棒を、倒壊家屋をひきおこす梃《てこ》にするためであった。侍三十人、足軽二百人にも梃をもたせ、余震のつづく大地を蹴りに蹴って伏見城にはせつけた。大手門はすでに倒壊していた。松ノ丸の櫓《やぐら》が崩れ、死骸《しがい》が散乱している。清正は、秀吉をさがさねばならなかった。

――本丸を。

と清正は声をはげまして号令し、石段をつぎつぎに駈けのぼると、本丸廓《くるわ》内の楼閣殿舎もことごとく倒れてしまっており、地に悲鳴をきくのみであった。秀吉もまた圧死したか、と清正は思ったが、さらに大提灯《おおぢょうちん》をかざさせてそこここを捜索し、念のため奥に入り、小庭を通り、塀中門《へいちゅうもん》をくぐり、庭園に入ると、築山《つきやま》のこなたの芝生のうえに屏風《びょうぶ》をひきまわし、かつぎをかぶってすわっている上臈《じょうろう》二十人ばかりの群れを発見した。そばの松の木に大提灯が掛けられており、その火あかりのおよぶところに、秀吉がうずくまっているのを、清正は発見した。秀吉は、この変事につけ入る刺客をおそれてか、女の装束をひきかつぎ、そのあでやかな衣《きぬ》のなかに身をかくしていた。往年の秀吉を知る者にとっては別人としか思いようのない姑息《こそく》な姿であった。北ノ政所、松ノ丸殿、孝蔵主もいた。

清正はちかぢかと蹲《つくば》い、孝蔵主にむかって自分は加藤主計頭《かずえのかみ》である、上様をはじめ奉り上々様《うえうえ》方、もしや圧し打たれてましまさば、この梃にて刎《は》ねおこし奉らんと存じ、禁錮《きんこ》の身をかえりみずこのように参上つかまつりましてござりまする、と大声で申しのべた。すかさず寧々は、

「虎之助」

と声をかけた。いそぎ秀吉の前で褒めてしまえば、この場合の清正の行動が是認され、秀吉もそれを承認せざるをえないであろう。ようこそ参った、その参りようのすばやさよ——と寧々はつづけた。いつもいつもながらそなたのけなげさ、その働き、たのもしく思うぞ、と、寧々の声は、清正の声よりも大きかったであろう。清正は平伏した。地はなお揺れている。さらに清正は顔をあげた。作法として視線は孝蔵主にむけ、孝蔵主に話しかける体《てい》をとらねばならない。

清正が、「聞かれよ、孝蔵主」といって大声でのべはじめたのは、自分の朝鮮における冤罪《えんざい》のことであった。朝鮮八道に攻め入り、漢城には一番乗りして王子のご兄弟をとりこにし、ついには間島省《おらんかい》まで入り、吉州では十万騎の敵をやぶって大将を討ちとり、その他手をくだいて働きに働いたれども、酬《むく》われたるは讒言しかなく、上様にあっては治部少が言葉のみを信じ給い、お吟味すらなしくだされぬ、といった。寧々は何度もうなずき、清正のことばがおわると、

「戦陣の疲れか、虎之助の顔もずんと痩《や》せてみえる」

と言い、清正のために秀吉の同情を刺激してやった。さらに秀吉にむかい、清正に中門の警固をおおせつけあればいかが、諸将はいまなお見せませぬ、と言うと、秀吉はかすかにうなずいた。これによって清正の閉門はゆるされたとみるべきであろう。

そのあと寧々はさらに秀吉に説き、清正のために弁護した。秀吉はついに、虎之助はあれさ、ゆるす、といった。寧々はすぐ孝蔵主を中門に走らせ、清正にその旨をしらせてやった。寧々が自分の被保護者のためにしてやった最後のとりなしであったかもしれない。

この年から二年目の初秋、秀吉は伏見城で薨《こう》じた。遺言により、五大老筆頭の徳川家康が代官になり、在韓諸将をひきあげさせた。清正は博多《はかた》に上陸し、上方《かみがた》にもどると、復讐《ふくしゅう》を宣言した。治部少を討ちはたす、という。

「おれも加えよ」

と、福島正則、黒田長政、浅野幸長、池田輝政《てるまさ》ら尾張系の諸将が湧くようにさわぎ、清正を押したてた。清正とはちがい、かれらにすれば単に三成への小面憎さという感情のほかに、秀吉の死を機会に三成とその与党を一掃し、豊臣家の権柄《けんぺい》をかれらが考える本筋にもどしたいという政治的衝動がうごいていたであろう。すくなくとも黒田長政、池田輝政、浅野幸長はその種の、つまり政治ぎらいなほうではなかった。

事態は、切迫した。空騒《からさわ》ぎではない。ときに市街戦にさえおよびそうになった。三成、行長のほうも油断せず、屋敷のまわりに逆茂木《さかもぎ》を植え、塀のすみずみに櫓を組みあげて警戒した。この事態を、家康は利用した。

家康は秀吉の死の瞬間から、秀頼の政権を横うばいにうばいとることを思案し、それのみを考え、慎重に、しかし機敏に行動した。家康はこの豊臣家の分裂騒ぎを観察し、徹頭徹尾、尾張系の諸侯団を懐柔してその上に乗ることによってゆくゆく石田党をつぶし、淀殿・秀頼母子を追いのけることをひそかな方針にした。これ以外に天下をとれる方法がないであろう。

「内府（家康）が、蔭《かげ》にまわってかれらのあとおしをしている」

と、三成は殿中でも仲間たちの前でも手きびしく論難したが、家康は意に介さなかった。まずかれらと縁組みをし、姻戚《いんせき》のつながりを結んでおくべきだと考えた。

しかし、秀吉の遺法がある。秀吉は自分の死後、私党ができることをおそれ、――諸大名縁組の儀、御意《ぎょい》を得、そのうえでもって申し定むべきこと、という私婚禁止の制法をのこした。家康はそれを無視しようとした。が、かれだけが無視し、家康から嫁をもらう当の諸大名がこれを嫌えばなにもならない。

そうおもい、この一件を北ノ政所に相談することにした。北ノ政所さえ諾《よし》といえば彼女の庇護下《ひごか》の、もしくは彼女に親しんできた諸大名は気を軽くして家康と姻戚関係になるであろう。

なににしても家康は、北ノ政所の心をつかみこれをひき寄せておかねば、豊臣家での工作は万事しにくい。家康は、京の阿弥陀峰の秀吉の廟所に詣る、という名目で、その廟をまもって服喪している寧々のもとに何度も足をはこんだ。物も贈った。使者もつかわし、その寂しさをなぐさめた。このため伏見の殿中で、

——内府とのお仲が、尋常ではないのではないか。

と、艶《つや》めいた臆測《おくそく》が流れたほどであった。

むろん、寧々にはそういう感情はない。が、彼女は秀吉の死後、たれよりも家康の力量と篤実そうな人柄を信頼した。信頼させるべく家康は言動に気をくばりつつ、寧々に接した。寧々はついには、

——豊臣家と秀頼殿の将来を托《たく》するには、江戸内府以外にない。恃《たの》み入るからには内府を信頼し、むしろ白紙で頼むべきであろう。

とおもうようになっていた。家康ならばわるいようにはすまい。もしこのまま、三成らの党が淀殿母子を擁して豊臣家を壟断《ろうだん》するとすればそれこそあやうい。

ここまでは寧々の理性で考えている。寧々の感情が、それを支持した。三成の一派と彼等の擁する淀殿とその老女たちに豊臣家を渡してしまうなどは、寧々の感情の堪えられるところではない。嫉妬《しっと》ではなく、秀吉をたすけてこの家をつくりあげたのは寧々であり、彼等ではない。かつ、彼等一派が勝てば、寧々が庇護してきた清正らはほろびざるをえない。

寧々は、最悪の事態をさえ覚悟していた。政権が、家康にうつるかもしれぬということを、である。しかし家康ならば、かつて秀吉が織田家の嫡孫秀信《ひでのぶ》を岐阜中納言として保護したように秀頼を、摂津か大和か、そのあたりに城をもたせ、五、六十万石の大名にでもして家系を保護し、祭祀《さいし》を絶やさぬようにしてくれるであろう。むしろそれを条件に売るべきか、とも思っている。この覚悟は寧々にとって飛躍ではなく、近江芦浦《あしうら》の観音寺《かんのんじ》城の城主であり僧でもある詮舜《せんしゅん》という者が、寧々にささやいたところであり、そのときも寧々は冷静にそれをきくことができた。きくことができたのは、寧々の理性よりも、大坂で淀殿を擁している三成一派への嫌悪がそうさせたともいえるであろう。それらのさまざまな思いもまじえて、寧々は家康を信頼した。

「縁組みのこと、わたしの口からも虎之助たちに申しましょう」

と、寧々は家康の使者にこたえた。すぐそのとおりにした。清正はときに鰥夫《やもめ》であり、都合がよかった。家康は自分の幕僚の水野重忠のむすめを養女とし、あわただしく支度して清正に嫁せしめた。ほぼ同時に、福島正則の嫡子正之に家康は養女をあたえ、蜂須賀家政の子豊雄にも養女をあたえるはなしをすすめた。

三成らは、「阿弥陀峰の御廟所の土もまだかわかぬというのに、白昼公然とご遺法をやぶっている」として家康や清正らを糾弾したが、清正らはその糾弾を黙殺した。三成が淀殿母子の権威をかさにきていかにいたけだかになろうとも、清正らにすれば北ノ政所の黙認をとりつけている。この点で心丈夫でもあり、ご遺法違反というやましさも幾分まぬがれえた。しかも、清正は寧々に内謁したとき、

「諸事、内府に従え」

というひそやかな下知《げじ》をうけていた。寧々の下知に従うかぎり豊臣家への不忠ではないという習性が、年少のころから彼等の心を法則づけてきている。

秀吉の死後、二年目にいわゆる関ヶ原の争乱がおこった。乱がおこり、三成が謀主となって大坂で旗上げしたとき、寧々は大坂から身をひき、京に移り、三本木で隠棲《いんせい》し、秀吉の菩提《ぼだい》をとむらっていた。このとき寧々は自分の甥《おい》にあたる若狭小浜《わかさおばま》六万石の城主木下勝俊に対し、帰趨《きすう》をあやまるな、江戸内府に従え、と訓戒している。しかし、またその勝俊の実弟で寧々にとっては養子のひとりでもある小早川秀秋には、秀秋がたまたま事の成りゆきで西軍に参加してしまっていることを一応はみとめ、しかし、

「あとで内府へ内応せよ」

とかたく命じている。

清正は九州で東軍活動をし、また関ヶ原にあっては、福島正則など寧々の子飼いや縁者がことごとく東軍である家康方につき、手をくだいて働き、ついに秀秋の内

応が勝利を決定し、西軍である淀殿の党派を撃摧《げきさい》した。

見方によれば、秀吉の妻妾《さいしょう》がそれぞれ十数万の兵をうごかして関ヶ原盆地であらそったともいえるであろう。家康はそれに乗じ、天下を得た。

その後が、寧々の余生になる。寧々はこの事態や時勢についてついにいっさいの発言をせず、秀吉の菩提のための仏事に専念し、それ以外の印象をひとに与えなかった。関ヶ原ノ役がすみ、数年を経た慶長十（一六〇五）年、

「寺がほしい」

と、家康に孝蔵主をして諮《はか》らせた。家康は大いにその意思を重んじ、自分の重臣である酒井忠世《ただよ》、土井利勝《としかつ》に所管させ、京の東山山麓《さんろく》に壮麗な寺院を造営させた。高台寺《こうだいじ》がそれである。

彼女は、この高台寺に秀吉の位牌《いはい》をまつり、かつここに住んだ。家康は自分に天下をもたらしてくれたこの女性を大事にし、河内《かわち》で一万三千石という化粧料をあたえ、手あつく遇した。寧々が尼僧として暮らすうち、元和《げんな》元年大坂城が落ち、淀殿母子が死んだ。その後なおも彼女の寿命がつづいた。江戸幕府も三代将軍家光の代になった寛永《かんえい》元年九月六日、七十六歳で没している。

江戸期の儒者が、

「豊臣家をほろぼすにいたったのは、北ノ政所の才気である」

という意味のことをいったが、多少陰影がちがっている。彼女は、秀吉とともに豊臣家という作品をつくり、秀吉の死とともにみずから刃物をぬいてその根を断ち切った。他人に渡さぬ、という胆気に似たようなものがにおい出ている。

彼女の晩年は風月を楽しみ、その影響下の諸大名の敬慕をうけつつ、悠々とした歳月をおくった。自分の行動についての悔恨といったようなにおいが、どうもみられない。

第五話　大和大納言

一

その故郷の尾張《おわり》中村のあたりは、天がひろく、野がびょうぼうとして海のきわみにまでひろがっている。

この風景に変化をあたえるものは雲だけであり、山は近所になかった。しかし川や溝《みぞ》は縦横にながれており、しじみや鮒《ふな》が多い。秀吉もそのようなものをとって幼童期をすごしたが、そのただひとりの弟である小一郎秀長《ひでなが》も同様であった。

「小竹《こちく》」

と、秀長は、幼童のころ村の者からよばれた。父が竹阿弥《ちくあみ》という名で、その竹阿弥の子であるために小竹であった。武家や大百姓の子のようにとくべつな童名を両親からつけてもらった記憶はない。

「小竹は、猿よりもましじゃ」

と、村ではいった。性質がおだやかで、顔がまるく、あごの肉づきが可愛かった。兄の猿の醜怪な顔とはまるでちがっていたし、性格もおなじ母親からうまれた兄弟とはおもえない。そのことを、村のひとびとは祝福した。

母を、お仲という。

同国の御器所《ごきそ》村の出で、縁あってこの村の百姓弥右衛門にとついできた。弥右衛門は若いころ村を出て織田家につかえ足軽かせぎをしていたが、そのうち戦場で不具になり、もとの百姓にもどった。が、お仲に長女と長男をうませたあと、他界した。長男とは、秀吉である。

お仲は、当惑した。自分の田畑を耕したあとひとの家に傭《やと》われねば食えない家だが、女の身ではとうていそれだけの労働はできない。

そのうち、隣家に竹阿弥という、これも織田家で茶坊主をしていた男が住みついたが、幸いやもめであったので、村で世話をする者があり、お仲は婿取りをするかたちでこの竹阿弥と一緒になった。

――となりの竹阿弥が、わが父になるのか。

と、幼童の秀吉はこのあたらしい養父をきらい、父とよばなかった。竹阿弥もこの可愛げのない少童を愛せず、ことに小竹の秀長がうまれてから、前夫の子につらくあたったため、ついに、秀吉は出奔した。

このため、秀長はこの異父兄を知らない。「猿に似ざってよかったわ」と村の者はいうが、猿がどういう子供だったのか、見当もつかなかった。心ばえが野を走るけもののようにすすどく、ひとの油断をみすましては大胆な悪事——いたずらともいえぬ——をやってのけ、村じゅうの鼻つまみだったという。

「兄はどうしている」

と、小竹は竹阿弥にきくことがあったが、竹阿弥はにくにくしげに、——この家はわしの家じゃ、惣領《そうりよう》とは汝《われ》のことじゃ、われに兄などあってたまるか、といった。竹阿弥にすればむりもなかったであろう。懸命に畑を打ち家をつくろうても結局は小竹のものにならず猿のものになるというのはつまらない。猿を追いだしたのも、それが理由であった。彼が出奔したとき、さすがに生母のお仲は悲しんだが、しかし内心はほっとする気持もなくはない。これで竹阿弥が猿を折檻《せつかん》する光景もみずにすむし、このあたらしい夫が笑顔をみせてくれる日も多くなるであろう。

が、小竹はその兄に興味をもっているらしい。母親や村のひとびとには、そっときいた。しかしたしかな消息は知れない。行商人と他国へ流れてしまっているともいうし、高野聖《こうやひじり》についているともいうし、身を奴隷として売って焼きものの土こねをしているともいうし、年がたつにつれて野盗のむれにまじっているといううわさも出た。その野盗説が出たとき、竹阿弥は大きに昂奮《こうふん》し、

「やつのやりそうなことよ。わしはかねがねそのような男になると思うていた。もし村に舞いもどるようなことがあれば他人の手にはかけぬ。わしが鍬《くわ》ふりあげ、頭

の鉢をこなごなにくだいてくれよう」

といった。が、小竹はそのような父をうとましくおもっている。もともとひとを憎めぬ性格だが、ひとつには父の竹阿弥にとって兄は他人の子であっても、小竹にとっては血のつながった異父兄であり、自然の感情がちがっていた。小竹はそとで猿の消息をきくことがあれば父にいわず、こっそり母に教えた。母は聞くたびに涙ぐみ、おろおろした。かとおもえば、

――いっそ死んでくれれば。

と叫ぶこともあった。小竹は、こどものくせにそういう母親をたしなめた。「言えばことばどおりになるという。早う、荒神《こうじん》さまにあやまりなされ」といった。さらには、父の感情の根にこの家の相続問題があることを知り、

――私は、この家や田はいらぬ。兄につがせてくれ。

と、母親にいった。母親は言うな、二度と言うな、とあわてた。竹阿弥にきかれることがこわくもあったが、ひとつにはお仲にとっても、猿よりはこの小竹のほうが可愛い。老後、小竹のような性格の子にかかるほうがはるかに老いのしあわせというものである。

小竹は――齢《とし》などこの暮らしでは母親でさえ正確には知らないが――十七、八になった。この時期、すでに竹阿弥は世に亡い。

この年、夏が早くきた。小竹は他家にやとわれ、陽に背を灼《や》かれながら田に水をひく作業をしていると、村道を、騎馬でやってくる侍がある。

（なんだろう）

それほど、その侍の風儀は異様にみえた。馬はどうみても農耕馬であり、しかも老馬のせいか首があがらず、尾花の穂のように垂れている。粗末な鞍《くら》をおき、あぶみさえなく、なんと荒なわの輪に両足をかけていた。

（あれでも、侍か）

おもううち、やがて目鼻がみえてきた。小男で、小ぶりな顔をもち、あごがするどくとがっている。両眼が刮《くわっ》と見ひらいているわりにはあごがゆるみ、目もとに笑いじわが寄っていた。どこか、猿に似ている。

そうおもったとき、小竹のなかに、衝撃がおこった。兄ではないか、ということであった。飛躍ではなかった。兄が織田家の足軽奉公からぬきんでられて士分に取りたてられたといううわさは、すでに村にもきこえていた。小竹は、鍬をなげだした。が、このおだやかな男にはそれ以上の行動がとれず、ただ笠《かさ》をとり、小腰をかがめただけであった。その姿を、馬上の男もみとめたのであろう、

「汝《われ》はたれぞい」

と、青空に大きな輪をえがくような、そういう飛びきりの大声でいった。この声

は、猿の実父ゆずりらしかった。

「竹阿弥の子でござりまする」

「ばかめ」

猿は、鞍から落ちた。落ちたとしか言いようのないすばやさで小竹のそばに近より、——竹阿弥の子などとまわりくどいことをいうな、それならばわしの弟ではないか、わしはそれ、藤吉郎じゃ、と猿はわめくようにいった。藤吉郎という名は、この男が織田家の足軽になってからみずからつけた通称であった。姓は、木下という。

——木と下と。

と、藤吉郎は小枝をひろい、地面に大きくかいた。これがわが家の姓ぞ、姓ができたぞといった。

「いまは、このような身分になった」

と、藤吉郎は馬を指さした。士分《うまのり》の身分になったという意味であろう。ただし知《ち》行地《ぎょうち》はまだ頂戴《ちょうだい》しておらぬ、まだ御蔵米《おくらまい》の分際じゃ。しかしながらいずれは手柄を立てる。立てればたとえ三十貫ほどの知行地でももらえるであろう。そのときはその知行地で扶持《ふち》すべき家来の二人三人ももたねばならぬ。

「そのために、帰ってきた」

と、藤吉郎はいった。ひとつには村に錦《にしき》をかざるつもりでもあろう。ひとつにはこの村で有為《ゆうい》の若者を物色しておきたかったにちがいない。家来となれば、やはり一族がいい。弟ならばいうことがない。

「どうだ、わしについてくるか」

「侍になるのでございますか」

やっと、小竹はいった。侍になるなど、小竹は考えたこともなかった。

その夜、藤吉郎は飲めもせぬ酒でしたたかに酔い、おれが大名になれば汝《われ》は侍大将じゃ、侍になれ、早う覚悟をきめい、と繰りかえした。小竹は当惑し、

「私には力がない」

といった。侍ならば槍《やり》もたくみでなければならず、組打てば敵の首をかき切るほどの力もなければなるまい。そういうと、藤吉郎は笑いだした。

「侍に、力が要るかよ」

なるほど、そういえば藤吉郎は非力なうえに小男であり、槍も巧みそうではない。

藤吉郎がいうのに、大将に必要なのは智恵であり、侍に必要なのは糞《くそ》まじめさである。退《ひ》くなといわれれば骨が鳴るほどに慄《ふる》えていても退かぬというのがよき侍であり、いかに膂力《りょりょく》があり平素大言壮語していても合戦の正念場《しょうねんば》で崩れたつような男では侍ではない。

「なるほど」

小竹は、この異父兄の話術にひきこまれ、それならば自分もやれそうだ、とふとおもった。これが、この男の運命を変えた。藤吉郎はすかさずうなずき、

「小一郎と名乗れ」

と、名までつけてくれた。藤吉郎の養父の長男であるため小さな——つまり惣領に準ずる一郎ということでつけたのであろう。

藤吉郎は、終始、上機嫌であった。兄弟の対面の故事としては、治承《じしょう》のむかし、源頼朝《よりとも》と義経《よしつね》が黄瀬川《きせがわ》でとげた対面が有名である、と藤吉郎は、琵琶《びわ》法師から仕入れた知識でいった。源氏の棟梁《とうりょう》とその御曹司《おんぞうし》との華やかな対面を連想するほど、この夜の藤吉郎は滑稽《こっけい》なほどにうきうきしていた。翌朝、かれは清洲へ帰った。そのあと、母親のお仲は、

——こまった男だ。

と、何度も舌うちをした。あの男をうんだがためにどれほど苦労したかわからないが、いままた小竹をそそのかし、自分の家来にして戦場につれてゆこうとしている。お仲にはもう、小竹以外に男の子はいない。小竹まで武家奉公してしまっては、たれが自分の老後をみてくれるのであろう。

二

が、二十数年を経た。

まるで別の世界に住み移ったように、すべて運命も境涯もかわりはてている。秀吉は織田政権を相続し、天下の中央部を得、京をおさえ、大坂に根拠地をおき、お仲はその城でおびただしい人数の侍女にかしずかれつつ暮らしていた。竹阿弥とのあいだにできた娘は佐治日向守《さじひゅうがのかみ》という羽柴政権下の小さな大名の妻となり、小一郎秀長は従五位下《じゅごいのげ》羽柴美濃守と称し、播磨《はりま》・但馬《たじま》二ヵ国の領主として姫路城を居城としていた。

——夢のような。

としか、おもいようがない。もっともお仲はこの貴族のくらしにとまどっているわけではなかった。すでに十一年前、秀吉が信長から近江《おうみ》長浜二十万石の大名として封《ほう》ぜられたとき、お仲は岐阜の屋敷から長浜城にうつり、その湖畔の城ではじめて御殿ぐらしの身分になった。

とにかくもそれ以来、十一年である。このためずいぶんと板にはついていた。

しかし、いまだに馴《な》れようもないこともある。秀吉が、ことしあたり公家《くげ》になろうとおもっているのか、大坂城の大奥の風《ふう》を公家ふうにあらためさせるため京から公家のむすめを多数女官として容《い》れつつあることであった。このため厠《かわや》のしきたりまで変ってしまう。

——婆《ばば》は、ひとりでゆく。

とお仲がいっても、侍女たちはゆるさず、何人かがつき従い、入口に侍《じ》してこまごまとした世話をするのである。それに、用を足す場所は壺《つぼ》ではなく、下が砂になっていた。砂の上にそのものが落ちると、何者かがそれをとって行ってしまう。

——あれは肥やしにするのか。

と、お仲はある日、京くだりの﨟女《ろうじょ》にきいた。百姓そだちのお仲にすれば、それを菜園にまきちらすのかとおもったのであろう。いえいえ——と﨟女はかぶりをふり、

「すいちくさいが拝見いたしまする」

と、いった。すいちくさいとは、なんのことであろう。滑稽なことだが、お仲はなにやらくさいものの係役人をそういうのだとおもっていた。しかしやがてそうではないことがわかった。京の宮廷の侍医で、曲直瀬《まなせ》正盛《まさもり》という者がちかごろ大坂にくだって秀吉一族の侍医になっていた。その号を、雖知苦斎《すいちくさい》といった。知ルト雖《イエド》モ苦《ク》ナリというところからつけた号なのであろう。

にわかな栄達が、お仲を当惑させることがほかにもあった。ある日、

「御料人《ごりようにん》さまは、むかし禁裡《きんり》（宮中）におつかえあそばしていたのでございますか」

と、中臈がきいた。冗談ではない。尾張御器所村の水呑《みずの》み百姓の子にうまれ、中村在の弥右衛門の連れあいになり、後添《のちぞ》いの婿として竹阿弥を入れた。それだけの前半生である。たれがそのようなことを言うのじゃ、とききかえすと、なんと秀吉がいっているという。

（あいつが）

と、叫びだしたいくらいであった。あいつ、あいつも境涯がにわかに変ったために気が狂うたのではあるまいか。

ききただすと、話はじつに巧妙にできていた。話では、お仲はむかし宮中で水仕事をする下女だったという。その当時の帝《みかど》の後奈良《ごなら》天皇がお仲を見そめ給い、お仲の袖《そで》をとりたもうた。「ゆくりかに玉体に近づき奉りしことあり」と、秀吉はいっているらしい。そこでお仲は身ごもり、うまれ在所の尾張に帰ってうんだのが、この秀吉である、といっているようなのである。

それを秀吉が口外したのは、京の施薬院《せやくいん》屋敷においてであった。秀吉は参内《さんだい》するとき、この屋敷を装束あらための場所としてかりている。きいた当人は、松永貞徳《ていとく》であった。

松永貞徳は、往年、京で威をふるった松永弾正《だんじょう》久秀の子で、久秀滅亡後は武士をすてて京にすみ、連歌や俳諧《はいかい》をこととし、それをもって公家社会にまじわり、その幇間《ほうかん》のようになっていた。秀吉にすればこの貞徳をひきよせておくことによって公家の消息もわかり、宮廷の情報も知ることができる、まことに便利がいい。この日も、貞徳を近侍させていた。この日、装束を着かえ、柱にもたれて休息しているあいだに、

「わが母、若き時」

と、言いはじめたのである。貞徳はそれを信じる信ぜぬはべっとして、意外な言葉におどろき、とりあえずそのはなしのままを筆記する一方、ひとにも言いふらした。

（どういう料簡《りょうけん》であろう）

お仲は、首を振った。その後、秀吉が紀州征伐を終えて大坂城にもどってきた。戻ると、この孝行者はかならずまっさきにお仲に対面し、その健康をきくのが習慣であった。このとき、お仲はわざわざ人ばらいをし、声をひくめ、

「わぬしは、所もあろうに御所でこのようなことを言われたそうな」

と言うと、秀吉は声をあげて笑いだした。違う、ともいわぬところをみると、吹《ふい》聴《ちょう》したのは事実なのであろう。

「なぜ、そのようなことを」

虚栄心からか、と、さすがにお仲もこのわが生んだ倅《せがれ》めの心事があさましい。が、秀吉はかぶりを振った。

「織田右大臣殿をごろうじあれ」

と、秀吉は本能寺で死んだかれの故主を例にひいた。信長の先祖も、家系があいまいであった。織田家の先祖は越前（福井県）丹生《にゅう》郡織田庄の織田神社の神主で、信長から百数十年ばかり以前尾張にながれてきて、土豪になり、しだいに勢力を培《つちか》った。族姓は、藤原氏であるという。このため信長は最初藤原氏を称していたが、天下が略取できる可能性がみえはじめたころ、にわかに、

――わが家は、平氏である。平資盛《すけもり》から出ている。

とその先祖を変更した。理由は、源氏である足利《あしかが》氏をほろぼしてその天下をひきつぐには平氏でなければならない。当時、源平交代思想というものが世の豪族のあいだで信ぜられていたから、信長はその俗信に乗り、利用し、織田家の天下への気運を醸《かも》そうとした。信長は、祐筆《ゆうひつ》に命じ系図をつくらせたが、なぜ平氏であるかという点で苦しかった。そこで、平親実《ちかざね》という架空の人物を創《つく》りあげた。親実は、壇ノ浦で死んだ平資盛の第二子であるとし、平家滅亡のとき生後ほどもない乳幼児であったが、その母某がふところに抱いて近江にのがれ、津田某という豪族の妻にな

った。その後、越前織田神社の神主織田氏が親実の境涯をあわれみ、わが嗣《よつぎ》にした、というのが、信長がつくらせた織田家の平氏伝説であった。

秀吉は、それをみている。しかし秀吉のばあい、そういう伝説もつくれぬほどの卑賤《ひせん》の出である。この場合、秀吉は源氏であると名乗りたかったであろう。平氏の信長のつぎは源氏の秀吉たるべきであった。源氏ならば、宮廷の前例によって征夷《せいい》大将軍に宣下《せんげ》され、幕府をひらくことができる。三河の徳川家康は信長の改姓と同時期に改姓し、系図を創作して源氏を称していたが、秀吉はいまさらそれができない。

征夷大将軍になれぬ以上、秀吉はいっそ公家になり、関白になろうと考えていた。関白は、正系の藤原氏でなければなれない。その点ならば、便法としてたれか懇意の公家の養子――結局、菊亭《きくてい》大納言の猶子《ゆうし》になったが――になってしまえば事が済むであろう。しかし、養子として名門に入籍するにしても、自分の出自が、いまのようではどうにもならぬ。そこで、秀吉は皇胤説《こういんせつ》を流布させることにした。

むろん、たれも信じまい。秀吉はそれでよかった。秀吉自身、その点をひとにきかれても、そうだと答えるつもりはない。大いに笑いとばし、一場のユーモアにしてしまうつもりであった。要するに、藤原公家の養子になるまでのあいだ、

――世間ではそうともいう。

という程度の風説さえつくって流しておけば、形式主義の宮廷は、秀吉という男をうけ入れるのに、うけ入れやすいであろう。この皇胤説はそれだけの効用のために創作したものであり、当の実母にめくじらを立ててもらえば、秀吉としてはこまるのである。

「そなたには、姉がありますぞえ」

と、お仲はいった。その姉は他界しているならともかく、いま亭主とともに阿波《あわ》の名族三好氏の姓を継いでおり、げんにその子秀次が秀吉の養子になっているのである。お仲が、ういういしい娘のころ天子のお胤《たね》をやどして尾張にもどったにしては、この姉の存在がおかしいではないか。連れ子のあるういういしい娘では話のつじつまが合うまい。

「あっははは」

秀吉は、笑った。どっちでもいいことだ。形式ずきの宮廷人の好みに適《あ》わせてつくっただけのお伽話《とぎばなし》に辻褄《つじつま》もなにもあるまい。

「すると、そなたの弟の小一郎は、どうなるのです」

「あれは竹阿弥殿の子でござりまするよ」

「そして、そなたのみが天子の御子《みこ》か」

お仲はさも怖《こわ》や、といった顔でゆるゆると首をふった。わが生んだ子ながらこの弥右衛門の胤の子は、少年のころ出奔してしまっただけに見当もつかぬ男になりはてている。

そこへゆくと、竹阿弥殿の胤である小一郎秀長は、成人するまでお仲が手塩にかけた。兄にくらべると、なんと素直でかわい気のある男ぶりであることであろう。

うまれつきの徳人なのかもしれない。小一郎が秀吉によばれたのは、この時期から三年後、秀吉が織田家の小身のままで墨股《すのまた》の砦《とりで》の守備に任じたころであった。秀吉は小一郎だけでなく、その母も、姉と姉婿、さらに妹の朝日《あさひ》も砦へよび、大いに馳走《ちそう》した。このとき、お仲ははじめて秀吉の嫁の寧々《ねね》とも対面し、寧々の義弟の浅野弥兵衛長政の顔も見知った。いわば、秀吉の家族と、寧々の実家《さと》方の者との顔あわせというべきものであった。秀吉はその酒間をとりもち、やがて宴がおわると、

「小一郎は、この砦に残れ」

と、この異父弟の肩をたたいた。お仲はできればとめたかったが、小一郎はすでにうなずいてしまっていた。かれは、この日から武士になった。秀吉はこの弟を別室によび、つづいて秀吉にとって義弟にあたる妻の実家《さと》方の浅野長政をもよびよせ、

「ふたりして、わしを協《たす》けよ」

といった。古来、武家の慣習として惣領《そうりよう》が大将になり、その弟や叔父《おじ》が腹心の部

将としてそれをたすけてゆく。いわば、家は一族の血盟によって成立してゆく以上、秀吉もそのかたちをとりたかった。

「小一郎はゆくゆくわしの名代《みょうだい》にもならねばならぬ。よく物に馴《な》れよ」

と言い、秀吉は、このころすでに墨股城内に身をよせていた美濃出身の軍師竹中半兵衛に、小一郎の教育をたのんだ。半兵衛は、墨股防衛の実戦のさなかで手をとるようにしていくさの駈けひきを教え、敵状の見方、軍令の出し方、士卒の面倒の見方など、こまごましたことまで教えた。小一郎は、よき生徒であった。終始つつしみぶかい態度でそれを聞き、実地に見ならい、実際に指揮させると、諸事過不足なく半兵衛の教えたとおりに演じた。それ以上の才分はなかったが、たとえば留守隊長ぐらいはつとまるであろうという評価を、半兵衛はもった。

（これも、ひとつの器量であろう）

とおもった。半兵衛のみるところ、独創性がないから物に馴れることが早い。性格が異を立てることを好まぬため、指示したとおりのことをする。しかも、その仕事はものがたい。まるで、城の留守番をするためにうまれてきたような性格であった。現に、秀吉は織田軍の岐阜城進攻のとき、この弟に陣の留守をさせた。秀吉はこの合戦では、蜂須賀党の軽兵わずかをひきいて岐阜城の裏山から間道を縫って城内に入った。出発にあたって小一郎に言いふくめ、「わしの一手は城内に忍び入り、なかから城門の閂《かんぬき》をはずす。そのとき、合図として棹《さお》につけたひょうたんをたかだかとかかげるゆえ、それを見たらすかさず外から門をひらいて城内に討ち入り、わしと合流せよ」と諜《しめ》しあわせた。もしこの手はずが狂えば、秀吉は城内で自滅しなければならないであろう。が、小一郎は呼吸を合わせ、指示されたとおりのことをみごとにやってのけた。

「よい弟御をもたれましたな」

と、合戦のあと、半兵衛がわざわざ祝福したほどであった。

半兵衛の持論では、血族軍団にあっては、俊邁《しゅんまい》は兄ひとりでよく、弟というのは兄よりも能力がすぐれているべきではない。卓《すぐ》れておれば士卒は自然弟になつき、家中《かちゅう》の統制がみだれるであろう。さらに弟は無欲でなければならぬ、というのが半兵衛の説であった。欲が深ければ、兄の家来の他の部将と功名をあらそい、それがために家中がみだれることが多い。そのふたつの点で、小一郎という若者は絵にかいたほどに、ほどがいい。

墨股のころから十数年経ち、秀吉が信長から命ぜられて中国征伐に発向したときは、小一郎はこの軍団の第一将として陣中にあり、播磨から備中《びっちゅう》にかけての各地に転戦して武功をたてた。そのいくさぶりは、織田軍団の他の部将たちにくらべていささかもおとらず、陣中の評判も大いにあがった。

この時期、竹中半兵衛は陣中で宿痾《しゅくあ》が再発し、床についた。小一郎が見舞いにかけつけたときは、半兵衛の容態はあすをも知れなかったが、かれは小姓に背をささえさせて身をおこし、

「申しおきたいことがござる」

と、墨股以来の従順な弟子のためにすでにかぼそくなっている息をふりしぼった。

「身の安全を期せられよ。兵法の究極の極意は、それでござる」

半兵衛の心配は、小一郎の評判が大いに騰《あが》っていることであった。騰れば、自然、心もおごる。傲岸《ごうがん》になり、他の部将のうらみを買い、どのような告げ口を筑州殿《ちくしゅう》(秀吉)にせぬともかぎらぬ。功を樹《た》てればすべてそれを配下の将にゆずりなされ。諸将は功名をたてることによってのみ世に立っているが、あなたはたとえ功なくとも筑州殿の弟君であることにはかわりがない。

「いままでも、そうなされてきた」

と、半兵衛は、あらためて小一郎のこの十数年の業歴をほめた。いっさい表には名をあらわさず、功は配下に帰し、秀吉の名代になっても、秀吉のみを立て、自分の存在を誇示するようなことがなかった。

「よいお性質におわす」

しかし、これからはどうかわからない。とくにこの播州路《ばんしゅうじ》での小一郎の働きのめ

ざましさと評判は、かれの人柄をあるいは変えてしまうかもしれず、半兵衛はそれをおそれた。

「影のようになりなされ」

と、最後にいった。秀吉の影になり、それのみで満足し、小一郎秀長という存在はすてよ、というのである。前途を思うに、それ以外にあなた様が世にある場所がない、兵法の極意はついにはわが身を韜晦《とうかい》することにある、よろしいか、と半兵衛は念を押した。

小一郎は異を立てず、素直にうなずき、

「よう申してくれた」

と、涙をためて礼をいった。そのあと四半刻《しはんとき》もたたぬうちに半兵衛は息をひきとった。自然、右のことは半兵衛がこの世でいった最後の言葉になった。

この秀吉の中国攻めのさなかに、信長が本能寺で斃《たお》れた。秀吉は京を占領した明智光秀を討つべく備中から軍を旋《かえ》し、まず姫路城に入った。この時期、秀吉は信長から北近江三郡のほかに播州ももらい、この姫路城を居城としていた。秀吉は雨中の急行軍のすえ、この城内に入り、すぐ入浴し、浴室からあらゆる軍令を発した。秀吉はこの一戦にすべてを賭《か》けるべく、城内の金銀も兵糧米《ひょうろうまい》も、みな士卒にくばることを命じたあと、

「留守は、小一郎がせい」

といった。小一郎は浴室のそとに侍してそれをきいていた。

(これは、恥辱である)

とおもい、半兵衛なきあと秀吉の謀臣の座についている黒田官兵衛(如水)に談じこみ、この不名誉きわまりない部署の変更方をねがった。言いぶんは当然であろう。兄秀吉が明智との一戦でやぶれれば、この姫路城など敵の一撃でやぶられてしまう。城内には五百人の守備兵もおらず、しかも籠城《ろうじょう》に必要な兵糧は散じてしまっており、かつその守備任務というのは、播州の諸豪族からとった人質の守護と、秀吉の妾の通称姫路殿といわれる女人の保護ぐらいのものである。この天下存亡のとき、男児として名誉な部署であろうか。が、黒田官兵衛は小一郎の袖《そで》をひき、物かげに連れてゆき、

「それはご料簡《りようけん》ちがいでござる」

といった。官兵衛のいうのには、このたびの一戦は、天下分け目のたたかいになるであろう。秀吉幕下の諸将の八割までは織田殿からの差遣《さけん》の将で、この一戦で秀吉をおしたてて自己の家運をひらこうと逸《はや》りにはやっている。筑州殿(秀吉)の御運はかれらの活躍によってひらけるのであり、ここは一番、御肉親であるということで我慢なされよ、かれらと功を競ってはなりませぬ、功を他人にゆずられよ。

ということであった。つねの小一郎ならばおだやかにうなずき、この道理に服したであろうが、時期が時期だけにこの温厚な男でも昂奮《こうふん》がおさまらず、

「わしはいつでも留守でござる。兄が命運を賭けるとき、この小一郎も山城《やましろ》（京都府）の戦場で死にたい」

と、大声で叫んだ。声だけが秀吉に似て大きかった。その声が、湯殿にいる秀吉の耳にとどいた。

——小一郎。

と似た声で叫び、聞えたぞ、不料簡である、といった。さらに、汝《われ》がそういうなら、長浜はどうなる、長浜はいま捨て城同然になっている、いまごろ、お袋殿もわしが嬶《かか》も紅炎《ぐえん》のなかで焚《た》き殺しになっているかもしれぬわ、と叫んだ。

近江長浜城は、秀吉の本城であり、そこにお仲も寧々も住んでいる。敵は当然この城を攻めているであろう。それでも武門のならい、お袋殿も寧々も辛抱し、女ながらも塀の内に身をよせて守っているにちがいない。それでも汝《われ》は姫路の守備が不足か。

秀吉も、さすがに昂奮していて言葉の理のとおらぬことをいたずらにどなっているだけであったが、小一郎はもう、その怒鳴り声でへきえきし、気持も萎《な》えた。

（世に、弟の分際ほど哀れなものはない）

ともおもった。兄の秀吉にすれば世に弟ほど便利なものはない、ということであろう。これほどに面罵《めんば》すれば、他の将ならばうらみをもち、席を蹴って背《そむ》き去るかもしれないが、弟ならばその点は安んじてよかった。げんに小一郎は、肥ったからだをちぢめ、まるい顔をあげず、ひたすらに怖れているふぜいであった。

「料簡したか」

と秀吉が釘《くぎ》をさすと、小一郎は平身し、お言葉に従いまする、とかぼそい声を出した。

秀吉は姫路を去り、やがて山城の山崎で明智の軍をやぶり、織田政権の相続者としての地位を確立した。

その後、小一郎は秀吉の天下相続戦ともいうべき賤ケ岳《しずがたけ》の合戦にも参加し、小牧の合戦にも従軍した。さらに近畿《きんき》における掃蕩戦《そうとうせん》というべき紀州征伐に参加し、平定後、秀吉から、

「小一郎は、紀州を領せよ」

と命ぜられた。紀州は信長の代から手を焼きつづけてきた土地で、地侍《じざむらい》どもの気風があらく、独立心に富み、戦国百年のあいだかれらは連合して一国を合議によって運営し、一度も統一大名を迎え入れたことがない。その上、一向宗の地盤で領民は阿弥陀如来《あみだにょらい》をのみ絶対として地上の宗主《そうしゅ》を重んぜぬ風土であり、かつ山には山賊

が多く、海岸の漁港はほとんど海賊の巣窟《そうくつ》になっている。秀吉のみるところ、

（紀州は、小一郎のような男でなければおさまらぬ）

ということであった。彼等を撫《ぶ》し、その不平を根気よくきいてやり、鋭意不公平をなくするという点では、数多くの部将を見わたしても小一郎以外にない。

この弟は、その期待に応《こた》えた。天正十三（一五八五）年三月封《ほう》を受けると同時に小雑賀《こざいか》（現・和歌山市）の地に城をきずいて新領主の威容を示す一方、家来の非違をいましめ、法制をさだめ、民治に力をつくしたため、さしも治めがたいといわれたこの国の国人《こくじん》どもがふしぎなほどによくなつき、紀ノ川周辺はおろか、その属領の――北は泉州から南は熊野までのあいだ七十余万石の山野は波風もたたなくなった。

（小一郎には、奇妙な器才があることよ）

と、それを命じた秀吉がまっさきにおどろいた。秀吉のみるところ、小一郎は天性の調整家であり民政家であるようにおもわれた。さらには秀吉のよろこびは、粗漏な者の多い秀吉の血縁のなかで、この小一郎だけが奇蹟《きせき》といっていいほどに傑出していることであった。ゆくゆくは、その器量といい、人柄といい、おそらくは秀吉政権の柱石になってゆくであろう。

三

話を、この稿のなかほどのくだりの時期に戻さねばならない。秀吉が、皇胤説《こういんせつ》まで流布させて関白になる下準備をすすめている、という時期である。つまり――この間《かん》、右のごとく小一郎の紀州民治の業績があがりつつある。

が、この時期、秀吉の政権は日本列島のことごとくをその掌《て》におさめているわけではなかった。降《くだ》しえたのは、近畿を中心に、東海の一部に北陸、中国であり、奥州、関東、四国、九州はまだ他の者の勢力下にある。まず、秀吉は四国を攻略せねばならなかった。四国は、土佐から崛起《くつき》した長曾我部元親《ちようそかべもとちか》がほとんど全土を征服しつつある。

――土佐一国のみはさしゆるす。他の三国をすてて帰伏すべし。

と、秀吉は元親に申しおくったが、元親はしたがわず、東海の徳川家康と同盟し、東西相呼応しつつ秀吉に敵対した。

秀吉は、征伐を決意した。方針としては東に家康という敵をひかえている以上、できるだけ短期間に片づけてしまう必要があり、このため戦略としては、敵の肝をうばい、戦意をうしなわせるほどの大規模な軍団を投入することであった。秀吉は動員計画をつくりあげると、小一郎をよび、

「汝《われ》が、総大将になれ」

と命じた。小一郎は顔をあげ、首をかしげ、やがて豊かに肉づいた白いほおに血をさしのぼらせた。兄につかえて以来二十年、多くの戦場経験をへてきたが、総大将になるのははじめてであった。

四国へ渡海する兵は、公称八万である。小一郎はまず淡路島にわたり、福良《ふくら》港を前進基地とし、軍船九百艘《そう》をあつめた。

「鳴戸《なると》の渦を、どう致しましょう」

と、水軍にあかるい一将がそういったが、小一郎はつねになく高声をあげてわらった。

「どう致すと申して、鳴戸の渦をこのわしが消すわけにもいくまい。智と勇さえあればわたれる。潮の頃合いをよくよく見はからい、たがいに流されぬよう船筏《ふないかだ》を組み、櫓《ろ》をそろえて真一文字に押しわたるまでよ」

と、いった。語気のあらさが、いつもの温雅なこの男とちがっていた。

やがてそのことばどおりにどっと押し渡って阿波（徳島県）の土佐泊《とさどまり》港に上陸し、そこに臨時の築城をして根拠地とし、つぎつぎに兵をくりだして占領地をひろげた。同時に別働の毛利軍は伊予《いよ》（愛媛県）から攻め入り、支隊の宇喜多秀家の軍は讃岐《さぬき》（香川県）から入り、毎日一城をおとす勢いで進攻した。

小一郎は本軍をひきい、阿波における長曾我部軍の最大の要塞《ようさい》である一宮《いちのみや》城をかこんだが、守将の谷忠兵衛という者がよくふせいでなかなか陥《お》ちない。が、このことは当初から予想されたことであり、小一郎も一宮城で手間どることは覚悟していた。

しかし上方《かみがた》にある秀吉にすれば東方の徳川家康の脅威を終始感じつづけているだけに、長期戦化をおそれた。そのおそれが、小一郎への不満に転化した。

「小一郎は、あれだからよくない。つねに花見でもするように悠長である」

現状はべつに悠長というものではなく、たとえ秀吉が征《ゆ》こうともこの程度の戦線の膠着《こうちゃく》は物理的に当然であるといえるであろう。そこが、相手が小一郎であるだけに秀吉も不足が言いやすく、表現がつい大げさにもなった。

「おれが、ゆく」

と、秀吉はいった。親征する、というのである。言うだけでなく、この時期までの秀吉は行動が機敏であった。すぐ堺にまでくだり、そこで滞在し、とりあえず早船を出してそのことを阿波一宮の陣にいる小一郎に急報させた。

「そう申されたか」

小一郎は、使者としてやってきた石田佐吉（三成）を前に、ただそういったきり、しばらく沈黙をつづけた。やりきれぬ、とおもった。兄の補助者にすぎなかった自分の半生でいまようやく自分一手のきりもりがゆるされた。小一郎はそのことに昂《こう》奮《ふん》していたやさき、またも兄がくるというのである。この場合、つねのかれならばおだやかに兄の言葉に従ったであろう。しかしこの場合だけは、小一郎は小さな抵抗をこころみた。

——くるな。

とはむきつけに言えず、ことばをできるだけおだやかにし、「ご発向のこと、しばらくの御猶予をねがいたい」という趣旨で、祐筆《ゆうひつ》に上表文を書かせた。

秀長、謹んで言上します。そもそもこのたびの四国御征伐のこと、それがし、御代官をおおせつけられて渡海し、阿波、讃岐に人数を賦《くば》り、時日をうつさず敵城所々を存分にまかせましたる条、天下の面目、なにごとかこれに過ぎたるものがありましょう。しかれども残党いまだ散ぜず。それがため御動座（四国への）あるべしとのよしをうけたまわりました。このこと、秀長の弓矢の力たらざることと申しながら、はなはだ驚き奉っております。ふりかえっておもえば、御進発の儀は、かえって御威光少なきに似たることとも存じ、かつはせっかく御代官をおおせつけられたそれがしの恥辱にも相なることでもあるか、と存じ奉ります。いまたとえ少々の日かずを送っておりますとはいえ、御本意にたがうようなことは決してございませぬ。ねがわくはこのたびの御動座、おとりやめくださいますれば、秀長の幸いはいかばかりでありましょう。ぜひこの秀長をして忠勤を全うせしめ、戦功をたてさせてくださるならば、一世一代の大慶《たいけい》に存じ奉りまする。このこと、ひとえに、御憐憫《ごれんびん》くださいますよう、願い奉ります。

小一郎はこの上表文を尾藤知定《びとうともさだ》にもたせて上方へ出発させると同時に、全力をあげて総攻撃を開始し、ついに一日で城の外廓をやぶり、水手《みずて》をうばい、城中を干し殺しにする態勢をとり、そのままの陣形で城将谷忠兵衛に降伏をすすめた。忠兵衛は、阿波の白地《はくち》城にいる主将元親のもとにゆき、上方軍に抗しがたき旨をのべ、ついに元親をして降伏を決意させた。

四国は、秀吉政権の傘下に入った。小一郎にすれば開戦後五十余日であり、前例のまれなすばやさといえるであろう。このあと、秀吉はその宿望のとおり関白に任ぜられ、ひきつづき源平藤橘《とうきつ》の四姓のほかに豊臣の姓を創設し、それを朝廷から賜わるという体裁をとった。自然、小一郎もこのあと、羽柴の苗字《みょうじ》をすて、豊臣秀長と称することになる。

四国から凱旋《がいせん》したあと、小一郎の領国がかわった。紀州から移され、大和《やまと》に入った。大和も紀州同様、事情の複雑な国で、一国のほとんどは興福寺《こうふくじ》か春日《かすが》明神の宗教領であり、しかも戦国百年のあいだに筒井氏、松永氏などに押領《おうりよう》され、秀吉政権の成立後も土地の潜在権をめぐって訴訟や紛争がたえず、それらが京の公家《くげ》にむすびついているだけに、ある意味では紀州よりも統治がむずかしい。

——小一郎ならば、やるであろう。

と、秀吉はこの弟のその点をみこんで大和をまかせた。その封地《ほうち》は大和だけでなく、伊賀その他をあたえて百万石とした。居城は、大和郡山《こおりやま》である。

官爵も、四国征伐の翌年に従三位《じゆさんみ》参議になり、公卿《くげ》として昇殿をゆるされた。さらに翌天正十五年の九州征伐のあと従二位に叙せられ、大納言に任じた。このため、世上かれのことを、

——大和大納言

と、通称した。秀吉ももはやこの竹阿弥の子を小一郎、とはよばず、

——大なんご

と、うやまってよんだ。大なごんといわなかったのは、なんごのほうが、なんとなく言いやすかったからであろう。

ある日、小一郎が大坂城に機嫌奉伺にのぼったとき、秀吉は、

「あの神国はどうだ」

と、きいた。神国とは、大和が、神領寺領の多いところであるため、世間ではそうよんでいる。むろんそれを尊んでそうよんでいるともいえない。ことに秀吉のこの場合、いくぶん揶揄《やゆ》をふくめた、一筋縄ではゆかぬ国といったひびきをこめていった。同時に、秀吉からその難国をあておこなわれた小一郎に対し、ねぎらいの気味もふくめたのであろう。

「難儀をしているのではないか」

「多少は」

と、小一郎は言葉すくなく答えた。じつは小一郎もてこずっていた。毎日のように、大乗院門跡《もんぜき》や、一条院門跡、春日明神などから陳情や訴訟事が小一郎のもとにもちこまれてきている。そのどれもが難問題で、その多くは、

——土地をかえせ。

ということであった。小一郎が自分の家来に分与した知行地《ちぎょうち》について、「あの村を勝手にそのようにしてもらってはこまる。百年前は当寺の領地であり、証拠というならここに証拠もある。ぜひかえしてもらいたい」などということであった。いちいちきいておれば、小一郎の大和における領地は、一寸《いっすん》もなくなってしまうであろう。それにしてもこれは法的にいえばどういうことなのか。

小一郎は他の大名とはちがい、この点で悩まざるをえない。戦国百年のあいだに、

天下六十余州の寺領や神領、皇室領、公卿領などは、その国々の戦国大名が押領してしまっており、その押領のうえに立って戦国大名の経済は成立してきた。秀吉はその戦国を終熄《しゅうそく》させ、統一した。

——だから、もとにもどせ。

と、大和の諸寺諸社はいうのである。しかし、以前の領土権など、時も経ち、権利も腐って無効になっているといっていい。その尻《しり》を豊臣政権にもちこむのはおかどちがいで、もちこむとすれば、戦国期に大和でほしいままに切り取った過去の英雄豪傑どもの墓場へもちこむ以外にないであろう。

豊臣政権の大和における代表者である小一郎は、できるだけかれらの話はきいてもやり、妥当なことなら土地も返してやったりしているが、人の欲にはきりがなく、温情をかければかけるほど、かれを甘しとみてつぎつぎにやってくる。

それをむげにはねつけるわけにはいかないのである。なぜならば、それらの諸大寺は他の国の場合とちがい、門跡寺院であった。門跡とは皇族か高級公卿の連枝《れんし》がすわる寺で、いわば京都の宮廷と一つ世界になっており、かれらを拒否することは宮廷を拒否することであり、宮廷を擁することによって成立している豊臣政権の一員としてはそれができない。

「面倒なことをいうものだ」

と、秀吉はいった。秀吉の解釈としては昔は昔、今は今——ということであった。過去の権利は百年の争乱でいったん水に流れたものと見、豊臣政権になってからあらたにこの政権が土地を寄進する、過去とは関係がない、というたてまえをとっている。だから秀吉は宮廷に対しても、皇室領や公卿たちの領地を、あらためて献上した。かれらはそのはるかな先祖の栄華はともかく、ここ数代、飲まず食わずできた境涯と比較して大きによろこんでいる。ところが奈良の門跡たちは、歴史的権利に固執するところがつよい。

「これは、冗談ではありますけれど」

と、小一郎は声を低めた。いっそ源氏を称されて征夷《せいい》大将軍におなり遊ばされ、幕府をひらき、醇乎《じゅんこ》たる武家政治をひらかれるほうがよかった、というのである。豊臣政権はこの点、中途半端であった。秀吉は関白になり、その一族も秀次や自分をはじめとしてみな公卿になった。公卿の身でありながら諸大名をひきい、六十余州を統治している。その公卿の身分としては奈良の門跡たちと同一社会であり、同一社会である以上同一原理をもたねばならぬことになり、かれらの要求に対してつい議論が弱くなる——と、小一郎はいうのである。

「いいかげんにしておけ」

秀吉はいったが、それにしてもおどろくのは、小一郎の行政理論家としての犀利《さいり》さであった。いつのまにこのような濃《こま》やかな思考能力を身につけたのであろう。

「そのことはわかったが、実際にはどう始末しているのだ」

「金でござる」

と、小一郎はゆるゆると呼吸しつついった。土地のかわりに黄金をあたえてしまう。すると、ふしぎなほどの効き目で訴訟人はおだやかになるのである。黄金といえば、ちかごろ佐渡をはじめ全国の金山から湧くように出ている。この金属を正規の流通貨幣として採用したのは、この国では秀吉がはじめてであったが、小一郎は早くもその効用を、奈良の門跡たちにおいて知った。秀吉は大いに笑い、その処置に満足した。

小一郎は、奈良の難物たちだけでなく、豊臣家の大名間の不平や軋轢《あつれき》をよく調整した。秀吉の怒りを買って忌避された大名たちはみな北《きた》ノ政所《まんどころ》か、小一郎にとりなしをたのんだ。小一郎はよく言いぶんをきいてやり、秀吉に対してとりなしてやった。また秀吉の側近官僚たちにうとまれて当惑している大名たちも、小一郎にその調整をたのんだ。小一郎はみずから御用部屋に行って実否をしらべ、側近官僚がまちがっている場合は、びしびしと叱った。このため大名や公卿のなかには、

——豊臣家は大和大納言で保《も》っている。

とまでいう者さえあった。

が、そうした、この政権の幸福な期間もながくはない。

ここ二十数年、秀吉のあらゆる作戦に参加した小一郎は、天正十八年における秀吉の小田原征伐にだけはついに参加できなかった。

その時期、京にのぼっているうちに病いを得、重態におちいった。母親のお仲はこのころ従一位にのぼり大坂城に住み、すでに七十八になっていたが、このせがれに先立たれることをおそれて、諸社諸寺に土地を寄進してその平癒を祈った。秀吉は小田原への発向にあたって乗物を枉《ま》げ、小一郎の京都邸へゆき、わざわざあがりこんで見舞った。

この場合も、小一郎はあくまで兄に対する謹直な態度をすてず、病床を片づけさせ、衣服をあらためて待った。

「もう、そのように起きられるのか」

秀吉は、ひとまわりも小さくなった小一郎のからだを気づかわしげに見つつ言ったが、この弟は懸命に微笑し、

——もはや峠は越したる模様で。

としきりにうなずいた。たれの目にも秀吉に案じさせまいと努めていることが、ありありとわかった。

秀吉もそれを感じ、出陣の吉日といいながら、不覚にも涙をこぼした。それは不吉でござりまする、と小一郎のほうがあわて、すぐ吉田の神官をよび、兄の縁起をなおすためのお祓《はら》いをさせた。

秀吉が邸《やしき》を辞すとき、小一郎は児小姓《こごしょう》の肩をかりて門前まで見送った。

（よくつとめる）

秀吉は、乗物にもどったあと、小一郎の生涯をおもい、ふたたび涙をあふれさせた。が、その後、小一郎の病状が多少持ちなおした。秀吉も小田原の陣中でそれをきき、さっそく母親の大政所《おおまんどころ》にたよりをし、

大なんご
そくさいのよし
なによりなにより、御《おん》うれしく

と、書き送った。

京で小康を得て、小一郎は居城の大和郡山にもどり、そこで静養した。秀吉の小田原ノ陣がおわってほどなく、ちょうどこの年の十月ごろから小一郎の病状がふたたびわるくなった。秀吉は、大政所とともに諸社寺に祈禱《きとう》をさせたが、めだつほど

験《げん》がなく、このため大政所のほうが心痛のあまり寝込む始末になった。秀吉はその母親の気持をわずかでもくつろげるため、大規模な祈禱を――かれ自身、その種のことを信じてはいなかったが――することになり、朝廷にたのみ、社寺へ平癒祈願の勅使をさしむけてもらうことにした、神仏も、勅使がくれば多少は緊張するかとおもったのであろう。勅使は九人えらばれた。それらが同日同時に御所を出発し、両賀茂をはじめ愛宕《あたご》、鞍馬《くらま》、多賀、離宮八幡宮《はちまんぐう》、石清水《いわしみず》などの宝前にすすみ、小一郎のために祈願をこころみた。が、病状はいっこうによくならなかった。年が暮れるころ、秀吉は軽装して郡山にくだり、小一郎の枕頭《ちんとう》を見舞った。秀吉の見舞いをうけても、小一郎にはもはや頭をあげるほどの体力もなく、ただ顔をひきつらせていた。兄のために会釈の微笑をしているつもりだったのであろう。秀吉はひざをすすめ、

「快《よ》くなれ。われによくなってもらわねば、豊臣の家はどうなる」

と、声をはげましていった。この言葉が、小一郎の顔をむざんなほどに濡《ぬ》らした。涙が、とめどもなく流れた。小一郎にすれば、秀吉のそのひとことで、自分の生涯が意味づけられたとおもったのであろう。

「――あの日、兄者《あにじゃ》は」

と、聞きとれぬほどの声でいった。秀吉はそれを聞くために、唇《くち》もとへ耳を寄せ

てやった。「縄……縄のあぶみで、参られましたな」

なにをいっているのか、と秀吉は理解しかねたが、とにかくも、そうだ、といってやった。その意味がどうやら、三十年のむかし、秀吉が清洲から故郷の中村にはじめて錦《にしき》をかざってもどったときのことを小一郎はいっている、そうらしいということに秀吉が気づいたのは、その翌月二十二日、小一郎が死んでからのことであった。あの日、小一郎の脳裏には、ふるさとのその日の真青な天がありありと映っていたのであろう。

齢五十一である。死後、興福寺など奈良の社寺の者は、

――神仏の御領をご返納なさらなんだゆえ罰があたったのじゃ。

と、しきりに悪口した。やはり奈良の宗教貴族のひとりで「多聞院《たもんいん》日記」の書き手である英俊は、正月二十三日の項に、

大納言秀長卿が死んだ。金銀をしらべたところ、金子《きんす》が五万六千枚あまり、銀子は二間四方の部屋に棟まで積みあげてあり、その数は知れない。その限りなき財宝もいまは所有者の用に立たぬ。さこそ命が惜しかったであろう。浅《あさ》猿々《まし》々。

とある。小一郎は貪欲家《どんよくか》ではなく、むしろその財をよく散ずるほうであった。浅猿しいのはむしろ、かれの在世中、理由をかまえてはかれから金穀をむしりとろうとしつづけたかれらのほうであったであろう。

葬儀はそれから六日後、郡山城でおこなわれた。公卿や諸大名がおびただしくあつまり、死をきいてむらがりあつまってきた庶人の人数だけで二十万人といわれた。参列した諸大名のたれもが、この大納言の死で、豊臣家にさしつづけてきた陽ざしが、急にひえびえとしはじめたようにおもった。事実、この日から九年後、関ヶ原の前夜にこの家中が分裂したとき、大坂城の古い者たちは、

——かの卿が生きておわせば。

と、ほとんど繰りごとのようにささやきあった。

第六話　駿河御前

一

末の妹の朝日《あさひ》が縁づいたころは、長兄の秀吉はそのあたりにはいない。

「おまえには、七つ年上の兄がいる。ちゃんと犂鍬《すきくわ》をにぎってくれれば、親がわりにもなってくれるであろうに」

と、母親のお仲はこぼしたであろう。お仲にとっては秀吉は亡夫弥右衛門とのあいだにできた子であり、そのため、弥右衛門の死後添うた竹阿弥《ちくあみ》に対し、この秀吉の存在について気をつかい、痩《や》せるおもいがした。さいわい、というべきではないかもしれないが、その秀吉は竹阿弥をきらい、まだ少童のころに出奔してしまっている。その後、針売りをしたり、三河万歳《まんざい》の才蔵になってあるいたり、焼きもの屋の奴隷として身を売ったり、尾張の浮浪人結社ともいうべき蜂須賀《はちすか》小六の仲間に入ったりして、いかがわしい社会を転々としていたらしい。

その秀吉が尾張にもどり、織田家の小者としてつかえたあと、ほどなく妹の朝日は結婚している。

——ちかごろは、清洲の織田さまのお長屋にころがりこんでいるらしい。

というわさは中村在《ざい》にもきこえていたが、かといって朝日のために頼りになるような存在ではない。

——名を、ちかごろは藤吉郎とあらためているそうな。

ときくうち、やがて下士に取りたてられ、木下の姓を名乗るようになったともきいた。その間、むろん当人自身がこの中村にもやってきている。

朝日の嫁ぎさきにもやってきた。ここか、ここが朝日の家か、と藤吉郎は口やかましく独りごちながら入ってきて、舅《しゅうと》にも如才なくあいさつし、亭主にも、やあやあと肩を抱かんばかりの親しみをみせた。

(騒々しいおひとだ)

朝日は、この親しみのうすい兄を、ただそういう目でみた。極度な内気で、兄に声をかけられても羞《はずか》しさが先に立ち、だまってうなずくか、いそいでかぶりをふるか、どちらかでしかなく、まとまった言葉かずを喋《しゃべ》ったことがない。

「おれは、朝日の声をきいたことがないわい」

と、藤吉郎はいった。

「たれに、汝《われ》は似たかのう」

多弁な兄と、あまりにもちがいすぎているが、容貌《ようぼう》の点でもそうであった。朝日は、幸い藤吉郎の奇相とは似ておらず、この同胞《きょうだい》のなかでは目鼻はいちばんととのっており、色も野仕事で焼けてはいるが根は白いらしい。目もとは、実父の竹阿弥に似ているのではないか。が、藤吉郎は先年死んだこの義父がよほどきらいらしく、そうと感じても、

——竹阿弥似だな。

とは、おくびにも出さなかった。しかしたれに似ていようと、藤吉郎は朝日については末の妹のせいか、よほど可愛いらしい。

「早う、子をうめ」

そう言いながら、兄というより男のなまぐささをふくんだ目で、この小柄な妹の腰のあたりをながめまわした。小柄ながら総体に肉づきがよく、腰のあたりが果汁をふくんだようにみずみずしい。これほどのからだを亭主にあたえながら子をうまぬというのはどういうわけであろう。

藤吉郎が織田家の中級の将校として墨股《すのまた》の砦《とりで》の長《おさ》になったときは、かれの二十八であったか、それとも九であったか。いずれにせよこのときはじめて藤吉郎は中村に住むお仲以下の血縁をこの城にまねき、数日滞留させてもてなした。墨股は野戦用の砦で、黒木の丸太を組みあげただけの粗末な造作《ぞうさく》であったが、それでも中村の

小百姓の嫁である朝日の目には、金殿玉楼のようにみえた。

その中村の一行が帰ったあと、妻の寧々《ねね》が、

「朝日どののおとなしさ」

といって笑った。あの年上の義妹は、滞在中、なにごとにも諸事微笑をもらすだけで、ひとことも言わなかったのである。

(ひょっとすると、あほうではあるまいか)

寧々はおもうのだが、藤吉郎は、いやさ含羞《はにか》んでおるのであろう、とわが身内だけにそのような解釈をおしつけた。

しかし藤吉郎にとって、朝日よりもいっそうに関心があったのは、その亭主であった。源助といったか、嘉助といったか。

侍にしてやろう。

と、かねがねおもっていた。藤吉郎もいっぱしに物頭《ものがしら》のはしくれになった以上、血族、縁族をひきよせて家臣団の中核にしてゆきたい。かれの出身がもしうまれながらの士分かこのあたりの地侍《じざむらい》なら、父祖代々の郎党もおり、分家群もあり、それを従えて鞏固《きょうこ》な家臣団を形成してゆくのになんの苦労もいらぬ。しかし浮浪人あがりの藤吉郎にすれば、いま大いそぎで自分の身辺を見まわして侍をつくってゆかねばならなかった。そのため寧々のほうの身内から、彼女の義弟の浅野長政(芸州浅

野家の家祖）や叔父《おじ》の杉原七郎左衛門（のち、福知山城主）を採用し、この墨股でそれぞれ重要な部署につかせている。これでも足りない。藤吉郎の身内では弟の小一郎をいまから教育しようとしているが、これでも足りない。朝日の亭主はどうか、使えるならつかいたい、と藤吉郎は期待していた。

（が、どうにもならぬ）

と、こんどの墨股招待を機会によくよく観察してみたが、どうにもこれは望みがありそうにない。目鼻だちは人間だが、あたまは牛馬とかわらず、しかも牛馬ほどの力もなく、瞳《ひとみ》がどろりとつねに居すわっている。侍は才能がかんじんであるのに、これではどういうしごともできぬであろう。

（所詮《しょせん》は、百姓か）

とおもい、その失望のぶんだけ朝日があわれになった。せめて帳付けでもできそうな亭主であったら、たちまち納戸《なんど》の出し入れか荷駄の宰領ぐらいにはつかってやるのに、それもならぬとあれば、朝日は生涯あの亭主のために田を這《は》いずりまわらねばなるまい。

もっとも藤吉郎はそうは失望したものの、根は人間に対して底ぬけな好意をついい持ってしまうたちだから、

「どうだ、木下姓を名乗れ」

と、いってみた。おれの同族にしてやる、という意味でもあり、武士にならぬか、という意味でもある。しかし朝日の亭主は冷笑をうかべて、いや根がそういう顔つきらしいが——かぶりをふり、

「結構でおじゃります」

とにべもなくいいおった。きらいか、ときくと、きらいもすきも、わしが家には祖父《じじぃ》も祖母《ばばぁ》も父《とう》も母《かか》も先祖の位牌《いはい》もおじゃりまするでな、といった。つまり小百姓ながら独立の家である、そうやすやすと嫁方の家に身売りするようなまねはできませぬという意味であろうか。その意味であるとすれば、このとるにも足らぬ男にも、やはりそれなりの自尊心というのはあるのであろう。

——勝手にせい。

と腹が立ち、すてておいたが、その後十年あまり秀吉が戦場を馳駆《ちく》するうち、織田家の勢力が大きくふくれあがり、秀吉の事情も大いにかわってきた。信長が近江の浅井氏、越前の朝倉氏をほろぼしたあと、はじめて自分の軍司令官たちに分国をあたえたのである。柴田勝家は越前を、明智光秀は南近江を、秀吉には北近江をあたえた。秀吉は琵琶湖畔《びわこはん》の長浜に城をきずき、ここではじめて城持ちの身分になった。その封土《ほうど》は二十万石である。もはや新興貴族というべきであろう。

(朝日を、あのままには捨てておけぬ)

哀れでもある。それにすでに、弟小一郎だけでなく母親も姉もよびよせている。世間体《せけんてい》もどうかとおもわれる。二十万石の大名たる者の妹君が、いつまでも、尾張中村の水呑《みずの》み百姓の嫁であってよいものであろうか。

「伯耆《ほうき》、なんとかせい」

と、秀吉は命じた。伯耆、とたいそうな呼称でよばれているが、この者は寧々の叔父の杉原七郎左衛門家次《いえつぐ》であった。武士としては能がないまま、羽柴家――秀吉はこの長浜就封《しゅうほう》いらい、そういう姓にあらためている――の家宰《かさい》をしている。伯耆はさっそく尾張にくだり、朝日の亭主に会い、

「ありがたく思え。そなたを侍にお取り立てくださる」

と、申しわたしたところ、亭主はにぶい表情で押しだまっている。どうした、と杉原伯耆が声をはげますと、いやでおじゃりまする、とかぶりをふった。

「わけをいえ」

と伯耆はなかば叫ぶようにいうと、この百姓に理由などはなかった。要するに一つ所から動くのがいやなのであり、環境がかわるのがひたすらにおそろしいのである。

それを伯耆はなだめすかすようにしてやっと長浜移住を承知させた。長浜ではお屋敷が用意されており、遊んで暮らせばよい、しかし武家らしく姓が要る。その姓

も、杉原伯耆は用意してきていた。佐治《さじ》というのである。佐治というのは鎌倉期以来この尾張で栄えていた名族で、国内の苅地《かりち》村にその佐治氏の城址《じょうし》も残っており、いまは勢力はないが、それでも織田家の家中《かちゅう》でこの姓を名乗る者が多い。そのなかで神職があり、杉原伯耆はとくに頼んでその姓をあたえてもらい、そのうえでここへやってきた。

紋所は、軍扇《ぐんせん》である。その定紋《じょうもん》を入れた侍装束一式も伯耆は準備してきていた。

結局、この亭主は侍にされた。

佐治日向《ひゅうが》である。

しかしながら、長浜での屋敷暮らしがよほど適《あ》わなかったのであろう。佐治日向は移住後ほどなくいったんは肥り、やがて以前以上に痩《や》せ、日照りに灼《い》られた青菜のように萎《な》えたまま死んでしまった。それに前後してこの男が中村から連れてきた両親も死に、せっかくの佐治家も絶えた。朝日は、羽柴家にもどった。

二

羽柴家の家中や長浜城下では、寡婦になった彼女を、

「朝日姫」

と、よんだ。姫といっても、ながい年の日焼けじわは化粧では覆えず、齢《とし》も三十を

幾つか越えており、その尊称に相応《ふさ》うはなやかさなどはもはやない。しかも夫の死がよほどの打撃であったのか、表情がつねに暗く、齢よりも老けてみえた。

（どういう心境《つもり》でいるのか）

秀吉ほどの人の心の底がわかる男でも、この無口な妹がいまどのような心情でいるのかが、見当がつかない。結局はあたらしい夫をあたえてやればよかろうと思い、家中を物色するに副田甚兵衛《そえだ》という者が妻をなくして寡夫《やもめ》でいることがわかった。

秀吉の意を体し、このときも杉原伯耆がこの縁をまとめることになった。

副田甚兵衛の身分はもともと羽柴家の家来ではなく、以前信長の直参として秀吉に付せられていた男だが、秀吉の長浜就封いらい、羽柴家の直々《じきじき》になった。

（たいした男ではない）

と、秀吉はその点が不満であった。武者としてはごく並みな男で、将来とうてい城持ちなどにできる器量はない。しかしただひとつの魅力は、尾張の副田氏といえば愛知郡の名族である。秀吉は、血の高貴さを欲した。副田氏程度が高貴、というのはおかしいが、この時期の秀吉の地位からいえば、その程度で十分高貴であったといっていい。

ただ当の副田甚兵衛そのひとが、この縁談に気乗り薄であった。

「それは、こまる」

と、きっぱり伯耆にいった。理由は自分には器量がなく、ひともそのことはよく知っている、もし将来自分が多少の立身をするとすればひとはこの副田甚兵衛の功名手柄のせいでなく女房の縁に縋《すが》っての栄達であるというであろう、そうおもわれるだに男として堪えがたい、この縁は聞かざったことにしてくだされ、といった。

(存外、気骨のある男よ)

と、そのはなしをきき、秀吉は甚兵衛を見なおすおもいがした。いかにも愛知郡の地方名門の出らしく利《き》かぬ気な男ぶりではないかと、この縁をこのまま捨てるのが惜しくなり、

「どうだろう、いまひと押し」

といった。いわば、上意である。伯耆はそのように副田甚兵衛に伝えた。甚兵衛もここまで押されれば服せざるをえない。

娶《めと》ってから、これほど奇妙な女もあるまいとおもった。武家そだちでないために、こまごまとしたしきたりがわからない。たとえば武家には年中行事が多く、たとえば八朔《はっさく》の日や嘉祥《かじょう》の日にはどういう家庭の行事をし、どういう衣装をつけ、夫にはどういう容儀をさせねばならないかがわからず、自分はどういう知識だけでなく、おおぜいの副田家の家従たちを宰領してゆく能力もない。もっともそういう武家の主婦としてのしごとは、彼女についてきた老女がすべて代行し、その下の侍女が手

足になって立ち働いた。その点をまかなうために羽柴家から化粧料という格別な禄がついてきている。

朝日は、終日居間にすわってぼう然としているだけである。秀吉のさしがねらしく、歌学や手習いの師匠がついているが、しかしそういうことにも興味がないらしい。この女は、からだだけでなく心までも弾力をうしなっているのであろう。

（どこをどう押せばどんな音《ね》が出るということがすこしもわからぬ）

妖怪《ようかい》のようなものだ、と副田甚兵衛は最初おもった。しかし、これから生涯連れそわねばならぬ以上いうべきことは言わねばならぬ。ひと月ばかりして、甚兵衛はおもいきっていってみた。

「もうすこし、弾まぬか」

甚兵衛のいうのは、悲しければ泣き、うれしければ笑え、身ごなしなどもいきいきとせよ、ということであった。が、朝日は無言でうつむいているだけである。その夜、閨《ねや》でもおなじことをいってみた。

「どうだ」

と、やさしく念を押してやった。甚兵衛はこの時代の武士にはめずらしく女の気持に対し、繊細な心くばりができる男であったらしい。それが、朝日の心のどこかを、にわかに溶かしたのであろう。

「つらいのでございます」

と、急に叫ぶようにいった。その声の大きさに甚兵衛がおどろいたくらいであった。朝日ははげしく悶《もだ》えている様子だったが、のぞきこんでみると、歯をくいしばっている。朝日は泣いている様子であった。なにがつらいのか――と声をひくめてきいてやると、堰《せき》がくずれたようにはじめて泣き声をあげた。

(これが、この女の泣き声か)

まるで童女にもどったような、無我夢中な泣き声であった。甚兵衛は、朝日の肩に手をそえてやり、その声に聞き惚《ほ》れるようなおもいを持った。まぎれもなく人間のおんなの声であった。

「夜あけまでたっぷり刻《とき》がある。泣きたければ泣け。なにか言いたければ言え。わしを他人とおもうな」

そういってやると、朝日はすこしずつ唇の奥で言葉を綴《つづ》りはじめた。聞いてみると、おどろいたことに御当家にきて自分は気を張りつめすぎている、それがつらい、という。

(……そうか)

と、甚兵衛は、意外であった。朝日の実家は従五位下筑前守《じゅごいのげちくぜんのかみ》、所領二十万石という大名の家である。副田家は織田家にあるころは百石にすぎず、いまは二百石の家にすぎぬ。二十万石から二百石の家来の家に来て気が張り、ほとんど精神を喪失させてしまっていたというのはもはや椿事であろう。

しかし、わからぬこともない。朝日の生家は尾張でも最下等の水呑《みずの》み百姓である。その最初の婚家も、それにかわらない。その世界で住みくらしているかぎり、朝日もらくらくと世が送れたであろう。

ところが、異父兄の秀吉が、朝日とはなんのかかわりもない世界で出頭人《しゅっとうにん》になり、異数の立身をとげていまや織田系の大名として天下に知らぬ者のない存在になった。このために朝日の運命も境遇も一変した。長浜にひきうつると、御料人《ごりょうにん》とよばれる身分になった。前夫の死後、その生母とともにここ一年城内で住み、多くの侍女にかしずかれた。すべては、夢の中のできごとのようである。侍女たちはみな尾張や近江の武家の出身者で、すべてが朝日とはちがっていた。朝日は、彼女らのような室町風《むろまちふう》の武家ことばが使えず、このため無口な性分が、いっそうに無口になった。そこへ縁談《はなし》がおこり、家臣の副田家にとつがねばならぬという。朝日の否応《いやおう》もなく秀吉がきめ、

「副田家はなんといっても名家だ。行儀や武家のしきたりなど、いそぎ習っておけ」

といい、近江京極家にむかし仕えていたという老女におしえさせた。しかしなが

らその煩瑣《はんさ》なことはどうであろう。たとえば主人と同室している場合、鼻をかむにも次の間に立ちのいてかまねばならぬ。そのかみ方も懐紙をとりだし、最初は低くかみ、つぎにはやや高く、またつぎには最初にもどってひくくかむ。三段にかむのである。すべてがこうである。尾張の野良にいたころ、紙など百姓家にはなく、すべて手洟《てばな》で吹きとばしていたことをおもえばなんという境遇のかわりかたであろう。

その緊張が、副田家にきてからいよいよ強くなり、血のめぐりが凝りついたのか、舌の根もうごかず、身うごきも教えられたようにならず、そのために無言ですわりつづけているほかなかった、というのである。

(いいおんなだ)

と、甚兵衛は目のさめるようなおもいで、この小肥りの女房を見た。おのれは従五位下筑前守の御妹君であるということを、まるで知らぬかのごとくしてこのように身を固くしつづけてきている。

「よくわかった。しかし詮《せん》もない」

と、甚兵衛は笑わず、声をいよいよ低め、できるだけきまじめな声でいった。行儀作法というのは恥をかくまいとおもえばこれほど身を労するものはない。恥をおそれず、手違いをおそれず、おおらかにふるまいながらすこしずつ直してゆけ、これが、かんどころである。わしも教えてやるゆえ、悪《あ》しき弟子になれ、よき弟子になろうと思うな、といってやった。

「わしがそなたを育ててやろう」

といったが、甚兵衛にとってこれは朝日への気やすめではなく、しんからこの女を武家女房に仕立てることに熱意を感じた。

甚兵衛は、家にいるかぎり、そのことに気をくばり、朝日を教導した。が、なにしろ若くもなく、三十数年を百姓女ですごしてしまった朝日を、いまさらべつな女に仕立ててゆくことは、野のけものを家畜にするよりも困難であった。甚兵衛はそのことに情熱を感じた。

一方、公的生活者としての甚兵衛はさほどに立身もせず、婚姻後ほどなく五百石に加増されたほか、どれほどのこともない。

羽柴家が軍団である以上、これはやむをえなかった。たとえば千石ならばその家来や付与された足軽一組ぐらいをひきいてすでに一個の戦闘単位の隊長であり、戦場では単に勇敢であるだけでなく戦術も用いねばならない。その器量なしに甚兵衛を千石にすれば家中の士気にかかわるだけでなく、戦場での軍団の活動にひびいてくることであり、秀吉も情実をもってはこの甚兵衛に特別の待遇はあたえられない。

「世の乱がおさまれば、城のひとつもやる」

と、秀吉は朝日にはそう約束していた。平和な時代がくれば無能の者にどのような高禄をあたえてもさしつかえないであろう。

この後、五年経った。秀吉は信長の命で中国征伐の司令官になり、近江を出発して播州《ばんしゅう》（兵庫県）にくだるとき、甚兵衛を戦列からはずし、長浜の留守をさせ、領国の民政を担当させた。これは多少適任であったかもしれない。そのさい、石高を増して七百石とした。

そういう分限《ぶげん》であったが、副田家は石高の実際よりもはるかに裕福であった。朝日に庫米《くらまい》がついているからであった。この庫米のおかげで朝日は十分小《こ》大名の暮しができたし、甚兵衛はむろんその余沢《よたく》にあずかっていた。

甚兵衛はこのころ多病で、もう戦場にゆけるからだではなくなっていた。しばしば熱を出し、出せば十日以上は伏《ふせ》ったが、朝日はこういうばあいになると、まるで水に戻った魚のようにいきいきとし、懸命に手当をした。

（看病をさせると、このおんなほどの女房はあるまい）

と甚兵衛はひそかにおもった。朝日は依然として、野臭《やしゅう》がぬけず、どうにも武家婦人としては板につかなかったが、しかし病人の看病には室町風などの束縛がないから朝日にとってはむしろ解放されたようなおもいでの献身だったのであろう。

子がない。

この点は、甚兵衛も迷惑であった。朝日が石女《うまずめ》であるらしいということがたしかになった以上、普通ならばしかるべき女を奉公させ、それによって世嗣《よつぎ》をつくり、副田家の祭祀《さいし》を絶やさぬようにせねばならない。しかし奉公女を置くことは甚兵衛は秀吉の妹をもらっているということで遠慮をせねばならなかった。

「そなたは、どうおもう」

と、朝日に武家の慣習を教えつつ、それとなくいってみたことがある。甚兵衛はいう、しかるべき武門の家というのは家名と祭祀の絶えぬことを第一に考えるべきであるが、後嗣のないばあい、正室としては自分の気に入りの侍女のひとりを夫にさしだすのが通例である。そういうと、朝日はかねがねそのことを気にしていたのであろう、ものもいわずに泣き伏してしまった。相変らず意思を明瞭《めいりよう》にいわないが、そのいわば童女のような哭《な》き方が、すでに激しく否《いな》を表明していた。

（やはり、だめか）

この一点では、甚兵衛も朝日を教育することはできぬらしい。どうにも順《したが》わぬところをみると、これは本来の妬心《としん》によるものではなく、やはり育ちが武家ではないからであろうとおもった。武家育ちならば妬心の抑制は庭訓《ていきん》としておこなわれてきているし、家系を維持することの重要さもからだのなかでわかっている。

（所詮は、百姓のむすめだ）

と、こんなときこそおもわざるをえないし、いまひとつただの百姓の出より始末にわるいことには、その兄が甚兵衛の主人の筑前守であるということであり、このためむやみとは強行できぬ。

「兄にも、子がありませぬ」

と、朝日は泣きじゃくりつつ、ひとことだけいった。なんの、それとはちがう、と甚兵衛はおもうのである。羽柴家などは、織田家譜代の重臣丹羽長秀の羽と、柴田勝家の柴をとってつけただけの姓であり、氏《うじ》も素姓《すじょう》もない。しかしながら副田家は小なりといえども鎌倉期からの家で信長の織田家よりも家系が歴然としている。実家の羽柴家の感覚で考えられてはこまるのである。

が、これはいったところでどうなるわけでもなく、甚兵衛はそれ以上はだまっていた。

四年後に、大変事がおこった。

天正十年六月二日、織田信長がその家来の明智光秀のために京の本能寺で斃《たお》れたのである。

光秀は、この変後、織田家の根拠地である近江をおさめようとし、五日その部将の明智光春をして安土《あづち》城を襲わしめた。城の留守は、織田家の蒲生賢秀《がもうかたひで》がまもっていたが、兵力不足のため明智軍の来襲以前に城をすて、信長の側室二十人、侍女数百人を護衛して同国蒲生郡日野の自城にしりぞいた。安土城の北隣は、織田家の重臣丹羽長秀の居城の佐和山だが、これも留守の人数だけで捨て城になった。さらにその北隣は、秀吉の長浜城である。羽柴家の人数はことごとく山陽道にあり、長浜にはいない。

城にいるのはわずかな番士と、秀吉の家族だけであった。ただし、すでに文官じみた仕事をしている副田甚兵衛がいる。

「防戦をしよう」

と、最初、甚兵衛はさわぎたてた。秀吉の妻の寧々は、この男のうろたえぶりにあきれた。防戦をするといっても、城内で侍らしい者は十人もいないではないか。その十人ほどの連中も織田家の将来を絶望し、かつ甚兵衛の指揮下で戦うことの心もとなさを思い、ひそかに妻子をつれて美濃・尾張に駈け落ちてしまった。この現状でなにをどうふせぐのであろう。

翌日、甚兵衛は変説し、尾張へ逃げ落ちましょう、といった。逃げ落ちるあてがあるわけでもなくこの男はただ騒がしく言いののしるのみで、どうにもならない。

（やはり、合戦の用にはたたぬお人だ）

と、寧々はもう甚兵衛が不愉快になり、自分が下知《げち》をとる、そなたはだまっておれ、といった。この長浜の東方に、秀吉がかつて小谷《おだに》攻めのときに築いた野戦用の城が残っている。山城であり、敵をふせぐのに長浜よりもはるかに心丈夫である。

そこへしりぞくことにし、寧々は姑《しゆうとめ》や小姑をまもりつつ城を落ちた。その落去のときも、甚兵衛は荷物の宰領をするでなく、まして城下や近郷の民に何の布告するでなく、まるで役に立たなかった。これが、後日秀吉の心証をいちじるしく損《そこな》った。甚兵衛が気がきいておれば、せめて飛脚便の一本でも山陽道の陣中へ寄越《よこ》し、御一同さまはごぶじでございまする、とさえ便りすれば秀吉は大いに安堵《あんど》し、心おきなく復讐戦《ふくしゆうせん》に専念することができたであろう。

——甚兵衛という男はなんのために禄《ろく》を食《は》んでおるのか。

と、備中《びつちゆう》からいそぎ兵を旋《かえ》した秀吉は、姫路から尼崎《あまがさき》へとひたのぼりにのぼるあいだ、馬上なんどそのことをおもったかわからない。秀吉は信長ほど家来の無能に対して不寛容な男ではなかったが、しかしこのときは時期が時期だけに気がいらだち、ゆるせないとまでおもった。

三

光秀を南山城の野で討滅した秀吉は、さらに北にすすみ、柴田勝家を北陸で討って、織田政権の相続者である地歩をきずいた。

が、それは相続でない、簒奪《さんだつ》である、という立場から信長の次男織田信雄《のぶかつ》が尾張で抗戦し東海の徳川家康によびかけ、それと連繫《れんけい》した。

天正十二年の小牧長久手《ながくて》の戦いである。

当時、秀吉は京をおさえ、大坂を居城とし、その勢力範囲は二十四ヵ国におよび、その総石高は六百二十万石を越え、版図はすでに旧織田政権よりも大きい。

それにひきかえ、織田信雄は百七万石、徳川家康は百三十八万石であり、勢力に相当の格差があったが、しかし秀吉は家康の能力とその家臣団の勇猛さを大きく評価し、この合戦の攻防には慎重を期した。

慎重でありすぎるほどであった。動員能力十五万人のなかから割《さ》けるだけの兵力を美濃・尾張の野に投入したが、しかし全軍をいましめて手出しをさせず、いたるところに野戦築城をさせ、広大な要塞《ようさい》線をきずき、陣地による対峙《たいじ》戦のかたちをとった。家康も、同様であった。どちらもが巧緻《こうち》な陣地を構築して対峙した以上、さきに手出しをしたほうが負けるであろう。開戦は、三月である。四月、秀吉の一部隊が、軽々に動いた。長駆して家康の根拠地の三河を襲おうとし、隠密行軍をつづけているうちに家康に気づかれ、その本軍の攻撃をうけて潰走《かいそう》した。

家康は、局部戦に勝った。それ以後陣地にこもって動かず、秀吉の挑戦に応ぜず、この局部戦の勝利の評判をできるだけ天下にひろめようとした。秀吉はあせった。秀吉にすれば決戦を希望し、決戦によって家康を討滅しようとしたが、家康は栄螺《さざえ》がふたをとじたようにして応ぜず、ただ一度の勝利の記録をまもり、まもりつづけることによって事態の好転を待った。

秀吉としては家康が応戦せぬ以上、かれのもっともすぐれた能力のひとつである外交をもって突き崩そうとし、まず家康の同盟者である織田信雄を誘い、籠絡《ろうらく》した。信雄は利をもって釣られ、味方の家康にはひとことの断りもなく単独で秀吉と講和してしまった。このため家康も十分の余力をのこしつつ戦場から撤退し、自国へもどった。

秀吉はさらに家康のもとに使者をおくり、講和を提示した。家康としても天下の趨勢《すうせい》がすでに秀吉にあることをおもい、その講和をうけ入れた。戦闘の勝利者ではあったが、しかしかたちとしては敗者の立場をとらざるをえない。人質を、秀吉に送るのである。

もっとも、秀吉は家康の立場を優遇し、表面は人質とはいわず、

——御一子を、拙者の養子として申しうけたい。

と、申し出た。実質はどうであれ、養子というのなら家康の面目は立つであろう。家康はそれを承知し、次男於義丸《おぎまる》をさし出すことにし、家老石川数正《かずまさ》を護衛者として大坂へ送った。秀吉は於義丸を大坂城で引見したあと、養父子の儀式をとりおこない、すぐ元服させ、秀の一字をあたえて羽柴秀康《ひでやす》と名乗らせ、わが家族の一員とした。のちの結城《ゆうき》秀康である。

が、家康はあくまでも勝利者の場から降りず、その本拠地の東海地方から一歩も出ようとしなかった。本来ならば城を出て京大坂にのぼり、秀吉と対面すべきであろう。が、それをすればあたかも降伏者であるがごとくであり、家康はそれをしなかった。かれの政略であった。家康は東海に腰をすえているかぎり秀吉と対等であり、於義丸を送ったことも、それは単に徳川家が羽柴家と養子縁組をしたというにすぎない。

秀吉は、この家康の態度に当惑した。

当然であった。家康が東海五ヵ国（三河、遠江《とおとうみ》、駿河《するが》、甲斐《かい》、信濃《しなの》）に腰をすえているかぎり、四国、九州、関東、東北の諸豪はこの家康と連繫し、秀吉政権に抵抗しつづけるであろうし、さしあたって秀吉がたとえば四国を討とうとしても、後方に家康がひかえているかぎり、大軍をうごかすことができない。

なるほど、秀吉がもっている十五万の大軍団を東海に投入しつづければ、いつかは家康をほろぼすことができる。しかしそれには長い歳月が要る。そのあいだに天下が乱れ、たったいま成立したばかりの秀吉政権はくずれさるであろう。秀吉は、その天下統一を短時間で遂げる必要があった。そのためには手間のかかる戦争よりも、事の早い外交の道をえらんだ。家康を、なんとか外交でもって手に入れたい。家康を家来にすることであった。具体的にいえば、家康を上洛《じょうらく》させたい。上洛して秀吉謁見、という形式で両者顔をあわせればそれでもう、主従関係になる。

（なんとか、京へのぼらせるわけにはいかぬか）

秀吉は、かねてこの天下のうち、信長をのぞいては家康をのみおそるべき者とみていたが、いざ直面してそれ以上のおそるべき人物であることを知った。他の者のように賺《すか》しも喝しもきかなかった。なるほど人質はとった。しかし家康の政治的決断としては、於義《おぎ》丸を捨てたつもりでいるのであろう。人質に未練があるなら上方《かみがた》へ出てきそうなものだが、その気配もない。人質は、効がなかった。

秀吉は、必要にせまられている。必要の前にはどんな飛躍をも辞せぬのが政治というものであった。もし家康が家来になってくれるというのなら、土下座してかれの足をなめてもいい、とさえおもった。

朝日姫についての発想がうまれたのは、この必要からである。

「小一郎、力をかせ」

と、その弟の秀長に秀吉が頼み入るようにしていったのは、このときである。一族の犠牲がなければならぬ。

「もしおまえが否《いな》といえば、天下の大事は去る。いまできたばかりの羽柴家の天下は崩れ、この家はほろび、われらの一族は死ぬ。それほどの一大事が、おまえの一諾《いちだく》にかかっている。応といってくれるか」

といった。

用というのは、朝日姫を離婚させ、それを家康に縁づかせ、秀吉と家康が義兄弟になることによってかれを秀吉政権の幕下にくり入れてしまおうということであった。それ以外に手はない。しかしそれを母親のお仲——大政所《おおまんどころ》がゆるすかであった。娘のそういう不幸をおそらくは許すまい。それを口説く。母親を説得するには、秀吉よりも、母親が秀吉以上に愛しているこの小一郎秀長にあたらせるほうがいい。ひとつには、秀吉にとって朝日姫は異父妹であるために半ば義理がかった兄の秀吉の口から話すよりも、朝日姫と同父同母の秀長の口から話させるほうが万事、うまくゆく。ついでに朝日姫のほうの説得もたのむ、と秀吉はいった。

秀長は、ぼう然とした。古来、このようなことがありえたか、とおもうのである。朝日にはれっきとした亭主があり、夫婦仲も世間なみであり、波風もなく安穏にくらしている。その関係を突如引き裂き、ひきさいたうえにいきなり他の男の嫁にさせようというのだ。この国の夫婦の歴史のなかであったためしはあるまい。これは請けかねまする、と秀長は悲鳴をあげるようにしていった。

「わかっている。百も承知だ」

と言うなり、秀吉は、ひいっと声をあげて哭《な》いた。秀吉は笑うことの多い男だが、感情が激しくなると、いつでも泣くことができた。このばあい泣きながらそのやむをえぬ必要と理由を早口で喋《しゃべ》り、喋っているあいだ顔が泣きつづけていた。その涙が、秀長を沈黙させた。ついには請けざるをえなかった。

「しかし、副田甚兵衛はどうなされます」

「甚兵衛には、できるだけのことをしてやりたい。五万石をあておこなって、大名にしてやるつもりだ」

女房を売って大名になるのか、といったような感想は、秀長には湧かない。その点では秀長はすなおすぎる男であった。それならばまずはおさまるだろう、とおもうのみで、深くは考えなかった。それよりも母親のお仲であり、妹の朝日であった。その説得ができるかどうか。

秀長は、まず母親に話した。案のとおり、お仲は狂乱したようになった。小一郎、聞けよ、あの猿めはわらべのときから苦労のみをかけさせた、このような暮らしもわしが望んでのことでないわ、あの猿めが侍になり、こうなったがゆえにやむなくこの御殿に住もうている、あの尾張中村の月洩《も》る屋根の下に住んでおればこのようなこともなかったであろう、といった。それを秀長はなだめ、すかし、ともあれ、承知をさせた。つぎは妹であった。

秀長は朝日を大坂城によび、長姉ともどもに説き、

「もはや甚兵衛も承知をしておるわ」

と、重大すぎるうそをついた。この一言が朝日の手足を冷たくした。その場に倒れ、一時は、息が絶えたようになった。医師がそれを回復させたが、あたらしい結婚のことよりも、甚兵衛にすてられたという事実のほうがよほどの衝撃だったのであろう。そのあとものもいわなくなり、秀長が最後に、浜松へゆくことを——承知か、承知か、と問いかさねたとき、うつろにうなずいたのみであった。

副田甚兵衛は、この当時、近江中央部の羽柴家直轄領の代官をしていた。その甚兵衛も朝日とは別々に大坂の杉原伯耆の屋敷によばれ、対面した伯耆からいきなり、

「上意である」

と、その一件をつたえられた。甚兵衛は、逆上した。

脇差のつかをにぎった。

「甚兵衛、なにをするというのだ」

伯耆はあらかじめ察していたのか、人業《ひとわざ》ともおもえぬほどのすばやさで畳をすべり、身をひいた。間隔ができた。その間隔へ、左右にいた杉原家の家来十人ほどがすべって入り、とっさに両人のあいだをうずめた。

「う、討つというのか」

甚兵衛はよほどうろたえていたらしい。自分が剣に手をかけた反射がこれだとは気づかず、相手の害意をのみおそれた。

「とんでもござりませぬ」

杉原家の老臣が、わざと声をあかるくし、この場をなごますような笑顔をつくっていった。お手もとがあぶのうござるにより、かように推参つかまつっておりまする、まずはそのお手を――と、掌を品よくあげて甚兵衛の右手のあたりをさした。甚兵衛はこのときやっと自分の右手がそんな行動をしていたことに気づいた。

「……なにも、せぬ」

力なく、手を垂れた。なんのためこの剣に手をかけたのか、抜いてわが腹にでも突き立てようとおもったのか、それとも杉原伯耆をひといきに討とうとしたのか、自分でも理由がわからない。

「しかし、どちらでもないであろう。この屈辱と、わが身のこの思いきった運命のおろかしさに、身も心も御しきれなくなり、あわやと思うまもなく度をうしない、わけもなく脇差に手をかけてしまっていたというにすぎない。伯耆を斬る勇気もなかった。斬ったところでどうなるものでもあるまい。

「なにもせぬ」

と、甚兵衛はもう一度いった。斬るとすれば、秀吉である。が、二百数十人の大名を従えた六十余州のぬしを斬れるであろうか。

「ことわる」

一時間後に、甚兵衛は叫んでいた。ことわる以外に、男を立てる場がない。といって、妻の朝日を奪《と》りあげられることをことわる、というのではなかった。この点は、洪水や地震と同様、不可抗力であった。しかしその代償に五万石の大名になるということはことわることができる、これは甚兵衛の自由である、おれはことわる、というのである。

「ことわる。妻を売って、その価《あたい》で五万石の大名になるというばかが、どこにあろう」

と、甚兵衛は、わめいた。

「代《だい》はいらぬ。どうぞ無償《ただ》でもっていってくだされ。甚兵衛がそう申しておった、とシカと上様へお伝えあれ。ゆめお忘れあるな」

玄関へ駈け出、そこでくるりとふりむくなり、暗い奥へむかってもう一度おなじことをわめいた。無償《ただ》でござる、呉《く》れて進ぜる、そうお伝えあれ。伯耆どの、シカと。この一言、もし上《かみ》へ伝わらねば甚兵衛はもはや地獄じゃ、弥陀《みだ》にも弥勒《みろく》にも救われようがない、せめてもこの一言、上《かみ》へおつたえあれ、と飛びおり、さらに門を出ようとしてもう一度ふりかえり、また叫ぼうとした。その人体《にんてい》、もはや乱心、としかおもえない。

——あの男、恥じて腹を切るか。

と門内のひとびとはおもい、げんに路上を駈けつつ甚兵衛もそれをおもったが、しかし宿所にもどってから、その愚を悟った。この場合、腹を切るほどくだらぬことはない。屈辱のあまり死んだ、と世間に伝わるだけのことである。切腹はゆらいおのれを誇示する最高の形式であり、華やかなるべきものであるのに、この場合、ひそかに自決したところでひとから湿った同情を買うだけであろう。それよりも生きて退転することである、とおもった。無断で立ちのく。主《しゆ》を見限ったかたちで立ちのく。そこに無言の抗議と批判を世間は感得してくれるであろう。常法によれば退転者は主家に対する一種の反逆として討手をさしむけられるが、相手が公儀である以上、不足はない。そのときこそ屋敷の塀一重《ひとえ》を矢防ぎに大いに防戦して死んでやる、それ以外にこの屈辱をいやす方法はない。

甚兵衛はその翌未明、宿所をひきはらって大坂を退散し、途中近江の屋敷の始末をし、故郷の尾張に帰り、愛知郡鳥森の知行地《ちぎようち》の寺で頭を剃《そ》り、隠斎と号し、そのまま隠棲《いんせい》してしまった。

当然、上意による討手がさしむけられるはずであったが、その点も、杉原伯耆はぬかりがなかった。翌朝甚兵衛の出奔をたしかめたあと、登城して秀吉に拝謁し、結果を報告し、さらに甚兵衛が尾張に帰ったのは退転ではなく病気による隠退であり、その願いはそれがしにまで届けにきておりまする、ととりつくろったうえ、

「許しがいただけまするや否や」と、神妙にうかがいを奉った。

むろん秀吉には、伯耆のことばの裏の事実の想像が、ありありとつく。が、この場合、罪をかまえてさわげば損は公儀のほうである。

「よかろう」

とゆるし、あとはさらに重大なことを、気配りせねばならなかった。すぐ使いを浜松へ送り、家康を説き、かれに婿になることを承知させねばならない。

（どうであろう）

さすがに秀吉にも成算がなかった。なるほど家康には側室が多数いるが、正室築《つき》山殿《やまどの》は六年前、ある不祥事によって非業《ひごう》に死に、以後たれをもめとらず、むしろ築山殿との紛争でこりただけに娶《めと》らぬ暮らしの気楽さを家康はよしとしている様子でもあった。しかし、要するに独身ではある。

齢《とし》は、家康は四十四歳である。花嫁たるべき朝日姫は四十三であり、もともと美貌でないばかりか、若いころの野良仕事のせいで皮膚がしぼみ、日焼じわが深く、化粧ではとうていかくせない。さらに素姓のわるさは知れているうえに、たったいままで官位もない侍の女房であった。そういう女を、家康が承知するかどうか。

――吉左右《きっそう》はどうであれ、いまは掛けあわせてみることだ。

その仲介を、織田信雄にとらせる形式をとり、その使者としてかつて信雄の重臣でいまは羽柴家の直参《じきさん》になっている土方《ひじかた》勘兵衛、富田左近らを浜松へくだらせた。土方勘兵衛は、能弁の男であった。家康の前で天下と両家のご安泰のためにこれほどのめでたきことはない、と説いた。家康はただうなずき、しかし沈黙をつづけた。最後に口をひらき、

「一夜、考えさせていただきたい。しかしながら貴殿らの面目は、うしなわさせぬ」

と、わずかにいった。

そのあと奥にしりぞき、重臣たちをあつめてそのことをはかったときは、家康はすでに覚悟をきめていた。

が、重臣のほとんどが血相を変え、嫌悪をむきだして反対した。御家に、素姓も知れぬ土民の血をお入れあそばすことはござりますまい、ということであった。彼等は、秀吉が従三位権大納言になっていることを、認めようとはしない。

「言うな」

家康は不機嫌な表情でいった。そのような感情論を百夜きいたところで何になるであろう。げんにその土民あがりの四十三歳の嫗《おうな》と肌を触れあわさねばならぬのはこの家康自身であり、好悪《こうお》の情を先だたせるとすればかれこそまっさきにそれをいわねばならぬ。家康はその点を噛《か》み殺し、事をあくまでも政治問題として割りきっ

てしまいたい。そうせねばならぬ。この点、この花婿の候補者は酷忍の性格にめぐまれていた。年少のころ、隣国の今川氏の機嫌をうしなわぬために今川一族から年上の女を妻にむかえざるをえなかったし、その妻築山殿を、二十数年後には織田信長の強制により、嫡子信康《のぶやす》もろとも殺している。信長の命に服さねばその傘下の徳川家は一日も保てぬからであり、すべて右のごとく政治的理由によるものであった。いま秀吉の妹という初老の戻り後家を娶るというのも、人情としての正気でこれを考えてはならないことは、家康は知りすぎるほどに知っている。いまの羽柴家はその素姓がどうであれ、かつての今川氏や織田氏以上の威権をすでにもちつつある。情勢がそうである以上、これはうけざるを得まい。

「考えてもみよ」

家康は、別なことで家臣たちに、徳川家家臣としての自尊心をもたせてやらねばならなかった。朝日姫は体《てい》よき人質である、と家康はいった。秀吉は天下の半ば以上を制したが、しかしみずからへりくだってその妹を東海の自分へ人質としてさしくだそうとするのである。しかもいったん家臣に嫁がせてあった者を、とりかえしてまでのことであるという。秀吉の苦渋がわかるではないか。情勢をみるに、と家康はさらにいう。天下は早晩羽柴家に帰するであろう。となればいずれはその隷下《れいか》に立たねばならず、もはやそうなると見きわめた以上、できるだけよきかたちで属することを考えたほうが得である。この程度のことで、かれと争わぬほうがよい、と家康はいった。この程度のこと、というのは朝日姫との結婚問題であった。

家康は承諾し、その旨を使者に返事する一方、家臣本多忠勝《ただかつ》に結納をもたせ、いそぎ上方《かみがた》にさしのぼらせた。

「めでたや、落着したか」

秀吉は手をうって大いによろこぶしぐさを作ったが、しかし内心、この一件をこれほどかるがると承知してきた家康という男に、いままで以上の畏怖《いふ》をおぼえた。この打てばひびくような返事のかろやかさも、あの肥満漢の武略なのであろう。

事態が進行し、輿入《こしい》れは盛大にとりおこなわれた。朝日姫はただ身柄をその事態の進行にゆだね、ゆだねつくしてしまうほかなかった。身柄が、大坂城内の殿舎から輿にのせられた。やがて天満《てんま》から船に移され、自然、京にはこばれてゆき、聚楽《じゅらく》第《だい》に入れられた。この史上もっとも壮麗な殿舎が、彼女の化粧所としてつかわれた。

彼女は食事をし小用に立つ、という以外はただ呼吸をしているだけで、すべてが運ばれた。婚約成立後、三カ月目の初夏、彼女の身柄は輿の上にあり、京を出発した。

その輿入れの宰領官は、縁者である浅野弾正《だんじょう》少弼《しょうひつ》長政、織田家一族の津田隼人《はやとの》正《しょう》信勝、滝川儀大夫らであり、それらが千騎ばかりをひきいて前後をかため、朝日姫直属の侍女と従士だけで百五十余人、婦人用の輿が十一挺《ちょう》、釣輿十五挺という絵のように華麗な行列が、東海道をくだった。

五月十四日浜松に入り、その日ただちに城内で婚儀があげられ、おわってめでたく取りおさめられた旨秀吉に報告すべく、徳川家の老臣榊原《さかきばら》康政が浜松を出発した。家康はその夜、当然のことでもあり、朝日姫と同衾《どうきん》した。ちなみに家康には、寵愛《ちょうあい》の側室が多い。西郡局《にしごおりのつぼね》、お万の方、お愛の方、お都摩《つま》の方、お茶阿《ちゃあ》の方、お亀の方、お梶《かじ》の方など、その後宮は絢爛《けんらん》たるいろどりに満ちており、いまさらこの媼のような婦人と同衾してことごとしく情趣をおぼえるほどの酔狂さはなかった。

が、この人物のおどろくべきことは、律義に几帳面《きちょうめん》に――ひととおりではあったが――初夜をつとめあげたことであった。花嫁のあつかい方も物優しく、疲れきっているであろうその神経をなぐさめるために、必要ないたわりのことばは過不足なくつかった。

朝日はそれに対しときどき小さくうなずくのみで、あいかわらず鈍い反応しか示さなかったが、しかし内心、みずみずしい驚きで満たされていた。家康といえば東海一の弓取りで織田殿でさえ遠慮したという大将であるときいているのに、この優しさはどうであろう。最初の夫の水呑《みずの》み百姓も、つぎの夫の尾張の地侍《じざむらい》あがりの甚兵衛も、これほどの優しさで朝日をあつかってくれたことがない。

その感動が朝日の眼差《まなざ》しにあらわれはじめたとき、家康はそれを敏感に見てとり、この多少困難な仕事が成功をおさめたことを知り、かるい安堵《あんど》をおぼえた。家康としては朝日を優しくとりあつかうべきであった。その床入りの儀もぞんざいであってはならず、むしろ寵姫《ちょうき》たちにそれを施している以上に入念であらねばならぬとおもっていた。朝日の付《つけ》老女が、翌日には朝日からそれをきくであろう。きけばすぐ長い手紙を秀吉の老女に差し立てるであろう。秀吉は家康の朝日姫に対する態度を知ろうとし、その手紙のくるのをいま待ちかねているにちがいない。家康にとってこの床入りは政治であり、朝日のつやのうせたからだを愛撫《あいぶ》することが、多少の忍耐を伴おうとも——その重要な課題であった。

しかし、その後において秀吉は落胆せざるをえなかった。

秀吉の重要な期待は、この結婚によって家康が上洛《じょうらく》してくるであろうことであった。が、家康は朝日をその家におさめたきりなおも動かず、東海の経営に熱中し、秀吉にはなんの興味もみせなかった。すくなくとも、そのそぶりをつくりつづけた。

秀吉のあせりが大きくなった。こうとなれば、この婚礼以上の犠牲を払ってみせねば家康は腰をあげぬであろう。その思案が、重要な決意を秀吉におもいつかせた。その母親を人質として浜松へ差しくだそうというものであった。それをもって、家康上洛にともなう保証にしようとした。上洛をしても家康を殺すようなことはせぬ、その保証としてわが母親を御当地にやる、というものであり、家康万一のときはこの母を殺せ、という意味をふくめたものであった。

「小一郎、それをお袋どのに説け」

と、秀吉はその弟に命じた。小一郎秀長はおどろいた。関白秀吉といえばすでに天下の主宰者である。それがたかだか東海数ヵ国の地方大名を上洛させるのに、妹を呉《く》れてやるだけでなく母親を質物《しちもの》にするとはどうであろう。武門の恥辱ではないか、と、秀長は反対した。

「そこまでかの浜松どの（家康）にご遠慮なさることはござりますまい。上洛督促に従わねば一戦してほろぼすあるのみ」

と、いった。これが正論であろう。おそらく亡き織田信長ならばそうしていたであろう。すでに秀吉は位《くらい》関白にのぼり、その版図は紀州、四国を加えている。家康を征服するのにどうみても内実に不足はない。

「そういうことだ」

と、秀吉はいった。秀吉の感覚では、だから武門の恥にはならぬというのである。中央の強大な者が、僻陬《へきすう》の小なる者へ膝《ひざ》を屈してやるのは謙譲というものであり、恥辱ではなく、世間も当然そう感じ、むしろ美挙とみるであろう。わが統一の方針はあらごなしを眼目とし、できるだけ時間を吝《お》しみ、武力を避け、あとに恨みを残さぬようにする。その一事にある、そのためにはどういう手段もおしまぬ、といった。秀吉はいま九州征伐をすでにその軍団に下令し、みずから遠征軍をひきいてゆこうとしていた。この時期、東方の脅威をなくし、天下を安定しておきたい。秀吉はさらにいう――浜松どのは故織田家の同盟者であり、その威望は世に知られている、かれが浜松から走り出てわが幕下に入ったとなれば、天下の人心はにわかに安定し、豊臣の天下は不動のものになったとおもうであろう、目的はそこにある、得るところは家康を攻伐する以上に大きい、というのである。

母親のお仲は、去年、秀吉が関白に叙任されると同時に、大政所という呼称を、宮廷と世間から奉られていた。

――よろしかろう。

と、この大政所は、意外にすらすらと承知した。秀長にすればこの老母に政治情勢を説いても彼女を惑乱させるだけであるため、「いかがでありましょう。ひさしぶりにて朝日を見舞いにゆかれませぬか」ということだけで彼女に説きつけたのである。お仲としては異存があるはずがない。

世間にも、それを理由として公表した。大政所が朝日姫のさびしさをなぐさめるために下向あそばす、ということであった。

家康も、秀吉のこの申し入れには屈し、上洛すべきことを申し送り、その準備をした。

やがて大政所は大坂を出発して東下した。家康は岡崎まで出てこれを出迎え、みずから浜松へ案内する予定をたてていたが、幕僚のひとりが、ひどく田舎びた献言をした。

「にせものかもしれませぬ」

というのである。理由は、臆測《おくそく》であった。その言うところは、あのくらいの老母なら京の内裏《だいり》の女官の古者《ふるもの》のなかであまたおります、秀吉は殿様をたばかろうとして、いずこよりか連れてきた老母を大政所に仕立てあげたのかも知れませず、ということであった。

——そのこと、尤《もっと》も。

と家康もうなずき、すでにかれは岡崎城に到着していたのだが、一策を講じ、予定を変え、いそぎ浜松から朝日姫をよび寄せた。その魂胆は、朝日姫が大政所に対面したときの様子やそぶりをもって判断しようというものであり、家康と幕僚たちはすべてこの魂胆を秘めた。

(が、かの御前《ごぜん》は、様子さだかならぬかたゆえ、どうであろう)

という心配もあった。反射がにぶく、無表情で、心のうちがなかなかわからない。

朝日姫が、予定の変更のためにあわただしく浜松を立ったのは、十月十七日である。岡崎へは二日の行程である。彼女の行列が岡崎の城下に入ったのは翌十八日の夕刻であった。

そのとき、まるであつらえたような大政所の行列が西から岡崎に入ってきて、ふたりの行列は大手門への辻《つじ》で行きあった。

「あれは、大政所のお行列ではないか」

と朝日姫は駕籠《かご》の引戸《ひきど》をあけ、侍女たちにいった。彼女にしてはめずらしい敏感さというべきであったろう。

大政所も気づいた。たがいに動物のような嗅覚《きゅうかく》と反応であった。大政所も駕籠をとめさせ、引戸をあけた。灰色の髪をもった首が、引戸から出た。

「あーっ」

と、悲鳴に似た叫びをあげたのは、朝日姫のほうであった。駕籠からころび出、裾《すそ》を踏みつつ駈け、そのため転んだ。朝日姫が起きあがったとき、大政所があわただしく駕籠からころげ出たのと同時であった。勢いが、母娘を路上で抱きあわせた。朝日姫は、裾を埃《ほこり》でまみれさせつつ童女のようにもだえ泣いた。

——まちがいはない。

と、その光景をながめて実験者の冷やかさをもってうなずいたのは、家康の幕僚の本多重次《しげつぐ》であった。賢明な実験といえたが、しかしその反面の酷忍さは、のちまでつづいてゆく徳川家特有の家風ともいえるであろう。

家康はこれに安堵し、翌々日京にむかって発《た》った。家康上洛中の二十五日間、大政所と朝日姫は岡崎城内の殿舎でともに暮らしたが、その間《かん》、徳川家の幕将の井伊直政、大久保忠世《ただよ》と右の本多重次が手兵をひきいてその殿舎を監視した。本多重次のごときは大政所の殿舎のまわりに山のように柴薪《しばまき》を積みあげ士卒に昼夜見まわらせ、上方で家康が殺されたという報をきけばただちに火をつけて母娘もろとも焼き殺しにする態勢をとった。

——そもじはまあ、このような家の北の方になりやったのか。

と、大政所もおどろき、この末娘の不幸を、極彩色の地獄絵で見せつけられたようなおもいがし、二十五日のあいだ、母娘ともに泣きぐらした。この岡崎から八里の西方に、彼女らが生い育って暮らしていた尾張中村の在所がある。その地で送った貧農のころの日々のほうがどれほど楽しかったかということを、こもごも飽きもせずに語りかわしたことであろう。

家康がぶじ上洛をすませて帰国してから、大政所は岡崎を去った。この直後、家康はその居城を浜松から駿府《すんぷ》（静岡市）へ移動したため、朝日もそれに従い、以後駿府城に住んだ。このため、

駿河御前

とよばれた。が、その期間も長くはない。

三年後の天正十七年七月、京で大政所が病んでいるとき、その看病のために上洛し、さいわい大政所は全快したが、朝日姫は気を病み、そのまま京で療養した。ありようは駿府へ帰りたくないという思いが、気を病ませるもとになったのであろう。次第に衰弱し、翌十八年正月十四日、聚楽第で死んだ。年、四十八である。

秀吉は彼女の遺骨を、彼女が気を病むほどに忌みつづけた徳川家には送らず、京の郊外鳥羽《とば》街道ぞいの東福寺に埋葬し、南明院殿光室総旭大姉《なんみよういんでんこうしつそうきよくだいし》と諡《おくりな》し、ただちに関東の北条征伐に発向した。その東征の道中、駿府をすぎたとき、朝日姫が生前安倍郡瑞竜寺《ずいりゆうじ》にしばしば参詣《さんけい》したという逸事をきき、その薄幸を哀れみ、追福のため寺内に供養塔一基をたてた。

朝日姫の奇妙さは、一首の和歌さえその没後の世に遺《のこ》さなかったことであった。和歌だけではない。

この時代、豊臣と徳川家の内外には多数の記録者があらわれて、さまざまな記録を後世に残したが、彼女のことばというものがどの記録にも伝わっていない。よほど無口だったのか、それとも人と接するのを好まなかったのか。

いずれにせよ、歴史のなかで永遠の沈黙をまもっている。

第七話　結城秀康

一

結城《ゆうき》秀康という若者は、もともとは豊臣家のひとではない。天正二（一五七四）年、徳川家で出生した。

父は、徳川家康である。この若者ほど暗い事情のなかで出生した者もまれであろう。

そのころ織田信長は岐阜を根拠地として近畿《きんき》に活動していたが、徳川家はその盟《めい》下《か》の大名であるにすぎない。家康はまだ三十をすぎてほどもなかった。

遠州浜松が、家康がみずから選んだあたらしい居城であった。しかしながら家康の正室築山殿は、家康の以前の居城である三河岡崎城に常住していて、この新城には移らない。家康はときどき故郷にもどるようにして岡崎城に帰るのである。

岡崎城の城主の位置には、嫡子信康を年少の身ながら据えてある。信康は父と別居し、母と同居しているといっていい。母の築山殿は暮らしの大仰《おおぎょう》な女で、そのま

わりにおおぜいの侍女をかしずかせていた。その侍女のなかに、

おまん

という娘がいる。岡崎の城外池鯉鮒《ちりふ》のあたりの田舎神主《かんぬし》のむすめで、出自《しゅつじ》はよくはない。それに奥づとめをして年月をかさね、齢も闌《た》け、若やぎも峠を越し、もはやむすめというにははずかしい齢になっている。この事件はおまんの二十二、三のころであったであろう。このままなにごともなければ、おまんは婚期を逸したまま奥づとめの侍女として平凡な生涯をおくったにちがいない。

家康は岡崎城にもどると、毎夜奥へ渡る。

当然であった。奥が、家康の家庭である。奥むきの主宰者は正室の築山殿であり、そこにつかわれている侍女たちはすべて築山殿の支配に属している。

ある日、家康は奥へわたる廊下でおまんに目をとめ、それを抱いた。

おまんが家康に抱かれた場所については、歴史もおまんも沈黙している。おそらく築山殿の居住する奥の御殿ではあるまい。築山殿は妬心《としん》がつよく、家康もつねづねそれをおそれていた。奥ではなく城内の別の場所であったに相違ない。ところが家康は、このおまんに対し、根深い情念をもっていた様子もない。たとえば、侍女に腰をもませている。たまたまそれがおまんであったにすぎず、しかも家康に不意に情念がおこり、日ざかりの下で瓜《うり》でも食《は》むような他愛なさで、おまんと情交をと

げた。そういうものであったろう。家康はそのあと、たとえば食った瓜の色や姿《なり》などをわすれるような他愛なさで、おまんを忘れた。すべてが他愛なかった。ただその他愛なさが他愛なさのままでおわらなくなったのは、ただ一度の機会でおまんが懐妊したことであった。おまんは、その事実を家康に告げることができない。

告げる機会をみつけるのは、不可能であった。おまんの直接の主人は、築山殿であり、彼女はその御殿に奉公し、日常、そこから離れることはできない。たまたまその御殿や廊下で家康の姿を見かけることがあっても、朋輩《ほうばい》の見ている前で、

——もうし。

と声をかけることができなかった。第一、家康は二十五里東方の遠州浜松に常住しており、岡崎城にはめったに帰らない。

（どうすればよいか）

と、おまんは骨身の痩《や》せるおもいでそれに悩んだであろう。しかし彼女をとりまく機構と慣習が、彼女に沈黙を強いつづけていた。数カ月が経った。

結局、最悪の状況でそれが露《あら》われた。彼女の懐妊の様子が女どものあいだでめだちはじめ、それを築山殿に告げる者が出たのである。築山殿は、おまんをよんだ。膝《ひざ》近くまでよびよせ、

「聞くが、そちゃ、ただのからだではないの」

と、内臓までえぐるような視線でおまんを見、査問を開始した。父親はたれか、
ということであった。不義ならば殺してしまってもかまわない。

築山殿がいだいたもっともおそるべき疑念は、父親が家康ではないかということであった。家康ならば、問題はただではすまない。

築山殿には、一子がある。すでに十五歳になる徳川家の嫡子信康である。徳川家にはそのほかには子がない。もし脇腹に次男がうまれれば家門は賑《にぎ》わうかもしれないが、築山殿の立場はそのぶんだけ稀薄《きはく》になる。という事情より、なにより築山殿をとりみださせたのは彼女のなみはずれた妬心であった。

「いわねば、折檻《せっかん》するぞえ」

と血相をかえてわめき、その被告をおびやかした。おまんにとってこの苦境をのがれる唯一の道は、家康が父親であることをあきらかにすることしかなかった。

不意におまんは叫んだ。

お父御《ててご》は殿さまでござりまする、といったとき、上段の築山殿の形相《ぎょうそう》がさらにすさまじくなり、一瞬、沈黙し、しばらく思案する様子であった。築山殿は、考えた。

(胎内の子もろとも殺してしまおう)

この場合、殺すのが、上策である。

「うそをいえ、そちゃ乱心しておる」

と、築山殿はことさら大声でいった。殿さまがうぬのような土くさいおなごにおなさけをおかけなさるはずがない。そちゃ、乱心したか、それともいつわりを申し立てておるのか、仔細《しさい》はからだに聞こう、うぬを折檻し、手痛いめにあわせ、まことの音《ね》をあげさせてみせる、と築山殿はいった。そのあげくのはてに殺してしまおうとおもった。この種の精神体質者の智恵といっていい。

築山殿は侍女どもに命じ、おまんの手足をとらえ、その衣装をむしり、容赦なく赤裸にした。その四肢をけもののように縄でしばり、城内の木立にかつぎこみ、樹の枝につるさせた。

——死ねや。

いちいち侍女に叫ばせ、弓の折れをもって、その腹を笞打《むちう》たせた。おまんはすでに六カ月の妊婦であり、どういうわけか普通よりも腹は大きい。あとでわかったことだが、双生児が入っていた。打つたびに妙に乾いた音が鳴った。おまんはすでに生きものとしての美しさも威厳もなく、ただ虚空に腹を吊《つる》され、その腹を同性から打たれつづけた。おそらく胎児は流れざるをえないであろう。

ついで、風に冷やされた。

女どもは樹間から去り、失神したおまんのみが虚空にある。わずかに幸いなことは季節が夏であり、凍え死ぬことだけはまぬがれた。夜半、蚊がむらがった。彼女は失神から醒《さ》めた。

このわが身のみじめさに、哭《な》かざるをえない。哭くだけの体力が残っていたことも幸いであった。そのなきごえが別の建造物にまできこえた。そこに宿直《とのい》をしていたのが、本多作左衛門重次であった。

鬼作左《おにさくざ》

とよばれている徳川家の名物男である。すでに前章でも、秀吉の生母大政所《おおまんどころ》の宿舎のまわりに焚殺《ふんさつ》用の薪をつみあげて監視した男として登場した。犬のようにその主家に忠実でしかも融通がきかず、無類の剛強であるという、まるで標本のような三河者《みかわもの》であった。この作左が、木立の声に不審をもち、手槍《てやり》をたずさえてそのあたりをさがしまわり、やがてそこに吊されている肉塊を発見した。声はそこから出ていた。

——汝《われ》は、おまんではないか。

作左も、この女奉公人の顔を見おぼえている。おまんの伯母《おば》はかつて徳川家の御殿にあがっていた女で、いまは浜松城下に住み、作左の同族の者を亭主にしているところから、自然作左はめいのおまんを知っていた。事情をきくと、家康のたねを宿しているという。

「まさかいつわりを申しているのではあるまいな」

と、この男は何度も念を押した。三河人は篤実だが疑いぶかい。それがやっと納得してから作左はおまんを枝からおろし、草の上にねかせた。縄を解いてやり、男物ながら衣装もあたえた。しかしながらこれをどうすべきかについて、妙案がうかばない。

とりあえずその夜のうちに作左の独断で城から出し、家来三人をつけておまんの身柄を伯母のもとにあずけた。

家康はこの日、岡崎にいた。作左はその翌日登城し、すぐ家康のすそをとらえ、

「おまんにつきお覚えが御座候や」と念を押した。家康は、かれがしばしばそうするように表情を晦《くら》ました。

「覚えがない、ともいえぬ。そのおまんがどうかしたか」

「おまんは懐妊つかまつってござる」

「あほうな」

という実感を、家康はおさえきれない。愛したという心の覚えもなく、幾夜かを伽《とぎ》させたという体の記憶もない。ただいちどだけ、もののはずみに触れただけであり、顔の記憶さえさだかでなく、名をやっと思いだせる程度であり、その程度の淡い相手からにわかに殿の子を生む、殿こそ父親である、と不意にいわれても、なん

の感動もおこらぬばかりか、その押しつけられかたが不愉快ですらあった。

「どうなされます」

「考えておく」

と、家康はいっただけであった。その家康に対し、おまんの折檻者の築山殿も、なにもいわなかった。いって騒がぬかぎり事は表沙汰《おもてざた》にならず、表沙汰にならぬかぎり、その児は徳川家の落胤《らくいん》とはみとめられぬであろう。

やがてその翌年の二月八日、おまんは双生児をうんだ。ひとりは窒息死しており、ひとりが褥《しとね》のうえで息吹《いぶ》いていた。男児であった。

作左は、その旨を浜松城の家康に告げた。家康は定紋の入った産衣《うぶぎ》をあたえ、略式ながら自分の子であることを認めた。しかし対面しようとしはしなかった。さらにはその生母にも会わなかった。深い理由があるわけでなく、この事態がどうにもかれの心になじまず、なんの弾みもおこらなかったのである。

「殿の御子でござる。お名を、おつけくださりませ」

と、作左が要求した。童名を、その父がつけるのが当然のことである。家康はしかし考えるのが面倒のようであった。

「どういう顔だ」

と、作左にきいた。作左は筆をとり、その嬰児《えいじ》の顔を描いた。へたな絵であった。

どこかなまずに似ていた。

家康はその絵をうけとり、

「これはギギだ」

とつぶやいた。黄顙魚《ギギ》というのは三河あたりの渓流にすむ淡水魚である。国によってはギバチ、ゲバチ、ギンギョともいい、なまずの一種だが、なまずよりも姿《なり》がほそい。口ひげが、八本ある。鰭《ひれ》にとげがあり、刺されると痛みがはげしく、これを捕ると空中でギギと鳴く。三河あたりではぶつ切りにして味噌汁《みそしる》に入れるが、さほどうまいものではない。

「於義伊《おぎい》、といえ」

と、家康はいった。諧謔《かいぎゃく》を感じてつけたのではなく、家康にとってこの出産はその程度でしかなく、実のところ小うるさくおもっただけであった。作左はその名を持って城下の町屋にいるおまんの産褥《さんじょく》にゆき、それを告げた。

「おぎいさまでございまするか」

妙な名だとおもったが、その名でよぶことになった。於義伊ともよばれ、於義丸《おぎまる》ともよばれた。なるほど魚のような、ふしぎな顔をしていた。

於義丸は、三歳になった。

しかし、徳川家の子にはならない。作左はなりゆきから自分が養い親になってしまっていたが、家康の歴《れっき》とした次男でありながら徳川家の家族にもしてもらえず、父子の対面もまだかなわぬというこの不幸な児を作左はあわれみ、さまざまに思案した。

やっと思いついた妙案は、徳川家嫡子である信康の同情を得ることであった。

幸いにも嫡子信康は、家康から愛されている。それに若者らしく正義感がつよい。作左はこのためわざわざ岡崎にゆき、事情を訴えた。案のごとく信康は同情した。

「そういう弟があること、すこしも知らなかった」

自分に弟がいることを、である。知っておれば捨てておかなかったであろう。このことは母上にもだまっておく、と信康はいった。母親の築山殿に知れれば於義丸のいのちがあぶないということまで、この二十《はたち》前の若者はわかっていた。すべてわしにまかせよ、と信康はいった。信康は正義感を刺激されてすっかり昂奮《こうふん》していた。

信康は、芝居を仕組んだ。ちかぢか、家康は岐阜の信長によばれて浜松を発《た》ち、途中この岡崎城で一泊する。そのとき、父子の対面をしていただく、という。

その日がきた。家康はその宿所の岡崎城に入り、嫡子であり城主である信康と一室で対面した。

「そなたも達者でなによりである。ほかに変ったことはないか」

と、家康はあいさつがわりに、そのようなことをいった。信康は目をあげて家康を見つめ、だまっている。眉宇《びう》に怒気があった。家康はその視線に当惑し、ちょっと機嫌をとるように微笑《わら》った。

「なんだ、変ったことでもあったのか」

「大きに」

と、信康がうなずいたとき、変事がおこった。部屋の廊下に面した明障子《あかりしょうじ》がカタカタと鳴って何者かがあけようとするごとくである。しかもその何者かが、いった。

「父上、父上」

幼い声で連呼している。家康を父上というのは信康しかない。しかしいまひとり家康にもおもいあたる者がいる。作左が養っている於義丸であった。家康はすぐそれと察し、信康の顔をみた。信康は詰《なじ》るがごとく家康を見つめたままである。

「わかった」

家康はうなずき、みずから座を立って明障子をあけてやった。廊下には童形《どうぎょう》の者がおびえたがごとく家康を見あげていた。家康はそれを抱きあげ、部屋にもどり、

「わしが、そなたの父である」

と、膝《ひざ》の上の童《わらべ》にいった。童は泣かずに家康をみあげていた。このとき信康は一礼し、

「めでたきかぎりに存じまする」

と、この場の意義を寿《ことほ》ぎ、それによってこの対面を公式なものにした。この瞬間から於義丸――のちの豊臣家養子結城秀康は家康の第二子になり、歴とした徳川家の一員になった。

二

この後数年経ち、徳川家の家庭にも多くの変動があった。変動のうちの最大の凶事は、嫡子信康が岐阜の織田信長の示唆により、その生母築山殿もろとも自害せしめられたことである。天正七年であった。

理由は、信康に関する政治上の疑惑である。ひそかに甲斐《かい》の武田氏に内通しているということであり、実否はわからない。当時、徳川の家中《かちゅう》のたれもがそれを信じなかったが、しかし信長は信じた。家康に対し、その妻子を殺すことを命じた。信長は徳川家の嫡子の器量が尋常でないことをきき、織田家の将来に不安を感じた。それを殺すことによって信長は自分の子孫の安全をはかった、という説もあった。

信長の真の意中はわからないが、その命令は明快であった。その傘下の大名である家康にすれば、従うか、反《そむ》くしかない。そむくには家康は弱小すぎた。東方に武田氏があり、その武力が徳川家を圧迫しつづけている。この武田氏からの軍事的脅威をふせぐには、従前どおり織田家に頼らざるをえない。自家を保全させてゆくには、信康と築山殿を殺さざるをえなかった。

家康は、殺した。それを殺したのは父であり夫である家康の情念ではなく、かれが必死に育てている徳川権力というものの意思であった。かれの権力の意思にはかれ自身も従わざるをえない。信康の死は、天正七年九月十五日、遠州二俣《ふたまた》においておこなわれ、その母親の死は前月二十九日、遠州富塚においておこなわれた。信康は二十一歳であった。三河の士民はこの不幸に痛哭《つうこく》し、

扨《さて》も口惜しき御事かな。

是程《これほど》の殿は、又出来《いでき》難《がた》し（三河物語）

と、口々にささやき、死んだ若殿のために惜しんだ。

このときの家康の傷心は、天下を得た晩年になってもなお癒《い》えぬほどに深かった。もっとも家康は性格が酷忍であったためにこのむごさに十分に耐え得た。悲痛のあまりにとりみだすことはなく日常の軍務も政務も渋滞がなかった。殺すことを命じた信長よりも、それを請けてそれに耐え得たこの人物のほうがより異常であるといえるかもしれなかった。

ともあれ、徳川家の嫡子は、順をもっていえば於義丸がその座につかねばならな

い。しかしそれについては家康はなんの関心も示さぬようであった。於義丸が将来の徳川家を背負えるほどに利口か、それとも愚鈍か、などという賢愚をたしかめることすら家康には興味がなさそうであった。ときに作左が御前に出て、於義丸さまの日常を拝見しておりまするとあっぱれ名将におなりあそばしずらん御器量がうかがえまする、と言上してみるのだが、家康は乗らなかった。

「六歳や七歳の小児のふるまいで、将来の器量はうらなえぬ」

といった。そのとおりかもしれないが、傅人《めのと》の作左にはそれだけでは物足りない。作左のみるところ、結局は生母のおまんに問題があるようであった。家康はあの父子対面ののちおまんを浜松城によび、局《つぼね》をもたせたが、しかしおまんに伽《とぎ》をさせようとはしなかった。家康の情愛をつなぐほどの力がおまんにはないため、自然、その腹の子も情薄く育たざるをえないのであろう。

家康はこのころ、じつをいえば年稚《としおさな》い寡婦を愛していた。お愛といった。そのお愛が、信康が死んだこの年の四月、眉《まゆ》のうすい男児を出産した。母親のお愛はなお十八歳というわかさであり、その産褥《さんじょく》後も家康はその局で夜をすごした。自然、嬰《えい》児《じ》にも、情を移した。童名を長丸《ながまる》といったが、やがて家康は、

「竹千代とつけよ」

といった。これが、事態を決定させた。竹千代というのは徳川家代々の慣例とし

て世嗣《よつぎ》の子につけさせる幼名である。家康も幼少のころは竹千代とよばれたし、さきに死んだ信康も幼少のときには竹千代であった。とすればこの童子は徳川家の世子《せいし》ということになるであろう。

五つ年上の兄である於義丸は無視された。

――弟君を立て、兄君を無視されるとあれば、ゆくゆく、お家の内紛のもとになるのではあるまいか。

と、そうささやく者があったが、家康は気づかぬふりでいた。しかしながら家康はそういうことにはもっとも気配りするたちの男であり、ひそかに思案をめぐらし、於義丸の始末を考えつづけていた。翌年、さらにお愛に男児がうまれた。三男でありながら於次丸《おつぎまる》と名づけられた。世子のつぎ、というわけであろう。長男であるはずの於義丸は、ふたたび無視された。

歳月が経った。

家康の運命が変転したのは、天正十年六月織田信長が京の本能寺でその部将明智光秀のために殺されてからである。家康の頭上の者が消えた。遺《のこ》された織田政権を継ぐべき者は自分である、と家康は当然おもった。しかしいちはやく光秀を討ったのは織田家はえぬきの部将の羽柴秀吉であり、秀吉はその勢いに乗じ、政権を得ようとした。当然、その反対者とのあいだに権力争奪の内訌《ないこう》がおこり、秀吉は各地に転戦し、ついに織田家の北陸総督である柴田勝家をたおすことによってその勝利者になった。

　家康はこの争乱の圏外におかれた。というよりみずからを圏外においた。家康はむしろこの乱に乗じて所領をふやすことを方針とし、東海地方の切り取りに専念した。信長在世時は家康は本国の三河のほかにわずか遠州を持ち、両国あわせて六十万石程度の大名にすぎなかったが、信長の死後、またたくまに駿河《するが》、甲斐、信濃《しなの》の三国を切りとり、総計百三十万石の大身代にふくれあがった。その動員兵力はゆうに三万四千を越えるであろう。文字どおり東海の覇王といっていい。

　が、その間、秀吉は京で政権を確立した。その支配領は近畿、北陸、山陰、山陽の一部をくわえ、六百三十万石にちかい。

　当然、両者は衝突せざるをえない。

　家康は、信長の子信雄《のぶかつ》からたのまれてその同盟者になり、秀吉を告発する立場で挑戦した。秀吉こそ織田政権を盗みとった者である、とする立場であり、名分《めいぶん》として有利であった。やがて両軍は濃尾平野で対峙《たいじ》し、天正十二年の晩春、家康は秀吉の軍の移動を察知し、それを小牧・長久手で大いに破った。が、なにぶん局地戦での勝利で、戦いそのものには影響がない。

秀吉は天下統一の途上にあり、ここで家康と決戦するよりも、むしろ外交によって懐柔し、自分の幕下にひき入れようとした。このためまず織田信雄を懐柔した。家康は孤立した。さらにその家康を、秀吉は懐柔した。家康はその誘いに応ぜざるをえなかった。これ以上戦えば圧倒的に多数の秀吉軍のためにやがては破れざるをえないであろう。

九月に、秀吉と家康のあいだに講和が成立した。秀吉が出した条件のひとつは、家康に人質を出させることであった。が、人質ということばはおかしい、と家康ははじめそのことをよろこばなかった。戦闘の勝利者が人質を出して敵に和を乞うなどは古今あったためしがない。秀吉はすぐその言葉をあらためた。

――養子を。

ということであった。人質であれ養子であれ、自分の実子をさしだすというその内容にかわりがなかったが、しかし養子縁組というなら世間に対する家康の体面が立つ。家康は即座に承知した。

そこで家康は、於義丸を豊臣家へさし出すことにした。竹千代はその弟ながら、世子であるために出さない。

――ようやく於義丸が役に立った。

と家康はおもったであろう。おまんが生んだ於義丸は、こういう外交上の資材としてつかわれるために徳川家で育てられてきたようなものであった。齢《とし》も、十一になっていた。

この於義丸の人質は、秀吉を大いによろこばせた。なにしろ徳川家における最年長者の男児であり、家康にとっては大事な子にちがいなく、それだけに人質の価値は大きい。

「そうか、三河どのは於義丸をくれるか。この上はわが子として慈《いつく》しみ、よき大将に育てよう。ゆくすえ、器量の次第でわが羽柴家を継がせることになるかもしれない」

と、秀吉は仲介者にいった。やがてその於義丸が、徳川家家老石川数正の子勝千代、傅人の本多作左の子仙千代をともない、この年の十二月十二日、浜松を発《た》ち、大坂へのぼってきた。というより、その数奇な運命へ出発した、といっていい。

大坂城で、養父・養子の対面がおこなわれた。上段にすわっている秀吉という養父は、於義丸がかつて見たことのない人物であった。

「やあ、わしがそなたの父ぞ。ここへござれ」

と、大声でさしまねき、於義丸が遠慮して動かずにいると、秀吉はみずから降りきて於義丸の肩にふれた。秀吉は他人の肩や頭に掌をのせるのが好きであり、それをもって他人を自分に惹《ひ》き入れようとした。この場合がそうであった。

「きょうから、和子《わこ》がこの家の子じゃ。物事をよう学べ」

といった。於義丸はおもわず涙ぐみそうになった。少年の直感でいえば、実父よりもこの養父のほうがはるかに父親くさいにおいをもっていた。秀吉は時を移さずその日のうちに別室に用意をし、於義丸を羽柴家の子として元服させた。

名は秀吉によって「秀康」と名づけられた。羽柴秀康という。養父の秀、実父の康がとられた。天下でこれほど贅沢《ぜいたく》な名付けかたはないであろう。

「名にあやかるとすれば、日本一の弓取りができるぞ」

と、秀吉はいった。

秀吉は朝廷に奏請して秀康のために官位をもらってやった。秀康は従五位下侍従《じゅごいのげじじゅう》になり、三河守に任ぜられた。所領もあたえてくれた。河内《かわち》で一万石であり、部屋住みの少年としては小さなものではない。秀康は徳川家にいたときよりも、なにもかもがよくなった。

天正十五年の秀吉の九州征伐には、秀康は十四歳の身ながら従軍した。翌十六年四月、養父秀吉が後陽成天皇を自邸にまねいた「聚楽第行幸」の盛儀のときは、秀康はわずか十五歳で近衛《このえ》少将であり、他の顕臣とともに鳳輦《ほうれん》のあとおさえをつとめた。そのときかれとともに首をならべた者は、加賀少将前田利家、故信長の嫡孫の侍従織田秀信、それに、かれとともに秀吉の養子になっている少将羽柴秀勝、同秀秋といった豊臣家の公達《きんだち》たちであり、秀康にとっても、この日のわが身の綺羅《きら》めきこそ生涯でわすれがたいものであった。

この時期、小さな事件があった。秀康は、かならずしも豊臣家の旗本から尊崇されていない。なるほど形のうえでは秀吉の養子であり、官位も並みの大名より立ち優《まさ》っている。しかし、

——かの君は人質である。

という観念が、ひとびとの態度の底にしみこんでおり、殿中の小役人の応対などもどこかぞんざいであった。

秀康は、それを感じるようになった。十五、六歳ともなれば自分が何者であり、まわりとはどういう関係にあるということがわかってくるのであろう。それを、腹にすえかねた。人一倍自尊心のつよい性格であった。ある日殿中で小役人が秀康を疎略にした。というより、尊ばぬ面《つら》をした。

「待った。いま一度その面をしてみよ」

と、秀康は廊下でふりかえりざまするどく叫んだ。小役人はなおも立っていた。

秀康は一喝して腕をあげ、えりがみをつかみ、板敷のうえにうずくまらせた。

「申しておく。自分は不肖ながら家康の子であり、当家の養子である。されば朋輩《ほうばい》

にも申し伝えよ、いまよりのち無礼のことあらば即座に打ちはたすべし」

小役人は、ふるえあがった。やがてこの言葉が秀吉の耳にきこえた。秀吉はこの少年が意外にも豪邁《ごうまい》の気質を秘めていたことにおどろいた。

「そうか、秀康がそう申したか。三河守（秀康）の申すこと、もっともである」

と家中の者をいましめ、かつ秀康にまだあたえていなかった豊臣家の紋をあたえた。しかし秀吉はひそかに秀康へ警戒心も持った。他家の子がなるべく愚鈍であったほうが秀吉にとってはのぞましい。

秀吉はその後注意して観察していると、なるほど少年期を脱しはじめた秀康はすこしずつ変りはじめ、顔つきまでが凛乎《りんこ》としてきている。挙措に威厳があり、豊臣家の他の養子のたとえば秀次や秀秋、秀家とはあきらかに別種の男になろうとしていた。血縁の秀次は軽躁《けいそう》に過ぎ、妻の身内の秀秋は愚昧《ぐまい》であり、宇喜多家の秀家のみは多少は浮華《ふか》であるにしても普通の出来であった。このうちひとり家康のたねの秀康のみは戦場で三軍の指揮ができそうであった。戦場において走卒《そうそつ》のはしばしまでその威令に服せしめるには、将たるものはよほどの威徳をもたなければならないが、秀康にはその威徳人の素質があるらしい。

あるいは秀康はみずから気づいてそういう器量を自分のうち側で育てようとしているのかもしれず、意識してのことならばなおさらに尋常な器量ではない。

ほどもないころ秀康は伏見城内の馬場で馬を責めていた。この馬場は豊臣家の御馬場であり、秀吉か、豊臣家の公達しか使えず、当然ながら秀康にはその使用権がある。

そのうち、秀吉の乗馬をあずかっている厩《うまや》役人の某が馬を運動させるために厩からひきだし、そのあたりを駈けさせはじめた。やがて騎走中の秀康と馬首をならべ、併行して駈けた。豊臣の公達に対し、これほどの無礼はないであろう。厩役人ですら、秀康をその程度にしかみていなかった。秀康は顔を、その男にむけた。

騎走しつつ剣を抜くや、

「無礼者」

と叫び、水もたまらず鞍壺《くらつぼ》から斬っておとした。その早業は、尋常ではない。しかもその気概のすさまじさはどうであろう。馬場は大さわぎになった。なにぶん、被害者の乗っていたのは秀吉の御料馬である。御料馬というだけで崇《あが》めねばならぬのに、秀康は容赦もなくその鞍馬を血でけがした。気のまわしようでは秀吉の座所が汚されたととられても仕方がない。

が、この場合も秀吉は怒らず、かえってこの養子の剛気をほめた。それに業《わざ》もほめた。騎走しつつ敵を打ち落すなどは、たれにでも出来そうで、しかし存外容易ではない。それを秀康はすらりとやってのけた。

このころすでに豊臣家の幕下《ばっか》大名になっていた家康は、このうわさをきき、

――さすがに、わが血である。

と声をひそめ、左右に洩《も》らした。家康はこの時期からあきらかに秀康を見なおしはじめ、世子の秀忠よりもすぐれているのではないかと思うようになっていたが、しかしいまさら秀康を返してくれとは申し出にくい。

（惜しい）

そうおもった。しかしそれだけであった。家康としても、秀康という存在だけは思案の仕様がなかった。

ともあれ秀康という若者がゆくゆく万人にぬきんでた器量をそなえるとしても、その器量は使いみちがあるまい。豊臣家はどうあっても家康の子に天下を継がせるはずがないであろうし、実家の徳川家でもすでに秀忠という相続者がある以上、秀康は無用であった。秀康という男は、器量があればあるほど、宙に浮いた、奇妙な存在になってゆくにちがいない。

秀吉も、そう思ったようであった。じつのところこの秀康の馬場事件のあった年に秀吉の実子鶴松がうまれており、豊臣家ではもうそれほど多くの養子をかかえている必要がなくなった。かつ秀康の人質としての政治的効用も、過去のものになっている。

——継がせるべき名家があれば。

と、秀吉は養子秀康を他家に出すことを考えはじめた。後年、おなじ養子の金吾《きんご》中納言秀秋を小早川家にやったようなことを、秀吉は秀康において考えた。ところが馬場事件の翌年、関東の名家結城氏から話があった。結城氏といえば鎌倉以来の名門で、戦国で成りあがった出来星《できぼし》大名ではない。当代は晴朝《はるとも》と言い、この年——天正十八年、秀吉が小田原の北条氏を攻めたとき、晴朝は来属して豊臣家の傘下に入った。そのときかれは秀吉との紐帯《じゅうたい》を強くするために、

「拙者には子がなく、結城家は拙者の死をもって絶えます。願わくば殿下のお名指しをもって相続者を得とうございます」

と頼みにきたのである。

秀吉はその殊勝さをよろこび、

「たまたま、存じ寄りあり」

と、さっそく秀康を思いうかべた。結城家ならば鎌倉いらいの武門の名流として本朝にかくれもない。

この小田原の陣中に、家康も詰めていた。呼べば家康はすぐやってくるであろう。しかし秀吉は家康に対してつねに家臣として遇せず、客将の礼をとっている。この場合も礼をつくし、わざわざ使者を立てた。使者には、この種の用事にはつねに顔

を出す黒田孝高《よしたか》（官兵衛、勘解由《かげゆ》）をえらび、あっせんをまかせた。孝高は、家康の陣営に出むき、その縁談を伝えた。

「ご当家にとってまったくおめでたき次第」

と、孝高はいった。

そのとおりであろう。家康はすでにこの小田原征伐の終結とともに関八州二百五十万石に移封される内意をうけている。八州の首都はぜひとも江戸におさだめあれ、という助言まで秀吉から得ていた。いま実子秀康が結城家を継ぎ、結城城の城主になるという。結城城は関東の北東に位置し、奥州からの脅威をふせぐためにはもっとも重要な要塞《ようさい》であった。この地に秀康を置くというのは、徳川家の防衛にとってこれほどありがたいことはない。

「ああ、これほど結構なおはなしはございませぬ」

と、家康は感激し、拙者においてはさらさら異存はないという旨の返事をした。

縁談がまとまった。

さっそく秀康は豊臣家の子という資格で関東に下向《げこう》し、江戸の実父家康に対面し、さらに奥州街道を北上し、結城城に入った。そこで妻を得た。妻は、結城家の当主晴朝の孫娘で、咲子といった。

秀康は、こののち結城秀康と名乗ることになる。石高は、五万石である。さきの当主の晴朝は隠居し、これに対して秀吉はべつに隠居料をあたえた。得をした、という立場は家康であった。人質である秀康を実質上返してもらったのと同然であり、しかもかれのために領地を割く必要はなく、他家の所領を相続して戻ってくれたのである。家康にとって秀康は福運をもたらしてくれる子なのであろう。

羽柴姓から結城姓を継いだ秀康は、大名としての立場がかわった。もはや豊臣家の直属大名ではなく、徳川家の大名であった。

——格がさがった。

という実感が、秀康にはある。それにいまひとつ気に染まぬことは、自分の弟である徳川秀忠の下風に立ち、その指揮下に入らねばならぬことであった。が、秀康はこの点について露《あらわ》な感情をいっさい外に出さなかった。

(秀康は、日常どういうつもりでいるのか)

という点で、家康は秀康の意中をはかりかねた。秀康のあの自尊心のつよい気象からいえばこのたれの目でもわかる不遇の境涯に満足しているはずがない。それを、秀康は堪えている。とすればあのおまんの子はよほど性根のすわった男であると見ねばならず、それだけにゆくゆくおそろしい。

家を相続したあと秀康は、そのあいさつのために江戸に出府してきた。家康は家臣に大いにもてなさしめ、日を設けてこの実子を謁した。家康は、左右がいぶかしがるほどに秀康に対して丁重であった。

——結城少将どの。

というよびかたでこの子をよび、問いかけるときも微笑をたやさなかった。遠慮がある。

というより、負目《おいめ》があった。秀康がうまれたときも容易に認知せず、かつ対面をしぶり、その後豊臣家へ養子として呉《く》れてしまった。さらに徳川家における最年長の子でありながら、この家を継がせようとはしない。

(秀康は恨んでいるのではないか)

とおもい、そう思いつつ秀康の顔色をうかがってみるのだが、この血色のいい、目の大きな若者は家康に対しても秀忠に対してもいんぎんで、いささかもそういう様子をみせないのである。

(この若者を、怒らせてはならぬ)

家康はそう思い、文字どおり腫《は》れ物《もの》にさわるような細心のあつかいをした。

——少将どのを疎略にあつかうな。

と、家康は家臣たちにも言いふくめ、とくに世子の秀忠に対しては、そのことを何度も言ってきかせていた。家康は秀康の性格を見ぬいていた。かれの自尊心さえいたわってやればよい。もし徳川家の家臣が秀康の自尊心を傷つけるようなあつかいをするとなれば、この若者はおそらく家康の死後、秀忠をほろぼして徳川家をとるにちがいない。

（しかし、人のおだてに乗るあほうでもなさそうな）

とも、家康は観察した。この点が、家康にとって多少の救いではあった。

ところが秀康は江戸で家康に謁すると国へは帰らず、そのまま上方《かみがた》へのぼり、伏見を離れなかった。伏見の秀吉の意向であった。秀吉は秀康をなおも愛しつづけ、あくまでも伏見の殿中で近侍《きんじ》させようとしていた。秀康も秀康で、関東にいるよりも秀吉の膝下《しっか》にいるほうが気も楽であり、心も華やぐようであった。

この後、秀康はかつての養父である秀吉の死までその膝もとを離れていない。文禄《ぶんろく》元年の朝鮮ノ陣に際しては秀吉に従って肥前名護屋《なごや》の大本営まで従っているし、秀吉が上方に帰れば影のように扈従《こしょう》し、上方にもどった。いつも秀吉の身辺から離れないという点では、豊臣家の養子群のなかではもっとも忠実な養子であったであろう。もっとも秀吉が離さない。

「少将どのは、わしのそばを離れるな」

と、秀吉はなにかにつけていうのである。老人になって気がかぼそくなったのか、それとも少将秀康という若者がよほど可愛いのか、あるいは政治上の意味があるのか、おそらく理由はそのいずれもがまじりあったものであろう。政治上の理由というのは、豊臣家の嫡子秀頼がうまれてからのことである。秀康の存在が、秀吉の目には複雑な色合にみえてきた。秀康は豊臣家と徳川家とをむすぶかけ橋のような要素をもっている。いつかは秀吉は死ぬ。秀頼は残される。天下の柄《へい》は家康の手ににぎられるかもしれない。秀頼の前途は、かつての織田家の公子たちの運命と同様、殺されるか、追われるか、小大名の位置におちるか、どちらかであろう。そのときこそ、結城秀康が起《た》ちあがって秀頼のよき外護者《げごしゃ》になってくれるであろう。秀吉は、そう期待した。

ともあれ秀康は関東には戻らなかった。結城城は家臣にまかせきりにし、かれ自身は大坂と伏見に屋敷をつくり、そこに常住した。毎日、伏見城に登城した。秀康の姿はつねに殿中の詰間にあり、秀吉がそのことを、老翁の無邪気さでよろこんだ。秀康は、秀吉の笑顔をみることがすきであった。秀吉のよろこぶことであれば、そしてそれが家康の利益に反せぬかぎり、秀康はなにごとでもしたであろう。

秀吉は晩年、寝つくことが多かった。ときどき秀康に腰をもませたりした。あるときも、

——これが、老いての法楽である。

と、秀吉は横たわりながらいった。少壮のころは粉骨して働き、老いては子に骨《ほね》身《み》の凝りを揉《も》ませる、それほど人の世の仕合わせはない、と秀吉はいった。秀康の掌に触れている秀吉のからだは、もはや肉体ともいえぬほどに痩《や》せおとろえていた。秀康は、そのことに悲しみを持った。

「お拾《ひろい》(秀頼)は、そちの弟である。ゆくすえいたわって差しあげよ」

と、秀吉はいった。黝《くろず》んだ皮膚は、もはや紙のようにつやがない。その乾いた唇から洩れるそのことばを、秀康はなんどきいたことであろう。

――弟である。

といわれても、実のところ、秀康にはそのような実感はおこらない。秀頼は幼童の身ながらすでに天下の崇敬をあつめ、官位は従四位下左近衛《さこんえ》中将であり、義兄であるはずの秀康ははるか下座でしか拝謁できない。

弟といえば、いまひとりいる。徳川家の嫡子の秀忠であった。これはまぎれもない実弟であったが、しかしこのほうの弟もすでに従三位《じゆさんみ》権中納言になっており、兄である秀康はその家臣の列でしかない。

(おれはいったい、何者だろう)

と、秀康はおもわざるをえない。ふたりの弟はあまりにもきらびやかでありすぎ、兄である秀康はあまりにも現実の勢威はひくすぎた。秀康は、いまなお結城五万石の分限《ぶげん》であり、わずか二百人そこその侍を率いる分際《ぶんざい》でしかない。これが、豊臣秀頼、徳川秀忠の兄といえるであろうか。われながらそのことをおもうとわが身が悲惨であり、滑稽《こっけい》ですらあった。

が、秀康は、秀吉という養父に対しては骨肉の情に似た愛《いとお》しみを少年のころから持っていた。少年のころ、湯殿にも入れてもらった。湯殿だけでなく、秀吉は火のついた線香を持ち、手ずから秀康の皮膚を焼いて灸《きゅう》をしてくれたこともある。それらの記憶は、実父の家康においては一度もなかった。家康という父の顔は知っているが、その体に触れたこともない。いま秀康は秀吉の衾《しとね》に手をさし入れ、その骨身を揉んでいる。いま触れているこの老人のほうが、秀康にとってははるかに肉親であるようにおもえた。

数年ののち、秀康が二十五歳のとき秀吉が死んだ。慶長三（一五九八）年八月十八日であった。その夜以来政情の不安がつづき、伏見城下は夜ごと騒擾《そうじょう》し、流言が飛び、三日にあげず市民は家財を載せて辻々《つじつじ》を走った。秀吉の在世当時、秀吉の威権によっておさえられていた豊臣家の派閥が、その死によって露《あらわ》になった。かれらは武力で抗争しようとした。大名同士が城下で戦うという沙汰《さた》がしきりであり、そ れも根も葉もない流言ではない。豊臣政権の秩序が、秀吉の死の瞬間から崩れてしまっていた。その秩序の再建者は幼童の秀頼ではなく、家康であるべきだという自然の期待が、家康のもとにあつまった。家康は豊臣政権下の最大の大名であり、織田家以来のその歴史的威望は世をしずめるのに十分以上の力をもっている、家康が世の中心にならぬかぎりふたたび元亀《げんき》天正《てんしょう》の乱世が再来するであろう、という見方や願望が、世の底を流れはじめた。家康はそれに乗じた。

三

家康は、その底流を操縦した。ここで気にかかるのは、秀康の存在であった。――かのお人は無邪気である。道をあやまらぬようよくお輔《たす》けせよ。と、秀康の家老たちを招いて家康は訓戒した。秀康が無邪気に豊臣家の家政に深入りし、その一方の陣営にかつぎこまれてしまっては家康のひそかな意図がくずれざるをえない。

派は、二つある。家康を政権簒奪《さんだつ》の企図をもつ野望家として弾劾《だんがい》しているのは、秀吉の政務輔佐官《ほさかん》であった石田三成とその徒党であり、かれらは秀頼の生母淀殿をもって閥の保護者としていた。この石田派に対抗しているのは野戦派とでもいうべき加藤清正とその朋輩《ほうばい》たちであり、この閥の中心には秀吉の正室北《きた》ノ政所《まんどころ》がすわっている。両派とも秀吉の子飼い大名でありながら、豊臣政権が確立してからは石田派は文官として政権の中軸にすわり、加藤派は野戦専従者として中軸から遠ざけら

れた。加藤派は、自分たちをことごとに苦境に追いこんできたのは、秀吉側近の石田派であったと見、秀吉が死ぬや、

――もはや殿下への遠慮は不要になった。このうえは石田輩《ばら》を殺し、その肉を啖《くら》いたい。

と、わめき立ち、それぞれ大坂屋敷を武装し、公然、対立し、市街戦すら勃発《ぼっぱつ》しかねまじい景況になった。家康はこの豊臣家の内紛を利用しようとした。ときには豊臣家の筆頭大老として調停し、ときにはひそかにけしかけた。家康が内々で後押ししたのは、北ノ政所と加藤清正らの派であった。家康にすればこの加藤派に乗り、この派が石田派にむかって指向している憎悪のエネルギーをあおり、それを駆って一方をいぶし、それによって政権交替のクーデターを完成させようとした。家康にすれば自分の関東兵団をもって豊臣家をつぶすのではなかった。あくまでも豊臣家の恩顧大名同士の内部抗争というかたちをくずさず、その激化の最後の段階において大決戦を演出し、そこではじめてクーデターを展開する、という構想であった。この構想どおりに家康は着実に布石し、その布石の一手一手がおもしろいほどに成功した。

（秀康は、うかうか野放しにはできない。なにを仕出かすかわからぬ）

と家康がおもったのは、右の理由からであった。秀康はすてておくと大坂にくだ

って秀頼に近侍せぬともかぎらない。秀頼に近侍すれば、自然、石田派の陣営に入る。

家康は、子の秀康にも手をうった。慶長四年の三月、家康は結城秀康をよび、

「わしを警固してもらいたい」

といった。家康は事情を説明した。情勢が悪化し、石田方は家康に危害を加えようとし、しきりとその密謀をめぐらしているらしい、という。もっともこれは事実であり、秀康の耳にも入っていた。ところが上方《かみがた》における徳川家の兵は少数でしかない。防衛がむずかしい、と家康はいった。嫡子の秀忠は家康の命で関東に帰り、江戸で出動態勢をととのえている。「京大坂には、徳川の手勢がすくない。中納言（秀忠）になりかわってわしをたすけよ」と、家康はいった。

家康はそのように頼むことによって、秀康の俠気《きょうき》を刺戟《しげき》しようとした。案のように秀康は感激した。この実父から子としてこのように頼まれるのはうまれてはじめてであり、秀康はそれだけですでに涙をうかべた。不肖ながら粉骨つかまつります る、と秀康はほとんど叫び声をあげ、このときはじめて家康の子になったような思いを味わった。

が、その後の日常はさしたることはない。要するに家康の屋敷、宿所につねに詰めているだけのことである。他行《たぎょう》しないし、出来もしない。

（安堵《あんど》した）

と、家康はおもった。このように檻《おり》にさえ入れておけば他の野望家の餌食《えじき》にならずにすむであろう。

慶長四年閏《うるう》三月三日、秀吉没後の豊臣家における調停勢力であった大老次席前田利家がその大坂屋敷で病没した。加藤清正らは、それによって暴動の自由を得た。三利家が死んだその三日の夜、石田三成を大坂で討とうとし、市街戦を計画した。三成は事前に察し、身ひとつで伏見へ逃げた。加藤らは、それを追った。加藤清正、福島正則、黒田長政、細川忠興《ただおき》、加藤嘉明《よしあき》、浅野幸長《よしなが》、池田輝政である。

三成は逃げ場に窮し、放胆にも伏見の家康の屋敷に駈け入り、保護を乞うた。家康は三成にとって正面の敵であり、しかも敵の七将どもの内々の保護者であり、その幕のむこうの巨魁《きょかい》である。それを三成はむろん知りつくしている。知っていればこそその内情を逆手にとった。家康は自分を殺すまい、とみていた。そのとおりであった。家康はこれを保護し、殺さなかった。家康の家来たちは、

――この機会に三成を誅《ちゅう》されよ。

と献言する者が多かった。家康は弾劾しつづけている三成を誅し、七将の機嫌をとっておくほうがいい、という意見であった。家康は耳を藉《か》さなかった。ただひとり謀臣の本多正信のみは、家康と同意見であった。三成を保護し、生かし、その居

城の近江《おうみ》佐和山城へ放つ。後日かれはかならず策謀し、大名をかきあつめて家康を討つ兵をあげるであろう。そのときこそクーデターの完成するときであり、それまでは三成を生かしておかねばならない。

家康は、伏見まで追ってきた右の七将を説得した。

「故殿下の没後時も経たず、かつは秀頼公の天下はまだ若いというのに、伏見で事をおこそうというのは不忠のきわみである。もしそれでもなお治部少輔《じぶしょうゆう》(三成)を討とうとなされるにおいてはこの家康がお相手をするが、どうか」

と、なかば恫喝《どうかつ》した。みな家康にそういわれては服せざるをえなかった。家康はその夜三成を自邸に泊め、翌朝、かれを送り出そうとした。が、なお不安であった。途中、清正らが待ち伏せしておらぬともかぎらない。家康の配慮は入念であった。

「少将、あなたが瀬田《せた》の大橋まで送って進ぜよ」

と、家康は秀康をよび、三成の警固を命じた。秀康はうなずき、念のため質問をした。もし途中で清正らが待ち伏せしていればどうすべきでございましょう。

「戦え」

と、家康はいった。この一言は、秀康を昂奮《こうふん》させた。秀康はこれほどの英気をもちあわせていながら、いまだかつて合戦を経験したことがなかった。秀吉の小田原征伐にも従軍したし、朝鮮ノ陣では肥前名護屋城にも下向《げこう》した。しかし野戦には出なかった。秀康の器質は、いまだかつて実戦でためされたことはない。が、家康は安堵して戦えといった。戦闘がおこるはずがなかった。余人とはちがい、家康の子の秀康が警固するのである。清正らが秀康の警備隊にうってかかることは家康に挑戦するにひとしい。するはずがない、とみていた。秀康にとって不幸にも、途中、なんの事件もおこらなかった。秀康は、三成と馬首をならべて醍醐《だいご》街道を進み、事あれかしと念じた。

「命にかえても、貴殿をお護り申す」

と、秀康は頬にわかわかしい血をさしのぼらせていった。三成はその言葉を、誤解した。

（やはりこの仁《じん》は、ちがう。秀頼様に対し格別な気持をもっているのであろう。家康やその他の者どもとは別個の感情を、豊臣家にもっている。味方になってくれるのではあるまいか）

と、自分の企図に都合よく解釈した。やがて瀬田の流れにかかる瀬田大橋の西詰めまできた。この橋を東へわたれば近江平野がひろがっている。北近江の山野は三成の領国であった。

「されば、これにて」

と、秀康がいんぎんにいった。三成もいんぎんに礼を言い、たまたま身につけていた正宗《まさむね》の短刀を秀康に贈った。このころすでにこの三成所蔵の短刀は天下の名宝として知られており、それを贈るというからにはよほど深い謝意と好意のあらわれであったといえるであろう。短刀は後世、石田正宗と称されて伝承されている。

その翌年七月、三成が、大坂で挙兵した。家康の罪状を列挙し、それを討ち、秀頼の政権を保全する、というのが挙兵の名目であった。

このとき家康は関東の小山《おやま》にいた。秀康の居城の結城から近い。ほんの二里、というところであろう。家康は会津の上杉氏を討つべく、その征旅の途中であった。上杉氏を討つという家康の公式の立場は豊臣家大老としてであり、この出征は公戦であった。このために豊臣家の諸大名をおびただしくひきいている。家康にすればこれをもって、大坂の大名群を討てばよい。

が、諸将にも意向がある。その意向をかためさせるためにこの小山の廃城の丘に右の豊臣家の諸将をあつめ、去就を決めさせた。運命の選択に遅疑している者もあり、家康に味方することに消極的な者もいたが、やがてはみな一様に座のふんいきに染められて、

——異存ござらぬ。こうとなれば内府《ないふ》(家康)と命運を共にしたい。

と、こぞって一つ声をあげた。すべて家康の思惑どおりになった。家康は満足し

た。家康のその後のすべての運命はこの七月二十五日の小山軍議の成功が基礎になっている、といっていい。

会議はすぐ、三成討伐のための作戦会議に切りかえられた。その結果、先鋒《せんぽう》は福島正則、池田輝政ら豊臣大名によって編成され、すぐ西にむかって出発した。家康はいったん江戸に帰って徳川軍をひきい東海道をすすむことにし、嫡子の中納言秀忠は徳川第二軍をひきいて中山道《なかせんどう》をとることにした。

問題は、秀康である。

合戦には参加させまい、という方針を、家康はとった。家康のみるところ秀康はおそらく戦場では勇猛であろう。もし大功をたてると大きく賞さねばならず、そうなれば秀康の存在が大きくなり、嫡子秀忠とのふりあいがむずかしくなる。秀康とともに野戦攻城の辛苦をなめるであろう徳川麾下《きか》の将士はつい秀康を慕うようになり、人気があのおだやかなだけが取柄の秀忠を凌《しの》ぐようになるにちがいない。次代は秀忠、ときめている徳川家の統制がそれによってみだれるし、秀康自身も自信が膨脹し、弟の栄華をそねみ、それに対して謀叛気《むほんぎ》をおこさぬともかぎらない。

このため、秀康を留守の将にした。上杉氏へのおさえとして宇都宮城をまもらせ、関東の東北角にあって、はるかに江戸城の防衛にあたらせることにした。この旨、秀康の宿営へ使者を出した。使者は一族の松平玄蕃頭《げんばのかみ》家清であった。

秀康は、使者の口上を聞いた。しかし終りまで聞かなかった。座からとびあがるほどの勢いで、

「馬鹿な」

と、怒号していた。武門にうまれ、これほどの合戦をひかえて留守ということはどうであろう。自分は従わぬ。今夜にも宿営をひきはらい、先鋒として東海道を押しのぼるつもりだ、そのように父君にお伝え申せ。……

使者の家清は、青くなって小山の家康のもとにもどった。家康は思案し、

「わかった。秀康にすぐこれへ来るように申せ」

といった。あのような気勢者《けおいもの》の若者に対しては、物の言いかたがある。家清はそれを知らない。

秀康が、小山の丘をのぼってきた。

家康はわざわざ立ち、秀康を宿陣の玄関でむかえ、別室に招じ入れた。まるで貴人をあつかうような丁重さであった。席上、このたびの合戦の戦略を説明し、「いま東の敵である上杉氏をすてて西の敵を討つ。徳川家の存亡のときである。もし西の三成と交戦中に背後の上杉氏が起きあがり、会津盆地を出て関東平野に乱入し、その勢いをもって江戸を背後から襲ってくればどうなるか、当家はほろびざるをえない」といった。

深刻な戦略課題である。が、じつのところ家康はその問題を解決していた。上杉氏に対しては伊達《だて》氏、佐竹氏などの足がらみを配してあるし、かつ上杉氏は関東を襲撃しない。

そう家康はみている。上杉氏百万石の兵力では会津盆地での防衛線がせいいっぱいであり、外戦するほどの能力はない。上杉景勝《かげかつ》が発狂でもせぬかぎり、かれら上杉兵が関東平野に出撃してくることはまずないであろう。しかし、この結城秀康に対してはそのようには気楽に言えなかった。あくまでもこの事態は悲痛であらねばならない。家康は危機を誇張し、秀康のわかい悲壮感に訴えねばならなかった。

「上杉家は、謙信以来天下の強豪である。景勝は謙信の祖法をよく守り、その家老直江《なおえ》山城守の武略は当代肩をならべる者がない。これに対抗するにはよほどの人物であらねばならず、苦慮のすえ、少将にゆだねることにした。受けてくれるか」

といった。秀康は人変りしたほどよろこび、この任務を受けた。家康はさらに戦術上の注意をあたえた。

「謀事《はかりごと》は、こうだ」

と、家康はさも仔細《しさい》げにいった。上杉勢が関東に出撃してくる。それを宇都宮城で防戦しようと思うな。城を捨てよ。

「城を捨てるのでございますか」

「捨てるのだ」

宇都宮城は平城《ひらじろ》で、籠城《ろうじょう》してもさほどの防ぎもできぬ。それより野外で決戦せよ。野外に陣を布《し》き、敵が利根川《とねがわ》を渡りきったところを見すまして長駆迂回《うかい》し、敵の背後を遮断する勢いを示せ。敵はそれをみれば戦慄《せんりつ》し、あわてて会津へひっかえすだろう、と家康はいった。戦術としてはこれ以上にみごとなものはないであろう。上杉氏が関東に出る場合、そのあまりにも長大な遠征のために後方につねに危険を感じつづけている。その弱点を刺戟《しげき》すればかならず勝つ、というものであった。

秀康は、いよいよよろこんだ。いったんことわったのは浅慮であった。このたびの戦乱でこれほど華やかな戦線はないのではあるまいか。

余談ながら、この時期、徳川軍団のなかで、秀忠、秀康、忠吉《ただよし》という三人の家康の公子につき、うがった批評をする者があった。

そのことにつき、旗本の士永井直清が書き残している。この三成挙兵という上方《かみがた》の変報が小山の宿営にとどいたとき、「秀忠さまは物を案ずる体《てい》なり、三河守どの(秀康)はにこにこ笑み給う。薩摩守《さつまのかみ》どの(忠吉)はただいきりて高名せんとよろこびたまう」ということであった。秀康がにこにこしていたのはあわよくばこの乱に乗じて天下を取ることもあろうと思ったからであり、嫡子秀忠はせっかく家康から譲られるはずの天下をこれで取りそこなうかと心配した、というのである。この批評は事実に即しているわけではなく、秀康と秀忠の性格論とみるべきであろう。それだけにうがっており、家康もその一点を懸念した。

関ヶ原ノ役は、家康の勝利に帰した。

が、秀康はなんの戦功もない。上杉氏はついに会津から出てこず、秀康は宇都宮城で留守をしつづけ、一発の弾《たま》をうつ機会もなかった。棚ざらし、といえた。この若者はうまれつきそのようなくじを常にひくべく運命づけられているかのごとくであった。

ついでながら嫡子の秀忠は第二軍をひきいて中山道をすすみ、美濃で家康の東海道軍と合流するはずであったが信州で西軍の真田昌幸《さなだまさゆき》にはばまれ、ついに関ヶ原の一戦に間にあわなかった。秀忠は篤実だが、能力がない。しかし家康はわずかに不機嫌を示したのみで、戦後も秀忠から世子《せいし》の座をうばわなかった。それをきくにつけ、秀康はわが身の気勢《きお》いこみがむなしかった。自分に中山道軍をひきいさせてくれればどうであったろうと何度もおもった。

この一戦で、豊臣家は一大名の位置に転落し、家康は天下を得た。大名配置の改廃をおこなったとき、秀康を北国に封《ほう》じた。越前北ノ庄（福井市）を居城とし、越前一国に若狭《わかさ》、信濃の一部をくわえ、七十五万石という巨封を秀康は得た。が、いずれも冬季は雪で中原《ちゅうげん》に出られない。

「どうやら、おれは雪の牢《ろう》に入れられたらしい」

と、秀康は、江戸から出向《しゅっこう》した付《つけ》家老の長谷川采女《うねめ》に、小さな声で不満を洩《も》らした。やがて江戸では家康が将軍になり、徳川幕府が成立し、二年後、将軍職を秀忠にゆずって駿府に隠居した。

秀康は、将軍の兄でありながら一大名でしかない。姓は徳川家の別姓である松平姓にもどったが、世間では結城少将と通称し、ある種の陰翳《いんえい》をおびた尊崇をかれにはらった。

少年のころからその特徴であった天賦の威厳——というには少しするどすぎるようだが——は、年齢とともにいよいよ濃厚な色合いを増した。慶長九年七月、家康が伏見にあったとき、秀康は自邸で相撲を興行し、父の家康をも招待した。自然、諸大名や旗本の士が相伴《しょうばん》した。やがて前相撲の取組十四番がすすみ、いよいよ東西の大関「嵐追手《あらしおって》」と「順礼」の両人が土俵にのぼろうということになり、満庭がどよめいた。嵐追手は越後出身の京力士でさる公卿《くげ》の抱えであり、天下第一の評判が高い。順礼は加賀出身で前田家の抱えであり、これよりさきに京の北野天神の勧進《かんじん》相撲に出て七日間三十三番を勝ちとおし、この星にちなんで順礼と改称した人物である。満庭はこの取組に昂奮《こうふん》し、大名も総立ちになり、旗本衆もわめき、手のつけられぬさわぎになった。このとき、秀康は正面濡れ縁《えん》の座にいた。スクと立った。

立っただけのことである。一言も発せず、屹《きつ》と庭を見まわした。ただそれだけのことで満堂満庭は深山のごとくに静まった。

家康は、驚嘆した。あとで、

今日の見物、興あるなかに、
秀康の威厳、驚きたり

と、左右に語った。この天賦の威厳は戦場でこそ用いられるべきであったが、ついにその機会がかれを見舞ったことがなかった。

家康は、秀康を怖れた。かれを越前七十五万石に封じたあと、琵琶湖東岸の長浜の城を再興し、譜代大名の内藤氏にまもらせた。もし大坂の豊臣秀頼が乱をおこしたとき、その義兄である越前の秀康がこれに応ずるかもしれぬ、ということを、怖れたがためであった。近江長浜は越前と上方《かみがた》を結ぶ中間であり、秀康が大坂と合体すべく南下してきたとき長浜でそれを食いとめる、というのが目的であった。大坂城の秀頼と越前の秀康が一味した場合、江戸の徳川秀忠はそれに対抗できるかどうかが、家康には疑問であった。

げんに流説までとんだ。福島正則が秀康邸を訪ねて酔ったとき、

「もし天下に大事がおこれば、拙者はあなたにこそ加担しましょう」

と、大声でいった。その意味は大坂で豊臣秀頼が反乱をおこすとき、もし秀康が義兄弟のよしみで味方するならばこの正則は一も二もなく味方に馳《は》せ参ずる、それをお約束する、というものであり、江戸政権に対するもっとも危険な放言であった。が、その危険な期待も、むなしくなった。大坂の豊臣家がいわゆる冬・夏の陣をおこす以前、慶長十二年に秀康は病み、本国で死んだ。年三十四である。死因は、悪性の唐瘡《とうがさ》と虚《きよ》（異常衰弱）であるらしい。

秀康は生存中、なにごとかをおこすかにみられた。かれが江戸に来るときなど、徳川家の接待の丁重さは度を越すばかりで、将軍秀忠は品川まで出むかえ、品川から江戸への道中、秀忠は自分の駕籠《かご》を秀康の下位につけようとすらした。秀康はそれを固辞したため、結局はふたつの駕籠が相並んでゆくというかたちになった。秀忠のこの気づかいは、おそらく家康の示唆から出たものであろう。かれへの礼譲を厚くすることによって、その壮気を殺《そ》ごうとした。それらの周到な配慮が、秀康の出生からその生涯をむなしくしたようであった。劇的性格をもちながら、その生涯はなんの劇的要素ももたず、何事もおこさず、またおこりもしなかった。

なんのために自分は生まれてきたのか、秀康は越前北ノ庄城で最後の息をひきとるとき、ふとそうおもったにちがいない。

第八話　八条宮

一

豊臣氏は、にわかに出現した。かつて地上にあらわれたどの政権よりも豪華で壮大なこの政権は、ほんの十日あまりで――つまり天正十（一五八二）年六月二日の信長の横死、同十三日の光秀の敗死――という信じられぬほどのみじかい時間のあいだに、忽然《こつねん》と地上にあらわれた。貴族になるためのどういう準備もできていないうちに、この一族はあわただしく貴族にならねばならなかった。

これが、さまざまのひずみを生んだ。その血族、姻族、そして養子たちは、このにわかな境涯の変化のなかで、愚鈍な者は愚鈍なりに利口な者は利口なりに安息がなく、平静ではいられず、炙《あぶ》られる者のようにつねに狂躁《きょうそう》し、ときには圧《お》しつぶされた。

が、例外がいる。

かれだけが冷静であることができた。かれだけが絶えずおだやかであり、このあたらしい時代と環境を堪能《たんのう》することができた。

瓜見《うりみ》ノ宮

という若者である。

ただしくは、八条宮《はちじようのみや》 智仁《としひと》親王という。皇弟である。このうまれながらの貴族は、当然ながら豊臣家の養子のなかでは血統の点でずばぬけているだけでなく、学芸にすぐれ、政治感覚についてさえもすぐれた資質をもっていた。

ちなみに、京の南郊の桂《かつら》の里は、一望の瓜畑である。

京の者は、四季に楽しみが多い。春は嵐山《あらしやま》にあそび、新緑のころは清水《きよみず》で陽にきらめく雨を見物し、秋には高雄《たかお》で紅葉をみる。真夏にも楽しみがあった。日ざかりの丹波街道を南下して桂へゆき、その流域にふとやかに育っている瓜を見ることがそれであった。畑にあたる夏日のはげしさを、瓜の味のすずしさのなかに味わおうというのが、この瓜見の風雅であろう。

その真夏の風雅をもっとも好んだのはこの親王であり、それがために「瓜見ノ宮」というあだながついた。

智仁は、天正五年正月にうまれた。幼名を、胡佐麿《こさまろ》という。この誕生の時期、すでに織田信長は安土城を完成し、かつ中国の毛利氏や大坂の本願寺と対戦しつつも京の市政に気をつかい、その秩序をととのえることに力をそそいでいた。信長は、宮廷を尊崇した。宮廷や公卿たちのくらしを豊かにすることを心がけ、かれらに料地をあたえ、その屋敷をつぎつぎに新築させた。御所周辺はつねに槌音《つちおと》でにぎわい、宮は工匠たちのさかんな仕事ぶりをみつつ成人した。後年、この宮が建築につよい関心をよせることになったのも、こういう幼少のころの環境によるものであろう。

父は誠仁《さねひと》親王である。母は、勧修《かじゅうじ》寺晴子といった。

宮は貴族のならわしで母の実家勧修寺家でうまれ、かつ育てられた。

同腹の兄がいた。

のちの後陽成《ごようぜい》天皇であった。元服名を周仁《かたひと》といい、六つ上の兄であった。

その幼時は、なにごともない。

宮が六歳の夏、織田信長が京で斃《たお》れた。これが宮の幼少のころの最大の事件であったであろう。天正十年六月二日のあけがた、宮は本能寺の天を染める火炎を勧修寺家の垣根ごしにながめる運命をもった。ながめつつ身がふるえて泣くことさえできなかった。その容貌《ようぼう》の特徴である削《そ》いだように眼裂《きれ》のながい目でその火炎を見つめつづけた。やがて、

「日向守《ひゅうがのかみ》（光秀）は、ここまで攻めてくるか」

と、乳母にきいた。宮は、幼いながら光秀という名に敵を感じた。当然であろう。たったいまあの火炎のなかにほろんでゆく織田信長は、宮廷人にとってここ数世紀

来はじめて出現した救いぬしであり、宮廷や公卿たちに料地をあたえあらたに屋敷を造営させ、古儀を復活させるなど思いもかけぬ幸福をつぎつぎにもたらしてくれた神のごとき人物であった。それをいま光秀が討つ。しかも家臣の分際で主を弑《しい》しようとしていた。少年の心には光秀という者が、魔王のごとくおもえた。少年だけでなく宮廷人ならば天子以下ひとしなみにおなじ思いをこの火照《ほて》りのなかで感じたであろう。が、少年には憎悪よりもまず恐怖のほうが大きい。信長が宮廷の御味方である以上、

(日向守はきっと御所へ攻めてくるにちがいない)

そのようにおもえた。乳母をふりかえり、それをなんどもきいた。

乳母は、大蔵卿といった。宮廷の女官のなかでは、歌道をもって知られていた。宮をうしろから抱き奉り、

「いいえ、たぶん」

攻めて来ますまい、といった。もし軍勢が参るとしても、それは帝《みかど》を守り奉るためでございましょう、と乳母はなかば自分に言いきかせるようにつぶやいた。そう信じようとした。光秀には武家ながら公家《くげ》なみの教養があるという。それが事実ならば、古典を愛し、古典的権威に浪曼《ろまん》を感じている男が、宮廷に仇《あだ》をするであろうか。

「さ」

と、乳母は宮を抱く掌《て》に力をこめた。

「おしずまりなされませ。ひたすらにおしずまり遊ばされていますす以上、武家どもはかつて公家に手出しをしたことがありませぬ。清らにあそばせ。いかなることがあっても清らにおだやかにあそばしつづけていることが公家の道でございます」

と、乳母はいった。しかしながら宮はしずかに天をながめているだけであり、乳母のほうがうろたえていた。自分の狼狽《ろうばい》を、自分の教訓で鎮めようとしていた。しかしその教訓にまちがいはなかった。歴史が、乳母の教訓のただしさを証拠だてていた。公家――天子と廷臣――が清らにおだやかに居住《いず》もうているかぎり、権力の争奪者たちは手出しをした例がなく、むしろかれらはいかにして公家をわが陣営にひき入れ、わが肩でかつぐかに腐心してきたようであった。乳母は宮にそれを教えようとした。公家は、武門の権力者たちが権力をうばいあっているとき、その片方に声をかけてはなりませぬ。つねに傍観し、どちらにもお味方あそばすな。勝敗が確定し、勝者が生き残り、その生き残った者が迎えにくるまでお座をうごいてはなりませぬ、と乳母は言いつづけた。

が、宮はうなずかなかった。沈黙し、両眼を夜明けの天へひらきつづけていた。乳母の智恵を理解できるにはまだ幼すぎたし、それにその程度の教訓では、この場の光秀への憎悪とこの恐怖は去りそうになかった。

　ところが。

　この日から十一日目に、光秀は山崎天王山麓の淀川沿岸の野で羽柴秀吉と決戦し、北上してくる秀吉軍のために全軍突きくずされ、敗北した。光秀は敗走途中、小栗《おぐる》栖《す》で落命した。一日で、歴史が転換した。

　宮は光秀の敗亡と、勝利者の名をきいた。

　——その者を、秀吉というのか。

　この勝利者の名を、宮は記憶しようとした。その名が、邪悪をうち砕いた。その名が勝利者の名である以上に少年の感覚のなかでは卓犖《たくらく》とした正義のひびきをもっているように思えた。

　時勢が、別の方向にうごきはじめた。

　秀吉はその後すぐには戦場を去らず、山崎の宝寺《たからでら》に本営をもうけ、天下の計をすすめる一方、人を派して京の秩序を回復した。秀吉は十月になってはじめて参内《さんだい》し、従五位下《じゆごいのげ》左近衛《さこんえ》少将に任じられた。その官位で、信長の葬儀を大徳寺で営んだ。が、秀吉はなおその競争者——織田家の筆頭家老柴田勝家など——と対決するため京には入らなかった。京は要害ではない。この時期の秀吉のごとく政権の不安定な者にとっては住める町ではなかった。その後秀吉の智謀は天地を駈けめぐった。軍勢を転々と移動させ、翌天正十一年四月には近江賤ヶ岳《しずがたけ》で柴田勝家を撃破し、さらに北進し、越前で勝家をほろぼした。その翌月にはもう京にあらわれ、参内した。このとき従四位下参議に補《ほ》せられた。が、まだ秀吉の天下は確定しない。この時期からなお数年、旧織田系の大名としては徳川家康が東海で独立の態勢を維持しており、関東、奥羽、四国、九州は依然として政権外の地であった。

秀吉は奔走をつづけた。この兵馬のいそがしさのなかで秀吉は大坂に築城をつづけており、この天正十一年の暮にその本丸がやっと完成したことが、京にもきこえてきた。唐天竺《からてんじく》にもない巨城であるという。秀吉はその本丸に隣接して「山里郭《やまざとぐるわ》」と称する一廓を築き、これをかれの茶道楽の場とした。

山里廓

の名は、京で評判になった。

山里廓は、その名のしめすとおり城内の一廓に山林渓流を起伏させ、四時《しいじ》、松籟《しょうらい》をひびかせるなど大いなる規模の自然をつくり、その草木にうずもれたなかに一屋《いちおく》の茶室をつくり、そこで秀吉はわび茶をたのしんでいるという。

「よほどの数寄者《すきしゃ》であるらしい」

ということを、宮廷のひとびともうわさしあった。宮も、そうしたうわさをきいた。しかし茶というものをどう理解していいかわからなかった。ひとつには理解するのに幼すぎたが、ひとつには公家という伝統社会には、まだ茶のような、そのようにつかみどころのない新興の美意識は移入されていなかった。前時代の信長は茶を好んだが、茶を公家のなかには持ちこまなかった。自然、茶などをたしなむのは京、堺、博多あたりの富商か、僧か、新しものずきの武家の一部ぐらいのものとしか廷臣たちはおもっていなかった。

「しかしながら、ずいぶん趣向をつくしたおもしろいものです」

と、秀吉に招かれて大坂へくだった公卿《くげ》たちが、山里廓についてのみやげばなしを勧修寺家にもたらした。茶室というのは思いきって小さく、わずか二畳敷きであるという。

（わずか二畳敷きの茶室に——）

宮は、それを想い描いてみた。唐天竺にもないというあの壮大な城廓のなかに、秀吉はわずか二畳の茶室をつくって身を入れ、背をかがめて田舎爺のようにして茶をのんでいるという。その図を、宮はおかしみと好意をこめて想像した。

（なぜ、そんなことをするのだろう）

と、宮は少年なりに理解しようとした。

「それが、茶でいう侘《わ》びというものなのです」

と教えてくれたのは、丹後の大名の細川幽斎《ゆうさい》であった。幽斎は豊臣家の大名である以前は織田家の大名であり、かつては光秀の指揮下に属していた。さらにその前は足利《あしかが》将軍の側近衆であり、この三代の変動期に巧みに生き、つねにどの時代の主権者からもその教養を珍重された。生き上手《じょうず》というべきであろう。幽斎は明智光秀とは格別な仲で、かれの嫡子《ちゃくし》忠興の妻は光秀のむすめでもあり、縁がきわめて深かったが、光秀の没落を予想し、その謀叛《むほん》にはくみさず、やがて山陽道から北上してきた秀吉に味方し、その軍団に参加した。さきを見とおすことにかけては、かくべつな嗅覚《きゅうかく》をもっているのであろう。

幽斎は公家からも、信望があつい。なんといっても幽斎は旧室町幕府の名族の出であり、いかにも京の武家貴族らしいものやわらかさと公家様《くげよう》の教養をもっていた。その教養も尋常なものではなく、連歌もでき、茶もでき、料理の道でさえ達人の域に達していた。しかしながら幽斎を京で重からしめているものはその歌学であろう。かれは歌学の最高権威ともいうべき古今伝授《こきんでんじゅ》を三条西実枝《さねき》からうけていた。公卿たちも、公家の文化の象徴ともいうべき歌を、武人の幽斎にまなばねばならなかった。その幽斎が、勧修寺家に出入りして宮や兄の宮に歌学をおしえている。

「茶事も、なかなかばかにはなりませぬ」

と、この流行の美意識を身につけておくように宮にすすめた。まだ少年の宮にとっては、茶よりも歌道のほうがおもしろかった。

「侘びというのは、どういうこころであろう」

と、このとき宮はきいた。なぜ秀吉は山里廓などを好んでいるのか。

「侘びのこころは、歌学で理解できます」

と、幽斎はいい、しずかに身をおこし、扇子をひざに立て、

花をのみ待つらむ人に山里の
　雪間の草の春を見せばや

と誦《ず》した。藤原家隆の歌であった。これが侘びの精神的風景であるという。

「言いかえれば」

と、幽斎はいった。賤《しず》が苫家《とまや》に千金の馬をつないだ風景こそ侘びであり、茶のこころであるという。

「千金の馬とは、大坂城のことか」

と、宮はいった。宮は慧《さと》すぎるほどのこころをもっていた。あの金銀をちりばめた大坂城の一廓に自然をつくりあげ、二畳敷きの茶室をおいた秀吉の心の傾斜が、かすかながらも諒解《りょうげ》できたようにおもえた。

天正十四年正月、宮は十歳になった。この十四日、秀吉が新年の賀をのべるために参内した。このころ秀吉はすでに関白になっており、豊臣氏を称するほどの地歩を占めていたが、まだ東海道の徳川家康はかれの傘下に入らず、九州もなおその勢力のそとにあり、その日常は多忙をきわめていた。参内すると、すぐ退出し、あわただしく京を去って行った。

ところがその翌々日、ふたたび京にあらわれ、駈けこむようにして御所に入った。

――関白どのは、なにか御趣向をなさっているらしい。

といううわさが、前日から宮廷で取《と》り沙汰《ざた》されていた。この当日、宮はまだ元服以前の身ながら、にわかに参内せよとの命があり、童形《どうぎょう》のままで兄の宮とともに御所に入った。秀吉に対面できるかもしれぬという期待が、胸をおどらせた。宮はまだ秀吉というこの時代の創造者の顔をみたことがなかった。

この日、秀吉はふしぎな趣向をみせた。

すべて黄金ずくめという携行用の茶室を御所のなかに運びこみ、それを小御所《こごしょ》のなかに組み立てて当今《とうぎん》（正親町《おおぎまち》帝）の天覧に供し、かつ献上しようというのである。

宮もそれを見物するために天子の供をして小御所に入った。小御所の板敷きのうえに、その話題の小建造物がさんさんと光芒《こうぼう》をはなって置かれていた。茶室の柱も敷居も鴨居《かもい》もみな厚手の金箔《きんぱく》でつつみこまれ、壁も天井も黄金の一色であった。明り障子の骨や腰板までが黄金であり、わずかに三畳敷きの畳だけが黄金でなかった。猩々《しようじよう》の皮であった。しかもそのふちは萌黄《もえぎ》小紋の金襴《きんらん》でへりどりされており、それだけでも目をうばった。

道具も、黄金ずくめであった。台子《だいす》、四方盆、なつめ、風炉《ふろ》、釜《かま》、柄杓《ひしやく》、水こぼし、水指《みずさし》、茶杓、それに炭取りまでがことごとく黄金でつくられていた。日本はじまって以来、この地上でこれほどおびただしい黄金をたれがみたであろう。

（なんということだ）

と、宮はこの野放図な豪奢《ごうしや》さにぼう然とした。胸が奇妙にときめいてくるのを、どうすることもできなかった。これは美ではない。すくなくとも古今和歌集の美ではなく、すくなくとも宮廷人の伝統の美ではなかった。そのくせ胸が自然とときめいてくるこの衝撃はなんであろうか。金色《こんじき》の力か、金色にはそういう美を越えた作用があるのだろうか。

宮だけでなく、みな毛穴をくつろげたような表情で、唇をこころもちひらいていた。主上《しゆじよう》でさえその例外ではなかった。秀吉の企ては、成功した。

――秀吉は？

と、宮は目をあげた。さがすまでもなく、秀吉はこの黄金の組みたて茶室の横の、ややさがったところで蛙のように平伏していた。おどろいたことにその袍衣《ほうい》の肩から袖《そで》にかけてなかば金色に染まっているようにさえみえた。黄金には陰翳《いんえい》がない。陰翳のないつやめき、喚《わめ》きだしたいほどの異様な華やぎのなかに秀吉は伏し、その金属の化身《けしん》ででもあるかのように神妙にうずくまっていた。

そのくせ、そのつらがまえはどこか剽《ひょう》げているのである。いまにも冗談を言いだしそうなつらつきにもみえた。この男はあるいはふざけるつもりでこの黄金の茶室を御所の浄域にもちこんだのかもしれなかった。宮がきいている世間のうわさでは秀吉は若いころからずいぶんと剽軽者《ひょうきんもの》であったという。

(そのつもりなのかもしれない)

と、宮は幼いだけにそういう想像を、淡くではあったがこの異様な風景のなかでめぐらせた。このときの衝撃や疑問は、後年になるまで宮の思い出のなかで息づいた。剽軽者の秀吉は、御所のたいくつをおなぐさめするためにいっぴきの黄金の蛙に化け、おどけながら這《は》い出てきたのであろう。

でなければ、これは正常な神経ではない——と宮は後年おもった。御所はすべて清明《せいめい》でなければならぬ。この清明さが宮廷人の伝統的な美意識であり、御所の造作も調度も、すべて清らかであり、ほがらであるがごとくにつくられていた。もっともながい皇統のなかではときにこの美意識への反逆者も出た。たとえば後白河《ごしらかわ》法皇などがそうであったであろう。法皇は今様《いまよう》(俗流歌謡)というあぶらぎった膏質《こうしつ》の庶民詩を愛し、みずからもうたい、かつその歌詞の選集である梁塵秘抄を編み、一方ではどくどくしいばかりの金色塗りの彫刻を愛し、愛するがあまり千一体の仏像をつくらせた。しかしその後白河法皇でさえ御所のなかにまでその趣味をもちこまず、神道的な清明さには手をくださず、それらの金色像の群れを他《た》の収蔵院におさめることによって御所と隔離した。ところが秀吉はその御所へ、濃《だ》みた黄金の造形物をもちこんできたのである。

——茶をなされませ。

というのが、その献上の口上であり、秀吉の意図であった。自分のおもしろがる茶道趣味を自分だけが独占せず宮廷にまで流行《はや》らせようとした。その意図はいい。問題は黄金の茶室であった。茶といい侘《わ》びというのはこういうものであろうか。

宮は、後年まで考えた。しかし所詮《しょせん》は秀吉びいきであり、その批判はその愛情のそとには出なかった。

（秀吉の心は、深いところにある）

そのように理解した。大坂城に山里廓をつくったのは豪奢のなかに閑寂の一点を追いもとめようとする茶の心であろう。秀吉はそれを十分に表現した。その秀吉が、御所に対してはわざとその逆のことを演じてみせた。御所の清明さ——侘びとはちがうにしてもやや似たる、そういうしずかなるもの——のなかにはかえって黄金の茶室を置き据え、そのあたりを華やがせようとしたのであろう。対極のおもしろさを、半ば軽味《かろみ》のある心で、つまりあの剽げた顔で演出してみせたのであろう。宮はそのように理解した。宮の理解に多少の無理があるのは、秀吉への愛情と敬意のせいであるにちがいない。

さて、このとき。

この小御所において、宮は秀吉とはちかぢかと対面した。小さな貌《かお》であった。その顔は握りしめた拳《こぶし》のように緊張し、戦場やけのせいか色は黝《くろ》く、両眼が大きく、あごの尖端《せんたん》がするどくとがり、どこか兵器の鋭《と》ぎ鋭ぎした印象を帯びていた。宮が見つめていると、秀吉はやや顔をあげ、宮を見つめ、にわかに破顔《わら》った。笑うと、別の顔になった。しわが多く、とくに目尻《めじり》のしわが輪をえがくようにして下へ下へとうごき、まるで老いた農夫のように人の好い顔になった。この顔であった。この顔を、宮はあらかじめ想いえがいていた。宮は、この男が好きになった。光秀を誅討した正義の武人とは、当然ながらこういう相貌《かお》をしていなければならなかった。

二

この日をさかいに、宮の身に変化がおころうとしていた。

その夕、宮のいる勧修寺家へ、右大臣今出川《いまでがわ》（菊亭）晴季《はるすえ》があわただしく訪れてきたのである。晴季は藤原公卿の家門のなかでは第一級の名流ではなかったが、しかし早くから秀吉と親交があったため、いまは秀吉の宮廷政治のための私的顧問のような役割りで大いに威権をふるっていた。勧修寺家では、当主の晴豊《はれとよ》が応接した。宮の外叔父にあたる。

「六ノ宮のことでござる」

と、晴季はきりだした。六ノ宮とは、宮の通称であった。

「関白殿下（秀吉）が懇望なさることに、宮を豊臣家の養子になし奉りたい、ということでござる」

というのであった。勧修寺晴豊は、沈黙せざるをえない。

（宮は、皇族ではないか。臣下の養子になってよいものではない。まして素姓もない秀吉がごときの。――）

そうおもい、沈黙をつづけた。ちなみに、勧修寺晴豊は宮の生母新上東門院《しんじょうとうもんいん》晴子の実弟であり、かつ宮の傅人《めのと》を兼ねていた。傅人は臣下ながらも父親がわりなのである。

「ところで」

と、今出川晴季はいった。――この養子の件はすでに天子《おかみ》の御内諾をえている。

ただし勧修寺家の意向もきけ、という御諚《ごじょう》でござった、という。

「………」

晴豊は考えた。世間周知のように秀吉には子がない。そのため甥《おい》の秀次が養子になるといううわさも晴豊はきいていたが、しかし秀次の性格が軽忽《けいこつ》なため秀吉はためらっているとも耳にしている。それはいい。あくまでも豊臣家の内情であり、いままでよそごととしてきいていた。

「まず、お聞きあれ」

と、今出川晴季はいった。秀吉卿は、このたび勅命により豊臣氏を創設した。されば豊臣氏は、源平藤橘《げんぺいとうきつ》の四姓にくわえて邦家の名姓になり、ゆくすえ栄えゆくであろう。その名姓を継ぐべき者は卿に御実子がない以上、やはり貴種こそのぞましい、となれば六ノ宮こそ最適にましょう、ゆくすえ天下の権はこの六ノ宮に譲られることになるでありましょう、――と、今出川晴季はいうのである。

「いかがでござる」

「暫《しば》し」

と、勧修寺晴豊はあわてた。暫し、ここは思案をせねばならぬ。考えてもみよ。六ノ宮はまだ元服前であり、親王宣下《せんげ》こそうけていないが、歴とした皇族である。しかも宮は父の誠仁親王、兄の一ノ宮（周仁）につづいて三番目の皇位継承権があり、右のお二人に万が一のことがあれば天皇におなりあそばす御方である。それほどの御方が、氏《うじ》もなく血統もあやしげな尾張中村の百姓のせがれを父とあおぎ、その養子になってよいものであろうか。そのような例が、神代以来あったためしがない。貴族は、血の護持こそいのちなのである。

「前例、故実《こじつ》がござらぬ」

と、晴豊は小声でいい、さらにそれをいおうとすると、

「わかっている」

と、今出川晴季はさきまわりしていった。わかっている、しかし時勢である、故実などいまは申していられぬ。げんにいま豊臣氏という姓が創立された。勅命によって姓氏が創立されたことは源平藤橘のはじまり以来、千年絶えてない。さればいまからすべて新例をひらかねばならぬ、いまをもって古《いにしえ》を為《な》す、故実などよりもそこをよくよくお考えあれ、と晴季はいった。

「いかが。わしはそうおもうのだが」

と、今出川晴季は身を乗りだした。

「ご異存はござるか、それともござらぬか」

（この男には、かなわぬ）

と、勧修寺晴豊はおもった。この今出川晴季は秀吉が京を制して以来、かれのた

めに犬馬の労をとってきている。秀吉の官位昇進は、すべてこの晴季があっせんしてきたことは、晴豊も知っていた。棒のように細い顔をしているくせに、非常な策士であった。

あの時期——去年からことしにかけて秀吉は今出川晴季を必要とした。秀吉には弱点があり、当然のことながらそれは素姓《せい》のいやしさであった。秀吉は最初幕府をひらこうとした。幕府をひらくためには征夷大将軍でなければならぬ。ところが源氏でなければ征夷大将軍は宣下されぬ。源頼朝は源氏の宗主《そうしゅ》であり、足利尊氏《たかうじ》もそうであった。これが宮廷の故実であり、故実は宮廷にとってもっとも重い律法であった。ところが秀吉は源氏ではない。

このため秀吉は源氏の姓を得ようとし、安芸《あき》に流寓《りゅうぐう》していた前将軍足利義昭《よしあき》に乞《こ》うてその養子になろうとした。が、源氏の宗主である義昭は血流が卑賤《ひせん》の血でよごれることをいやがり、承知しなかった。秀吉は当惑した。その秀吉をすくってやったのは今出川晴季であった。

——なにも将軍におなりあそばすことはない。関白におなりなされ。

と、晴季はいった。関白ならば人臣最高の職であり、その資格をもって天下の権《けん》柄《ぺい》をとれば、なにも征夷大将軍になって幕府をひらかねばならぬ必要はない。関白で十分である、と晴季はいった。ただし関白は、藤原氏でなければなれぬ。それが、千年の故実であり、他姓――源氏も平氏も橘《たちばな》氏も、関白になることはできず、なったためしもない。まして氏も素姓ももたぬ――とはいえ秀吉は旧主の信長にまね、これまでに平氏と私称したことはあったが――秀吉には、それに任ぜられる資格がなかった。

――いえいえ、事は簡単でござりまする、近衛《このえ》家の養子におなりあそばせ。それでもはや、君は藤原氏でござる。

と、晴季はいった。晴季は藤原氏の宗主である近衛前久《さきひさ》の承諾をあらかじめ得ていた。それをいうと秀吉は大いによろこび、即日近衛家の養子になった。その日のうちに晴季を通じ、

――藤原秀吉

という名で関白に任ぜられんことを奏請した。当今《とうぎん》の正親町帝は、さすがに難色を示された。秀吉が非藤原氏であることはあきらかであるのに、こういう見えすいた権詐《けんさ》はこのましからず、――とおおせられた。が、秀吉の現実の実力が、廷議を押しきらせ、ついに奏請どおり関白に任ぜられた。それからわずか三ヵ月後に、藤原氏の籍をぬき、新姓の豊臣氏を公称した。右は去年――つまり天正十三年九月十三日である。秀吉が貴族になる階梯《かいてい》も、宮廷にあっては容易ではなかった。

勧修寺晴豊は、公卿のひとりとしてこれらのいきさつはむろん聞き知っている。

すべてひとのことだとおもい、さほど気にもとめなかったが、いまはわが身にかかわってきた。利害はどうなるのであろう。

（六ノ宮を養子にしたいという一件、おそらく秀吉の発意《ほつい》ではあるまい。どうせこの今出川晴季の入れ智恵であろう）

と、勧修寺晴豊は晴季を見つめた。この晴季は秀吉を関白にしたおかげで、去年、従一位右大臣にまでのぼっているのである。

「あなたも、出世を心がけることだ」

という意味のことを、今出川晴季はいった。六ノ宮が豊臣家に入り、ゆくゆく天下の支配者になればあなたの宮廷での出世は思うままであり、勧修寺家の名誉を大いにあげるであろうとこの策謀家はいうのである。

——勧修寺晴豊はいったん奥に入り、宮の実母の晴子とも相談した。晴子は、

——なにをためろうておられます。それは勧修寺家にとってねがってもないことではありませんか。

と、即座にいった。晴豊はそれによって決心がきまり、衣冠をあらためてふたたび書院に出てきた。

「すでに」

と、あかるい声でいった。

「すでに内々の御諚《ごじよう》もある以上、傅人《めのと》としてなにも申しあげることはございませぬ。宮にとってもお仕合せであり、おめでたき仕儀に存じ奉りまする」

しかしながら――と晴豊は不安げにいう。関白殿下は六ノ宮をご存じでありましょうか。

「いやさ、それはご心配には及ばぬ」

と、晴季は手をふった。

「すでに今日、御対面があったわ」

と、やや得意げに、口をすぼめていった。これもこの策士の膳立《ぜんだ》てであるようであった。きょう、秀吉は小御所《こごしよ》へ黄金の茶室をもちこんできた。そのとき当今《とうぎん》が小御所へ渡られたが、そのお供のひとりに童形《どうぎよう》ながら六ノ宮がつき従われた。

「関白殿下は、宮を拝し、あとでたいそうなおよろこびようでござった」

「それは、いよいよ重畳《ちようじよう》なこと」

と、勧修寺晴豊はうなずいた。秀吉の満足は当然であろうとおもった。六ノ宮の容貌《ようぼう》の清らかさは、宮廷でも類がない。それに資質が尋常でなく、細川幽斎などはおそれながら神童にましますと舌をふるったほどであった。宮は漢学よりも和学をこのみ、すでに十歳にして古今集全巻に通じ、また伊勢物語を評釈できるほどの域に達していた。晴豊がおもうに、秀吉がどこをどうさがしても、これほど尊貴でこれほど資性のゆたかな養子をみつけることはできないであろう。

宮は、秀吉の猶子《ゆうし》になった。

猶子とは、猶《なお》子ノ猶《ごと》シから言葉がでている。養子とのちがいはほとんどなく、おなじ意味につかわれることが多いが、ときに区別されることもある。養子のばあいはその養家に住み、養家の姓を名乗るのが原則のようであるが、猶子はかならずしもそうではない。豊臣家の猶子である宮は相変らず勧修寺家に住み、天皇の一族としてくらしていた。ひとつにはまだその環境をはなれるのは幼すぎたからであろう。

三

その月が、暮れた。二月に入ると暖気大いにさかんで、月なかばには御所の花のつぼみがふくらみはじめた。

——今年は観桜《かんおう》の御宴《ぎょえん》が早かろう。

と宮廷でうわさが出ていたが、二十五日すぎに暖雨が降り、翌日御所の乾《いぬい》の桜がにわかに六分ばかり咲いた。帝《みかど》はおどろき、御宴の予定を早められ、二十八日にきめられた。

当日、宮もこの莚席《えんせき》についた。御宴とはいえ帝のいわば私遊であり、出席者も、親王とその一族や宮門跡《みやもんぜき》、側近の公卿など、いわば御所の身内にかぎられていた。

自然、秀吉は招かれなかった。もっとも、たとえまねかれてもかれはいま東海の徳川家康を自分の傘下にひき入れるべくさまざまな外交折衝に忙殺されており、お承《う》けできなかったであろう。ところがこの日、大坂にいるはずの秀吉がにわかに軽兵をひきいて上洛《じょうらく》し、御所に入ってきたのである。べつに用はなく、京にのぼったついでに天機を奉伺する、というだけのことであった。

たまたまこの日、禁苑《きんえん》の観桜会であったために秀吉は、

——御清興《ごせいきょう》をさまたげてはならぬ。

として帝には告げず、御所の苑《にわ》のすみに身をひそませ、立ったままで花をながめ、やがて退出した。そのことをあとで帝は知られ、いたく興《きょう》がられた。この種のゆかしさほど、宮廷人のよろこぶものはない。

「これを、豊関白《ほうかんぱく》にみせよ」

と、御製を一首、伝奏《てんそう》（とりつぎ）の公卿に托《たく》された。

　木立より色香も残る花ざかり
　散らで雲井《くもい》の春やいぬらむ

秀吉はそれを拝領するや、たちどころに返歌をつくって上《たてまつ》った。

忍びつつ霞《かすみ》とともに眺めしも
露《あらわれ》けりな花の木のもと

というものであった。この主従の歌のやりとりのうるわしさはたちまち宮廷の好話題になり、宮も当然それをきいた。歌をみるに、くらべることは畏《おそ》れあることながら、帝の御歌よりも秀吉の即興の歌のほうが数段すぐれているようにおもえた。

「豊関白は、歌ごころもおありですね」

と、宮は傅人の勧修寺晴豊にいった。晴豊はこのころ権大納言にすすみ、伝奏をつとめており、御歌を秀吉のもとにとどけたのはかれであった。返歌をもちかえったのも、かれである。

「御意《ぎょい》」

と、晴豊はあたりさわりなく答えた。晴豊も秀吉の歌ごころのありげなことはみとめているが、しかしこのみごとな返歌は秀吉の作品ではなくどうやら細川幽斎の添削したものらしいと感づいていた。

が、それを宮には明かさなかったために、宮は生涯この歌を秀吉の自作であると信じていた。信ずるだけの根拠が、後年の宮の心証のなかにあった。秀吉が死ぬ年、つまり慶長三年三月十五日、醍醐《だいご》の花見を催したとき、秀吉は宮の前で宮とともに遊ぶおもしろさを即興のままに、歌いあげた。歌はごく自然な調べであり、あらかじめ作っておいたものともおもわれなかった。宮はその生涯において秀吉の歌を多く目にし、そのいくつかを秀歌として記憶した。宮にとっては、秀吉のこととなればかれのもっとも不得手であったはずの歌道においてさえきわめて魅力的であった。

宮が秀吉の猶子になった天正十四年に、宮にとって不幸があった。この七月二十四日、実父の誠仁親王がにわかに病み、その日のうちに逝《い》ったのである。誠仁親王は当今《とうぎん》の正親町帝の嗣子であり、この急逝は宮廷にとっても一大事であった。ときに秀吉は大坂にあり、この報をききいそぎ上洛したが臨終に間にあわなかった。

あとに、皇位継承の問題が残った。当然、宮の兄の周仁親王が継承者にならねばならない。そのように事がはこばれた。

この年の九月、新皇太子の周仁親王は元服した。烏帽子親《えぼしおや》の役は、宮廷第一臣である秀吉がつとめた。ついで正親町帝が先年からのご希望のごとく上皇になられ、十一月二十五日、周仁親王が位をゆずられて紫宸殿《ししんでん》で即位された。この新帝が後陽成天皇である。

宮にとって実兄である新帝は、まだ十六歳のおさなさであった。まだ皇子がないため、当然、宮が皇族として筆頭の位置にすわることになった。この帝にもし万一のことがあれば宮が天皇になるであろう。

が、宮は、豊臣家の猶子である。

——それでは、こまる。

という感情が、公卿たちにあった。秀吉に乞《こ》い、豊臣家での族籍を消しておく必要があるのではあるまいか。他は知らず、そのことは勧修寺晴豊がいっそう強くおもった。自分が外戚《がいせき》にあたるその皇子が、豊臣家などを継いでくれるよりも天皇になってくれたほうがはるかにありがたいのである。が、そのことは晴豊も言いだしかね、言わなかった。それを言うことは新帝の死をのぞむようで穏当ではなかった。

かんじんの宮は、こういう事態に気づかない。

依然として、勧修寺家にあり、和学にはげんでいた。とくにちかごろは九条稙通《たねみち》について源氏物語の講釈をききはじめていた。

養父の秀吉に対しては相変らず好意をもちつづけた。翌年春、秀吉が九州征伐のために大坂城を出発するとき、宮は、おおぜいの公卿・門跡などとともに秀吉の出陣を見送るべく大坂へ下向《げこう》した。秀吉が騎馬で城門を出たとき、後陽成帝からの勅使が参着した。人が走り、それを馬上の秀吉に知らせた。

それからが、異様であった。秀吉は一瞬恐惶《きようこう》し、馬上からころげ落ちた。ころげ落ちたとしかおもえぬほどの光景であった。地に座し、いそぎ兜《かぶと》をぬぎ、拝礼した。並みいる大名小名《しようみよう》は秀吉の丁重さにおどろき、かれらもまた地にころげ落ち、土下座をした。見物の町衆《まちしゆう》たちも、この意外な光景に目をみはり、肝をうばわれた。秀吉こそこの地上で絶対権力をもつ支配者とおもっていたのに、その秀吉が狼狽《ろうばい》して土下座せざるをえぬ天皇とはどれほど尊貴な存在であろう。

宮は、その目でこの光景を見、宮もまたすくなからず衝撃をうけた。源頼朝が鎌倉に府をひらいていらい、政権は武家に移った。代々の武家の棟梁《とうりよう》のなかで、この秀吉ほど天皇を尊崇した者はなかったであろう。このときの光景を、宮は生涯わすれえなかった。

その年、秀吉は夏のなかばまで九州の戦線にいた。宮は、この年、中院通勝《なかのいんみちかつ》から新古今について講釈をうけた。養父の秀吉は多忙であったが、宮の身辺はそのようなことで日常があけくれていた。

天正十六年、宮は十二歳になった。

この年の春、秀吉はこの国の宮廷はじまっていらい、最大の遊宴をくわだてた。世にいう聚楽第《じゆらくだい》行幸である。秀吉の京都邸である聚楽第に帝《みかど》以下宮廷人を招待し、武臣とももに歓をつくしあおうということであった。

宮も、当然招待をうけた。宮は秀吉の聚楽第をかねて見たいと望んでいたため、この企てをきいた日から当日までが待ちどおしかった。この聚楽第という城廓と殿舎を兼ねた壮麗な建造物は去年の秋に京の内野《うちの》で竣工し、九州の征服をおえた秀吉は凱旋《がいせん》後すぐにそこに住み、年を越していた。その壮麗さは都のなかにいま一つ都ができたようであり、いかなる画工の筆もおよばぬという。

四月十四日が、その当日である。

当日の朝、秀吉はみずから帝をむかえにきた。帝は南殿《なでん》を出御され、鳳輦《ほうれん》までゆませられるあいだ、秀吉はその背後にまわり、御裾《おすそ》をとって歩いた。

御所から聚楽第まで十五町である。この十五町の沿道をかためる警備の士は六千人であり、そのあいだを錦《にしき》を織るがごとく供奉《ぐぶ》の行列がゆく。宮も塗輿《ぬりごし》に乗り、帝のあとにつづいた。

堀の朱橋を渡って聚楽第の城門に入ったとき、宮は別天地にきてしまっている自分を見出した。この輪奐《りんかん》のうつくしさはどうであろう。気品のなかに華やぎがあり、これまでの大建築の代表である寺院のような湿っぽさはなく、あくまでも現世を享受しつくそうとする秀吉のこころが息づき、それがあやうく浮華へ浮きあがろうとするのを、かれの茶道趣味が要所々々においておさえ、それを沈潜させていた。

――豊関白《ほうかんぱく》ならでは。

と、宮は後年までこのときの感嘆をわすれなかった。宮がおもうに禅客が書画をもっておのれの気宇と気韻《きいん》をあらわそうとするがごとく、秀吉は建築をもってそれをしようとしているのであろう。

帝は、設《もうけ》の座に入られた。秀吉が進み、着座の儀式があり、やがて酒宴がはじまった。

座の西が解放され、庭園がひろがっている。庭は、満目の若葉であった。それへ遅咲きの桜、早咲きのつつじ、季節の山吹《やまぶき》、かきつばたなどが色を添え、そのあたりから吹きただよってくる薫風のなかで宴がすすめられた。宴なかばで秀吉がおびただしい献上物をした。夜宴は、管弦《かんげん》が中心であった。帝はよほど愉《たの》しく思われたのか、みずから箏《そう》を横たえられ、みごとに弾奏された。

宴は、三日つづいた。三日でおわるのが予定であったが、帝のたのしみは尽きず、「もう一日居たい」といわれた。例のないことであり、群臣はおどろいた。

（帝も、秀吉がおすきなのだ）

と、宮は自分と、兄の帝の好むところが一致したことを、はしゃぎたい思いで、愉しく思った。宮はこの帝を、おそらく史上のどの天皇よりも教養が高いであろうこの後陽成帝を、終生尊敬しつづけていた。帝は宮の師匠でもあった。唐の詩学のおもしろさを教えてくれたのもこの帝であったし、白氏文集《はくしもんじゆう》を手ほどきしてくれたのもこの帝であった。

（秀吉はどう思っているのだろう）

と宮は気づかったが、気づかうまでもなくこの延期をもっともよろこんだのは当然ながら秀吉自身であった。かれはよろこびのあまり自分の大名を御前にあつめた。予定にはないことであった。招集された者は、豊臣家で三位《さんみ》以上の階級をもつものであった。織田信雄、徳川家康、豊臣秀長、同秀次、宇喜多秀家、前田利家であった。それよりは位階のさがる者は、別間に詰めた。

秀吉は進み出、

――感悦しごくでございまする。

と、奏上し、かつ大名たちに訓戒した。その訓戒の趣旨は、いまこのようにしてわれわれ武臣のぶんざいで殿上《てんじよう》の交りをゆるされこのたびの行幸に逢《あ》い奉ったこと、一代の栄光である。このよろこびにわれわれは身のおくところを知らぬ。しかしながらわれわれの子孫はどうであろう。この御薫恩《ごくんおん》をわすれ、あるいは武を弄《もてあそ》び、皇上に対し無道のことを企つる者もあらんかと怖れる。されば誓紙をさしだし、子々孫々にまで天子に対し奉って違背するところがなきよう誓い候え、というものであった。

みな、誓紙をさしだした。

宮は、その場のいちぶしじゅうをその目でみた。見ながら袍衣《ほうい》のなかで戦慄《せんりつ》したほど、秀吉のふるまいに、感動した。宮の祖父にあたられる先代の正親町帝のお若いころは武家は帝室などあるとも知らず、御所は日常の供御《くご》にも事欠かれるほどに貧窮したが、そのころをおもうといま秀吉のような帝室想いの者が出てきたのは奇《き》蹟《せき》のようではないか。

もっとも秀吉は秀吉で、魂胆がある。秀吉の大名はかつてはかれ自身と同格か、もしくは織田信雄、徳川家康のごとくかれ自身より上位にあった者が多く、豊臣家はそれらを統御し、かつ秀吉の死後も永続させねばならない。そのためには天皇の神聖を藉《か》り、その神聖観を諸大名に徹底させ、それによって人臣筆頭の関白家がいかに重いかを教育し、天皇に随順するがごとく豊臣関白家に随順せよ、と言いたかったのであろう。が、宮は、そのように意地わるくこの事象を観察するほどには成熟しておらず、それになによりも宮は秀吉が好きであり、秀吉の至純さをいささかも疑わなかった。

この座で、宮は徳川大納言家康という人物を見た。家康はごく最近まで秀吉と争っていた東海の覇者であり、秀吉もこの人物には遠慮をし、所属の大名でありながら賓客《ひんかく》に対するがごとくに応対するということはきいていた。頸《くび》のふとい人物である。

鬢《びん》がうすく、頬の肉づきがよく、動作にさしつかえるほどに肥満していた。が、どこにも秀吉の軍をも破ったという武人らしい倨傲《きょごう》さはなく、いんぎんでうやうやしく、その挙措《きょそ》や風貌《ふうぼう》はどうみても富商の隠居のようであった。家康も、誓紙をかいた。

御歌会の催しもあった。

主席者は公卿《くげ》側二十四人、武家側は秀吉をふくめて四人であり、つごう二十八人であった。席次は秀吉が最上席であり、ついで宮、最下座から二番目が徳川家康であった。それぞれのひざもとには、自作の歌を筆写すべき硯《すずり》、料紙がおかれた。会の進行に必要な役目もきまった。御歌会奉行、題者、読師、発声という役である。帝の御歌のための読師は、秀吉みずからがつとめた。

帝の御歌は、いかにもこの君子肌のお人柄にふさわしく調べのすずやかにととのったものであった。

わきて今日待つ甲斐《かい》あれや松が枝《え》の
世々の契りをかけてみせつつ

宮がそれに和し、さらに秀吉がそれに和した。秀吉のそれは、

よろづ代の君が行幸《みゆき》になれなれむ
　みどり木高き軒の玉松

（家康はどうであろう）

と、宮は、末座にちかい家康をみた。宮はこの家康が秀吉とならぶほどの英雄であるというわさをきいてから、無関心ではいられなかった。傅人《めのと》の勧修寺晴豊のはなしでは、秀吉のような芸術趣味はいっさいもたぬ人物であるという。華美な衣服を好まず、華麗な建築を好まず、その居城である浜松城もごく実用的な素朴な建造物にすぎず、城内には茶室もないという。茶を、家康は好まぬというわさもあり、和歌などもいっさい詠んだことのない人物だという。

その男が、御歌会にまじっている。詠めぬはずの和歌を、あの肥満漢はどのようにして詠むのであろうか。

宮は、関心をもちつづけた。やがて家康がふところに手を入れ、小さな紙きれをとりだした。それを一字一字写しはじめた。

（写している）

と、宮はおどろいた。おそらく代作であろう。細川幽斎にちがいない、と宮は思った。なぜならばこの家康が一昨年の十月、秀吉と和してその傘下に入るべく大坂にやってきたときその会見の席の接待役を礼式にあかるい幽斎がつとめた。そのことを幽斎の口から宮はきいていた。それ以来幽斎は家康と親交をかさねているという。代作をするとすれば、おそらく幽斎であろう。

それにしても、いますこし人目を忍びつつ写し取ればよいものを、家康は堂々と紙片をひろげ、遠慮もなく写していた。その姿に、宮は異様さを感じた。先刻までのいんぎんな物腰とはおよそちがったふてぶてしさがあり、おおげさにいえば帝《みかど》の御前であるというような畏《おそ》れなどは露ほどももっていないようにおもわれた。やがて読師が、その家康の歌を読みあげた。

　緑たつ松の葉ごとにこの君の
　　千年《ちとせ》の数を契りてぞ見る

というものであった。松の葉は数多い。その数多い松の葉ごとに帝の千年の御栄《みさか》えを祈った、というほどの意味であろう。歌がもし詠み手の心情をあかしだてするものであるとすれば、家康もまたこの歌によって宮廷の栄えを保証した、ということになるようであった。

天正十八年になった。

宮はすでに元服し、智仁《としひと》親王という名にかわっている。年十四歳であった。

その前年、豊臣家に実子がうまれた。鶴松であった。後陽成帝は勅使を大坂にさしくだし、祝儀として太刀を下賜《かし》した。このあと、自然の話題として宮を、豊臣家猶子《ゆうし》という身分から解放させるべきではないかという議がのぼった。秀吉に実子ができ、後陽成帝にまだ実子がない。このさい宮をもとの純乎《じゅんこ》とした宮廷人にもどすべきではないか、ということであった。結局、そのようになった。

秀吉はかつて自分の猶子であったこの宮のためになにごとかを酬《むく》いてやりたかった。思案のすえ、独立の宮を創設させることを思いついた。宮家を創設するには領地と屋敷が必要であった。まず領地を三千石あたえ、このあたらしい家の名称を八条宮家とし、その屋敷を八条河原にいとなませることにした。

この年の正月、秀吉は小田原征伐の準備で多忙であったが、余暇をみて参内《さんだい》し、宮をそこへ連れだした。

「宮のお屋敷は、私が縄張りしてさしあげましょう」

というのである。相変らず建築ずきであった。秀吉は宮を屋敷の予定地につれてゆき、現場に普請・作事《さくじ》の奉行と工匠をよび、まず基本方針を練った。

「ずいぶんとむずかしく考えよ」

と、秀吉はいった。親王の住まいであるため御所風の、つまり主殿《とのも》造りのようにしなければならないが、それだけでは軽快を欠く。採光もわるく、第一に古風すぎる。それに新興の数寄屋《すきや》造り（茶室風の建築）をも加味せよ、というのが、秀吉の注文であった。

「宮も、なにかおおせられませ」

と秀吉はいったが、宮にはまだ建築のことがよくわからず、すべて卿《あなた》におまかせしますといった。

秀吉は工匠に図面を引かせ、大坂にもどってからそれを受けとり、みずから朱筆をとって修正を加え、かつ、

——宮にもお見せせよ。

と命じた。宮は、その図面をみた。秀吉のは茶趣味が勝ちすぎているようであり、宮はその点でべつに異存はなかったが希望をいうとすれば多少蔀戸《しとみど》などをつかった王朝風の要素もほしい、という意見をのべた。このころ、兄の帝とともに源氏物語の考究に凝っていた宮としては源氏を連想させる間《ま》が一つはほしい、というのであろう。その意見が、秀吉につたわった。秀吉は「もっともなおおせである」として

最後の朱線を入れ、小田原征伐に出発した。ところが小田原の陣営でも、普請のはかどりぐあいを気にしていちいち報告させた。

宮も、しばしば普請現場へゆき、工匠にまじってその普請を見た。この宮がしだいに建物と建築に興味をもつようになったのは、この八条邸《し》の普請からであろう。普請がほぼ完成したとき、宮は小田原の秀吉にそれを報らせた。秀吉は自分のこのようにそれをよろこんだ。

襖絵《ふすまえ》のみが、まだ出来なかった。秀吉はそれを抱え絵師の狩野永徳《かのうえいとく》に督促した。永徳はこのころ多病であったが、秀吉の督促をことわるわけにもゆかず懸命に画技をふるった。やがてそれが完成し、屋敷に装置された。

画題は、檜《ひのき》である。

大画面いっぱいに濃墨の描線を走らせつつ檜をえがき、それに濃厚な色彩の水、天、岩をあしらったいかにも秀吉ごのみの、いわば聚楽風《じゅらくふう》な豪壮華麗の構図で、秀吉がつくりだしたこの時代のこころをいきいきと象徴しているようであった。

新年になって、宮はこの新邸に移った。やがて九月、秀吉は東方から凱旋してくると、この屋敷に立ち寄った。

「ようできました」

秀吉は邸内を検分しつつ何度もいったが、ただ庭だけが気に入らず、みずから指揮をして石をあちこちうごかした。

この天正十九年は、豊臣家に不幸が相ついだ。正月に秀吉の実弟の大和《やまと》大納言秀長が死に、八月に鶴松が死んだ。

豊臣家は、ふたたび後継者をうしなった。秀吉はついに決心し、この年の十一月、甥《おい》の秀次を容《い》れて養子とし、その翌月、関白職をこの養子にゆずった。その後、朝鮮ノ役がはじまったが、秀吉はこのころから体のしんが折れたように、にわかに老耄《ろう》《もう》しはじめている。

四

八条宮智仁親王の秀吉についての思い出は、その程度しかない。それにしても宮は、幼すぎた。秀吉が英気潑剌《はつらつ》としていたころは当の宮は幼童か少年にすぎず、その人事に対する目が熟しはじめたころには、かんじんの秀吉は老耄し、やがて他界している。しかしながら、宮の精神は秀吉の他界後に大きく成長した。同時に宮のなかの秀吉の像も、かれの死後にいきいきと成長しはじめたようである。

関ヶ原ノ役がおこったのは、宮の二十四歳のときである。

——家康が豊臣家の権をうばおうとしている。

ということは、宮廷人の目からみればすでに関ヶ原以前においてあきらかであった。秀吉の死後、家康は豊臣家の一大名の身でありながら単独で宮廷に接近し、金銀などを献上した。その魂胆は将来かれがなにごとかをおこす場合を想定し、あらかじめ宮廷の好意を得ておくためであったにちがいない。その間《かん》、家康は豊臣家の律法を犯しては、しばしば大坂の公儀の感情を挑発した。その感情を代表して立ったのは五奉行の石田三成であり、家康の罪を鳴らし、大坂で兵をあげた。家康の思うつぼであったであろう。このため天下の大名は、東西のいずれかに属した。

宮の歌学の師匠である細川幽斎は、丹後田辺(舞鶴《まいづる》)に在城のまま家康に属した。幽斎は自家の保存を、家康の側に賭《か》けた。賭博《とばく》は結果において成功したが、しかしその途上——戦況の進展途上では窮地に立った。なぜならば西軍の大兵団が、この丹後田辺城を包囲したのである。

西軍の人数は一万五千人であり、籠城《ろうじょう》する幽斎のほうはわずか五百人にすぎない。幽斎の子の忠興《ただおき》は細川家の主力をひきいて関東にあるため、幽斎の手もとに残っているのはそれだけの人数しかなく、それだけで戦わねばならなかった。が、幽斎はよく戦った。

「とても幽斎は勝てまい。幽斎は死ぬだろう」

と、世間のたれもがおもった。

しかしながら幽斎にはかつて信長を感嘆させたほどの武勇がある。それ以上にこの男には智謀があった。この死地から自分のいのちを脱出させ、かつ世の物笑いにならぬほどの工夫をこの老人はもっていた。

八条宮をうごかすことであった。

幽斎は、一昨年来、後陽成帝とこの宮のために古今集全巻にわたる註釈を講義し、去年完了した。第一回は七十余日を要し、第二回は四十余日を要した。

それですべてを講義しつくしたが、あとなお秘伝というべきものが伝わっている。

「古今伝授《こきんでんじゅ》」

と世にいわれるもので、古今集解釈での秘伝であり、芸道でいう奥伝であった。これは門外不出のもので、幽斎がもし戦死すれば永久に世から消えるであろう。これが幽斎の智謀のたねであった。

「わが死は軽い。しかし古今伝授は重い。わが死の前にそれを八条宮にゆずり残したい」

と、京の八条宮に申し入れたのである。その密使として、幽斎の家来が敵中を突破し、八条邸にたどりついた。

宮は、おどろいた。

すぐ参内し、兄の帝に拝謁し、丹後の戦況を語りつつ古今伝授の一件をのべた。

「幽斎は、みかどに御伝授申しあげたい、と申しておりまする」

と、多少歪曲《わいきょく》した。宮のおもうところ、自分が受けても天下の問題にならぬ。帝が御伝授をうけられるとなれば勅命をもって矢留《やどめ》（停戦）させることができ、勅命とあれば幽斎の一命も晴れて救われることになる。幽斎は、宮の人柄からみて、宮がそのように言上《ごんじょう》してくれると見こんでいたのであろう。

「それは、救わねばならぬ」

と、帝はすぐ行動をおこされた。勅使を大坂の秀頼にさしむけて丹後方面の西軍に停戦令を出させることであった。この勅使として歌道にあかるい三条西大納言実条《さねえだ》、中院中納言通勝、烏丸《からすま》中将光広の三人が下向《げこう》した。秀頼は、承諾した。勅命をかしこむのは豊臣家の家法であった。

現地への勅使として烏丸中将光広が立ち、秀頼からは前田主膳正《しゅぜんのかみ》義勝（豊臣家の京都奉行前田玄以《げんい》の子）が使者になった。

これらよりひと足さきに、宮自身の使者として家臣大石甚助という者が丹後田辺に急行し、敵味方に、

――勅使が下向なさる。

旨を予報し、かつ幽斎に対面させ、その意思を歪《ま》げたことを告げさせられた。

幽斎は、複雑な演技をした。

勅使が城内に入ると、最初はその停戦勧告の勅諚《ちよくじよう》をことわった。命を惜しむかのごとくみえて武道の恥でござりまする、と何度もいった。

かつ、関東の家康にも使を出した。家康にもこの事情をなっとくさせなければ、のちのためにならない。

押し問答のすえ、やっと開城し、その城を前田主膳正義勝にあずからせるという名目で退城した。同時に、包囲軍も陣をはらって去った。

幽斎は戦乱の静まるまで丹波亀山城に身を寄せ、やがて戦いが東軍の勝利に帰するとまず大坂へゆき、家康に拝謁した。

ついで京にのぼり、宮に古今伝授をさずけるべく八条宮家に入った。宮はこの日の儀式のためにわざわざ邸内に一室をつくり、伝授の間とした。伝授の内容はさしたることもない。古今集中の難解な個所や語句などにつきいちいち切紙《きりがみ》をさしはさみつつ口伝《くでん》するもので、内容よりもむしろ伝授歌学の権威を神秘化するための宗教儀礼であった。宮は伝統の作法どおり幽斎に誓紙をさしだした。誓紙には「天地神明に誓って他言せぬ。もし違背におよぶときはいかなる神罰仏罰をも甘んじてうけるものである」と書かれていた。

家康の天下になった。

秀吉びいきであった後陽成帝は、秀吉の死後わずか三年目にやってきたこの変革に失望し、天子であることをやめられようとした。退位し、あとを八条宮にゆずられようとした。

が、家康とその官僚たちはゆるさなかった。かれらは前時代の秀吉や豊臣家とはまるでちがう態度で宮廷にのぞみはじめた。

そのいうところは、御退位は徳川家へのあてつけのようであり、そういうお気儘《きまま》はゆるされませぬ、まして八条宮に御譲位なさるなどはおよろしからず。その理由は宮はかつて秀吉の猶子におわした御方であり、ただいまのみならず今後も皇位につかれることはおだやかならず――というものであった。

すべて、秀吉の時代のようではない。秀吉のころにもうけられていた京都奉行は、あくまでも宮廷本位な、朝廷の御用を下手《したで》から取りついでゆく機関であったが、家康の世になって置かれた京都所司代《しょしだい》は宮廷の目付役であり、ときには検断官の高みに立った。このため天子以下女官にいたるまでの日常が暗くなった。

――陽が、落ちたのです。

と、宮は兄の帝をなぐさめた。陽とは秀吉のことであった。この国の宮廷にとって秀吉の出現は陽がさし昇ったがごとくであり、その生存中の宮廷には終日陽があたっていた。秀吉の死によってにわかに翳《かげ》った。

——家康は、もともと豊氏《ほうし》のごとくではありませぬ。
とも、宮はいった。宮は家康の顔を見たのは数度にしかすぎないが、あの様子は決して詩人ではない。秀吉は詩人であった。詩人でなければ宮廷の典雅さ、美しさ、その芸術性は理解できぬであろう。理解できなければ、宮廷へ愛情が湧くはずがない。

その後十年、後陽成帝は帝位をたもち、やがて位を皇嗣の政仁親王《ことひと》にゆずられた。後水尾《ごみずのお》天皇である。

慶長二十(元和《げんな》元＝一六一五)年、家康はいわゆる大坂夏ノ陣をおこし、秀頼を包囲し、火のなかで死なしめた。つづいて家康は京に人数を送り、阿弥陀ケ峰の秀吉の廟所《びょうしょ》をあますなく破壊し、その神号——豊国大明神——を棄てさせた。

——そこまでする必要があるのか。

と、宮はおもったであろう。さらに家康は宮廷に対し、その活動を御所内にのみとどめさせるべく法をもって束縛してきた。公家法度《くげはっと》がそれである。

宮は、すべてに失望した。ついに京を避けようとした。

真夏、宮は桂川のほとりに瓜見《うりみ》にゆく。その場所に住いをつくることを思い立った。ここに別業《べつぎょう》をつくりそこに住み、それによって和学のうつくしさのなかに沈潜し去ろうとした。

この宮は、後世《のち》にいう桂離宮《かつらりきゅう》をつくった。あの離宮のすべてをつくったのではなく、かれは祖形のみをつくり、あとは晩《おそ》い結婚でうまれた嫡子の智忠《としただ》親王によって完成された。

宮のつくった別邸は、宮の表現によれば、

――瓜畑のかろき茶屋
であった。軽くはあってもそのうつくしさは宮廷の評判になった。宮はこの別邸の設計において、源氏物語、伊勢物語、古今和歌集それに宮の好きな白氏文集などから発想し、それらの詩情を形象化しようとした。瓜畑に夏の月がのぼる夜など、この別業に秀吉を生かしめて招きたいと何度かおもったことであろう。

宮は、三代将軍家光の寛永六（一六二九）年、五十といくつかで没している。宮の死後ほどなく下野《しもつけ》の日光において家康の廟所である東照宮が造営されはじめ、やがて完成した。後年、東照宮における徳川家の美意識と、京の南郊のこの桂御所におけるこの宮のそれとが、意識の対極のように取沙汰《とりざた》されるようになった。

第九話　淀殿・その子

秀吉の異常さのひとつは、その情愛のふかすぎることであろう。壮年のころはそれを自制した。晩年にその箍《たが》がゆるんだ。淀殿はその時期の秀吉に愛され、秀頼を生んだ。

一

この婦人は、近江《おうみ》（滋賀県）の出身である。童女のころ——七つの齢《とし》まで近江にいた。実家は、近江北部の覇主であった浅井氏である。主城は、小谷《おだに》にある。

小谷城は、山岳の頂きの城であった。背後の連峰は遠く北陸につづき、その東南に伊吹山《いぶきやま》をひかえ、山頂に立つと眼下に琵琶湖《びわこ》をゆく白帆が、小虫の翅《はね》のようにかすかにひかっている。その山頂の城塞《じょうさい》が、彼女の実家であった。終生彼女はこの城とこの山頂の風景をわすれられなかったであろう。

その童女期は、哀《かな》しみが深い。物心ついたときは城と山が敵の軍兵《ぐんぴょう》に包囲されていた。山麓《さんろく》の野に満ちた敵の旗と人馬のなかで童女期をすごし、毎日銃声をきき、その銃声下の暮らしは気が遠くなるほど長かった。元亀《げんき》元（一五七〇）年六月から天正元（一五七三）年八月までのあいだ、満三年と二ヵ月もつづいた。

「敵は木下藤吉郎秀吉」

というその名を、乳母――のちの大蔵卿《おおくらきよう》ノ局《つぼね》――の口から憎しみをこめてきかされつづけた。正確には敵の名は「織田信長」と言うこそただしい。しかし乳母はその名に遠慮をした。織田家は童女の母お市の実家であり、信長はお市の兄であり、この童女にとっては母方の伯父《おじ》にあたる。木下藤吉郎はその部将にすぎぬ。しかし藤吉郎というのはこの浅井氏小谷城の攻撃のための、織田家におけるじかの担当官であった。その名を憎ませれば、さしさわりがない。

童女は、生涯おぼえていた。城の南面の矢狭間《やざま》から見おろせば、はるかな下の、野のむこうの丘陵に敵の藤吉郎が本営をかまえている。土地の者はその丘陵を横山とよんでいたが、嫋《たお》やかな姿《なり》の古墳であった。古墳は堅固に築城されており、昼間は無数の旗がはためき、夜は無数のかがり火が明滅した。それが三年二ヵ月のあいだ昼夜変りない風景であり、そこに織田家では足軽あがりであるという部将の藤吉郎が加害の総指揮をとっていた。

「おかあさまは、あの男をごぞんじでございますか」

と、母親のお市にきいてみた。お市は知っているはずであった。お市がこの浅井家に輿入《こしい》れしたころにはすでに彼は相当な地位にあり、げんに彼女が岐阜から近江へゆくときの輿入れ行列の宰領者のひとりであった。如才ない笑顔と、鋭い目と、陽気で大きな声をもっていた。しかしながら柄《がら》が侏儒《こびと》のように小さく、貌《かお》は産褥《さんじょく》の上の未熟児のようにみにくい。

「………」

と、お市は無言でかぶりを振った。話すのもいや、といったふうの激しい嫌悪感が、刃物のようにむき出ていた。童女はその母の表情のけわしさを、生涯わすれることはできない。

落城の日がきた。童女は戦況についてなんの知識もたされておらず、ただこの朝、未明におこされ、父の長政《ながまさ》に対面した。そのあと母のお市、乳母たち、それに二人の妹たちとともにそれぞれ駕籠《かご》に入れられ、城門を出された。

——どこへゆくのですか。

と駕籠の引戸を内側から何度もたたいてたずねてみたが、乳母もこたえてくれなかった。結局、織田家の陣中にはこばれ、伯父だという信長にはじめて対面した。信長は甲冑《かっちゅう》をつけていず、かたびらの涼しげな小袖《こそで》を着ていた。その横に、おどろくほどに小柄な武将が、目を真赤に泣きはらしてすわっていた。

(藤吉郎とは、この男ではあるまいか)

と後年、かすかに思いだすことのできる程度の記憶のたよりなさで、木下藤吉郎をおぼえている。そのまま彼女らは尾張清洲《きよす》城に送られ、そこで住んだ。ちなみに彼女はその生涯においてすくなくとも八つ以上の城に住んだであろう。生涯、城から城へと転々とした。近江小谷城、尾張清洲城、越前北ノ庄城、山城淀城、相模《さがみ》小田原の付城《つけじろ》、肥前名護屋《なごや》城、山城伏見城、大坂城。……

尾張清洲城でのくらしの期間もながくはない。ほどもなく越前北ノ庄城（福井市）にうつった。なぜならばその城の城主であり、かつ織田家における北陸の総元締であった柴田勝家にその母お市が再婚したからである。この城も、落城した。

敵は生家の浅井氏小谷城のばあいとおなじく、またまた藤吉郎であった。この十年のあいだに彼の身分は変化しており、その呼称も羽柴筑前守《ちくぜんのかみ》秀吉にかわっていた。以前の小谷攻めのばあいとちがっているのは、かれは信長の命令で越前に乱入したのではなく、自分自身の意思で大軍を催し、その人馬を鞭《むち》一本で駆りたてつつ木ノ芽峠を越え、越前平野に乱入し、北ノ庄城を包囲したことであった。

すでにこの時期、信長はこの地上にいない。この年の前年、京の本能寺でその部将明智光秀のために斃《たお》れており、その光秀は秀吉の機敏な挑戦によって斃された。自然、織田政権の継承権を秀吉がにぎるかのごとき勢いになったが、しかし老臣筆頭の柴田勝家はそれをよろこばず、たがいに反目し、断交し、ついに北近江の賤《しず》ヶ岳《たけ》――小谷の故城にちかい――で決戦をし、秀吉が演じた絶妙といっていい用兵のために勝家の陣は崩れ、勝家は北へ逃げた。勝家は北走し、その居城の北ノ庄城ににげこみ、城門をとざした。秀吉は休むまもなくそれを追跡した、その羽柴方の大軍が城をとりかこんだとき、

（なぜあの男はこのようなのか）

と、彼女は自分の生涯で二度にわたってその暮らしを突きくずすべく銃撃してきたその男に憎悪よりもひたすらに恐怖した。四月二十四日、夜はまだ明けぬころ、城がまっぷたつに裂けゆらぐほどの銃声が一時におこり、彼女はその寝室ではねおき、しかし倒れた。乳母が、その肉づいた肩を抱いてくれた。彼女は十七になっていた。暗い。部屋に闇が満ちていた。

「まだ夜ですか」

やっといった。

「いいえ、もうすぐ明けましょうが、しかしまだ明けておりませぬ」

と、乳母が耳もとでゆるゆるとささやいた。そのささやきの言葉に、遠い記憶があった。小谷城の落ちるときも、この乳母は、このように言った。その闇の刻限といい、この銃声の激しさと言い、なにからなにまで近江小谷城でのあのばあいと似ていた。

彼女が倒れたこの刻限、すでに秀吉の軍が城内の一廓に突入していた。城内が戦場になった。勝家はその家族とともに天守閣に移った。もはや、この城主とその家族をまもる人数は、二百人しか生き残っていなかった。

この養父——柴田勝家が、彼女の亡父浅井長政と濃厚に共通している点は、その最期に華やぎをもとめようという気質であった。げんに勝家はそのとおりにした。勝家は敵にむかって、自分が自刃する旨を通告した。そのあと天守閣の楼上で酒宴をひらいた。生き残りの士に謡《うた》をうたわせ、おのれは茜《あかね》の小夜物《さよもの》を着てはればれと舞うという落城の宴を型どおりに演じ、つづいて敵に使を送り、

「いまから天守に火をかけ、自刃する。ついては遠くへ退《さが》られよ」

と、忠告した。天守閣には二十年貯えた火薬がびっしりと積まれている。燃えあがればこれに引火し、爆発し、柱も屋根も吹っとぶであろう。怪我をするな、というのであった。

そのとおり、天守閣は轟然《ごうぜん》と地をふるわせやがて天にむかって吹き飛んだ。養父勝家、実母お市は、三十余人の侍臣とともにみずからの屍《かばね》をも粉砕した。が、彼女はこの場合も、運命が生きさせた。彼女はそのふたりの妹たちとともに勝家の命令で敵方へ送られた。勝家はその自殺の前に、

「この三人の女《むすめ》を救《たす》けよ」

と、秀吉に申しやった。その理由は、

「この三人のむすめは足下《そっか》も知ってのとおりこの勝家の子ではなく、近江小谷の浅井長政の遺児である。ゆえに亡き右大臣家（信長）にとってはめいにあたり、足下にとっては主筋《しゅすじ》にあたる。せっかく保護さるべし」

ということであり、秀吉はむろん受け入れを了解した。この点でも小谷落城のときとおなじであり、むしろ同じでありすぎた。この幼名茶々《ちゃちゃ》というむすめは、童女期からむすめざかりにかけて生きながらに地獄の業火《ごうか》めぐりをし、それもまるで牛頭馬頭《ごずめず》どもの手ちがいであったかのようにおなじ種類の地獄をめぐらされた。最初の地獄で実父が死に、つぎの地獄で実母が死んだ。つねにその地獄を現出させたのはこの世でもっとも活動家であるとされている同じ男であった。

その男——秀吉の陣中に送られたとはいえ、その本営ではなく、戦場のはるか東南方にある一乗谷《いちじょうだに》の山林のなかであった。ここはかつての越前の国主朝倉家の城館のあったところで、いまは山林のなかに礎石のみが残るにすぎないが、この老いた杉の多い谷間の湿度と閑寂な古城趾《こじょうし》のたたずまいが、三人のむすめの神経をいささかでもしずめるであろうと秀吉は心遣《こころづか》うたにちがいない。このことはあとで次第にわかってきたことであったが、秀吉とはそういう心づかいのゆたかな、ときには豊かすぎる男であるらしかった。

秀吉はどういう配慮か、すぐには彼女らに会わなかった。北ノ庄城が陥《お》ちたあと、加賀に進み、各地の城を降伏させ、能登《のと》、越中を降《くだ》し、初夏のころ越前にもどった。その途中、かれのほうから一乗谷に立ち寄った。

「茶々どのに対面しよう」

といった。その対面の場は、寺であった。秀吉は寺の書院を掃き清めさせ、彼女らをよび、下座におかずに自分と同格の席をあたえ、

「手前、筑前でござる」

と、いんぎんにあいさつした。口上も、この平素がらがらとした陽気な男にしては衝《つ》き果ての梵鐘《かね》の余韻のようにながながしく、語調はごく自然に湿っていた。

「武道のうえとは申せ、余儀なきことで修理《しゅり》（勝家）と弓矢の沙汰《さた》になり、しかも修理、武運なく果て申し、母御料人《ごりょうにん》もともどもにお果てなされたこと、おくやみ申すべきことばもござらぬ」といったようなことを、歯切れよく、しかもあふれるような実意をこめていった。

「かたがたは、故右大臣家のめい御《ご》におわします。言わずもがな、拙者にとりましても主筋でござる。――これからは」と、秀吉は言葉を区切り、ちょっと瞑目《めいもく》した。

「亡き右大臣様になりかわり、この筑前がご守護つかまつる」

みごとな口上であった。信長の名を出すことによって秀吉の行跡《ぎょうせき》と立場はすべて

正義になり了《おお》せてしまう。かつての近江小谷城攻撃も信長の命令であり、こんどの越前北ノ庄城のばあいもすでに信長が亡きひとであるとはいえ、織田家の相続者をどの公子にするかということについて勝家と秀吉の意見が食いちがい、それが理由で――表むきだけだが――合戦に発展した。つまりは双方「私心ではなくあくまでも織田の御家のため」ということであった。信長の名さえもちだせば、浅井長政をほろぼしたのも、柴田勝家を自殺させたのも秀吉ではない。正義がそれをさせた。が、かならずしも秀吉のばあい、正義は演技だけではなかった。秀吉は自分の幕僚をかえりみ、

「この姫御料人たちは、わが主筋であるゆえ、かつお気の毒なご境涯であるゆえ、そのつもりで愛《いと》しゅう愛しゅうに仕えまつれ」

と、心から涙を流し、かれらにいたわりを要求した。本心であった。秀吉はつねにおのれの本心を首筋の血管のように露呈している男であり、つねに本気であり、たとえうそをつくときでも本心からうそをつけるめずらしい種類の男であった。誠実は一筋しかないという愚鈍さはかれにはなく、かれにあっては誠実も本心もその体内の血管の数ほどに幾筋も用意されていた。たとえば故君をおもい、想うときはつねに涙をながさずにいられぬほどの忠誠心をもち、しかしながらも、一方では故君の政権を故君の子に渡さず、あくまでもわがものにするために懸命の活動のでき

る男であり、げんにそのはちきれるような野望で縦横に兵馬をかけまわらせていた。それもこれも秀吉の本心なのである。

同時に、

（この姫御料人を――）

と、秀吉はからだの芯《しん》のうずくようなおもいで茶々の血の色の透けた首筋を見つめ――抱《いだ》き参らせたい、とおもった。これもあざやかな本心であり、秀吉にあっては故信長への忠誠心とすこしも矛盾せぬ。むしろ故君への想いが、この欲望をかきたてた。秀吉は不幸なほどに女好きであり、その好みは下賤《げせん》の女にはなく、貴族にあった。貴族の女こそ、この卑賤出身の男の情念をかきたてた。その貴族もあちこちの貴族というわけにはいかない。

公卿の娘は、埒外《らちがい》であった。公卿は貴族のなかの貴族とはいえ、秀吉の来歴からすればあまり実感がなかった。武家貴族でなければならない。このためすでに秀吉は京極家の出のむすめを手に入れており、また宇喜多《うきた》氏の後家にも通じ、本願寺の門跡《もんぜき》夫人にも何度かの縁をもったが、しかし秀吉の実感のなかでの貴族といえばなんといっても織田家であった。冷静におもえば珍妙であろう。なぜならば織田家などは信長の父の代からにわかに尾張半国のぬしになった新興大名にすぎず、その先祖が何者であったかも知れない。しかし秀吉が、猿といわれた小者のころからの主家であり、織田家の家族たちといえばかれにとって雲の上の人であった。その家のむすめたちはかれにとって神のように崇《たか》く、仰ぐだけでも物狂おしくなるほどにうるわしい。織田家の女をたとえひとりでも抱けるとすれば千の女をあきらめても悔いはなく、この想いはたとえ下卑《げび》ていようとも、あこがれという点では故君への忠誠心とおなじ根から出ている。

(この姫の、母御の佳《よ》かりしことよ)

と、勝家とともに北ノ庄城の火のなかで死んだお市御料人をおもった。お市は稀《き》代《たい》といわれるほどの容色であり、秀吉はかつて叶《かな》わぬ想いながらもひそかにそれを想った。その娘が――容色はやや劣るかもしれぬにせよ――いま目の前にいるのである。

(いずれは)

と、織田家への追懐の気持が深まれば深まるほど、いずれはこの娘と遂げるであろう閨《ねや》のさまざまを思いうかべた。

が、当の茶々のほうは目をふせ、秀吉を一度だけ見あげたにすぎない。

(――この男か)

と、茶々は多少意外であった。自分に対してあれほどの危害をあたえつづけてきた男にしてはそのあたりの辻《つじ》で遊んでいる村の童《わっぱ》のように邪気がなく、陽気でおしゃべりで他愛もなく高声で笑い、よく晴れた真夏の空のようになにごともあっけらかんとしており、どこか底が抜けたような男だった。このことに、当惑した。

（あの男ではない）

とさえおもった。あの男とは、童女のころ自分の小谷城を攻めつぶしたあの横山城――小谷城の付け城――の城主の藤吉郎とはこの男ではない、ということだった。茶々は藤吉郎という男に別な映像を根深く育てつづけているが、この眼前の男ではない。

「あれはいいお人でございますよ」

と、後日言いだしたのは、かつて藤吉郎についての印象を茶々に吹き入れてきたはずの乳母であった。乳母は徐々にではあるが、人変りがしてきているようであった。このところ態度も妙に明るくなり、秀吉のことをさかんに話題にした。その言葉のはしばしに礼讃《らいさん》めいた形容が入り、あきらかに茶々を秀吉好きにしようとしているようであった。

（なぜだろう）

とは、茶々はおもわない。茶々はこの点でその育ちにありがちな鈍感さをもっていた。ただ茶々が気づいたのは、乳母の小袖《こそで》がいつのまにか立派になっていることであった。

それに、この乳母はいつのまにか自分の国の丹後（京都府）の大野村から子どもたちをよびよせていた。乳母は丹後大野村の地侍《じざむらい》大野修理亮《しゅりのすけ》の妻で、小谷城のころは修理亮ともども浅井家の家士になっていたが、落城後かれらは丹後に帰っていた。夫はその後病死したが、ふたりのこどもは無事成人し、長男はすでに二十前になっており、大野治長《はるなが》と名乗っていた。

「丹後の大野村というのは、宮津から西のほうの山ぎわの里だな。左様、里のほとりに竹野川が流れて小さな渓《たに》をつくっている」

と、秀吉はこの乳母を単独でよんだときにそのように彼女の出身地のことをいった。秀吉は丹後大野村など知らなかったが、ちょうどその幕営にいる丹後の大名の細川幽斎からあらかじめ問うて知識を得ていた。乳母はこれには肝をうばわれた。あのような山里のことまで知ってくれているということで、にわかに親しみをもった。

「子がいるのか」

と、秀吉はたずねた。おりまする、と答えると、そもじの子なら利発であろう、わが側へ連れて来《こ》よ、取りたてて馬廻《うままわ》りに加え、器量めでたければゆくゆくは大将にも取りたててやろう、というのである。

（なんと、ありがたいことだ）

と、乳母は、この日から内臓を取りかえられてしまったように人変りがした。すぐ飛脚を国もとに送ると、かれらは丹後宮津港から船で越前三国《みくに》港に入り、はやばやとやってきた。秀吉は約束どおり、その兄弟もろとも召しかかえた。

茶々は癇《かん》走ったところがある――だからこそその目はいつも油断なげにまたたき、つねにきらきらと異様なほどに光彩を帯びているのだが、しかしかといって乳母の子が秀吉に召しかかえられたということをきけば、すぐそれと乳母の態度の変化とをむすびつけられるという種類の智恵は、どういうものか持っていない。天性、そういうものが欠けているのであろう。

彼女らは、大坂城に移された。

この一行が越前から大坂に入った時期には秀吉はすでに格別な殿舎を準備させていた。新築であった。その普請の早さから考えると、

「すでに越前の陣中から大坂へ飛脚を走らせて御指示なさっておったのでございましょう」

と、乳母はまたしても秀吉をほめた。茶々はこれほど贅沢《ぜいたく》な殿舎にかつて住んだことがなく、その意味では満足した。乳母はいう。秀吉さまがいかに心のゆきとどいたお人であるかということは、「亡父様浅井長政殿、亡母様お市御料人の忌日には僧をよび法事を営め」とわざわざむこうからいってくれたことでもわかります、

もはや好意以上のものでございます、と乳母はいうのである。それにもっと重要なことに、

「浅井殿の一族の婦人を呼びよせてもかまわぬ」

ともいってくれた。信長の時代には浅井家は天下の大罪人であった。信長は多年悪戦苦闘して浅井家をほろぼすや、その妹婿にあたる長政の頭蓋骨《ずがいこつ》に漆をかけ金濁《きんだ》みをほどこし、それを杯にして酒をのみ、家来どもにも廻し飲みさせた。それほどに憎悪しきっていた。その一族に対しても同様であり、かれらのうち落城後山野にかくれた者も、ふたたび世に出られなかった。その禁を解き、婦人だけでなく男までも、

——器量次第では召しかかえてやろう。

というのである。

「まことなりや」

乳母は掌《て》をはげしく拍《う》ち、日ごろ信仰する愛宕《あたご》の勝軍地蔵《しょうぐんじぞう》の方角にむかって感謝し、茶々にも「おひいさま、およろこびあれ、かくてこそ御家代々の御霊《みたま》もことごとくお浮かばれになりましょう、うれしや」といった。が、茶々はべつに感動もせず、

「そう」

とうなずいただけであった。異論や反感があっての無感動ではなく、じかに自分に関係のない御家とか御霊とかが浮かばれるからといって乳母のように手を拍つ気にもなれない。茶々はつねにこうであり、つねに無口であった。この無口さが、茶々という娘を、大人どもの目からみれば心の屈折した、気むずかしい娘であるかのように印象づけていた。乳母でさえ、この娘にはあれこれと気を揉《も》むことが多い。

この秀吉の許可により、あちこちの隠れ家から浅井家の一族の者が出てきた。落城後田尾《たお》茂右衛門と変名していた浅井政高《まさたか》、それに浅井大炊助《おおいのすけ》、さらには亡き城主の妾腹《しょうふく》の子で浅井井頼《いより》という者まで出てきた。茶々にとって異母弟になるが、茶々はその顔すらみるのはいまがはじめてであった。

「やあ、浅井の者ら参ったか。なつかしや。みな、美濃守《みののかみ》（秀吉実弟、秀長）の手につくべし」

と、秀吉はそのようにはからってくれた。

茶々たちは大坂城内のくらしにすこしずつ馴《な》れてきた。

——主筋である。

という秀吉の茶々たちへの尊敬——多分に秀吉らしい誇張が入っているためにその意が城内数万の男女のはしばしにまで徹底し、この流寓《りゅうぐう》の姉妹としては決して住みづらい場所ではなかった。

さらに茶々とその妹や侍女たちが大坂城にきてわかったことだが、この城内に浅井家の旧臣やその傍流、または浅井家と旧縁のある近江人がひどく多いということであった。

「秀吉殿の御直臣のうち、十人に三人までは近江人ではありますまいか」

と、乳母もいった。

当然なことでもあった。秀吉は浅井家がほろんでから信長に浅井家旧領――北近江三郡のうち二十万石をもらい、はじめて織田家の大名にのしあがった。小谷城をその居城とすべきところ、山城《やまじろ》という不便さもあり、国内の人心をあらたにするという理由もあって湖畔に新城をきずき、長浜城とした。この時期、秀吉は二十万石のにわか身代に必要なだけの軍容をととのえるため大量に士卒を募った。需《もと》めに応ずる者はほとんどは領内の者であったため、自然、浅井家の被官《ひかん》や領民が多かった。秀吉側近の石田三成などはその尤《ゆう》たる者であろう。大名級では宮部善祥房《ぜんしょうぼう》継潤《けいじゅん》なども《な》おり、実力のある野戦家としては田中吉政がおり、吏才のある者としては長束《なつか》正家、やや身分がさがるが世話の肝煎《きもいり》をさせれば天才とさえ言いうる藤堂高虎《とうどうたかとら》、その他近江出身の大小名《だいしょうみょう》としては小川祐忠《すけただ》、朽木《くつき》元綱、大谷吉継、垣見一直、赤座直保、木村常陸介《ひたちのすけ》重茲《しげもと》などいちいちあげるのがわずらわしいほどにいる。中級以下の士にいたってはかぞえるだけでも骨であろう。

もっとも、いちがいに近江人といっても浅井氏に縁の深いのはその北部三郡で、中央部はすでに信長にほろぼされてあとかたもない六角《ろっかく》氏の故領であり、南部の甲賀地方はふるくから郷士《ごうし》の自立地帯としての伝統をもち、琵琶湖西岸の山岳地帯の朽木氏などもあまり浅井氏との縁がない。が、近江のうちでもこの城内でもっとも多いのは北近江の出身者だった。

かれらはみな、

——小谷《おだに》（浅井氏）の姫君がおわす。

ということでその殿舎に懐しみと格別な敬意をはらい、旧主に対するような礼をとった。なかでも石田三成は、

「なにごとにてもあれ、御不満がございましたならばそれがしまでお申し出くださりまするように」

と、乳母に何度か言ってきている。かれらの郷党意識は、この茶々の住む殿舎を中心にかたまりつつあるかのごとくみられた。

「なにしろ、尾張人が多うございますから」

と、乳母は茶々に教えた。信長と秀吉の出身が尾張であったために、この城内で羽ぶりのいい者といえば多くは抑揚のつよい尾張言葉をつかっているといっていい。それへの対抗のために秀吉の長浜時代に仕えた近江人たちは、なにかしら結束した

いという気持をもちつづけており、その心の拠《よ》りどころを茶々たちに向けはじめたのではあるまいか。

茶々の母方の実家である織田家のひとびとのうち、何人かは秀吉に仕えていた。信秀《のぶひで》の十一男であった織田有楽斎《うらくさい》もそうであり、殿中のとりもちやら茶あそびで日を送っている。織田有楽斎も茶々の叔父《おじ》にあたるだけに、

「なんぞ、心配はないか」

などと、機会があるごとにたずねてくれるのである。もっとも有楽斎は如才がない。それに茶人だけに殿中の裏面に通じており、一部の近江人ほど、このめいたちに湿った情緒は持ちあわせていない。

「あの娘は、早く輿入《こしい》れさせたほうがいい」

と、ひそかにその朋友《ほうゆう》の細川幽斎には洩《も》らしていた。有楽斎なりの、この新興政権に対する忠誠心から出た怖れであった。

(秀吉のことだ、あの男はあの娘に下心があるのではないか)

ということであった。もし茶々の部屋に秀吉が這《は》入りこんでしまえばこの政権にたちまち近江閥が出来るであろう。近江人が、側室である（まだならないが）茶々を中心にその朋党をつくらぬともかぎらぬ。なぜならばこの政権内で近江人の数があまりにも多く、かつそれぞれ実力をもち、勢力もある。それが茶々の女房どもと

結び、それと一ツかたまりになってしまえばどうなるのであろう。豊臣家は近江人に壟断《ろうだん》されてしまうではないか。

「左様なことは、ありえますまい」

と、幽斎は一笑に付した。幽斎ほど物の裏面感覚にするどい男でさえ、有楽斎の心配は杞憂《きゆう》でありすぎるとおもった。

三年、経った。

茶々は、二十歳になった。

「浅井殿の姫を、どうなされます」

と、ある夜、秀吉にきいたのは、なんとその妻の北《きた》ノ政所《まんどころ》であった。

「もうお輿入れの先を、お決めでありましょうな」

「まだだ」

秀吉は、さも興のなさそうな貌《かお》をした。

「まだ？」

「いかにも」

「お気づきでございますか、もうはたちでございますよ」

いわでものことですが、と北ノ政所は言い重ねた。ふつうは十五、六で嫁に参ります。はたちといえば薹《とう》が立ち、正室《つま》に先立たれた殿御でもさがすしか仕方のない年頃でございましょう。

「大事なおあずかりびとでありますのに、どうなされます」

と彼女がしつこくいったのは殿中のうわさを始終きいていたからであった。あれほどの貴種のむすめであり、あれほどの美人でありながら――と噂はいう。一向にどこそこへ参られるという御縁のおうわさを聞かぬ。とすれば上様になにかお閨《ねや》のお下心がおありなのではあるまいか、おそらくそうであろう、ということであった。

秀吉の好色は、天下の評判なのである。さもなくともこの時代はことさらに人の心の下卑《げび》た時代で男も女も寄ってあつまればその種の話柄《わへい》が多かった。たとえば殿中のうわさでは、

「秀吉様はむかしから茶々どのの御母君お市御料人《ごりようにん》に恋慕なされておった。浅井氏滅亡後、お市御料人が織田家にもどられたときも、ぜひぜひと故君に取りすがられ、わが妻にお申し受けつかまつりたいと願われたのにかんじんのお市様がかの人を厭《いと》われ、たまたま正室を亡くされて独りにおわした柴田どののもとに参られたそうな。さすれば北国の柴田攻めは恋の意趣返しであった。その証拠に秀吉様はめったに人を殺さぬのに柴田様に対しては容赦もせず、天守閣もろとも灰にしてしまわれた」

というのである。むろん、すべてが臆測《おくそく》にすぎない。お市が織田家の深窓にいたころ、秀吉は恋慕しようにも相接する機会がない。またお市が寡婦になったとき、

秀吉がそれを妻にと襲ったというが、秀吉には卑賤のときからの妻寧々——北ノ政所がいる。秀吉はこれほどのいろごのみでありながら、この糟糠《そうこう》の妻をきわだって立てつづけており、無二の相談相手とし、かつ遠慮をし、その尊重ぶりは類がすくない。この妻をすてておお市を正室に迎え入れるようなことはこの男にかぎってありえまい。ついで北陸で柴田勝家を攻め殺したときは、

「勝家を殺したくはないが」

と、何度も幕営でいった。殺したくはないが勝家を殺さねば天下が安定せぬ、これはやむをえぬ、といった。秀吉のおかれた条件が、勝家を殺さしめた。織田政権の筆頭家老を地上に生かしておいては秀吉の政権は成立しない。色恋のあそびではない。かつ秀吉はうらみを体内に蔵しにくい性格で、意趣遺恨といったエネルギーはこの男の性情からは湧きあがってこないであろう。

うわさは根も葉もない。

が、一面ではそうとも言いきれぬ。秀吉は越前一乗谷で成熟した茶々をはじめて見たとき、これはお市どのに生き写しではないか、とまぎれもなく血が騒いだ。お市に横恋慕した、などというまでの過去はなかったにしても、お市をこの世での容色第一等のひととしてかぎりもなく景仰《けいぎょう》していたことはたしかであり、これは秀吉ばかりではない。同様のおもいの者は、織田家の家士のなかには多くいたはずであ

り、お市はそういう存在であった。お市は雲の上にいた。秀吉はそれに手をとどかせようとおもったことはなく、その無理は知っていたし、この現実認識の感覚のあふれすぎたその当時の秀吉は、無理をあえてするほどの酔狂人ではなかった。が、越前一乗谷の段階ではちがう。

（この娘は、わが羽交《はがい》のなかにいる）

というのが、現実であった。お市そのものでないにしてもその生き写しの娘は、いま雲の上から落ちて自分の羽交のなかで庇護《ひご》される身になっているのである。いずれは抱いて進ぜたい、とひそかに心に決めたのは、ありありとした現実に相違ない。そういう秀吉の気持をあくつよく潤色し歪曲《わいきょく》すればうわさのはなしのごとくなるであろう。

秀吉は、この三年、茶々をそっとその暮らしのなかに暮らさせておいた。

——そっと。

というのが、秀吉の茶々への方針であり、やがては茶々を得る道でもあると信じていた。それは城攻めに似ていた。播州三木城も因幡《いなば》鳥取城も備中高松城も、秀吉は決して無理攻めをしなかった。長期包囲のかたちをとり、敵の糧道を断ち、水源を断ち、ときには水攻めにし、とにかくも籠城《ろうじょう》兵の戦意をうしなわせることとひとすじに戦術の主題をしぼってきた。その感覚で、茶々という存在をみていた。なりふりかまわずに茶々の閨に闖入《ちんにゅう》する愚を、この男ほど知っている者はない。秀吉のみるところ、茶々には時間が必要であろう。長い時間が、茶々の古傷を癒《いや》すであろう。そのあいだでの頻繁な、しかし淡泊で温情にみちた接触が、秀吉に対する茶々の心情をすこしずつ変えてゆくにちがいない。秀吉はこのため、この三年、儀礼のために京にのぼり、合戦のために何度も鈴鹿峠《すずかとうげ》を越えて東征したが、それらのゆくさきからかならず茶々にめずらしい品々を送り、近況をきく手紙を送った。茶々からも自然、礼儀としてその返信を出さねばならなかった。茶々にすればこの三年、寸秒のすきまもなく秀吉の温情のなかにいた。

そういうことであった。

しかし寧々にすれば、当然ながらそういう秀吉の挙動を、このもしくはおもえない。侍女からも、いろいろの噂をきいている。手紙の往復なども、茶々の侍女がひとに洩らすために寧々の耳にまで入っていた。

おもしろからぬことと思いつづけていたが数日前、織田有楽斎が茶の席で、

「近江の者が、躍起でありますげな」

ということを、寧々にふと洩らしたのである。有楽斎は多くはいわなかった。しかし寧々の慧《さと》さは、それを察した。近江者は、この豊臣家の主力である尾張衆に対抗するために躍起なのであろう。尾張衆はこの寧々に庇護されている、と世間では

みていた。尾張衆の大小名《だいしょうみょう》が秀吉の機嫌を損じたりするとかならず寧々に泣きつき、秀吉へのとりなしを頼んだ。寧々はいつもこころよくそれをひきうけてやっていたが、しかしといって寧々にはそれ以上の野望などはない。

もっとも殿中のうわさは別である。尾張衆というこの大坂城最大の吏僚・武臣勢力の中心に寧々がいると見ており、寧々の存在は彼女の意図とはべつにあざやかに政治的磁力を帯びはじめていた。

寧々も侍女の口から、そういう風評はきいていた。「近江衆が、われらも尾張にうまれたかったと羨《うらや》んでおります」ということであった。寧々は意外であった。近江衆の多くはこの寧々に接近もせず、頼みにも来ないではないか。ごく少数の近江人だけが、寧々と接触をもっていた。西近江出身の田中吉政（兵部大輔《だゆう》）や湖東の中近江出身の藤堂高虎などがそうであり、かれらは同郷の近江人とはむしろ疎遠で、尾張衆と如才なくまじわっていた。ちなみに尾張衆の代表的な人物は前田利家であろう。ほかに若手では、加藤清正、福島正則、池田輝政、加藤嘉明《よしあき》、多少年配な者には浅野長政、中村一氏《かずうじ》、堀尾吉晴などがおり、みな秀吉の創業期から戦塵《せんじん》にまみれて成長し、そろって歴戦の武功者であった。尾張人の特色はいくさ上手ということであった。

この点、近江衆は吏才に長《た》けていた。石田三成や長束正家はほとんど稀世《きせい》の、といっていいほどの計数家であり、三成などは巨大に成長した秀吉の家政をまかなうために各種の帳簿を発明した。公儀の財政上の帳簿から、台所の小払帳《こばらいちょう》にいたるまでの帳簿をつくり、それをもって下僚を指揮し、家政をきりもりした。かれら近江系の吏僚がいなければ秀吉は出兵もできず、直領も治められず、一日といえども安穏にいられないであろう。

右の次第で、すでにこの新政権の中核にはかれら近江人が腰をすえつつある。織田有楽斎の心配は、かれら近江人がもし結束すればどうなるか、ということである。有楽斎は寧々に対し、言葉にこそ出さなかったが、御用心めされよ、もしかれらが旧主筋の浅井殿（茶々）を頼ればどうなります、ということを言おうとした。というよりももっとあからさまにいえば、

――かれらは浅井殿が御側室になれば、とそれのみ願うております。

ということであった。さらに剥《む》き出していえば、かれら近江人は秀吉を彼女の寝室に渡ってゆくようけしかけているのではないか、ということであった。

この天正十四（一五八六）年の十二月、関白秀吉は太政大臣《だじょう》になった。その前に豊臣の姓を下賜されたが、この姓の下賜によって平氏、源氏、藤原氏といった貴姓とならび、本朝における貴族としての位置と体面が確立した。

このため秀吉は宮中へのお礼や賀宴などでその公家《くげ》社会での社交が多忙であった。

京では聚楽第《じゅらくだい》を住居としていた。聚楽第は翌十五年の秋に完工し、秋に北ノ政所も大政所《おおまんどころ》もよばれ、そのまま京にいる。

大坂には、茶々がいる。茶々には豊臣家一族の公家社交は無縁であり、ただひとびとの口から聚楽第の華麗さをきいていた。

——いちど見たい。

と乳母にも言っていたが、これぱかりは乳母も叶《かな》えてやれない。聚楽第は親王、公卿、門跡《もんぜき》、そして位階ある武将たちの社交場であり、なんの位階ももたぬ没落大名家の遺児の足を踏み入れるべき場所ではない。

「華やかなものであろうな」

茶々は、あこがれるような表情でつぶやいた。

「北ノ政所は、位階をおもちか」

「関白の北ノ方でありますわえ」

女ながら、従《じゅ》二位である。大納言などよりも、上席であった。なんという華やかさであろう。

茶々は、都のにぎわいをおもった。百花の繚乱《りょうらん》と咲きほこる花園を連想した。聚楽第を中心につねに管絃《かんげん》が鳴りひびき、歌会や香《こう》の会や茶会がひらかれ、つねにその中心に秀吉と北ノ政所がいるであろう。

　ある日、その秀吉が、にわかに大坂城にもどってきた。殿中はあわてた。秀吉は奥に入るなり、茶々の乳母をよんだ。乳母はあわただしく廊下から廊下へ渡りつづけた。秀吉は意外にも部屋にひとりでいた。

「のう」

　と、秀吉は乳母の顔をみるなり、わが顔をつるりとなでた。黝《くろ》い顔が、胡頽《ぐみ》を食べたように酸っぱげで、しかも気はずかしげに破顔《わら》っている。

「わかるか、この貌《かお》」

　秀吉は、自分の表情が、鏡を見ずともわかるらしい。この貌をみよ、この顔で察せよ、気はずかしくて口には出せぬ、といった。乳母は、平伏した。乳母は了解《りょうげ》した。茶々のことである。

「想いが鬱《うつ》し、たまりかね、こう、大坂に帰った。よいか、あすは京にもどる」

（あすは京へ？）

　となると、今夜だけが機会である。なんとあわただしい下命であろう。

「ゆるす、その文箱《ふばこ》をあけよ」

　秀吉はいった。言われて乳母は目の前に文箱があることに気づいた。畏《かしこ》みつつそれをひらき、なかから一葉《いちよう》の短冊をとりだした。おどろいたことに恋歌であった。

　秀吉はこのところ歌道に熱心で、また現実の必要から公家の習慣を身につけようとしている。それは乳母も知っている。しかし恋のことまでその公家風《くげふう》に真似《まね》びようとしているのだろうか。それともこの人を蕩《たら》すことの天才は、茶々に対してのみはこのような大時代な仕掛けを用いることによって、茶々への尊重をあらわそうとしているのだろうか。あるいはこの諧謔者《かいぎゃくしゃ》は問題のなまなましさを避けるために、わざと剽《ひょう》げているのだろうか。

想ひ寝の心や御津《みつ》に通ふらむ
　今宵逢《こよいあ》ひみる手まくらの夢

調べも、ととのっている。秀吉の歌道の添削は細川幽斎がするときいているが、この歌もそうであろうか。

「おれの歌だ」

秀吉は、わざわざ言った。乳母は畏み、それを文箱におさめ、蓋《ふた》を置き、紫のひもをむすび、頭上にいただいた。

「今宵、戌《いぬ》(夜八時)に渡ってゆく。すでに寝所にいよ、臥《ふ》して居よ、と申せ」

と、切って落すようにいった。このあたりは、公家風ではなく、馬上天下を切り取った武権の棟梁《とうりょう》らしい。

乳母は、さがろうとした。が、秀吉はよびとめ、児小姓《ちごこしょう》をよんだ。児小姓は頭上に白木の台をいただき、乳母の前に置いた。引出物《ひきいでもの》であった。しかも黄金である。乳母はむろん頂戴《ちょうだい》せざるをえない。

乳母は御前を退出し、ながい廊下をわたりながら、思案した。

（上様は、三年がかりで来られた）

という実感がつよい。乳母も、早くから秀吉のよき幇助者《ほうじょしゃ》になっていた。他の近江人――たとえば石田治部少輔《じぶしょうゆう》三成などからも乳母はこの事態の早くくることのめでたさを、言葉に翳《かげ》をこめて申しきかされたこともある。いずれにせよ、茶々の秀吉への心証が好《よ》くなるよう、どれほど気をくばり、どれほど手をつくしたかわからない。それはまず成功した。乳母にとってのせめてもの幸運は、茶々はその母親のお市のように道理の明快な、意志的な性格ではなく、情緒的で、なにごともそれのみで物事をとらえがちであり、その点で乳母はうまく仕掛けつづけてきたつもりであった。しかし気儘《きまま》であり気まぐれな性格だから、いざとなればどうなるかわからない。

（ぜひぜひ、御成就《ごじょうじゅ》をおたすけせねば）

と、乳母はつぶやき、自分を鼓舞した。それが結局は茶々への忠義になることであり、決して、夢にも――茶々を黄金で売ったことには――なるまい。

この夜、戌の刻、秀吉は、茶々の部屋に入った。寝所に居よ、臥せていよ、と乳母に申しつけたはずであるのに、茶々は衣装をつけたまま、燭台《しょくだい》にかこまれてすわっていた。

「やあ、この香《こう》は？」

と、秀吉はとっさの話題で自分のみじめさを救おうとした。部屋に香が、炷《た》かれていた。香が燻《くゆ》らされているという点では、秀吉の忍びを待つ気持があるのであろう。香は各種のものが混合された組香《くみこう》であるらしく、その道の者ならば鼻でかぎあてることができる。

「香の名を教えよ」

秀吉は顔をあげて鼻孔をひらいたが、きのうきょう公家《くげ》文化をまなびはじめた秀吉には嗅《か》ぎあてはむりであった。

「若菜《わかな》の香でございます」

と、茶々はかすかな、聞きとれぬほどの声で答えたが、声とはべつにその目はきらきらと昂《たかぶ》っている。もともとこの茶々は秀吉への礼も薄く、ときに尊大ですらあった。秀吉はそれを許した。茶々にかぎって越前一乗谷の対面以来、その態度をゆるしつづけていた。他の者なら、男であるにせよ、女であるにせよ、秀吉はそういう態度をゆるさず、またそういう態度をとる者もない。秀吉の側室は多い。旧織田家の傍流の出である姫路殿《ひめじどの》、足利大名の名家京極氏の出である松ノ丸殿、蒲生氏郷の妹三条ノ局《つぼね》など名流の出身者が多かったが、みな秀吉の前には息をひそめ、その機嫌に敏感でひたすらに可憐《かれん》であった。秀吉もまた彼女らにやさしかったし、むしろ優しすぎた。彼女らもまた秀吉の優しさに感動し、感謝をこめて仕えた。が、この茶々だけはちがっていた。そのわがままさが生来のものであるらしかったが、秀吉ほどの人間通が、ついうっかりとそうとは思わず、この姫は自分への怨念《おんねん》をわすれず、つねにどこかに秘め、自分をうらみつづけているにちがいない、と解していた。惚《ほ》れているのであった。その惚れていることが、秀吉の態度を弱くした。

「この香は姫が炷いたのか」

と、秀吉は機嫌をとるようにいった。

「いいえ」

と茶々はいわず、無言でかぶりをふった。茶々という娘には組香を炷き合わせるような才芸がなかった。これは乳母が炷いた。炷いただけではなく、姫様、おわすれ遊ばすな、この組香は「若菜」と申しまする、若菜でございますよ、これにちなむ古歌はこれこれでございます、と紙片に書きしるし、いちいち教えて行った。それだけの仕掛である。

が、秀吉は誤解した。かぶりをふるのは茶々の謙遜《けんそん》さであろうとおもい、その香道についての素養のふかさに感じ入った。この点、恋をしている若者とすこしもかわらない。

「おれは、香道のことはなにも知らぬ。この若菜には、どのような古歌があるのだ」

「いくつか、ございます」

と、茶々は物憂げに答えた。乳母が教えてくれたように、「若菜」にちなむ古歌のうち、つぎのようなものを口誦《くちずさ》んだ。

あすよりは若菜摘《つ》まむとしめし野に
　昨日も今日も雪は降りつつ

秀吉は、くびをひねった。「昨日も今日も雪は降りつつ」というのは拒否のなぞであるらしい。すくなくともなにかの都合で今日は若菜は摘めませぬ、と茶々はいっているようであった。

「ほほう、摘めぬのか」

秀吉は、押さでもの念を押した。公家の貴公子ならば、すくなくとも王朝のころの公達《きんだち》ならば、ここまで謎をかけられれば女の部屋から退《しりぞ》いてあとで歌でも送るのが雅士《みやびお》ということになるであろう。

が、秀吉はおなじ貴族でも、馬上、剣をもって関白の衣冠をかちとった戦場育ちの男であった。退かなかった。

「姫、せっかくここまできたのだ」

と、秀吉は右手をあげた。行動がはじまっていた。伸ばした手で青磁の香炉をつかみ、ふたをからりとあけ、香の火へ水指しの水をそそぎこんだ。灰が立ち、燻《くゆ》りが消え、同時に「若菜」も、古歌も、掛けたなぞも消えた。くすっ、と秀吉は笑った。

（あっ）

と茶々がおもうほど、秀吉の笑顔は沁《し》み入るような愛嬌《あいきょう》があった。が、秀吉はすぐその笑顔を消した。

やがて茶々を見つめた。

「公家《くげ》風《ふう》は、もうやめよう」

それが、宣言であった。武門は武門の恋の作法があるであろう。

「その右手《めて》を、わしにあずけよ」

威厳をもって命じた。降伏と服従を強いるのが、武門の法であるべきであった。

その方法が、結局は秀吉のためによかった。茶々は、従順になった。その白い右手を、秀吉のほうに差しのべた。心がうつろになり、と、茶々は詮索《せんさく》する余裕もなく、秀吉はその手を攬《と》り、攬るなり、茶々を膝《ひざ》のうえに倒した。

（なんのために）

「茶々よ」

と、秀吉が呼びすてたときは、茶々の体は空中にうかんでいた。おどろいたこと

に、この小男のどこにそんな膂力《りょりょく》があるのか、そのまま夜具のうえに運ばれた。し

かしそのあたりで秀吉の力は尽きた。秀吉は尻餅《しりもち》をつき、気ぜわしく息をはき、吐

いては吸った。

「おれも、老いた」

秀吉は自嘲《じちょう》したかったのだろうが、若い茶々への虚勢もあり、むやみと大きな声

で笑った。獲物《えもの》はそこに横たわっていた。しかし秀吉はすぐには行動にかかれず、

息の鎮まるまでのあいだ、なにがしかのことを喋《しゃべ》らねばならない。自分は小柄なが

ら費《つか》えどもつきぬほどに稀有《けう》な体力にめぐまれている。しかしながら天下を掻《か》い均《なら》

すための大仕事ですこし疲れた。むかしなら茶々のごときのからだなら指一本で持

ちあげたものだが。……

（うそだ）

と、茶々は臥《ふ》せながら、この初老をとっくにすぎた男の法螺《ほら》がおかしかった。

「茶々よ、わが子をうめ」

秀吉は、尻餅のままいった。豊臣関白家を嗣《つ》ぐ子を生め、と秀吉は言い重ねた。秀吉の常套《じょうとう》の睦言《むつごと》であり、どの女にもそのように言ってきた。しかしどの女もその命令にそむいた。秀吉に子種が薄いのか、たまたま石女《うまずめ》ばかりにこの男は遭遇したのか、よくわからない。ともあれ、茶々は秀吉をむかえいれるための姿勢をとらされた。

迎え入れた。

この瞬間ほど、巨大な事件は豊臣家の家譜のなかで、それ以前にもそれ以後にもなかったであろう。ただの自然な——茶々が裾《すそ》をひらかされ、秀吉がその肉《ししむら》を掻い抱いているというただそれだけの自然な行為が、この瞬間から豊臣家の体質を変えはじめたといっていい。近江閥が、この閨《ねや》のなかで成立した。

しかしそれにしても秀吉のいたわりぶかさはどうであろう。そのことが済んでからも、茶々を放さなかった。物語をした。この可憐な者のために、贈り物をしてやりたかった。

「城がほしくないか」

と、秀吉は茶々の肌に触れながらいった。秀吉はいった——女ゆえ唐《から》渡りの絹や錦《にしき》なども買え、侍女の数もふやすべし、しかしながら茶々がもつべきは城である、城を持て、というのである。

「お城を？」

茶々はおどろき、同時に自分の情夫が常人ではなく天下の支配者であることをあらためて感じた。天下人《てんかびと》の贈りものは当然城でなければならないであろう。

「しかし、わたくしは女でございますゆえ城は要りませぬ」

「遠慮をするな」

秀吉はいった。ぜひ城をあたえたい。というのは秀吉は京と大坂を往復する。その中間の淀《よど》あたりに休息のための、城館を一つもちたかったのだが、それを築いて茶々に住まわせれば彼女もよろこび、自分も便利である。

（ただ、ほかの女どもをよくよくなっとくさせねばならぬ）

他の側室たちがみな大坂城住まいであるのに、茶々だけが「城持ち」ということになれば大方は嫉視《しっし》するであろう。第一、正室の北ノ政所がつむじを曲げぬよう、あれこれと理由を作って説明せねばならぬ。

秀吉のくせで、思い立つと行動が早かった。その日から数日後に弟の大和《やまと》大納言秀長をよび、

「淀に城をつくれ」

と命じた。場所は桂川と宇治川が合流して淀川となる会流点であり、そこにふる

くから足利将軍家の属城があったが、いまはわずかに土塁を残すのみにすぎない。その廃城を復興し、ささやかながらも堅固な城をつくれ、殿舎は華麗にせよ、婦人のための殿舎とせよ、局《つぼね》の小庭には花木をわすれるな、厠《かわや》もいちだんの工夫をせよ、などと命じた。

城は五ヵ月ほどで出来、茶々は大坂からそれへひき移った。浅井氏一族や侍女をふくめるとこの新城住まいの人数は男女二百人を越えるであろう。茶々は世間から淀殿とよばれ、秀吉から淀の者、淀の女房、などとよばれたりした。ほどなく淀殿は、

——お袋《ふくろ》様。

と、世間からよばれるようになった。秀吉のために一子鶴松を生んだのである。が、この鶴松は二年後に没した。秀吉は大いに落胆したが、しかし淀殿への愛寵《あいちょう》はいよいよ深くなった。やがて朝鮮ノ陣がはじまり、その大本営である肥前名護屋城にも彼女をともなった。この名護屋の行営《こうえい》で淀殿はふたたび懐妊した。秀吉は手を舞わしてよろこんだ。

——男を生めよ。

と、秀吉は淀殿の腹に掌《て》をあわせ、大まじめでおがんだ。豊臣家に実子がうまれるというこの奇蹟《きせき》を、淀殿は苦もなく実現してくれるようであった。その年——文《ぶん》禄《ろく》二（一五九三）年の八月三日、淀殿はすでに大坂城にもどっていた。この日、秀

吉の希望どおり男児をうんだ。

秀頼である。

二

好色で尾籠《びろう》な叙述を、あえてせねばならない。なぜならばその一点が――淀殿との閨《ねや》のことが――その後の豊臣関白政権の質を変えてゆくからである。

秀吉は、運の信者であった。しかしながら同時に強烈な合理精神と旺盛《おうせい》な計算能力のもちぬしであり、運の信者でありながら逆に運を信ぜず、物事を最後まで計算した。ところが計算のあげくのぎりぎりの場所で、自分の身についている天運を信じた。

――わしは運よき男である。

というのが秀吉の自己信仰であり、事実その半生は好運から好運にめぐまれつづけた。信長に影響された秀吉は信長ほどの明快な無神論者でなかったにせよ、神仏を人間生活の装飾物程度にしかおもっていない。信長と同様、自己を信仰した。自己のなかでも、自己に憑《つ》いている天運を信じた。

その陽気で肯定的な性格とつながりがあるのか、その婦人への好みは、肉置《ししお》きのぶあつい、生命《いのち》の確かげな、透明な水滴をたえまなくしたたらせているような婦人がすきであった。正室北ノ政所寧々こそそうであろう。これほど多淫《たいん》な男が、最後まで寧々を愛しつづけたのは、寧々の外貌《がいぼう》が、秀吉の好みに適《あ》っているからであろう。いや、好みというよりさらに奥深な、秀吉の自己信仰に適っているからにちがいない。

——寧々はわが縁起神《えんぎがみ》である。

と、そう信じていたのではないか。寧々を得てから、秀吉は開運した。その後もつぎつぎと運がひらけ、運が秀吉のあとを息せききって追ってくるような時期がつづいた。その、気弱な者なら空おそろしくなるような好運の根源を、——もとは寧々ではないか。

と、秀吉はおもったであろう。秀吉のその糟糠《そうこう》の妻に対する敬愛のしかた、深さは、同時代人の域をはるかに越えている。寧々との閨のつながりがなくなってからも、この態度には変りがない。単に愛情というよりも、秀吉には寧々の存在に対して信仰があったのであろう。寧々を大事にせねば、とひそかに思いつづけた。大事にすることによって天寵《てんちょう》がつづき、粗略にすれば天寵が逃げるとすら、秀吉はひそかに思っていたにちがいない。

小田原ノ陣のとき、大坂の寧々に手紙をつかわし、

「淀の者を陣中によびたい」

と、その正室の了解を得ようとした。その手紙というのは、

「淀の者を呼びたいとおもっている。そもじからもよくよく（淀殿に）申しつかわせて、出立の準備などをさせてもらいたい。そもじに続いては淀の者、これが自分の気にあっている」

と書き、自分が好きなのは寧々が第一、淀殿が第二である、とそのように言いまわして寧々への微妙な心づかいを見せている。さらに淀殿のみを遠征の陣中によぶことに多少気がひけたのか、寧々の気持の鎮まるよう、こう加筆した。

「自分はすっかり年をとってしまったが、この年のうちにそもじのほうに参り、つもるはなしもしたい。大政所（母堂）や若君（鶴松）の顔をも見たい」——秀吉は天下を支配している。その権勢者にしてなおその微禄《びろく》のころからの妻にここまでの心づかいをみせるのは、情愛以外に、寧々の存在そのものについて秀吉は人知れず一種の信仰をいだいていたのであろう。

ところが、淀殿を得てからは、

（この女もそうではないか）

という縁起よさを、いや、淀殿そのものが縁起物であるような、さらにいえば彼女が運の神の遣《つか》わし女《め》であるといったふうの、そういう実感——信仰といっていい——を持った。はなしはまったくくちがうが、婦人の性器を縁起の対象とする俗信が、

秀吉と同時代の戦国武士のあいだに習慣化していた。女陰の図や男女の交合図を絵師にかかせ、それを青竹の筒に入れて肩に背負い、その姿で戦場に出る。その功力《くりき》によって矢弾《やだま》も避けると信ぜられていたし、思わぬ武運にめぐりあい、たとえば名ある敵の首を得ることができると信ぜられていた。泰西《たいせい》の騎士の場合での mascot の信仰であろう。

秀吉は、淀殿をそうみた。

淀殿を、こののち、朝鮮ノ陣のとき肥前名護屋までともなったが、このとき北ノ政所をはじめ他の側室への弁解に、

「かの者（淀殿）は、小田原陣にもつれてゆき、望みのごとく大勝を得た。戦陣の吉例である。このたびもつれてゆく」

といった。周囲への弁解であるにせよ、彼女を吉例とみたのは秀吉の本音でもあったであろう。

事実、巨大な吉例を、淀殿はひらいた。肥前名護屋城で、彼女は二度目の懐妊をみたのである。秀吉は狂おしくよろこんだ。

「この齢になって、ふたたび」

と、秀吉は侍医の曲直瀬道三《まなせどうさん》の手をとり、とった手を何度も振った。父になった秀吉は五十六歳であった。

すぐ淀殿を上方《かみがた》へ帰した。文禄二年八月三日、淀殿は大坂城で秀頼を生んだ。秀吉はあわただしく肥前の本営から帰ってきた。もはや朝鮮出兵どころではなかった。淀城へゆき、お拾《ひろい》（秀頼の幼名）に対面し、

「汝は拾うた、拾うた。わが子ではないぞ」

と、溶けそうな笑顔を、嬰児《えいじ》の鼻さきにちかづけた。拾うた子は丈夫に育つという。実子であってもいったん捨て、ひとにひろわせる形をとる。拾う役を命ぜられたのは、淀殿につきそって上方にもどった旗本の松浦讃岐守《さぬきのかみ》重政であった。

淀殿はすでに産後の衰弱から回復していた。この点でも彼女はしたたかなばかりに健康であった。

「すこし、痩《や》せたかな」

秀吉はその夜、淀殿に添い臥《ぶ》させ、寝床のなかでそのからだに触れた。かつて鶴松が生きていたころ、秀吉は陣中からこの手飼いの想《おも》い女《め》に手紙を送った。

二十日ごろかならず参り候《そうろう》て、

若君（鶴松）を抱き申すべく、

その夜《よさ》、そもじをも、そばに寝させ申し候べく候。せんかく（折角の尾張弁）、

お待ち候べく候。

このたびも淀城到着の前々から、つぎつぎとこのたぐいの手紙を送って淀殿の情念を自分にひきよせつづけた。このため淀殿にとってはつねに秀吉の閨房《けいぼう》にあるがごとくであり、このたびの久しぶりの対面でも、もはやあらためて羞《はじ》らう必要はなく、秀吉のなすがままに和し、その痴戯のためにからだをひらいた。

（これよ）

と、秀吉はおもった。秀吉の感動はなににも増して淀殿のその婦人としてのその部分であった。

「そもじを得て、豊臣家も変わってゆく」

かつては寧々のそれを信仰した。今後は、それ以上に巨大な幸運がこの淀殿によってもたらされる。

「これよ」

と、秀吉はその湿った部分の名称を、露骨な尾張ことばで何度もとなえた。

「お拾にも、物を贈らねばならぬ」

秀吉は、自分のもっているもののなかで最も高価なものをこの新生児に贈ろうとおもった。

大坂城であった。

「かの城をお拾にやろう。わしの城として別に城をつくる」

といった。豊臣家の嫡子である以上、誕生早々の嬰児ながら、天下第一等の城の持ちぬしであらねばならぬ。諸侯に対し尊厳と武威をもたせてやらねばならぬ。

——無用なことをなさる。

と、この案が実行にうつされたとき、徳川家康はひそかにその側近に洩《も》らした。大坂城をお拾に渡し、秀吉はあらためて自分の居城として伏見城をつくる旨、奉行を通じて諸侯に発表したのである。その伏見城造営については、家康をはじめ大坂を基点とした東日本の諸侯に手伝いが命ぜられた。

「またまた金穀《きんこく》の浪費《ついえ》よ」

という声が、かれら諸侯のあいだでささやかれた。ちなみにかれら東日本の諸侯は外征していない。朝鮮への出征を命ぜられたのは西日本の諸侯であり、秀吉にすれば平等に出費させるよう東日本の諸侯に工事の分担を命じたのであろう。民力の疲弊を知っている諸侯にすれば迷惑であった。

——無駄な。

とそのようにみた家康には、秀吉の気質がもはや理解できなかった。天性小地主のように質朴な家康は、その新領地である関東経営のために江戸という土地に府をひらいたが、城廓はごく質素で、城は石垣を用いず堀から掻《か》きあげた土で土塁をめぐらし、城館の玄関なども太田道灌《どうかん》以来のわらぶきの遺構をつかい、敷板も舟底板という粗末なものであった。身はそれほどに節倹しつつ、秀吉のなくもがなの別邸としての城廓のために多大の金をつかわねばならない。

——うまれたばかりの嬰児に城など要るものか。

家康には、秀吉に狂気がきざしたとしかおもえない。いや、事実狂人ではないか。家康が仄聞《そくぶん》するところでは、秀吉はその側近に対し、

「大坂城は、お拾の玩具だ」

といったという。大坂城は南蛮僧にいわせてもコンスタンチノープル以東最大の城郭であるという。嬰児の玩具にそういうものをあたえ、身は伏見に新城を縄張りし、民力の疲れることを知らぬ。狂したか、と、家康はおもわざるをえない。

お拾は、三歳になった。

この年、文禄四年である。その七月十五日豊臣家の公式の後継者とされていた関白秀次が謀叛《むほん》をくわだてたとの意外な疑いで自殺せしめられ、その妻妾《さいしょう》や子女は鴨河原にひきだされ、下人の手で刺し殺され、これを見聞きした天下のひとびとはことごとく青ざめた。

——信じられない。

と、秀吉の壮時を知っている老人たちはみないった。秀吉の壮齢のころにはあれ

ほど戦場を馳駆《ちく》しながら、味方を無用に死地に追いこまず、敵を無用に殺さず、敵をできるかぎり降伏させ、降伏すればそれ相当の食禄、地位、体面をあたえた。この不殺主義は策略よりも性格であったであろう。しかしそれが乱世収拾に大いに力を発揮し、敵もまた安んじて秀吉に身をまかせる者が多かった。その秀吉の性格が、お拾がうまれてこのかた、あきらかに変った。養子秀次とその家族を、まるで草でも薙《な》ぐように刈り殺すような人物を、とうてい以前の秀吉と同一の人物であるとはおもえない。

その肉体も、衰えはじめている。この秀次の事件よりすこし前、この年の四月十五日の夜、秀吉は失禁し、はなはだしく夜尿をもらした。しかも当人はすぐさまには気づかず、目ざめてから自分の衰えがここまでにいたっていることに衝撃をうけた。このころから秀吉は皮膚が黒く乾き、根気がうせ、食がすすまず、しばしば下痢をした。

――御腹中、わずらいあり。

といううわさと、この失禁のことは、すぐ殿中にひろまった。伏見城下に屋敷をもつ諸侯はそれを知った。家康も当然知った。

――秀吉は永くないのではないか。

家康はひそかに自分の前途に明るみを感じたであろう。家康とべつの反応をもった者は、豊臣家における近江系の吏僚であった。石田三成、長束正家らであり、かれらにとってこの事実ほど前途の暗さを感じさせたものはない。かれらは豊臣家の執政官であり、かつ秀吉の秘書官であり、さらに同時に淀殿と秀頼のためには将来の輔佐官《ほさかん》たるべき位置にあった。秀吉が死ねば、かれら側近の権力集団は政堂から退かねばならない。かわって関白秀次とその側近——木村常陸介《ひたちのすけ》ら——が政権の柄《へい》をにぎるであろう。

「それがあるために、関白どの（秀次）は殺されたのだ」

と、家康でさえ、関白秀次の事件は近江閥の首領の石田三成らの策謀、讒言《ざんげん》によるものであるということを信じた。

正室の北ノ政所も信じた。世間も信じた。ことに秀次の疑獄でもっとも被害をうけたのは秀次と親しかった大名たちであり、たとえば細川忠興らもそう信じた。忠興はこの疑獄で身の潔白を証《あか》すために必死の運動をした。あやうく同罪になりかけた。このときの三成への恨み——実際には秀吉とその政権への恨みが、秀吉の死後、かれをして家康に走らしめる結果になった。

が、これは三成へのぬれぎぬであろう。かれらはあるいは、

「秀次どのは、秀頼どのの御将来のお為《ため》になりませぬ」

と秀吉に言うことがあったかもしれないが、それより以前に秀吉自身がそれを知

っていたし、その思案をのみ日夜かさねていた。自分の老衰を知り、かつ秀頼の幼さを考えあわせたとき、この天性情念のふかい男が――しかも理性の梁《はり》のはずれてしまっている心神の耗弱者《こうじゃくしゃ》が――落ちこんでゆく道はひとつであった。秀次を殺して禍根を断つことであろう。

これとはべつだが、すこし後に類似の事件がおこっている。秀吉が死ぬ年の慶長三年、秀吉は大坂城で寝たり起きたりの老衰者の毎日を送っていた。

このころ秀頼はその老父のそばにおらず、たまたま京の装束屋敷にいた。秀頼はかぞえて六歳であった。わずか六歳でありながら秀頼はその老父の希望と奏請によって権《ごん》中納言に昇っていた。六歳の権中納言など、宮廷としても異例のことであろう。

が、その日常はただの幼児の日常であるにすぎない。多くの侍女にかこまれ、その侍女を遊び相手にして毎日屋敷じゅうを騒ぎくらした。発育は普通以上であった。幼児にも、当然ながら人に対する好ききらいがあり、四人の侍女を好まなかった。おきつ、おかめ、おやす、おいし、の四人であり、彼女らに対して秀頼はむずかり、彼女らも秀頼の乱暴に手を焼いた。このことが大坂の秀吉の耳に入った。秀吉はすぐ筆をとり、

「中なごんさま」

という秀頼自身への手紙（文面はまだ読めないが）を書いた。

「沙汰《さた》のかぎりである」

と、秀吉は書く。けしからぬことであるから、その四人の侍女を一つ縄にしばり、ととさま（秀吉）が京へゆくまでのあいだころがして置け。自分が行ってことごとく叩《たた》き殺してやろう。御ゆるし候まじく候。

結局は殺さなかったが、放逐した。乳母の右京太夫にも厳重に警告し、「中納言さまの気に違う者があればこき殺しにするほど叩きのめせばよくなるであろう」と注意を書き送った。すでに常軌ではない。

この時期、日本中の半分の武士が外征し、朝鮮の各地で明《みん》帝国の来援軍と遭遇し、戦線の維持に苦難の多い戦いをしていたし、国内ではこの軍費調達による諸大名の誅求《ちゆうきゆう》のために百姓は難渋し、京大坂の者は米価の昂騰《こうとう》のためにはなはだしく生活難におちいっていたが、秀吉の関心はもはや秀頼にしかない。

「あの幼児の存在が天下を暗くしている」

と、時の学者の藤原惺窩《せいか》などはひそかにささやき、秀吉とその寵愛下《ちようあいか》にある系列の大名のもとにはたとえ招かれてもゆかなかった。ついでながら惺窩は伏見城下に住む戦時捕虜の韓人学者と筆談し、「いま天下は声にこそ出さないがこの豊臣政権を呪詛《じゆそ》している。もし明軍と貴国の兵が博多に上陸し、いたるところで寛容な軍政を布きつつ進軍してゆくとすればわが国人はよろこんで貴軍を迎え、大名も寝返り《し》をうち、北は奥州白河ノ関まで往くところ無人の野のごとく、たちどころに平定されてしまうであろう」とさえいった。大明好きの惺窩らしい誇張があるにせよ、この政治学者は豊臣家がもはやこの時勢と国政の担当能力をうしない、その幼い後継者とそれを生んだ淀殿に対する利益保持の一点にのみ政治が傾斜しつつあり、すべての政治悪はそこから発しつつあることを洞察していた。その政治悪を助長し施策化しているのは惺窩の観測では秀吉側近の石田三成ら近江系文官閥であり、かれらの秀吉に対する献策のすべては「秀頼様お為」という一点にしぼられており、たとえば秀頼の将来を考えて一部の大名の封地《ほうち》を変えたり、または変えようとしたりして諸侯間に大いに不安をあたえた。

「春秋の筆法を用うれば、秀頼がすでに六歳にしてこの暴慢な政治の当事者である」

とまで惺窩は言いたかったであろう。惺窩にいわせれば淀殿の出現と、その嫡子出産による豊臣家の変貌《へんぼう》こそ、この政権と天下の災禍であるということであった。が、秀吉ひとり、それに気づかない。

六月十六日は真夏祭ともいうべき嘉祥《かじょう》の吉日である。この慶長三年のこの日、秀吉は病床にあったが、登城してくる諸侯を謁見するために侍医にたすけられて起き、大広間の上段の間に出た。わざわざ京からよんだ六歳の秀頼を自分のそばにすわらせ、吉例として手ずから菓子鉢をとり、手ずから諸侯に菓子を分けあたえつつ、

「ああ、なんと哀《かな》しいことか。せめてこの秀頼が十五歳になるまで自分が生き、今日のこの日のように諸大名を謁見するのを介添えしたかったのに、自分の命数はもはや尽きようとしている。それをどうすることもできぬ」

と、途中声をつまらせ、ついに涙声になり最後には人前をもかまわず声をあげて泣きだした。満座の諸侯は首を垂れ、息をこらし、仰ぎ見る者もなかった。かれらの胸中はおのおのにおいて複雑であったであろう。かれらは秀吉の死後の豊臣家のこともさることながら、その死後におこるに相違ない政変のなかで自家をどう保持してゆくかのほうがはるかに切実であった。

この年の八月十八日、秀吉は死んだ。

三

秀吉の死とともに当然ながらその側近政治は終焉《しゅうえん》し、その政治的朋党《ほうとう》は解散すべきであった。その領袖《りょうしゅう》は石田三成である。

が、制度として残った。秀吉は遺言して豊臣家の運営体制をあらたに作らせた。秀頼の行政面の代官は徳川家康であり、家政面の保護者は前田利家である。この二

人を最高の総攬者《そうらんしゃ》とし、最高議決機関はかれらふたりをふくめた五人の大老で構成する。「五大老」である。ついで調停機関として「三中老」を置き、さらにそれらの下に事実上の豊臣家の執行機関として石田三成ら「五奉行」をおく。このため故人の側近はこのあたらしい時代にも制度として生きることができた。

が、所詮《しょせん》は制度のみである。その側近としての実質の威力は秀吉の死とともに喪《うしな》われた。かれらは秀吉が生きていればこそ諸侯に怖れられたが、秀吉が死んだ以上、すべての神通力はうしなわれた。

――すべての豊臣政権悪は、かれらから出た。

というのが、秀吉の晩年、秀吉から被害をうけた諸侯たちの一致した声であった。秀吉そのひとを憎むことができないために、かれらはその側近を呪詛した。

「治部少輔《じぶしょうゆう》（三成）はゆるせない」

という態度をもっとも濃厚にとったのは、正室北ノ政所とその侍女団であった。彼女らからみた石田三成は天下の行政官にあらずして秀吉の秘書官にすぎず、秀吉の秘書官にあらずして淀殿の利益代理人にすぎない、というところであったろう。

秀吉没後、豊臣家の中心は当然ながら幼童の秀頼とその母になる。その代理人が、三成である。このますてておけばかれは秀吉時代以上に強大な権をふるいはじめることは必至であった。

幸い、執政官石田三成の頭上には上部機関がある。その代表が徳川家康であり、北ノ政所とその侍女団はこの家康を恃《たの》むことによってあの淀殿母子の代理人の頭をおさえねばならない……と、そのようにおもった。秀吉の死後、北ノ政所と家康は急速に接近し、一時は殿中で、

――なにか、おふた方の間に怪しのおつながりがあるのではないか。

と、猥雑《わいざつ》な風聞が立つほど、そのゆききは頻繁であり、両者の会話の模様など、その情趣はことにこまやかであった。

この当時、朝鮮から凱旋《がいせん》してきた諸将の過半が、在陣中、中央の戦功の評価について甚《はなはだ》しく不満をいだき、その不公平の元兇《げんきょう》が秀吉側近の石田三成であるとし、加藤清正ら七人の大名は帰国後ただちに大坂・伏見で市街戦をひらいて三成を殺そうとさえ企画した。当然、石田派もその防備をした。そのため大坂・伏見の城下は騒《そう》擾《じょう》した。

「いくさになる」

と、大坂の市民も伏見の市民も、気の早い者は家財を疎開させる者が多かった。

ちまたのうわさでは、

「石田治部少輔どののうしろ楯《だて》は淀殿であるそうな」

ということであった。淀殿そのものはなんの位階ももたずなんの権力ももたなか

ったが、幼君の秀頼をその膝《ひざ》の上においているということで強大な存在として世間から印象されはじめた。加藤清正らまで、世間のそういう風評を信じ、

「われらは北ノ政所を恃《たの》まねば」

とし、いまは尼僧の姿になっている北ノ政所に庇護《ひご》をたのみ入れた。北ノ政所は大いに尤《もっと》もとし、かれらの保護を大老筆頭の家康にたのみ、その内諾を得た。家康は内心この豊臣家の内紛をよろこび、奇貨とし、むしろひそかにあおろうとした。

この間《かん》、淀殿は痴呆《ちほう》のごとくである。

「なにやら、諸大名のあいだにいざこざがあるそうな」

ということを彼女が知ったのはずっと後——石田三成が家康から五奉行の職を罷《ひ》免《めん》させられて大坂を去り、その居城の近江佐和山城に退隠——偽装だが——した前後であった。彼女はその程度の認識しか、時勢に対してなかった。世間では彼女と親密であるという石田三成についてもそれほど頻繁に会ったこともなければ、興味も関心もなかった。ただ侍女の大蔵卿《おおくらきょう》ノ局《つぼね》から、

「これはうわさでございますが、江戸内大臣（家康）が、秀頼様の天下を奪おうとなされておりまするげな」

という話をきいたが、彼女は、

「まさか」

と、虫が飛んだほどの関心も示さなかった。家康という、あのよく肥った五十年配の人物については、その温和な風貌以外に知識がない。自然、実感も湧かず、ましてて彼女の彼女なりにある道理の感覚がそれを否定した。関八州のぬしにすぎぬ家康が、天下の諸侯を擁する豊臣家に刃むかうはずがないではないか。

ところがその彼女が、自分がどうやら容易ならぬ風雲のなかにいることに気づいたのは、前記佐和山退隠中の石田三成がひそかに居城を抜け出、密行して大坂城の殿中にあらわれてからであった。淀殿に対面した。

「内府（家康）の密謀を申しあげねばなりませぬ」

と、三成は家康がいかに巧妙な手段で豊臣家の政権をうばおうとしているかについて、その豊富な情勢知識とするどすぎるほどの論理をもって説いた。

（よく喋《しゃべ》る男だ）

淀殿にはときどき退屈であり、ときどき意味がわからなかった。三成という男は、婦人にはどう語りかければよいかという知恵を、才能として持っていなかった。

「むずかしいことはわかりませぬ。あなたの推測をすすめれば、中納言さま（秀頼）はどうおなり遊ばすのです」

と、淀殿はついにいらだって問い返した。三成は絶句し、首をひねってしばらく考えつづけた。こうとなればおどすほかないとおもった。

「申すも憚《はばか》りあることながら、中納言さまはいずれ、かの秀次様のごとき目にお遭いあそばすでございましょう」

「うそです」

淀殿は秀次は悪逆であったればこそあのようなお仕置《しおき》をうけた。秀頼様のどこに悪逆がある、というのである。

（なんという無智だ）

と、三成はおもった。秀次は政治的理由で討滅されたにすぎず、その性行の罪によってではないということが、この淀殿には意外にも知らされていないのである。

三成はことばをあらため、別なことをいった。

「でなければ、岐阜中納言さま（織田秀信）のごとくおなりあそばしましょう」

「岐阜中納言さま？」

淀殿は三成のそのことばの意味がわからず、かたわらの大蔵卿ノ局をさしまねき、耳もとで説明をさせた。

「岐阜中納言さま」

というのは正三位中納言織田秀信のことである。秀信は信長の嫡孫であり、織田家の正統の相続者である。秀吉から織田家にとって先々代以来の居城である岐阜城をもらい、あわせて十三万三千石の領地に封《ほう》ぜられている。年はちょうど二十前後であり、祖父信長ゆずりの秀麗な容貌《ようぼう》と、居常、綺羅《きら》をかざることのすきな派手ごのみの性格をうけついでいたが、しかし器才はまるでうけつがず、陽気なだけがとりえの平凡な若者だった。

――本来ならば、岐阜中納言どのが天下のぬしである。

と、諸侯のなかでもひそかにささやく者がある。が、秀吉はあの当時、旧主信長の葬儀をおこなったあと、この織田秀信に織田家六百万石の覇権を相続させず、うまうまと自分が織田系の大名をひきいて諸方の敵をたいらげ、その領域を千万石以上にふくれあがらせたあたりで朝廷に奏請し、関白に任ぜられた。関白ともなれば織田家よりも家格は高く、しかも関白という人臣最高の職は天皇にかわって日本国の政治を総攬《そうらん》するという役目である以上、当然、旧主信長の子供や孫も、日本国の宗主である天皇の権威において秀吉の被支配者であらねばならない。その道理によって、秀吉は世間の者すら気づかぬうちに織田家の政権を溶かすがごとく消えさせてしまい、その子や孫も自分の傘下大名に組み入れてしまっていた。しかも当の織田秀信などは秀吉を慕い、むしろ実の父のごとくおもっているという。

ともあれ、織田家は一大名にすぎぬ。

「ばかな」

と、淀殿は、三成の座から仰ぎ見てさえ容貌が一変し、上体が激しく動いた。そのうち乳母の大蔵卿ノ局が進み寄って淀殿の手を、まるで幼女に対するように頂き、わが両手で温めるようにその掌をそっとおさえた。秀頼が一大名の位置におちるなど、あってよいものであろうか。

「討てばよかろう」

その悪逆の内府を、である。三成は平伏した。そのひと声だけが必要であった。あとは秀頼の印形《いんぎょう》を捺《お》した教書をつくり、四方の大名に対して動員令をくだし、大坂に参集させればよい。

騒ぎは、天下の騒ぎになった。

慶長五（一六〇〇）年九月十五日、三成を謀主とする諸大名団が美濃関ヶ原へ押し出し、家康と対戦し、ほぼ五時間にわたって激闘した。が、三成はやぶれた。

この戦いによって天下は一変した。家康は戦場から戦闘隊形のままの軍勢をひいて西進し、近江をへて京にのぼり、さらに大坂にくだり、大坂城西ノ丸小天守閣のなかに入ってここを臨時政務所とした。本丸の天守閣には秀頼がいる。

家康は秀頼に拝謁し、

「逆徒を、ぶじに美濃関ヶ原において討滅つかまつりましてござりまする」

と、豊臣家筆頭大老という資格において報告した。

秀頼は上段で乳母に介添えされ、色白下ぶくれの顔を心もちあげつつ、この肥満した老人のことばをきいていた。家康のことばがおわるや、

「苦労」

とうなずき、家康の労をねぎらった。謁見のすこし前、老臣の片桐且元《かたぎりかつもと》から、内府が見えましたならばかように申されませということを、あらかじめ教えられていたのである。幼すぎる秀頼には、いま何事が終って何事がはじまるのかわからなかった。

が、事態はすでにはじまっていた。家康はそのまま大坂城西ノ丸に居すわり、豊臣家大老・秀頼様後見人という資格で、自分にそむいた関ヶ原の敗者の領地を没収し、削減し、自分に味方した連中へそれらをあたえる仕事に没頭した。その間《かん》、豊臣家の諸大名はかつての秀吉にそうしたように西ノ丸の家康のもとに出仕し、京や堺からも公卿、門跡《もんぜき》、富商、僧侶《そうりょ》などが戦勝の祝賀にかけつけた。その賑《にぎ》わいは秀頼母子の住む本丸の比ではない。

家康のこの西ノ丸での作業――論功行賞――がおわり、秀吉時代の大名配置から一変して家康中心のそれに仕立て変えられたころ、家康はもう、おなじ大坂城内にいながら本丸の秀頼の御機嫌を奉伺することをしなくなった。

「内府はもう昨日までの内府ではない。天下の支配者なのだ」

という旨のことを、家康は豊臣家の台所役人にまで徹底させようとした。

やがて家康はその根拠地の江戸へ帰るべく大坂を離れるときも、代理人を秀頼のもとにさしつかわしただけで、自分自身は帰東のあいさつもしていない。

「なんということでございましょう」

と淀殿側近の、ことに大蔵卿ノ局などは家康のうって変った態度を非難したが、しかしその声は小さく、他の侍女に聞こえることすら怖れ、淀殿にのみささやいた。なにしろ家康は関ヶ原ノ役後豊臣家の大名のことごとくをその掌《て》ににぎってしまっていた。豊臣家の武権が消滅した。

最初、淀殿は関ヶ原の敗戦について鈍感であり、単に石田三成以下が没落したという程度にしかうけとらなかった。ひとつには家康の策略《トリック》によるであろう。家康は関ヶ原で大勝するや、すぐさま使いを大坂へ急派し、

「関ヶ原の一件は石田治部少輔の私欲から出たものであり、秀頼様ご母子にはなんのお関係《かかわり》もないことを当方は存じております。されば恨みには存じておりませぬ」

と言い、そのことばによって大坂城が無用に混乱することをふせいだ。これによって淀殿も安堵《あんど》した。

「徳川殿は、わるいようになさらぬ。だまっていれば何事もあるまい」

淀殿もそう言い、大蔵卿ノ局もそのように信じた。が、家康は大坂城に入城するや、態度を変え、にわかに恫喝《どうかつ》の声を放った。

「どうも関ヶ原の一件は、石田治部少輔ひとりのほしいままな計画でもないらしい。調べるにつれてもし重大な謀議があかるみに出れば、いかなる尊貴の人といえども容赦はせぬ」

という意味のことを、人の口を藉《か》りて城内に言いふらさせた。いかなる尊貴の人といえども――という範疇《はんちゅう》にはむろん秀頼母子が入るであろう。これには淀殿はふるえあがった。かつての秀次とその妻妾《さいしょう》子女のごとく三条河原で串刺《くしざ》しの刑戮《けいりく》にあうのではなかろうか。このため、淀殿は家康の機嫌を損ずることをおそれ、家康についてのいっさいの批評を、その侍女団につつしませた。

「大坂の女どもは息をひそめおった」

家康は満足した。

「それでこそ、やりやすい」

と家康はおもったであろう。かれは淀殿らが首をすくめているあいだに西ノ丸での論功行賞の作業をすすめ、その作業中に豊臣家の領地をいきおいよく削ってしまった。

その削り残された故秀吉の遺産というのは、大坂城一つと摂津、河内《かわち》、和泉《いずみ》の三国のうちで六十五万七千四百石にすぎなかった。もはや秀頼は一大名——それも加賀前田家よりも石高の低い——位置に落ちたというべきであろう。が、淀殿らは気づかない。

「どうも様子がおかしい」

と侍女たちが人のうわさをきいてさわぎだしたのは、家康が江戸へ去ってからであった。彼女らはうかつにもそれまで豊臣家の石高がその程度になっていることを知らなかった。

「そんなはずはない」

淀殿は、なおも信じなかった。が、念のため片桐且元をよび寄せた。且元は近江の出身者で秀吉の子飼いであり、秀吉の近江長浜時代から親衛の小姓としてつかえ、賤ヶ岳の戦いでは大いに奮戦して加藤清正、福島正則ら同僚の小姓とともに敵陣を突き、その功はいわゆる七本槍《やり》にかぞえられた。が、その後、清正や正則ほどには優遇されず、大名にはなれなかった。その理由は且元は武略家でも政略家でもなく、その器才はいかにも平凡で、ただ実直なだけが取柄とみられていたことによるものであろう。ただ秀吉の晩年、秀吉が秀頼の前途を考えるにつれてもこのような子飼いの家臣の存在を重く考えるようになり、一万石余りをあたえ、貧弱な分限《ぶげん》ながらも大名とし、「常時秀頼に拝謁できる資格」というものをあたえた。が、それ以上の役目を秀吉があたえなかったのは、すでに秀頼の傅人として前田利家を任命しており、秀頼の政務上の代理者として徳川家康を任命していたからであろう。が、利家は関ヶ原以前に病没し、家康は関ヶ原後右の次第になり、天下の号令者になった。

ともあれ豊臣家には家老がいなくなった。

家康は戦勝後大坂城に入るや、且元をよび、

「東市正《いちのかみ》（且元）どのが、秀頼様の後見をなされよ」

と、秀頼傅人兼豊臣家家老といった役目をあたえ、かつ豊臣家直轄領から土地を削って且元の禄高《ろくだか》をふやし、一万八千石とした。ただし淀殿に対してはこの人事はなんの下相談もない。彼女にとって片桐且元などほとんど他人といっていいほどなじみの薄い人物であったし、それに家康が任命した家老など、それだけでなにやら魂胆めかしく、親しみがもてるはずがなかった。しかしなにはともあれ、いまはこの且元にものをきくほかはない。

「東市正、秀頼さまの御領は何石ある」

いきなりきいた。

「はて、それは」

且元はとまどった顔を見せまいとして顔を畳にころがすように平伏し、畳に顔をこすりつつ、思案した。かれはこの件について当然家康から通達されており、それ

ばかりか、新領の検地帳その他の台帳もととのえたが、その事実を淀殿母子に知らせたものかどうか迷いつづけていた。知ればこの権高《けんだか》で世間智にとぼしい婦人は、どう錯乱し、どんな事態をひきおこさぬともかぎらない。

（あるいは気づかぬのではないか）

と、一面ではたかをくくっていた。幸い秀頼はおさなく、淀殿は大坂城の本丸だけを天地にし、侍女団のみを相手に生活している。その環境にあっては豊臣家の新事態など知る必要もないし、たとえ知ったところでどうなることでもない。

（まだ秀頼さまは天下様である、という、昨夜《ゆうべ》のお夢の名残りをそのままに見つづけて居ていただくのもわるくはあるまい）

と思っていた。これは且元のずうずうしさというよりも、無能さと小心さのあらわれであろう。が、いまこの淀殿はどうやら事実を知ったらしい。

且元は何度もことばをとぎれさせつつ、六十五万七千四百石というどうにもならぬ現実を話した。

淀殿が最初に意味不明のことばを叫んだのは、怒りであったのか驚きであったのか、平伏している且元にはわからない。が、そのつぎのことばは、且元の耳に十分に刺さった。

「秀頼さまにかわってそのほうにたずねます。そのほうは家康の家来か、それとも御家のご家来か」

　淀殿にいわせれば且元が豊臣家を家康へ売りはらってしまったのだ、という。でなければそれほど重大な――秀頼がいつのまにか大名の位置に転落してしまっているという信じられぬほどに重大な事態――につき、あらかじめ相談あってしかるべきではないか。

「しかしながら」

　と、且元はようやく言葉を押しだし、それがい、い、いくさなのでござりまする、このたびの敗戦のため石田三成は市中引きまわしのうえ打首《うちくび》、安国寺恵瓊《えけい》、小西行長もご同然でござりました、とあれば御教書《みきょうしょ》を発せられましたる秀頼様のおん罪はおそれながら当然――といったとき、淀殿は唇を翻《ひるがえ》し、さえぎった。

「わたくしを喝《おど》しやるのか」

「さにあらず」

　と、且元は狼狽《ろうばい》し、しかしやがて気をとりなおし、まるでべつなことをいった。

「これはおん賄料《まかないりょう》でござりまする」と、この血色のわるい小男はいうのである。これとは、六十五万余石のことであった。

「賄料？」

「ということばが悪《あ》しければ秀頼様の御養育の御料ともおぼしめし下されてよろし

「ほほう」

ゆうございまする」

淀殿は、気をそそられたようにひざを動かした。

「そうか」

「左様」

且元は、自分に言いきかせるようにしてうなずいた。この六十五万余石を秀頼の成人に必要な経費ということで解釈すれば余りすぎるほどに巨額なのである。

「内府の申されるのは」と、且元はいう。従前どおりに大いなる直轄領をこの幼主に持たせておけば、またまた第二第三の治部少《じぶしよう》（三成）があらわれ、天下を紊《みだ》すばかりか、豊臣家をついにはあやうくする。内府はそこを深く思慮なされ、むしろ豊臣家のおんためをおもい、涙をふるって六十五万余石にし奉った、というのである。

「本当か」

「なにして偽りを申しあげましょうや」

「とすれば秀頼様ご成人ののちは、天下を秀頼様にもどす、ということを江戸内大臣は申しやるのじゃな」

「御意《ぎよい》」

「確《しか》とか」

「御意」

且元のうなずきは次第にあいまいになったが、淀殿とその侍女たちのあいだにざわめきがおこり、よろこびの嘆声を放つ者さえ出た。しかしながらこの一座でもっとも且元の請け合いを信じていない者は、且元自身であった。

（まさか、内府が）

と、そのことを思った。とはいえ且元は自分で創作したうそをついたわけではなく――うそを思いつくほどの才覚もこの男にはないが――この「内府のご胸中」という天下一時あずかりの一件は家康の謀臣である本多佐渡守正信からきいたことであった。

――淀の御方様《おかたさま》は御婦人ゆえ、お気を鎮めねばならぬ。ぜひそのように申されよ。

と、本多正信は口うつしに教えてくれた。そのとき、且元はふと真顔で、

「その一件、まことでござるな」

と、正信の目をのぞきこんだ。正信はちょっと鼻白んだが、すぐ大声で笑い、

「なにかと思えば。いやさ、東市正どのまでが、なにをおっしゃるのだ」

と笑いつづけた。この哄笑《こうしょう》は、あらためて問われるまでもなくそれが内府の御真意であるという意味なのか、それともたがいに――あなたも私も――詐略《さりやく》の仲間ではないか、いまさら妙なことをいってもらってはこまる、という意味なのか、且元

の能力ではどちらともつかず、またそれを問いかえす勇気もなかった。この程度の男を豊臣家の家宰にしたというのも、家康の策であったであろう。

しかしその且元でさえ、淀殿とその侍女団の無智さ加減を憐《あわ》れむ思いがした。疑問をもつ場所が、見当ちがいのようであった。

たとえば家康が、豊臣家直轄領のうちもっとも収益の高い堺と博多という二大海外貿易港をすでにおさえてしまっていることなどもそうであろう。いままでその二つの港市の貿易運上金（貿易税）というばく大な金銀が豊臣家に流れこんでいたが、いまはそれがことごとく江戸へ流れてゆく。もし家康が秀頼成人後に政権を豊臣家に返上するつもりなら、それらの金銀を大坂城の金蔵に収め、秀頼の将来のために貯えつづけてゆかねばならぬはずであった。その程度のことひとつでも家康の真意がどこにあるか、淀殿とその侍女どもは察すべきであろう。

四

家康も、淀殿の機嫌を気づかっている。もし彼女がつむじを曲げ、秀頼を擁して旧豊臣系の諸侯にふたたび号令すれば、たちどころに天下の乱が至り、家康があやうくすくい取った天下の権が、その掌《てのひら》から砂のようにこぼれ落ちざるをえまい。げんに、関ヶ原で家康のために働いた福島正則、加藤清正らは、家康によってそれぞれ五十万石前後の大封《たいほう》を得たが、しかしかれらはあくまで秀頼の家来でもあるという二重の立場を捨てず、しばしば大坂にゆき、秀頼に拝謁し、その機嫌を奉伺している。もし家康が秀頼に対し苛酷《かこく》に臨めばかれらは今後どう動くか知れたものではなかった。

このため家康は江戸に居つつもなお豊臣家筆頭大老という資格で天下に臨んだ。関ヶ原から二年後の慶長七年二月十四日ふたたび大坂にあらわれ、翌三月十四日秀頼に拝謁し、

「平素御無沙汰《ごぶさた》ながら、新年の賀をのべ奉りまする」

と言上した。三月半ばで新年の賀をのべるのも妙であったが、とにかくもそのように家臣としての礼をとり、礼をとることによって加藤清正以下の旧豊臣系大名の気持を鎮まらせた。翌慶長八年二月八日にも家康はあわただしく大坂にあらわれ、新年の賀をのべ、江戸へ帰った。が、この慶長八年の拝謁を最後に家康は大坂へ来なくなった。天下のひとびとはようやく豊臣家という、かつては日本を支配したその強大な声威をわすれはじめたのである。自然、大坂の城下もさびれ、かわって江戸が繁昌《はんじょう》の地になり、豊臣系諸大名も江戸に屋敷をつくり、その妻子を江戸に住まわせ、家康への自発的な人質とした。加藤清正ですら――というよりも清正がむしろ諸侯にさきがけて三宅坂《みやけざか》の上に屋敷地を乞《こ》い、そこに黄金の金具をふんだんにつ

かった屋敷を造営し、妻子を住まわせた。もはや江戸政権に反逆せぬという証《あか》しを家康と天下に公言したようなものであろう。この清正にならって他の豊臣系諸侯もそのようにした。家康は、

——もはや、大坂に年賀する必要はあるまい。

とおもい、大坂ゆきをやめた。

秀頼は、その実力をうしなった。

が、官位だけは異数にのぼった。のぼるのが当然であった。豊臣家はその封土《ほうど》こそ一大名の規模にすぎなかったが、他の大名とちがう点は、この家は父秀吉や養兄秀次が関白まで陞《のぼ》ったがごとく公家《くげ》であることであった。この点、五摂家（摂政《せっしょう》・関白たるべき家柄）の近衛、鷹司《たかつかさ》、九条、二条、一条家とかわらない。秀頼は少年の身ながら慶長六年に従二位大納言にのぼり、同八年に内大臣になった。生後十年という幼い内大臣は過去にも例がまれであろう。

内大臣ともなれば朝廷における百官の総帥であるといっていい。このため、京都朝廷は当然の礼を大坂に払った。新年ともなれば親王、公卿などが大挙して大坂へ下向《げこう》し、城内の御殿で秀頼の謁《えつ》を受け、この豊臣姓二代目の貴人に対してうやうやしく賀をのべた。この点では秀吉在世中とすこしもかわらない。

が、家康のみが賀をのべにくるのをやめた理由の右よりも大きなことは、家康が

この年、朝廷に奏請して征夷《せいい》大将軍の称号をうけたことであった。

征夷大将軍は、はるかむかしの木曾義仲、源頼朝の先例のように源氏でなければ宣下《せんげ》されない。足利尊氏も源氏であるがためにそれを受け得たし、明智光秀も土岐《とき》源氏を称していたためにその宣下を受けた。秀吉は織田家の武将時代、氏《うじ》を公称せず、一時平氏を称したりしていたために征夷大将軍になれず、やむなく朝廷に奏請して朝臣《あそん》の姓としての豊臣姓を創姓してもらい、それによって公家になり、関白という資格において天下を統治した。家康も、最初は源氏を称しなかったが、信長の同盟者であったころ、朝廷にねがって源氏を公称することを許された。これが幸いし、将軍家である宣下をうけた。征夷大将軍であることの最大の特典は幕府をひらくことができることであった。

家康は、関ヶ原ノ役後持続しつづけていたその江戸における非合法政権を、幕府創設ということにおいて正当化することができ、公然と諸侯を率いて天下に号令することができるようになった。もはや豊臣家への遠慮はいかなる意味においても無用であろう。関ヶ原での戦勝後、すでに三年を経ている。

この報はすぐ大坂にとどき、淀殿とその侍女たちをおどろかせた。

「家康が、幕府をひらくのか」

理解ができなかった。さらにまた幕府をひらくという以上、もはや政権を豊臣家に返す意思がないのではあるまいか。

このときも淀殿は片桐且元をよび、あたかもかれが家康であるがごとくにして詰問した。

「そなたはうそをつきやったのか」

と、淀殿は息もせわしく責めた。且元は即答できなかった。が、しばらく考え、かれ自身がそうあれかしとひそかに希望していることを、家康の胸中の思いであるかのように言いはじめた。

「なんの、なんの、将軍職は、ご一代かぎりでござりまする。あとは秀頼様におゆずりあそばすご意思でござりまする」

この時期、江戸から国もとの広島へ帰る福島正則が大坂に立ち寄り、秀頼とその母に拝謁し、よく似たことをいった。

「しばらくのご辛抱でござりまする」

というのである。正則のいうところでは家康は天文十一年寅《とら》のうまれであり、すでに老齢である。それにひきかえ内大臣家（秀頼）はどうであろう。若木のごとく伸びてゆき、伸びればのびるほど家康は死に近づく、家康は死ねば拙者をはじめ天下の諸侯はもはや徳川家に対する義理はなくなる。徳川家じたいも、家康をうしなってしまえばたとえ合戦に臨んでもいまのような強さはない。さればいちずに御辛抱でござる。あせらず、乱を思わず、いちずに江戸の指図にお従いなされ。いずれ時機が到来すれば、たとえ徳川家が政権を返したがらずともわれらが弓矢に訴えても御家に戻し奉りましょう、というのである。

「かならず、左様に」

と、正則は力づよくいった。

この直截《ちょくせつ》すぎることばには、さすがに淀殿も安堵《あんど》したり、不安になったりした。

「左衛門大夫《さえもんだゆう》どの（正則）、左様なことを申してもしその言葉が江戸にきこえればそなたはどうなります」

と、この婦人にすればめずらしく他人のことを気づかった。正則はもうそれだけで感動し、涙をうかべ、

「ありがたや」

と、声を湿らせた。が、すぐあごをあげ、大声を出した。

「聞こえてもなんの大事がございましょう。もともと江戸どのにとってはそれがしは恩人でござる。かの関ヶ原のみぎり、それがしが三成憎しのあまり江戸どのに加担したるがためにおおぜいの諸侯はあらそって江戸どのにお味方し申した」

事実、そうであった。正則は先代秀吉と縁つづきの者であり、そのため豊臣大名のなかでは清正とならんで譜代筆頭ということになっていたから、関ヶ原のころ、

その正則でさえ家康に味方したために他の諸侯は安んじて大坂方を討つ合戦に参加した。あの時期の家康にとって正則の政略的価値は非常なものであり、そういう自分の価値を正則自身がよく知っていた。かつ戦場では正則は家康方の先鋒《せんぽう》となり、もっとも苛烈な戦闘に参加し、その猛勇そのものの働きによって西軍をつきくずすことができた。いずれにせよ、正則が家康に売った恩はたれよりも大きい。そのうえ正則はそれより以前、下野小山《しもつけおやま》において正則に家康への加担をすすめた黒田長政に対し、

「江戸どのにお味方はするが、これはあくまで三成への憎しみのためである。この一戦、江戸どのが勝ったのち、ゆめゆめ秀頼様のご身上《しんじょう》にお障りはないよう、江戸どののお口から言質《げんち》を頂戴《ちょうだい》したい」

と言い、家康から長政を通じ、

「左様なことはない」

という旨の言葉をとりつけている。それほどの福島左衛門大夫であるため、たとえこの言葉が関東にきこえても家康は悪《あ》しざまの音《ね》をあげることはできぬはずである、といった。

淀殿は、いよいよ安堵した。が、江戸の家康は正則などの手におえるような男ではないことが、ほどなくあき

らかになった。

あっさり将軍職を、辞したのである。就任して二年後の慶長十年四月のことであった。ところがこの辞任の即日、朝廷に奏請してその職を嫡子秀忠に譲り、政権を相続せしめた。

この報ほど大坂の殿中を落胆させ、淀殿とその侍女たちを憤慨させたことはなかったであろう。家康は秀忠にその職をゆずることによってもはや秀頼に政権を移譲する意思がないことを天下に公表したのである。

ときに秀頼は数えて十三歳であり、官は右大臣にのぼっていた。このあと昇進するとすれば関白しかなく、関白になれば亡父の先例により一方では廷臣をひきいて朝《ちょう》に立ち、一方では二百余の諸侯をひきいて天下の政治を総攬《そうらん》せざるをえなくなるであろう。となれば、中世以来武家の棟梁《とうりょう》とされている征夷大将軍と当然ながら衝突せざるをえない。

五

世間にとって、豊臣秀頼というのは、肉体のない、ほとんど影のような存在である。かれがどういう顔の、どんな才質と性格をもった若者なのか、同時代のたれもが——その母親と侍女たちなどほんのわずかな御側衆《おそばしゅう》をのぞいては——知るすべもない。

かれを殺すべく思案をめぐらしている徳川家康でさえ例外ではなかった。

「あの方は、どのように成人なされている」

という質問を、大坂からひとが来たときにはかならず発しているのだが、通りいっぺんなことしかきけなかった。

——利口か、馬鹿か。

というただそれだけのことを家康はききたかったのだが、まさか露骨にそれをきくわけにもゆかず、まずまずとぼしい材料から臆測《おくそく》するしかない。もし利口であれば早々に事を構えて殺さねばならず、馬鹿であれば——やはり殺さぬわけにはゆかぬが、ただ殺すことをゆるゆると考えてゆけばよいであろう。

家康が最後に秀頼をみたのは、秀頼が数え十一歳のとき、慶長八年二月八日であった。関ヶ原ノ役はすでに三年の過去になっており、家康は事実上の日本の主権者であったが、まだ将軍にはなっておらず、このときかれみずから大坂にくだり、家臣として年賀の礼をとった。そのときも、

(ごく尋常な、冴《さ》えのないこどもだ)

とおもい、ひそかに安堵した。露骨にいえば愚鈍といったほうがいい。色白で下唇があかあかと濡《ぬ》れ、心持ち垂れているばかりでなく、十一歳にもなるのに謁見の

威厳が保《も》てず、ともすれば乳母の膝《ひざ》に身にすりつけようとし、からだがたえず揺れていた。

家康はこの拝謁を最後に、この年この月に征夷大将軍になり、名実ともに政権の座についた。さらにこの年の七月、家康は七歳の孫娘於千《おせん》を大坂にさしくだらせ、秀頼の妻にした。千姫との婚姻については、家康はかならずしもそれを熱望したわけではない。これは故秀吉が臨終《いまわ》に言いのこした遺言であり、この遺言をまもらねばかれの傘下にいる加藤清正、福島正則など故秀吉恩顧の大名たちがあるいは動揺するかもしれず、家康にとっては出来たばかりの徳川政権の静謐《せいひつ》とかれら外様《とざま》大名たちの鎮静のためにこの少年と童女の結婚をすすめたにすぎなかった。

翌年の三月、家康は伏見にいた。すでに家康は征夷大将軍である以上、恒例の大坂への年賀下向《げこう》はせず、

「そちらから、年賀に来られよ」

という旨を、豊臣家に対しほのめかせた。家康にすれば過去は知らず、現在の自分が何さまであるかを、かれの主人である秀頼に知らしめておかねばならない。

当然、大坂ではおどろいた。なるほど関ヶ原からこちら、豊臣家の分限《ぶげん》はわずか六十五万余石という一大名の封禄《ほうろく》にまで削減されたが、しかし家康が豊臣家の臣下であることにはかわりがなく、かれが故秀吉に対し、「秀頼様を守《も》り立てるべきこ

と」を誓った熊野誓紙の誓文はなお生きている。さらには官位の点でも秀頼・家康には上下がない。であるのになぜ秀頼は家康に拝謁すべく伏見にのぼらねばならないのか。主人が家来に拝謁するというようなためしが、唐天竺《からてんじく》ならいざしらず、日本であるべきはずがない。

「そうではないか」

と、淀殿は家老の片桐且元にむかって激怒し、それはならぬ、徳川どのこそ此方《こなた》へ参られよ、左様に申せ、といった。

「おおせのとおりじゃ」と、淀殿の老女たちも、口々に淀殿と同趣旨のことを言った。且元は、

（この無智よ）

と、ほとんど絶望した。女にわからぬ第一は政治というものであろう。

「なるほど物の道理は、まことにおおせのごとくでござるが」

と、汗みどろになって説かねばならなかった。理屈はなるほどそうではござるが、現実は左様には参りませぬ、という現実をあごがだるくなるほどに説いたがついに女たちに理解してもらえず、結局はこの片桐且元が秀頼名代《みようだい》というかたちで使者になり、伏見にのぼり、家康に年賀することでおちついた。

「そちが御名代でゆくならよい」

と、淀殿（秀吉の死後、大虞院《だいぐいん》という院号でよばれていたが）は簡単にうなずいた。このあたりも、道理々々と言いながら淀殿の論理の筋のとおらぬところであった。豊臣家の体面論を押しとおす以上、たとえ名代でも秀頼の屈辱にはかわりがない。が、淀殿にすれば秀頼の身を気づかうのあまり、理も非もなく大坂の城を空けて伏見へのぼらせたくないだけのことであり、それだけのことであった。淀殿にとっては他の多くの母親と同様、自分の肉体の延長としての秀頼以外に、秀頼についての思考ができないようであった。

且元は伏見にのぼって家康に拝謁し、年頭の賀をのべた。

「秀頼さまは、どうなされた」

と、家康は背景を察しつつもわざときいた。且元も、さしさわりのないよう、恐れながら御風邪でござりまする、と答えた。家康はあっさりうなずき、それはご心配なことである。しかしそのお風邪も来年はなおるであろう、来年は京でお目にかかりたい、といった。要するに来年こそは出て参れ、ということであろう。且元も、

——来年こそは。

と、返答せざるをえない。家康は且元の言質をおさえたがごとくに深くうなずいた。

その来年——慶長十年——がきた。この年四月、家康はその嫡子秀忠に征夷大将

軍をゆずり、政権をもはや秀頼に返上する気のないことを示し、天下は徳川家の世襲たるべきことをあきらかにした。秀忠は京にのぼり、御礼のために参内し、満天下の諸侯はことごとく京にあつまり、家康と秀忠に賀をのべた。が、右大臣豊臣秀頼だけは京にのぼらず、徳川父子に対し賀意ものべない。家康はあせった。秀頼を自分のもとにのぼらせることによって豊臣家もまた徳川家に臣従したという事実を天下に示し、豊臣家に対してもこの新しい関係を認めさせねばならない。家康は、京に住んでいる秀吉未亡人北ノ政所（秀吉没後の正称は湖月尼公《こげつにこう》）を動かし、彼女から大坂へ使いを出させた。北ノ政所は秀頼にとっては、嫡母《ちゃくぼ》にあたり、その点でもっとも権威があるはずであったが、しかし淀殿は殻を閉じた貝のようにその勧告を黙殺した。

翌慶長十一年も双方は会うことがなく、その翌々年の二月、秀頼は天然痘をわずらい、一時は死亡説さえ伝えられた。家康はこの時期、江戸にいたが、この消息をきき、

「秀頼は死ぬか。秀頼は死ぬのではないか」

と、何度もつぶやいた。死ねば天下のためであろう。生きていればやがては家康はこれに戦いを仕掛け、攻めつぶしてわが子孫への禍根を断たねばならない。

「かの御人の死を祈りたいほどでございますな」

と、家康の老いた謀臣本多正信はいった。正信は早くから、豊臣家を早期につぶすべきであるという論者であり、去る慶長九年の秀頼上洛《じようらく》拒否のときもそれを理由に開戦なされては、と家康に説いた。が、家康は世間への反響を怖れた。故秀吉の墳墓の土がまだ乾かぬうちに秀頼を殺してしまっては世間の思惑はどうであろう。いますこし時間を待たねばならない。それに西国大名は徳川家に屈服したとはいえ、その本心はわからない。とくに秀吉手飼いの加藤清正、福島正則にいたっては秀頼に対しひそかに機嫌奉伺の使者を送っているというし、なかでも福島正則などは、

――時をお待ちあそばせ。

と、秀頼か淀殿にささやいているともいう。時とは家康が老衰して死ぬときを待てということであり、そうなれば旧恩の諸侯を催し、政権を江戸から大坂へ移し奉らん、といったというのである。かれのいうところでは家康がいるあいだは諸侯はこれにおびえ、到底、足をあげる気力がない。それに自分や清正にしても家康には恩をうけており、これを相手に弓矢の沙汰《さた》をおこす気にはなれないが、しかし秀忠の代になればもはや遠慮も容赦もない。そういうことであった。……

正則はそんなことをいって、淀殿とその側近が軽々に暴発することを諫《いさ》めているという。その情報が、家康のもとに入っている。この情報の真偽はべつとしてあの

軽忽《けいこつ》な福島正則なら言いそうなことであるし、他の外様大名たちも大なり小なり、それに似たような考えをもっているようにおもわれる。いずれにせよ、問題は家康と秀頼の年齢であった。家康は年々老い衰える一方であったし、秀頼は年々成人してゆく。

「存外、秀頼様が天然痘《もがさ》でおなくなりあそばせば、吻《ほっ》とするのはむしろ加藤、福島の徒でございましょう」

と、正信はいった。かれらは秀吉手飼いの者でありながら関ヶ原ノ役にあたっては家康に味方し（理由は西軍謀主石田三成への憎悪と、それ以上に自家保全のためだが）、福島は主戦場での先鋒《せんぽう》になり、加藤は九州にあって西軍の小西、島津をおさえ、それぞれ徳川の天下樹立のために偉功があった。しかしながら両人とも人一倍愛憎の根の深いたちだけに豊臣家の衰退を気に病み、秀頼に対し、自家の傷つかぬ範囲においてせめてその生命だけでも守護しようとしている。とはいえ、ここで秀頼が自然死すればかれらの感情は解放され、あぶない橋をわたらずとも済むであろう。正信は、その機微をいった。

が、家康にとって不幸にも秀頼は危機を脱し、その一命をとりとめた。家康は失望したが、しかしこの間《かん》かれの心を安んずる情報があった。秀頼が生死のあいだをさまよっているとき、天下の大名はたれひとりとして彼を見舞わなかったことであった。諸侯の家康に対するおそれがそれほど強く、徳川政権の堅固さと永続性をそれほど重く評価しているとは、家康自身でさえ意外であった。

ちなみに、これらの情報は大坂城の殿中から送られてくる。情報の提供者はいちいちかぞえることができぬほどに多い。秀頼の親衛軍の七人の将のうち二人まで（青木一重《かずしげ》、伊藤丹後）は家康への内通者であったし、それに故秀吉の御伽衆《おとぎしゅう》であった織田常真入道（信長の次男）は淀殿にとって母方の従兄にあたり、大坂城内で老いを養っているが、秀吉死後はなにくれと関東の便宜をはからっている。それらが、家康への飛脚便を絶やしたことがない。

秀頼の回復は、家康とその側近にひそかな決心をかためさせた。もはやこの若者を地上から埋没させてしまうには断固たる政略と軍事しかないであろう。

大坂城の事実上の実権者は、大蔵卿ノ局という淀殿の乳母であることを、家康も本多正信も知っている。正信は幾重にも手をまわし、関東の指《さ》し金《がね》とはみせず、たくみにこの大蔵卿ノ局に一つの恐怖をあたえた。いまにして神社仏閣を建てねば秀頼様は死ぬ、ということであった。秀頼のこのたびの天然痘にしても、諸霊のたたりである、という。故秀吉公は一代にして数えきれぬほどの戦場を踏み、多くのひとを殺した。その死霊《しりょう》が祟《たた》り、秀頼様をくるしめるのであろう。天下に朽ち倒れの神社仏閣が多いが、それらを再建すれば悪霊は退散するにちがいないということを、大蔵卿ノ局は他から教えられたままに淀殿に訴えた。淀殿は、戦慄《せんりつ》した。この茶々御料人《ごりようにん》、淀殿、大虞院といわれる女性が、その子秀頼の名でこの地上に残した事績といえば社寺の再興ぐらいのものであったが、その物狂いのような宗教投資が、このころからはじまった。京の北野社、出雲《いずも》の大社、鞍馬《くらま》の毘沙門堂《びしやもんどう》、河内の誉田《ほんだ》八幡宮、京の東寺《とうじ》南大門、叡山《えいざん》の横川《よかわ》の中堂、三条曇華院《どんげいん》、摂津の勝尾《かつお》寺、大坂の四天王寺、醍醐の三宝院仁王門《におうもん》、京の南禅寺法堂《はつとう》、山城の石清水《いわしみず》八幡宮、大坂の生国魂社《いくくにたましや》、上醍醐《かみだいご》の御影堂《みえいどう》と五大堂、如意輪堂《によいりんどう》、楼門、などである。近畿《きんき》およびその周辺で「右大臣秀頼建立《こんりゆう》」もしくは修築という棟札《むねふだ》や記録のみえぬ古社寺はむしろめずらしいといっていいほどのすさまじさであった。寺社の建立や修理は一ヵ寺一院でも多額な金がかかるというのに、これらに掛けた費用の大きさは気の遠くなるほどのものであり、淀殿が秀頼のゆくすえにかけた祈念の深さは、関東にいる本多正信でさえ寒気のするほどのものであった。

「いやさ、ひとの親の子を想う心の深さは貴賤《きせん》にかかわりないものとみえるが、それにしても故太閤の遺財のすさまじさよ」

と、正信は舌をふるったという。世に、秀吉ほどの理財家はめずらしいであろう。秀吉がその政権を維持していたとき、豊臣家の直轄領はわずか二百万石あまりにすぎない。その秀吉が家康を関東二百五十余万石に封《ほう》じたところをみると、石高からいえば臣従者である家康のほうが大きい。が、秀吉は米穀中心の経済からその頭脳はぬけ出していた。かれは佐渡金山などを開掘して鉱業利益を独占しており、堺と博多の貿易をさかんにしてその運上金をとりたて、琵琶湖の交通の拠点である大津をも都市化し、内国貿易の利潤を得たりしてその面での収入によって政権と家計を維持していた。その結実は大坂城に蓄蔵されているぼう大な金銀となって秀頼に相続されている。

「大坂の愚婦愚児など、いささかもおそろしくないが」

と、本多正信はよくいう。事実、江戸政権はすでに諸大名をにぎった以上、秀頼がどうあがこうとまずゆるぎはないが、しかし二つの点において不安であった。西国大名が野心をおこして秀頼をかつごうとするかもしれぬことと、それに豊臣家がもつ金銀であった。秀吉は金貨を鋳造し流通経済体制を確立したが、それがために米はなくとも金銀さえあれば一挙に十万の浪人を召しかかえることも不可能ではない。その金銀を減らさしめるために、正信は手をまわして淀殿とその乳母大蔵卿ノ局に怨霊《おんりょう》の恐怖を吹きこましめた。幸い、彼女らは関東の謀略とは知らずに乗った。しかしながら秀吉の遺財はその程度のことでは、馬が池の水を飲んだほどにも減っていそうにないのである。

「京の大仏を再建させればどうか」

と、家康は正信にいった。あっ、と正信は叫び、なるほどご妙案でござりまする、とひざをたたいた。京の大仏というのは東山の方広寺《ほうこうじ》のそれで、秀吉がそれを建立した。秀吉は奈良のそれよりも巨大なものをつくろうとし、事実それを造った。ただこの時代は鋳造技術においてもっとも退歩していたため、木造漆喰《しっくい》塗りとした。その堂の高さ二十丈、大仏の高さ十六丈で、これがために費消した日数は二千日、人数はのべ一千万人であった。しかしながら秀吉の大仏は慶長元年の伏見・京都地震で倒壊し、いまは地上にない。

「さだめし、亡き太閤殿下もお心残りなことであろう。御遺志を奉ずべきではないか」

と、豊臣家の家老片桐且元をよびよせて家康みずからがいった。且元は大いに謹《つっし》み、いそぎ大坂城へもどり、秀頼と淀殿にその旨を報告すると、かれらは――信じられぬことだが――大いによろこんだ。つねに陪席している大蔵卿ノ局などは狂おしいほどによろこび、且元のはなしを激しくうなずきながらきいていたが、やがて淀殿のほうに膝《ひざ》をむけ、「よきおはなしでござりまする。これも太閤殿下の御冥護《ごめいご》でござりましょう。大仏のこと、さっそくにおはじめなされませ」といった。体が揺れていた。

淀殿も、揺れている。彼女らのよろこびは家康の心が鬼ではないということがこのことでわかったからであった。故太閤の御遺志を奉ずるなどということばが家康の口から出るとは、関ヶ原後のかの老翁の態度からすれば想像もつかぬことであった。秀頼の多幸を祈るためのあのおびただしい神仏への投資もこれで報われたようであり、天は家康の心を融かしめつつあるようであった。淀殿は秀吉もそれをしなかった金銅仏《こんどうぶつ》を鋳造することとした。技術上、やや小なるものしかできないが、それでも六丈三尺という雄偉さであった。

大仏建立など、聖武《しょうむ》のむかしでもわかるように国家的規模での事業であり、豊臣家という、いかに秀吉の遺財があるとはいえ、六十五万石そこそこの一大名の規模でおこなうべきものではない。が、淀殿はそれをした。やがて鋳造がなかば進み、堂宇《どうう》の作事も大いに進んだころ、鋳物師の火の不始末で火災がおこり、せっかくの大仏も熔《と》け、堂も灰になった。

が、淀殿とその乳母大蔵卿ノ局の心はくじけない。さらにあらたに諸工事をおこそうとした。ただ、さすがの豊臣家の財庫も底がみえはじめた。やむなく秀吉が遺《のこ》した黄金のうち、大法馬金《だいふんどうきん》（大型の鋳塊《インゴット》）を熔かすことにした。この一塊で大判が千枚とれるというもので秀吉生存中から天守閣に秘蔵されていたが、ついにそれに手をつけた。しかしそれでも足りず、足りぬ分は江戸政権から援助してもらおうとおもった。淀殿は彼女の実妹である将軍秀忠の夫人お江《ごう》に使者を送り、秀忠に説かせた。ちなみに秀忠は、対大坂の謀策については父家康からすこしもきかされていない。秀忠はすぐ使者を駿府《すんぷ》の家康にさしのぼらせ、その旨を相談させた。

「なんということだ」

と、家康はその生涯のうちこのときほどにがい貌《かお》をしたときがなかったであろう。秀忠の人の好《よ》さかげんも、腹だたしい。かつまた家康にとっては敵の――というしかない――豊臣家の女どもの人の好さ、愚かさ、無邪気さかげんも、ここまで底なしになってくれば不愉快になってしまう。たとえば家康ほどの男が、豊臣家のたかが女どもを相手に懸命の将棋をさしているのである。相手がそうともおもわず、無邪気に手をさしのばして駒を頂戴《ちょうだい》、といってくるようなものであろう。

家康は、だまっていた。

(どういえばよいか)

を、考えている。いかに相手がわが子の現将軍秀忠であっても、じつはこの大仏再建のすすめはわしにとって太閤追善の動機などではなく豊臣家の金蔵の黄金を失わせんがためのものだ、という秘中のことは洩《も》らせない。それにしても秀忠たる者は察すべきではないか、とまたしても腹だたしくなり、

「いい年をした男どもが、なにをいうのだ」

と、唇をまげた。家康のいうところ、『駿河《するが》土産《みやげ》』というふるい書きものではこ

のように表現している。「秀頼は若輩、淀殿は婦人であり、もとよりそのことばは他愛もないものだ。しかしながら汝らは物事に老いた練達の男どもである。であるのに若年の秀頼や婦人のことばを正気にうけとり、それをわしにまで相談してくるとはなにごとか。そもそも方広寺の大仏建立というのは故太閤の物ずきから出たもので天下や公《おおやけ》の事業ではない。されば秀頼のこんどの再建もかれの一家の私事にすぎず、それを将軍家たる者がかかわりあうべきものではない」と、家康は言い捨ててさっさと奥へ入ってしまった。

その報告は、大坂へとどいた。

「そのように申されたか」

と、淀殿はこのことばをきいたとき、いったんは改めた家康観を、もとにもどさねばならなかった。依然として家康の心は、秀頼に対して冷えている。

淀殿は、豊臣家で出費することにし、片桐且元に対し、そのように命じた。財庫がそれがためにほとんど尽きてしまうであろうということは且元には当然わかっていたが、しかし一方で家康の本心にこの老人は気づいているだけに強いて淀殿の浪費に強意見《こわいけん》をする気にもなれず、また意見をしたところできく淀殿でもない。やむなくひきさがり、勘定方にそのように命じた。

大仏の工事は、進行した。

この間、京ではさまざまのうわさや流言がうずを巻き、淀殿の耳にも達した。地の声というべきか、うわさのなかには家康の謀策をいかにもまことらしく剔《えぐ》ったものがあり、「家康は大仏建立《こんりゅう》をもって秀頼を窮乏させ、無一文にさせたあと、おもむろに討ってとって殺してしまう所存であるらしい」ということであった。淀殿はそれを聞き、おどろきと恐怖と怒りのために脚がたちまち氷のようにつめたくなり、身の慄《ふる》えがとまらず、ついに倒れた。廊下のあちこちに看病のための女官が走りまどうたが、大蔵卿ノ局はそこは乳母だけに嬰児《えいじ》のころからの淀殿を知っており、さほどにさわがなかった。大蔵卿ノ局にすればこの場はともかく彼女を安堵《あんど》させる言葉を吹き入れてやらねばならない。

「姫さま、なにもお案じになることはございませぬ。加賀の前田にお命じなさればよろしゅうございましょう。命じて、家康を討たせるのでございます」

夢のようなはなしである。

加賀の前田家は、その創業者である大納言利家が秀吉の死後ほどなく死んだ。ちなみに利家は秀吉にとって若年のころからの友人であり、秀吉は病床で自分の死をさとりはじめたころ、

――利家はわが竹馬《ちくば》の友であり、また無類の律義者なれば。

ということばを、涙まじりの声で繰りかえしいった。利家にこそわが死後秀頼の

ことを頼みまいらせる、というのである。秀吉はその壮《さか》んなころも、家康の対抗者としてつねに利家を立てた。家康の官位を昇進させるときはかならず利家の官位をのぼらせた。家康の官位のほうがつねに一段上であったが、しかし秀吉は日常、夜ばなしをするときは、「大納言（利家）、内府（家康）」と、順序を逆にしてかならず利家の名をさきに言い、そのように心くばりをしてまで利家のこころを繋《つな》ごうとした。秀吉はこの利家をもって自分の死後における秀頼の後見者にしたのだが、幸い利家の律義さはそれにそむかず、かれほど秀頼の将来を案じた者はいなかった。しかしながら利家は秀吉の死の翌年、あとを追うようにして死んだ。

このため前田家は、利家の長男利長《としなが》が当主になったが、利長には父利家が豊臣家に対してもちつづけた感傷が、まったくない。利長は今後の天下は家康に移ることを見ぬき、家康の心を得るがためにその実母を江戸に送って人質とした。関ヶ原ノ役でも家康に味方して北陸で戦い、戦後加増された。加賀百万石というが秀吉のころの前田家は八十余万石にすぎず、関ヶ原で家康に味方をしたために能登《のと》一国その他をあたえられ、百万石になった。以後、秀頼の後見者たるべき家でありながら、利長は豊臣家に対して視線をむけることすらおそれているようであった。

その利長につき、大蔵卿ノ局は、

「かれをして家康を討たしめましょう」

と、淀殿にいったのである。なるほど前田家は当節大名としてはもっとも大きく、それに秀吉の遺言もあり、利長が秀頼を擁して諸侯を糾合すれば江戸政権に対抗しうるほどの勢力になりうるかもしれない――もっともあくまで夢のうえでのことだが。

ただ、大蔵卿ノ局にとってはこれほど現実感にあふれた着想はない。彼女の頭脳にとってはそうあってほしいという希望と、そうあるべきだという手きびしい自己中心の論理が縄をないまぜるときに現実が誕生するのであろう。この点、淀殿もかわらない。淀殿はこの一言で心を鎮まらせることができた。すぐ、早く、今日じゅうにも加賀に使いを出立させよ、利長に忠義を見せさせよ、と言い騒いだ。

使いが加賀へ走った。

これが慶長十五年の秋である。この当時前田利長は世間では加賀宰相とよばれており、齢はもはや五十に近く、その日常配慮のすべてはわが家の後の世までの保全ということに尽ききっている。それだけに過去の亡霊のような、大坂の淀殿母子からきた密使ほどこの細心な宰相どのをおびえさせたものはないであろう。大坂の女たちがそこまで前田氏に恃《たの》みごころを抱いているとすればこれは前田家にとって没落である。前田氏の存在は一方においては徳川氏の目ざわりであり、よほど配慮をせねば取りつぶされるかもしれない。そのためにこそ利長は実母芳春院《ほうしゅんいん》を江戸の人質としており、またそれだけでも足りず、利長は家康に媚《こ》び、徳川家の直臣のひとりを前田家筆頭家老として乞《こ》いうけている。本多安房守《あわのかみ》がそれであり、家老とは言い条、前田家に対する監視者であった。利長はこの場合、中途半端な態度はかえって身の害を呼ぶとおもった。大坂の女どもに、きびしく面《つら》あてせねばならない。

かれの返事は、こうである。

「なるほどおおせのごとく、太閤の御恩は深く感じている。しかしながらその御恩報じというのも、亡父利家がかつて病軀《びょうく》をおして大坂に詰め、秀頼さまにお尽し致し、それがためもあって衰死つかまつった。これでもって御恩はすみずみまで返したことに相成るでありましょう。拙者については亡父とはまた立場が異なる。拙者は亡父とはちがいあらたに江戸の御恩を蒙《こうむ》っており、その新恩によって加賀、越中、能登三国の太守になり得申した。この大恩に対しては関東のためにいかように働いても報じきれるものではなく、その御恩報じのほか、他事《たじ》ヲ不ㇾ奉ㇾ存《ぞんじたてまつらず》候。ともかくにも拙者をお頼みなさるというのは大きな筋ちがいであり、迷惑しごくである」

というものであった。

この返事を淀殿と大蔵卿ノ局は大坂で受けたとき、しばらく信じかねるがごとく一座に沈黙がつづいたが、やがて夢からさめたように口々に騒ぎ、利長の亡恩を攻撃した。

一方、前田利長はそれでも不安であった。この一件は徳川家からどのように誤解されぬともかぎらずと思い、利長は隠居することを決意した。かつて豊臣家の殿中に伺候したことのある自分が世に立ちつづけているかぎり、大坂は叶《かな》わぬながらも援助を期待しつづけるであろうとおもい、これを機会に末弟の利常《としつね》を養子に立ててあとを譲ることにし、その旨、駿府へ急使を出し、家康の意向をうかがわせた。むろん、淀殿と秀頼から右のごとき密使がきたことも家康にうちあけた。

「加賀宰相（利長）どののご処置、ご殊勝しごくに存ずる」

と、家康は大いにほめたが、しかし一方で大坂の対関東の感情がそこまで沸きはじめている以上、早々にこれをつぶさねば不慮のことがおこるかもしれない。潰《つぶ》すには天下がなっとくするだけの理由が必要であろう。

（が、その理由の発生を待ってはおれぬ）

と、家康はおもった。適当な理由が成長し、成熟するまで待つのが家康のいつもの思考法であったが、しかしそれを気長に待つには家康は老いすぎていた。いま大坂の禍根をのこしたまま死ぬとなれば家康の死後天下は秀頼にさらわれ、家康の生涯の労苦はなんのためにそれをしたかわからぬようになるであろう。老いさきも短いとなれば、いま多少の無理を押してでも大坂を挑発し、あの母子を怒らせ、大坂から手出しをさせねばならぬとおもった。

家康がその決意を秘めて上洛《じょうらく》したのは、慶長十六年の三月であった。宿所を、二条城にさだめた。この城は家康が徳川家の京都城として先年建てたもので、その機能は京の朝廷への監視と、家康・秀忠上洛のときの宿所というふたつの役割りをもっている。

すぐ大坂に対し、

「上洛し、予に会釈《えしやく》せよ」

と、使者を送った。使者は徳川家にとっても豊臣家にとっても旧主筋にあたる織田有楽斎が立った。茶人であり、有楽斎は雄弁家であり、そしてなによりも淀殿と秀頼にとって血縁者にあたるため、使者としては最適であろう。

――もし秀頼にして上洛の命をきかねば、世の秩序をみだす者として武力に訴える所存である。かつまたこれが秀頼に対する最後の通牒《つうちょう》であると心得よ。

という決意を、使者に伝えた。織田有楽斎も緊張し、京都市民までがあすにも合戦かと騒いだ。家康はこれでも不安であった。別の方面をもうごかした。高台院寧々《ねね》であった。この秀吉の未亡人――家康にとって関ケ原勝利の蔭《かげ》の功労者だが――は家康の手あつい庇護《ひご》をうけて京の東山の翠巒《すいらん》のなかで住んでいる。この豊臣家の正室から秀頼と淀殿をさとさしめるのがもっともいいであろう。

高台院も、家康の決意をきいて緊張し、すぐその子飼いの加藤清正とその実家の当主である浅野幸長《よしなが》、それに大坂の家老である片桐且元をよび、趣旨をさとし、淀殿によくよく世の事情を説ききかせるように依頼した。高台院の考えでは家康がすでに世をにぎっている以上、大坂としては過去の威福にこだわらず、いちずに家康を恃み、その城をわたせといわれれば城を渡し、五万石程度の小分限《こぶげん》で辛抱せよといわれればそのようにするというのが豊臣家のゆくすえと秀頼のおためである、ということであった。まして上洛せよといわれれば素直にきかねばならぬ、もし淀殿にしてその道理《ことわり》がわからねば豊臣家をつぶす者は淀殿である、ということであり、その旨を清正、幸長、且元に説いた。かれらも異存がなかった。

六

淀殿は、激昂《げっこう》した。上洛せよとはまるで主人が家臣にのぞむ態度ではないか。事実、ここで秀頼が上洛するということは、世の慣習からいえば家康の大名になるという契約を意味しており、淀殿にとっては堪えがたいところであろう。が、清正や幸長は、「故太閤の手飼い」という資格において根気よく淀殿に説いた。この婦人を説くにはその自尊心を刺激してはならず、そのために多少、ことばを枉《ま》げた。

――いますこしのご辛抱でござりまする。

ということであった。天下のたれもが信じない観測であったが、淀殿とその侍女たちだけには通用した。家康が死ねばあとはなんとでも相成りましょうということであった。それよりもとにかく豊臣家にとって合戦は避けねばならない、と清正らはいう。淀殿も、その点がおそろしく、「されば秀頼様上洛なされば家康の気持はなだめられるか」ということを何度も清正にきいた。さん候、さん候、と清正は何度いったことであろう。ご上洛あそばせば御両家はもはやご安泰でござりまする――といまは家康の大名になっている清正はその立場から保証した。淀殿はその言葉を信ずるしかない。

淀殿は、次第に心がとけてきた。ふと小首をかしげ、不意に明るい表情をした。「高台院さまのおおせ、よもや秀頼さまに悪《あ》しかろうはずがなく、そのおすすめに従うほかない」と彼女がつぶやいたとき、もともとこの女性をこのまぬ清正でさえ胸が詰まり、落涙し、「この清正めが」と、噴きあげるようにいった。

「この清正めが、右大臣さま（秀頼）の手をとり奉って二条城までお供つかまつりまする以上は、一命にかえましておんいのちを護《まも》り奉りまする」といった。その言葉が出たのは、大坂の殿中ではこの機会に家康が秀頼を殺すのではないかという噂があったからであった。淀殿にとっては合戦という、思考の間尺《ましやく》にあわぬほどに大きな想像よりも、秀頼が刃物で刺し殺されるという、そういう即物的な想像のほうがはるかにおそろしい。

淀殿はその肉置《ししお》きのゆたかなあごをうなずかせ、かろうじて承知した。

この年、秀頼はすでに数えて十九歳という、もはや年少ともいえぬほどに成長しており、そのうえかれはすでに一男一女の父親であった。正室千姫の子ではなく、かれがその側ちかくの侍女たちに生ませた子である。

——スコブル、童児ノゴトシ。

というのが家康などの耳に入っている秀頼の評判であったが、しかしながら子をなす能力については亡父秀吉よりも活発であった。とはいえ、上洛するかせぬかなどというわが身と豊臣家の重大事については秀頼はすべて母親まかせであった。

秀頼が大坂を発したのはそれから数日後、三月二十七日である。天満《てんま》から御座船《おざぶね》に乗り、淀川を北上した。この秀頼の身辺をまもることについては清正は万全を期した。まずかれは京都で不慮の事態がおこった場合を想定して家中の屈強《かちゆう》の士五百人をえらび、市中をぶらぶら歩きさせ、さらに三百人を伏見に置き、淀川の両岸警固のために浅野幸長の人数をもふくめて鉄砲千挺《ちよう》、槍《やり》五百本、弓三百挺の隊伍《たいご》を御座船とともに北上させ、自分は草履取《ぞうりとり》、足軽といった連中三十人だけを身辺につれていた。この草履取、足軽というのもじつは変装でみな歴とした士分のなかから勇士のみをえらんで従えている。さらに、清正はかれとつねに併称される故秀吉の手飼いの福島正則と事前に相談し、福島家の兵一万人を広島から大坂にのぼらせ、不慮の事態にそなえた。正則自身は京ののど首というべき八幡《やはた》に宿をとり、そこから動かず、他大名のように二条城へは行かない。ただし家康のほうには病気という旨をとどけてある。家康のほうからすれば加藤、福島の挙動は不愉快であっただろう。しかしながら加藤、福島にすれば関ヶ原において家康のためにあれほど働いてやったという自負心があるためにこの過剰なほどの秀頼への警護態度も、かれら自身にいわせればさほどに不自然ではないつもりなのであろう。秀頼は伏見の舟つき場で船からおりたが、清正と幸長はその乗物の左右にぴたりと寄りそい、両人とも大大名でありながらお供の士のごとく袴《はかま》のももだちをかいがいしくとり、青竹を一本小わきにかいこみ、徒歩《かち》であるいてゆく。伏見には、家康のもとからその九男徳川義《よし》直《なお》十二歳、十男同頼宣《よりのぶ》十歳が秀頼お迎えとして路上で会釈した。その義直と頼宣とがそれぞれ供《とも》に日傘をさしかけさせているのを清正はみて、

「貴人に対し無礼でござろう。日傘をとりはらい候え」

と、注意した。この清正のおもいきった出様《でよう》も、あとで家康を不愉快にさせたが、しかし家康はすぐにはとがめない。家康没後、加藤、福島両家とも江戸政権によってとりつぶされている。

いずれにせよ、十九歳の秀頼の行列は京に入った。その美々しさは太閤生前の行

列どおりであり、秀吉の行列の特徴である玳瑁（いわゆるべっこう）の槍千本を二列に立て、鉄砲隊の鉄砲覆いはことごとく虎の皮という華麗さであり、京の者はひさしぶりで、豊家《ほうけ》の行粧《ぎょうそう》を目にし、太閤在世中のあの日の照るような華やかさを偲《しの》んで涙せぬ者はなかったという。そのころの京の市民感情は圧倒的といっていいほどに豊臣びいきであり、辻々《つじつじ》でうたわれる童謡にも、「十五になったら前に垣《ゆ》を結いしゃれ結いしゃれ」といううたがあった。うたの意味は秀頼様が十五歳になったら家康からとられぬようお城の前に柵《さく》をお結いよ、ということであった。その秀頼がいまは立派に成人し、としも十九歳になって亡父とおなじ行列を立てて京にのぼってきたのを、京者は一場の劇を見るようにそれを見たことであろう。そのお駕籠《かご》の傍らに股立《ももだち》とってついてゆく六尺ゆたかの清正をみてその忠誠義胆に感じ入り、清正という男にひとしおの愛情をもったであろう。清正はその生存当時から庶人にその名を敬愛されており、徳川家のひざもとの江戸でさえ江戸の町民から唄《うた》をもってうたわれた。「江戸の無頼漢《もがり》にさわりはすとも、よけて通しゃれ帝釈栗毛《たいしゃくくりげ》（清正の乗馬）」

伏見から京への道は、竹田街道をとった。途中道路わきに藤堂高虎と池田輝政が土下座をしてむかえていた。すでにかれらは家康の大名であったがこの時代のこの時期のかれらの感覚としてはかれらにとって家康は上官であっても主君ではないような、多少あいまいさを含んだ上下関係であり、しかしながら豊臣家に対しては純《じゅん》乎《こ》とした主従の関係であった。そのためかれらは土下座の礼をとった。もっともあくまでもうわべだけで、その忠誠心はとっくに豊臣家から離れている。御駕籠わきの清正はかれらを見るや、

「ご両所とも、お供をしやれ」

と、声をかけた。このため家康にとって忠勤無二な外様《とざま》大名であるかれらもやむなくその場で股立をとり、清正とともに御駕籠わきを進んだ。

御駕籠は二条城の大手門から入り、やがて玄関にすすみ入った。

家康は、玄関まで出むかえていた。三十余人の大名はことごとく玄関まえの白洲《しらす》に平伏し、秀頼が駕籠から出るのを待った。

清正が駕籠わきに右膝をつき、やがて両手をあげ、駕籠の引戸《ひきど》をつかみ、びびと音をたててあけた。

（どのように成人しているか）

というのが、家康のこの日の最大の関心事であり、ほとんどかたずをのむ思いで秀頼が出てくるのを待っている。この大坂城の奥でのみ成長した秀吉の遺子が世間に姿をあらわしたのはこれが最初であり、秀頼が歴史の上にその肉体を露呈してくるのもこれが最初であった。

秀頼は、出た。

家康はあやうく声をあげそうになった。背の高さは五尺八寸を越えているであろう。色白く両眼涼やかで堂々たる偉丈夫であり、かれが立っただけでそのあたりに光芒《こうぼう》を射すかのようであった。この秀頼の骨柄の大きさは母方の祖父浅井長政の生きうつしであり、もしその頭脳気根《きこん》まで長政から遺伝しているとすれば容易ではあるまい。

家康は、そうおもった。思いつつ急に気持がほがらかになったのは家康の政治的立場からすれば妙であったが、しかし若者の骨柄のよさを好む家康の——だけでなくこの時代の人間としての——いわば習性として家康は愉快になってしまったのであろう。家康はみずから先導して奥へ入ってゆく。秀頼は清正を従え、まだ年若の木村重成《しげなり》（秀頼の乳母の子）に刀をもたせ、大またで奥へ入ってゆく。大廊下を経て白書院の前を通り、やがて「御座《ござ》ノ間」と称されている奥殿に入った。

家康は、北にむかって着座した。

秀頼は南にむかって家康と対座する座にすわった。双方、対等の対面である。清正が秀頼のそば二尺と離れず着座した。かれはこの日、殿中で脇差を帯びるわけにいかないため懐中に短刀をしのばせていた。

双方、対等であるため同時に拝礼した。やがて北ノ政所——すでに法体《ほったい》になった高台院寧々――があらわれ、家康と秀頼のあいだにすわり、双方を周旋した。位階の点でいえば従一位である高台院がもっとも重い。

ほどなく、膳部《ぜんぶ》がはこばれてきた。配膳役は徳川家直属の重臣たちであり、板倉伊賀守、永井右近、松平右衛門大夫などが、畳の目に足を擦《す》りつつ膳をささげた。秀頼はかねて清正からいわれていたとおり、七五三の本膳のすべてに箸《はし》をつけず、盃《さかずき》も唇に寄せるのみでのどに入れなかった。対面はいわば儀式であり、双方においていっさい物語はない。やがて酒器が三度かわったとき、清正が秀頼にむかい、

「大坂にてお袋さま（淀殿に対する家臣たちの尊称）がさぞおまちかねでございましょう。これにてお暇《いとま》あそばしますように」

というと、家康ははじめて唇をひらき、声を出した。ひどく陽気な言いかたで、「いかさま、大坂にてお袋さまがおまちかねでござろう。これにてめでたくお帰りあそばされよ」といった。それを機に家康が腰をあげ、秀頼も立ちあがった。終始、無言であった。

家康は畳を踏みつつ、次の間《ま》まで秀頼を送った。送りながら秀頼を見あげ、

「殿は」

と、そういう言葉をつかい、上機嫌で言った。「殿はことのほか、成人なされた。大慶とはこのことでござる。拙者も齢《とし》をとり、明日のことも知れ申さず」という。さらに言う、「拙者　定命《じょうみょう》が尽きたあとは右兵衛《うひょうえ》（第九子義直）と常陸介《ひたちのすけ》（第十子頼

宣）のこと、よろしく頼み入ります」

そこに義直、頼宣という家康がもっとも愛している公達《きんだち》がひかえていた。秀頼はそのほうに目をむけ、微笑し（はじめての表情の変化だが）、

「心得て候」

と、明快な歯切れでいった。このさわやかな口跡《こうせき》を聞いたとき家康はこのときほど秀頼をねたましくおもったことはないであろう。老年はすでにそれそのものが敗衰であり、若さというのは老人からみればそれ自体が傲《おご》りであった。家康は、この若者を自分の死まで生かしておくことはできぬとおもった。

ともあれ、秀頼は京を去った。そのあと家康は自室で休息したが、そのとき、本多正信が伺候した。家康の寝所にまで伺候できるというのは、この老いた謀臣にあたえられた特権であった。正信は昼間の対面の感想をききにきたのである。いかがでござりました、と正信がきくと、家康はしばらく考え、やがて不興げに、

秀頼ハ愚《ぐ》魯ナル人ト聞キシニ、一向ニ然《さ》ナク、カシコキ人ナリ。ナカナカ、人ノ下知《げじ》ナド受クベキ様子ニアラズ。

という旨のことをいった。正信はこのとき進み出、お案じなされますな、それが

し、そのお人を愚魯にする妙案を心得てござる、といったというが、真偽はどうであろう。正信の案というのは関東から大坂へ行っている千姫付きの侍女たちに内意をふくめ、秀頼に酒色をすすめさせ性根を崩させてしまおうという内容で、事実そのように内々の指示をしたというが、現実の家康も正信も、その程度のことに期待するほど他愛ない男ではなかったであろう。結局、荒事《あらごと》を用いねばならなかった。

ちなみに、この年から翌々年にかけて豊臣家と因縁のふかかった大名がつぎつぎと死んだ。浅野長政六十五、堀尾吉晴六十九、加藤清正五十、池田輝政五十、浅野幸長三十八などであった。かれらが生きていたとしても――たとえそれが清正であっても――秀頼をかばって立てるほどの政治力をもった者はおらず、またいざとなれば自家保全が第一であるためにその封禄《ほうろく》と家臣団の運命を賭《か》けるようなあぶない賭博《とばく》はできなかったであろう。

ここで、いわゆる鐘銘《しょうめい》事件がおきた。鋳あがった方広寺大仏の梵鐘《ぼんしょう》に、僧清韓《せいかん》に撰文《せんぶん》させた鐘銘が入っている。この文中、「国家安康」「君臣豊楽」という句があり、家康にいわせると、家康というかれの名を分けて中央で切っているのは首と胴を切りはなそうという呪詛調伏《じゅそちょうぶく》を籠《こ》めたものであるという。君臣豊楽・子孫殷昌《いんしょう》というのは豊臣《とよとみ》ヲ君トシテ子孫殷昌ヲ楽シムということに相違ないとし、「されば秀頼どのの叛意《はんい》あきらかなり」とし、大坂側の本心を問いただした。

大坂は、騒然となった。が、淀殿とその侍女団は騒ぎつつもこの誤解さえ釈《と》ければ事は落着するとおもい、それのみに夢中になった。すぐ片桐且元を駿府の家康のもとにさしくだらせ、それでも心もとなかったために且元下向《げこう》より十日ばかり遅れて淀殿はその老女の大蔵卿ノ局を正使とし正栄尼《しょうえいに》、二位ノ局を副使としてさしくだらせた。

そのふたつの使節団がそれぞれもどってからの報告がまるでちがっていた。片桐且元がいう、

「大御所のご意中は」

というのは、淀殿はおろか大坂城の台所にいる水仕事の下女にまで衝撃をあたえるに足るものであった。駿府の御意向は三ヵ条あるという。一つは淀殿を関東の人質としてさしくだす。一つは秀頼が大坂城を出て他国に移る。最後の一つは秀頼みずから東国にくだって和を乞う。このこと以外に家康の怒りをとくべき方法がないという。しかし且元は駿府に下向したといっても家康に対面してもらっていないのである。且元が再三乞うたが家康は頑として会わず、このため且元は為《な》すこともなく滞留し、そのあと、家康付きの策師僧天海《てんかい》などに会ってもらい、かろうじて家康

の意のごときものを受けたにすぎない。ところがやや遅れてくだった老女団に対しては、家康は気さくに会った。大いなる機嫌でこの「駿府の大御所」はさまざまの物語をし、鐘銘事件など意にも介していないふうにふるまい、かえって老女たちをとまどわせた。家康のいうところは、「秀頼どのは将軍家（秀忠）の娘婿であるゆえ、わしにとっては孫同然のおひとであり、そのうえ淀殿は将軍家簾中《れんじゆう》とご姉妹でもあり、右の情義からいってもさらさら、わしは害心をもたぬ」ということであった。老女たちはよろこんだ。

双方の復命をうけた淀殿にすれば、落ちこむ心証はひとつであった。家康に直接会った老女の報告こそ本当であり、それにひきかえ且元の言辞はすこぶる奇怪である。かれは関東の策師におどらされ、あるいは踊らされたというより肚《はら》をあわせてなにごとかを企《たくら》んでいるのではないか。そもそも、淀殿を人質にしたり秀頼に大坂城を出よとはなにごとであろう。

淀殿の感情は、もはや且元をそのままにしておくことができない。すぐ秀頼の側近衆に評定《ひようじよう》をひらかせ、且元を切腹させることにし、まずその手はずとして且元を召喚《しようかん》した。且元は身の危険を知り、召喚に応ぜず一族郎従をひきいて大坂から武装退去し、居城摂津の茨木《いばらき》に籠《こも》った。この間《かん》、家康は自分が書いた狂言どおりに淀殿とそのおんなどもがおどるのをみてむしろ愚者というものの不気味さをすら感じたであろう。大坂を退去した且元は、すぐ関東に使いを走らせ、家康に付属した。この時代にあっては自家保全こそ正義であり、のち江戸期になって倫理化され醇化《じゅんか》された忠義思想はそれを且元にもとめるのはむりであろう。

且元が淀殿のもとを去ってからも、家康の狂言の筋はつづいている。家康にいわせれば且元が復命した「関東の要求」こそまぎれもない外交上の正式の要求であった。そのように家康はいう。それを大坂は黙殺したばかりか、使者の且元に切腹を命じようとすらした。これは関東への挑戦である。

そのように家康は理由だてた。それによって家康は開戦の名目ができた。家康は時を移さず大坂討滅の軍令をくだした。

この間、豊臣家は窮しつづけている。

狼狽《ろうばい》しつつもこうとなればいそぎ防戦の支度をせざるをえず、ここで大規模に牢《ろう》人《にん》を徴募した。徴募官は、大野治長《はるなが》であった。治長が、且元退去後の豊臣家の家宰《かさい》になった。片桐且元は故秀吉の壮年のころからの家臣であったが、大野治長は秀吉の晩年に仕えたというのみで縁は薄く、秀吉との縁よりも他の色彩が濃い。治長は淀殿の乳母大蔵卿ノ局の子であった。治長に次いで軍職の重い位置についたのは秀頼の乳母の子の木村重成であった。つまりは淀殿の侍女の系譜に属する者が自然と枢機に参画するようになったのは、淀殿と大蔵卿ノ局のいきおいがそうさせて行ったものであろう。

それら女たちとその子の下に、あらたに徴募されたおびただしい数の牢人たちがあつまってきた。関ヶ原で没落した大名もしくはその縁者がその旧臣をひきいて入城してくるという場合がもっとも多く、長曾我部盛親《もりちか》、真田幸村、毛利勝永、後藤基次《もとつぐ》、仙石宗也、大谷大学、増田《ました》盛次、平塚左馬助、堀内氏弘、明石全登《たけのり》などがそのおもな者たちであった。これら牢人衆に豊臣家の直参《じきさん》をふくめると、城内の人数は十二万人以上になるであろう。そのうち、女奉公人が一万人いた。女どもの多くは秀頼と淀殿の侍女の系列に属する者であり、いかにも婦人が主宰するこの城の内実を表徴したかのごとくであった。

一方、家康が諸侯に命じて動員した人数は三十万を越えていた。関ヶ原の数倍の規模であり、一城を攻める人数としては歴史はじまって以来の規模であった。動員にさきだって家康は諸侯から「将軍ニ二心ナシ」との旨の誓紙をとったが、旧豊臣系の諸侯のことごとくがそれをさしだし、福島正則でさえ例外でなかった。ただし家康は正則に対して危険を感じ、かれを出陣させず江戸の留守を命じた。家康がおそれずとも正則は四十九万八千二百石の封土《ほうど》をすてて豊臣家に殉ずるほどに素朴ではなく、かれは開戦にさきだち、秀頼に対して最後の好意といったものを送った。

「徳川にお従いあれ」という手紙であった。「ゆめ、関東におさからいあるべからず、淀殿を江戸の質となされよ。また、某《それがし》をたのみなさるな。もし右大臣様（秀頼）にして大坂に籠城《ろうじよう》なさるようなことになれば、それがしは江戸の将軍とともに大坂をお攻め申す」と、正則は使者にいわせた。淀殿は激怒し、使者を追いかえした。彼女にとって政治的顧慮よりも人質になることがなによりもいやであった。彼女はこの福島正則の使者に対し、「自分は信長公の姪《めい》である。故太閤の閨室《けいしつ》に入ることさえいやであったのに、いままた家康の席に侍するなど、思うても不快である」といった。使者は奇妙な気持をもった。家康の要求である江戸の人質というのは枕席《ちんせき》にはべれということではない。家康がいかに物好きであろうと四十を越えた権高《けんだか》な婦人に食指をうごかすような男ではなく、その種の嗜好《しこう》はない。しかしながら淀殿にはそういう、自己の肉体をとおしてしか物事の思考ができず、ついついそういう激語になったのであろう。ゆらい、淀殿には政治という、冷静な心気と犀利《さいり》なこころくばりの必要な思考ができず、またかつてそれを志したこともない。ただ運命が彼女をしてその思考の場に立たせているだけのことであり、彼女はそのなかでありあわせの情念のままひたすらにふるまっているにすぎない。

家康は大坂包囲を完了し、かれみずからも出陣し、その軍旅が十月二十二日近江草津駅北方の永原に達したとき、かねて大坂城内の動静をさぐらせておいた前庭半入《まえにわはんにゆう》が駈けもどってきて報告した。それに言う、大坂ノ将士ミナ淀殿ニ不平ヲ抱ク、と。淀殿がみずから軍令をくだすがために物事が齟齬《そご》し、混乱し、実務にならず、はたらく気をうしなっているというのである。

「さもあろう」

家康にとってこれほどこころよい諜報《ちょうほう》はなかった。ゆらい、城は外《そと》の武力によって陥《お》ちず内の不和によって落ちるというのが原則であり、攻囲軍の総帥としてこれほどの内報はない。「どういうことがあるのだ」と、身を乗りだしその実例をきいた。前庭半入はこまごまと答えたが、要は大坂にあっては軍将よりも淀殿の侍女のほうが権勢があるらしい。

半入のいうには彼女とその乳母大蔵卿ノ局は、徴募した牢人を信用せず、監視をもって統率しようとした。このため淀殿と大蔵卿ノ局は婦人ながらも金銀でかざりたてた小具足《こぐそく》をつけ、薙刀《なぎなた》を侍女に持たせ、侍女もきらびやかに武装し、城の持口《もちくち》や番所を巡視している、というのである。牢人のほとんどは朝鮮ノ陣や関ヶ原などの戦場を往来した者たちであり、この監督にかえって気根をおとしているという。

さらにまた秀頼にいたっては不可思議というほかないと半入はいう。籠城の将士は婦人に監督されることを好まず、

「われらは秀頼公を馳走《ちそう》せんがために馳《は》せあつまった者どもである。しかるに秀頼公は奥から一歩もお出ましなく、お顔も存じ奉らぬ。このような御大将が古今にあ

ったためしなし」

と口々に言い、ぜひお姿を、と大野治長らに迫った。

このため、秀頼は一度だけその姿をあらわした。それも持口々においてではなく、士分以上を本丸の大広間、白洲《しらす》にびっしりとあつめさせての上のことで、その姿があらわれる前にまず秀吉以来の豊臣氏の馬標《うまじるし》である金の瓢簞《ひょうたん》が持ちだされ、それを列座の者に仰がしめた。列座はそれをみて往年を偲《しの》び大いに勇んだが、そのあと秀頼がわずかにあらわれ、

――みな、苦労。

ただそのひとことを小さく言ったまま入ってしまった。それだけであった。うしろにいた者は声もきこえず、お姿も拝せられず、一様に揺れうごいてつぶやき、

「これにてはこのおひとにせっかくの命を捧《ささ》げるわけには参らず」とはなはだ気をおとした。

その後さらにみなが要求すると、

「お袋さまが、お出しにならぬ」

という返答をきいた。淀殿が秀頼の身を危険がり（牢人のなかにはえたいの知れぬ者がまじっているかもしれぬというので）、いっさい本丸から出さないというのである。それにしても数えて二十二にもなる豊臣家の当主がお袋さまのいうことのみを

きいて大将のふるまいもできぬというのはどういうことであろう。

――愚鈍におわす。

という者もあり、さあらず、かのお人の書を拝したことがあるがなかなか尋常の筆蹟《ひっせき》にあらず、おろかならず、という者もあった。しかしながら、と別の者がいう。秀頼様は襁褓《むつき》のころから周囲がことごとく婦人であり婦人の手によってのみ育てられた。それも公卿ふうに育てられた。そのうえ城のそともご存じない。家康との対面のために二条城に出かけたときをのぞいては、その半生でただ一度しか城外をご覧あそばしたことがない。年少のころ、住吉の浜まで貝ひろいに参られたのがただ一度のご経験であるという。あれやこれの特異な育ちのためにおおぜいの武者の前にも立つことができぬという、いわば男子としては畸形《きけい》におなりあそばしているのであろう、というのであった。しかしながら秀頼への弁護論者でさえ秀頼みずからの督励を欲した。それでなければ勝ついくさも勝てぬというのが、かれらの懸命の申《もう》し条《じょう》であり、その申し条を、真田幸村、後藤基次などの牢人大将が大野治長に要求した。

この淀殿乳母大蔵卿ノ局の子は、当然ながらその母に訴えた。母は淀殿に相談した。

――ならぬ、それはならぬ。

というのが、淀殿のこれだけは変らぬ答えであった。彼女自身が江戸の人質とならぬというそのことと同じ重量の重大さで秀頼の姿を戦士のまえに曝《さら》させぬ、奥に垂れ籠《こ》めておく、ということが重要であった。そのことを崩さねばならぬとしたら彼女はむしろ死をえらぶかもしれなかった。いや、選ぶであろう。やむなく大蔵卿ノ局は、他の老女の正栄尼や二位ノ局、饗庭《あえば》ノ局《つぼね》、阿古ノ局などと相談のうえ、身がわりの者を出して戦士たちをなっとくさせることにした。殿中に、

——左衛門さま。

という尊貴な人物がいる。織田有楽斎（信長の弟）の嫡男であった。有楽斎は淀殿の血縁ということでその息子とともに大坂城に住んでおり、織田家という貴種のうまれであるだけでなく官は従四位下《じゅしいのげ》で前侍従《さきのじじゅう》であった。その息子の左衛門ならば城内の戦士どももよろこぶであろう。淀殿の老女たちの解釈では戦士どもは秀頼の尊貴さにあこがれているのであり、秀頼が出られないとなればそれに次ぐような尊貴な若者を出しておけばよい。

「左衛門どの、お城のうちをまわって呉《く》りゃるか」

と、淀殿は一族の気安さでそのようにたのんだ。左衛門は、

「大儀、大儀」

と淀殿に甘ったれるようにして首をふったが、結局秀頼代人としての巡視役をつ

とめることになった。生来、軽忽《けいこつ》である。それに父の有楽斎が徳川方に内通しているらしいことを知っており、正気でこのばかばかしいことをする気にもなれなかった。ちなみにこの有楽斎とその子左衛門長政はのち徳川大名に列し、大和芝村で一万石を領し、その家系は明治へつづく。

巡視は、毎日一回であった。左衛門の武装は金のこざねに紅紫《べにむらさき》の糸で縅《おど》した華麗な大将鎧《よろい》を着け、騎馬の供《とも》七、八騎をひきつれ巡視したが、しだいにめんどうくさくなり、寵愛《ちょうあい》の遊女を供にまじえてゆくようになった。七十郎という遊女で、これに朱具足や、朱鞘《しゅざや》の大小、赤母衣《あかほろ》という赤ずくめに行粧させ、城の七つの持口を練りまわった。ある夜、夜番をしている士が居眠っていたのを左衛門はみつけ、

「七十郎、殺せ」

と、薙刀をもって番士の首をおとすことを命じた。七十郎はそのようにした。遊女に首を切られた籠城牢人の不運もさることながら左衛門の仕様《しざま》を他の牢人たちが怒り、かれらの大将に訴えた。その七人の大将——真田幸村、後藤基次、長曾我部盛親らは大野治長に対し、これを抗議した。治長もこれだけはもっともと思い、左衛門に苦諫《くかん》すると、

「あれは秀頼様へのお使者につかうのよ」

と、強弁したために治長もそれ以上はいえなかった。秀頼はその育った環境のた

めに男を相手にものをいう習慣がなく、かつそれを好まず、女を相手にものをいうほうが自然に声が出る。そこを配慮し、この遊女を秀頼への伝令につかっている。そのために彼女を召し連れていると織田左衛門がいえば治長もそれ以上に諫《いさ》めることばがなかった。秀頼とは、血族の織田左衛門からでさえそのようにしか見られていない人物なのであろう。

……家康は前庭半入のはなしをきいたとき、うそのようにおもった。二条城でみたあの美丈夫は、家康の察するところ、結局はからだだけが大きく、なかみはうわさどおり「愚魯《ぐろ》」であるのかもしれない。

いわゆる冬ノ陣は、家康からすれば包囲と威喝と外交だけにおわった。家康は小当りに城を攻めてみたが籠城の牢人《ろうにん》どもは意外なほどに強く、諜報のようではなかった。察するところ牢人たちはそれぞれの直接指揮官においていわゆる良将を得ており、豊臣家の内情に失望しつつもいざ合戦ともなれば命惜しまずにはたらくのであろう。命惜しまずといえばかれら牢人にとってこの城を捨ててももはや運よき余生が待っているはずがなく、そのため勝敗いずれにせよここを死所として覚悟をさだめているのにちがいない。家康は、講和を提起した。

家康はもともと野戦の名人とされていたが、しかし城攻めが下手でかれ自身もそれを苦手としていた。その家康の弱点は世間も知っており、大坂方も知っている。そのため秀頼と淀殿はこの講和の申し出を一蹴《いっしゅう》した。頑固にそれをこばんだのは、ひとつには家康の講和提起によって勝利への希望をつよくしたからであった。が、事態はかわった。なぜならば家康はかつての豊臣家の家老片桐且元——かれはいまは主人を変え、家康の陣中にいる——に、

——淀殿は、城のどのあたりにいるか。

ということをきいた。且元は城内の図をえがいて示した。家康はこの攻城のためにオランダの商人から三門の大砲（仏朗機《フランキー》）を買い入れておいたが、それを前面にひきだし、十二月十六日の朝、いっせいに発射させた。その一弾が天守閣の柱の一つをくだき、さらに一弾が淀殿屋形《やかた》の三ノ間へ落ち、茶簞笥《ちゃだんす》をこなごなにくだいた。淀殿の殿中では毎朝、おもだつ侍女が三ノ間にあつまって朝茶をのむ習慣があったが、おりからその最中であり、女どもは叫喚し、走り、淀殿もそのさわぎにまきこまれ、恐怖し、ついに家康の申し出に屈し、講和を承知した。

家康が出した講和の条件は城の外堀をうずめることであり、淀殿母子はそれを承知した。家康はすぐさま数万の人数をもって、この作業にかからせ、またたくうちに外堀をうずめただけでなく、城内に侵入し、二ノ丸、三ノ丸の内堀もうずめ、それだけでなく高堀や櫓《やぐら》も打ちくずしてしまった。淀殿はそのしらせにおどろき、そ

の抗議のために侍女のお玉ノ局という者をやった。お玉は城内きっての美人といわれ、齢《とし》も若く才気もあった。彼女は作業現場にゆき、その監督者である成瀬隼人《はやとの》正《しょう》と安藤帯刀《たてわき》という家康の部将に会ったが、かれらは口々に卑猥《ひわい》なことをいってお玉をからかい、彼女を居たたまれぬようにして、一方では作業をすすめた。お玉はやむなく京にのぼり、家康の謀臣の本多正信に抗議した。正信はふかくうなずき、

「隼人正、帯刀らは推参《すいさん》なるやつばらでござる。きっと叱りつけるでござろう」

と言ってお玉らを帰したが、しかし正信らは家康によってこの芝居の筋をさずけられていることでもあり、単に狂言をしているにすぎない。女どもは、こどものように翻弄《ほんろう》された。

翌年の春、和議が決裂した。

家康にとって予定の決裂であった。かれはふたたび六十余州の諸侯をこぞり、大軍を駆り催し、それを畿内《きない》に集結せしめた。右の詐略——ともいえぬほどに子供だましの——策ですでに大坂城は裸城《はだかじろ》になっている以上、かれの不得意とする城攻めはせずともすむであろう。

豊臣家は、わずかに三日の合戦で潰《つい》えた。

牢人とその牢人出身の諸将にとってはこの潰滅《かいめつ》もやむをえなかったであろう。か

れらは、城が裸城である以上、城をすてて野外に出戦するという自殺的な戦法をとらざるをえなかった。これら合戦の技術者たちは堀をうずめられて以来自分の運命に絶望し、その絶望がすさまじい働きを城外の諸戦場で演じさせた。日本戦史のうえでこのいわゆる夏ノ陣ほどおびただしい戦死者を出した戦いがなかったというだけでも、かれら傭兵軍《ようへいぐん》の阿修羅《あしゅら》のような働きを想像させるに十分であった。最後の四天王寺口の合戦では数度にわたって家康の軍が潰走した。その方面の指揮者であった真田幸村なども、かれ自身この大勢に絶望しながらも一時的におとずれてくる戦闘の局部的勝利にふと希望を見出し、

「いま秀頼公のご出馬があれば」

と、渇《かつ》える者が水を恋うような思いでそれを熱望し、しばしば後方の大坂城にむかって使者を出した。幸村にすれば陣頭に秀頼の馬標である金の瓢箪さえあがれば寄せ手の旧豊臣系の大名や士卒はそれを遠望して大いにひるむであろう。そのひるみを押しに押せば万に一つの僥倖《ぎょうこう》もひらけるかもしれないとおもった。

が、それら前線からの出馬懇請についても淀殿が反対した。あぶない、という。幸村の何度目かの急使がきたとき、大野治長はついに淀殿を通さず、秀頼の前にすすみ、かれ自身の決断を懇望した。秀頼は存外すらりとその気になった。

——御馬をお出しあそばす。

ということがその御馬廻《おうままわ》り衆《しゅう》や旗奉行《はたぶぎょう》、使番《つかいばん》などその親衛の士卒に達せられ、このためかれらも意気大いにあがり、秀頼の出を待つために楼門のうちがわに整列した。その親衛の軍容は秀吉から相伝したもので、金瓢《きんぴょう》の大馬標《おおうまじるし》、金の切裂《きりさき》の小馬標、茜《あかね》の吹貫《ふきぬき》十本、玳瑁《たいまい》の槍《やり》千本、それに秀頼の乗馬として太平楽という名の肥馬に梨子地《なしじ》の鞍《くら》がおかれてひきだされてきたとき、この光景に太閤の盛時がしのばれて雑兵のなかには声をあげて泣きだす者さえあった。

かれらは、待った。しかしむだであった。当の秀頼は本丸の楼上から姿をあらわさず、ついに出て来なかった。理由はわからない。淀殿がそれを知ってとめたとも言い、秀頼の出馬とともに城内の内応者が蜂起《ほうき》するといううわさを大蔵卿ノ局がきいて制止したとも言うが、いずれにせよ秀頼はついに出ず、やがて前戦では真田幸村が戦死した。

そのあと寄せ手は城内に乱入し、城は事実上落ちた。が、淀殿とその子の姿がなく、家康は城内を捜索せしめた。夜に入って母子がその側近とともに焼けのこりの干飯蔵《ほしいぐら》に入っていることを片桐且元が知り、家康に報告した。この母子を知りぬいているはずの家康もさすがに言葉をうしなった。

(なんのために)

と、家康はおもった。諸将が死に、城がおち、城内はことごとく寄せ手に占領されたというのに、城主とその母のみが焼け残りの蔵にこもってなおも生きているというのはこの時代の美意識からみれば異様であった。

家康は、その蔵を人数に包囲させ、とにかくも夜のあけるのを待たせた。この光景はもはや合戦という壮悍《そうかん》なものではなく、蔵に逃げこんだ鼠賊《そぞく》のような者を捕り方が包囲しているような、そういう規模のものになりはててしまっていた。この間《かん》、淀殿は最後の行動をした。大野治長のみを蔵のなかから出させ、淀殿と秀頼の助命を家康に乞《こ》わしめた。が、家康は黙殺した。

夜があけたが、蔵は沈黙している。あきらかに家康の心裏に慈悲心のおこるのを待つかのごとくであった。

やがて警戒の人数がさも待ちくたびれたかのごとく銃をあげ、いっせいに蔵へ射ちこんだ。家康の意思であった。弾は壁をつらぬかなかったが、その銃声は家康の意思を蔵の中に知らしめるのに十分であろう。寄せ手の士卒たちも、蔵の中の貴人が日本の慣習どおり自害してその最期をかざってくれることをひそかに望んだ。

銃声で、蔵の中のひとびとは絶望したらしい。

やがて白煙が内部から噴きだしてくるのを、そとの者たちは見た。蔵の中の貴人たちがようやく自殺を決意し、完了したのであろう。白煙はほどなく赤くなり、炎になり、その炎はみるみる大きくなって屋根をくずし、やがて内部へむかって落ちた。その焼けあとから男女二十数人の遺骸《いがい》が灰になってあらわれた。この方二十間ばかりの焼けあとが、豊臣家の最後の場所になった。慶長二十年五月八日のひるまえである。

秀頼には辞世もない。辞世だけでなく、かれの人柄や心懐を推しはかるべきなにものもその二十三年の生涯のうちに残さなかった。秀頼は影のように生き、死んだ。その死も、おそらく他の者がその手を執り、力を加え、是非もなしに無理やりに死にいたらしめたものに違いない。その光景は無残ではあるが、詩にも歌にもならぬ無残さであろう。

このようにしてこの家はほろんだ。このように観じ去ってみれば、豊臣家の栄華は、秀吉という天才が生んだひとひらの幻影のようであったとすら思える。

解説

江藤文夫

一

豊臣という家がこの世に誕生したのは、一五八五年九月のことである。（異説は一五八六年十二月とする。）

秀吉が関白の職に即《つ》いたのはその年の七月、このとき姓を藤原と改めている。二カ月の後に下賜《かし》された豊臣の姓によって、日本歴史上、突如一公家《くげ》が出現するわけだが、この公家も、三十年後の大坂夏ノ陣（一六一五）とともに姿を消すのである。その一家の歴史は、華やかに、そして短い。

「豊臣家の栄華は、秀吉という天才が生んだひとひらの幻影のようであった」、と著者は記している。たしかに、日本歴史のなかにまちがいなくその足跡をのこしたこの一個人以外に、豊臣家という存在自体が、仮装行列のように、実在感の稀薄《きはく》な一家である。

豊臣家とは、あるいは架空のものであったのかもしれぬ。現実世界においても、このように架空性をおびた諸事象は、しばしば生起し、歴史にさまざまないろどりをそえ、そして消滅する。豊臣という姓は、いつ何どきでも毀《こぼ》ち得るようにしつらえられた楼閣の名称であった。秀吉に関白の職をゆずった二条昭実は、大坂落城とともに、再びその職に即く。その間、公卿《くげ》社会には何事もなかったようであった。

秀吉は、豊臣の姓によって身を飾った。が、彼の一族は、この姓に泣いたのであろう。一代かぎりの名誉職にも似たこの一公家の姓は、秀吉個人のものであって、一家のものではない。家名としてはあくまで仮称のものであり、世襲は認められておらぬ。これを襲《つ》ぐ者の勢威だけが、家名の存続を保障するのであろう。そして、この一族のなかに、突然の公卿の身分にとまどう者はいても、すぐれた継承者は見当たらない。秀吉はついに家を興し得なかった。

豊臣以前の、羽柴という姓もいわば仮称である。が、私はこの姓が好きだ。丹羽・柴田の一字ずつを臆面《おくめん》もなくとって作ったこの姓は、秀吉の、進取の気象や活動力を感じさせる。本書のなかに、小早川隆景が毛利の家名を守るために金吾中納言を自身の養子に迎える件が記述されているが、歴々の家系を誇る名族には、いま天下一の豊臣といえども家ではない。本人の器量いかんを問わず、家名をもたぬ〝馬の骨〟に、毛利家を汚されてはならぬというおもいが隆景にはあった。のちに秀吉が腐心するのは、さまざまな名家との縁結びによる家づくりでもあったのであろうが、羽柴という姓には、そうした家名以前に、わが働きを見よ、という彼の気概が秘められている。権威主義でなく、機能主義なのである。同じ仮称性を帯びながら、豊臣という姓にはそれがない。

新しい時代を切り拓《ひら》く力と、そこで得た権威・権力を保つ力とは、おのずから異なるものである。秀吉は、その双方の才を兼ねそなえていたかにもみえるが、いかんせん家がにわか作りであった。

関白に即く前年、秀吉は家康の第二子於義丸を養子としている（結城秀康）。家康との縁組はさらに、すでに家中《かちゆう》の女房となっていた妹朝日を離縁させて、家康に嫁がせるという政略によって実現している（駿河御前）。同じ年（一五八六年）、秀吉は母大政所を人質として家康の岡崎城に送った。それによって家康は秀吉に臣従する。が、百姓のままであることを願いつつ、豊臣家を保ち、また飾るための高貴の身分にその自由を奪われていったこの二人の婦人たちが、あるいは豊臣一族のなかで、最も不幸であったろうか。同じにわか貴族の不幸は、秀吉・寧々の縁者たちのなかから豊臣一族に加えられた秀次（殺生関白）、秀秋（金吾中納言）、あるいはその運命に最も柔順であった秀長（大和大納言）にもある。秀吉の他の養子たち、秀康や宇喜多秀家は、もともと自身の家をもったままでの、豊臣一族への参加であった。彼らの、大名としての悲劇は、一族の運命とはまた別のところから発している。彼らはその生い立ちから、豊臣家の栄華を、一族の他の人びとのように、白昼夢のようには感じなかったであろう。

二

豊臣一族のなかで、最も闊達《かったつ》にその生を送ったのは、二人の婦人たちである。それぞれの人物に対する好悪の感情や、その行動への是非の判断を別に、豊臣家を華々しく彩っているのは、北ノ政所・淀殿と呼ばれるこの二人の婦人たちだ。著者が述べているように、秀吉のただ一人の実子秀頼は「影のように生き、死んだ」。が、その母淀殿と、秀吉とのあいだについに子をなさなかった北ノ政所とには、〝豊臣家の人々〟としての実在感がある。彼女らが、よかれ悪しかれ秀吉の事業に、また死後の政治に、かなり強力に参画したためでもあろうか。あるいはこの『豊臣家の人々』は、一族の人物列伝としてでなく、二人の婦人たちを軸に書かれたときに、小説になり得ていたかもしれぬ。何よりも彼女たちが、豊臣家の二つの勢力の、シンボルでもあったからだ。

武断派・文治派とも呼ばれる尾張出身将校たちと近江出身官僚たちが、豊臣家を支える二本の柱であり、これが二本柱としてあったところに、豊臣家の不幸があったと言えるかもしれない。家中の秩序のなかに、それぞれところを得て配置されることがなかったのは、豊臣が新興の家のためである。そうした秩序が、単なる形式としてでなく、人びとの内部に住みつくには、何代かをへなければならぬ、豊臣家の秩序には、その時間がなかった。二つの勢力は、そのために、とりわけ秀吉の死後、二つのシンボルの下に結集し、分離し敵対した。

北ノ政所と淀殿とは、この二つの勢力の頂点に立たされて、一時期、歴史の表面にその姿を見せる。彼女たちの濃厚な実在感は、このようにそれぞれの日常を、政治の渦中に置かざるを得なかったためでもある。

「そもじのみは、べつのうちのべつである」と、秀吉は口ぐせのようにいった、とある。北ノ政所・寧々は、秀吉の事業をともに歩いてきた。彼女の闊達さは、あるいは天性のものでもあろうし、また秀吉の栄達のプロセスを、ともに生きたためでもあろう。淀殿・浅井氏のそれは、栄達後の秀吉の飾りになり得たという自負にもよる。彼女たちの、それぞれに異なるにせよ、保ち得た〝自由さ〟が、彼女たちを明るく見せもするし、そのことで彼女たちはその人間の表情のなかに、秀吉という人物を最もよく映し出しもする。その二人の婦人たちの分離、それが豊臣家の崩壊につながるのだが、その分離への本能的な怖れが、さきの秀吉の口ぐせを生んだとも考えられる。

閨中《けいちゅう》のみそかごととも、天下を支配するための注意深さともつかぬ秀吉のささやきが、〝家〟をもたぬ彼の資質を、みごとに浮き彫りにするのだが、この日常と政治とのつながりが、政治の表と奥とを分離することなく、やがてそのことが豊臣家を瓦解《がかい》させてもいくという皮肉なプロセスを、一族の華麗にして不幸な境遇と織りまぜながら、著者はそれぞれの評伝を通して描いている。歴史のなかの虚像としての豊臣家の姿が、そのなかに、空中楼閣のように浮かび上がる。

本書は、昭和四十六年五月二十日初版発行の
小社文庫『豊臣家の人々』を改版したものです。

豊臣家《とよとみけ》の人々《ひとびと》

新装版《しんそうばん》

司馬遼太郎《しばりょうたろう》

昭和46年 5月20日 初版発行
平成20年 2月25日 改版初版発行
令和6年 6月30日 改版29版発行

発行者●山下直久

発行●株式会社KADOKAWA
〒102-8177 東京都千代田区富士見2-13-3
電話 0570-002-301(ナビダイヤル)

角川文庫 15029

印刷所●株式会社KADOKAWA
製本所●株式会社KADOKAWA

表紙画●和田三造

●お問い合わせ
https://www.kadokawa.co.jp/（「お問い合わせ」へお進みください）
※内容によっては、お答えできない場合があります。
※サポートは日本国内のみとさせていただきます。
※Japanese text only

ISBN978-4-04-129009-5 C0193

◆◇◇

角川文庫発刊に際して

角川源義

第二次世界大戦の敗北は、軍事力の敗北であった以上に、私たちの若い文化力の敗退であった。私たちの文化が戦争に対して如何に無力であり、単なるあだ花に過ぎなかったかを、私たちは身を以て体験し痛感した。西洋近代文化の摂取にとって、明治以後八十年の歳月は決して短かすぎたとは言えない。にもかかわらず、近代文化の伝統を確立し、自由な批判と柔軟な良識に富む文化層として自らを形成することに私たちは失敗して来た。そしてこれは、各層への文化の普及滲透を任務とする出版人の責任でもあった。

一九四五年以来、私たちは再び振出しに戻り、第一歩から踏み出すことを余儀なくされた。これは大きな不幸ではあるが、反面、これまでの混沌・未熟・歪曲の中にあった我が国の文化に秩序と確たる基礎を齎らすためには絶好の機会でもある。角川書店は、このような祖国の文化的危機にあたり、微力をも顧みず再建の礎石たるべき抱負と決意とをもって出発したが、ここに創立以来の念願を果すべく角川文庫を発刊する。これまで刊行されたあらゆる全集叢書文庫類の長所と短所とを検討し、古今東西の不朽の典籍を、良心的編集のもとに、廉価に、そして書架にふさわしい美本として、多くのひとびとに提供しようとする。しかし私たちは徒らに百科全書的な知識のジレッタントを作ることを目的とせず、あくまで祖国の文化に秩序と再建への道を示し、この文庫を角川書店の栄ある事業として、今後永久に継続発展せしめ、学芸と教養との殿堂として大成せんことを期したい。多くの読書子の愛情ある忠言と支持とによって、この希望と抱負とを完遂せしめられんことを願う。

一九四九年五月三日

角川文庫ベストセラー

新選組血風録　新装版　司馬遼太郎

勤王佐幕の血なまぐさい抗争に明け暮れる維新前夜の京洛に、その治安維持を任務として組織された新選組。騒乱の世を、それぞれの夢と野心を抱いて白刃とともに生きた男たちを鮮烈に描く。司馬文学の代表作。

北斗の人　新装版　司馬遼太郎

剣客にふさわしからぬ含羞と繊細さをもった少年は、北斗七星に誓いを立て、剣術を学ぶため江戸に出るが、なお独自の剣の道を究めるべく廻国修行に旅立つ。北辰一刀流を開いた千葉周作の青年期を爽やかに描く。

司馬遼太郎の日本史探訪　司馬遼太郎

歴史の転換期に直面して彼らは何を考えたのか。動乱の世の名将、維新の立役者、いち早く海を渡った人物など、源義経、織田信長ら時代を駆け抜けた男たちの夢と野心を、司馬遼太郎が解き明かす。

尻啖え孫市（上）（下）新装版　司馬遼太郎

織田信長の岐阜城下にふらりと現れた男。真っ赤な袖無羽織に二尺の大鉄扇、日本一と書いた旗を従者に持たせたその男こそ紀州雑賀党の若き頭目、雑賀孫市。無類の女好きの彼が信長の妹を見初めて……痛快長編。

武田家滅亡　伊東　潤

戦国時代最強を誇った武田の軍団は、なぜ信長の侵攻からわずかひと月で跡形もなく潰えてしまったのか？　戦国史上最大ともいえるその謎を、本格歴史小説界の俊英が解き明かす壮大な歴史長編。

角川文庫ベストセラー

山河果てるとも
天正伊賀悲雲録
伊東　潤

北天蒼星
上杉三郎景虎血戦録
伊東　潤

切開
表御番医師診療禄1
上田秀人

縫合
表御番医師診療禄2
上田秀人

解毒
表御番医師診療禄3
上田秀人

「五百年不乱行の国」と謳われた伊賀国に暗雲が垂れ込めていた。急成長する織田信長が触手を伸ばし始めたのだ。国衆の子、左衛門、忠兵衛、小源太、勘六の4人も、非情の運命に飲み込まれていく。歴史長編。

関東の覇者、小田原・北条氏に生まれ、上杉謙信の養子となってその後継と目された三郎景虎。越相同盟による関東の平和を願うも、苛酷な運命が待ち受ける。己の理想に生きた悲劇の武将を描く歴史長編。

表御番医師として江戸城下で診療を務める矢切良衛。ある日、大老堀田筑前守正俊が若年寄に殺傷される事件が起こり、不審を抱いた良衛は、大目付の松平対馬守と共に解決に乗り出すが……。

表御番医師の矢切良衛は、大老堀田筑前守正俊が斬殺された事件に不審を抱き、真相解明に乗り出すも何者かに襲われてしまう。やがて事件の裏に隠された陰謀が明らかになり……。時代小説シリーズ第二弾！

五代将軍綱吉の膳に毒を盛られるも、未遂に終わる。表御番医師の矢切良衛は事件解決に乗り出すが、それを阻むべく良衛は何者かに襲われてしまう……。書き下ろし時代小説シリーズ、第三弾！

角川文庫ベストセラー

乾山晩愁　葉室　麟

天才絵師の名をほしいままにした兄・尾形光琳が没して以来、尾形乾山は陶工としての限界に悩む。在りし日の兄を思い、晩年の「花籠図」に苦悩を昇華させるまでを描く歴史文学賞受賞の表題作など、珠玉5篇。

実朝の首　葉室　麟

将軍・源実朝が鶴岡八幡宮で殺され、討った公暁も三浦義村に斬られた。実朝の首級を託された公暁の従者が一人逃れるが、消えた「首」奪還をめぐり、朝廷も巻き込んだ駆け引きが始まる。尼将軍・政子の深謀とは。

秋月記　葉室　麟

筑前の小藩、秋月藩で、専横を極める家老への不満が高まっていた。間小四郎は仲間の藩士たちと共に糾弾に立ち上がり、その排除に成功する。が、その背後には本藩・福岡藩の策謀が。武士の矜持を描く時代長編。

ちっちゃなかみさん　新装版　平岩弓枝

向島で三代続いた料理屋の一人娘・お京も二十歳、数々の縁談が舞い込むが心に決めた相手がいた。相手はかつぎ豆腐売りの信吉。驚く親たちだったが、なんと信吉から断わられ……豊かな江戸人情を描く計10編。

湯の宿の女　新装版　平岩弓枝

仲居としてきよ子がひっそり働く草津温泉の旅館に、一人の男が現れる。殺してしまいたいほど好きだったその男、23年前に別れた奥村だった。表題作をはじめ男と女が奏でる愛の短編計10編、読みやすい新装改版。

角川文庫ベストセラー

密通　新装版　平岩弓枝

若き日、嫂と犯した密通の古傷が、名を成した今も自分を苦しめる。驕慢な心は、ついに妻を験そうとするが……表題作「密通」のほか、男女の揺れる想いや江戸の人情を細やかに描いた珠玉の時代小説8作品。

江戸の娘　新装版　平岩弓枝

花の季節、花見客を乗せた乗合船で、料亭の蔵前小町と旗本の次男坊は出会った。幕末、時代の荒波が、恋に落ちた二人をのみ込んでいく……「御宿かわせみ」の原点ともいうべき表題作をはじめ、計7編を収録。

千姫様　平岩弓枝

家康の継嗣・秀忠と、信長の姪・江与の間に生まれた千姫は、政略により幼くして豊臣秀頼に嫁ぐが、18の春、祖父の大坂総攻撃で城を逃れた。千姫第二の人生の始まりだった。その情熱溢れる生涯を描く長編小説。

黒い扇 (上)(下)　新装版　平岩弓枝

日本舞踊茜流家元、茜ますみの周辺で起きた3つの不審な死。茜ますみの弟子で、銀座の料亭の娘・八千代は、師匠に原因があると睨み、恋人と共に、華麗な世界の裏に潜む「黒い扇」の謎に迫る。傑作ミステリ。

春秋山伏記　藤沢周平

白装束に髭面で好色そうな大男の山伏が、羽黒山からやってきた。村の神社別当に任ぜられて来たのだが、神社には村人の信望を集める偽山伏が住み着いていた。山伏と村人の交流を、郷愁を込めて綴る時代長編。